HEIDI VAN ELDEREN

STERBEN
AUF
PORTUGIESISCH

Ein neuer Fall für Inspektor Valente
und Polizeischwein Raquel

PENGUIN VERLAG

Sollte diese Publikation Links auf Webseiten Dritter enthalten,
so übernehmen wir für deren Inhalte keine Haftung,
da wir uns diese nicht zu eigen machen, sondern lediglich auf
deren Stand zum Zeitpunkt der Erstveröffentlichung verweisen.

Verlagsgruppe Random House FSC® N001967

PENGUIN und das Penguin Logo sind Markenzeichen
von Penguin Books Limited und werden
hier unter Lizenz benutzt.

1. Auflage 2020
Copyright © 2020 by Penguin Verlag, München,
in der Verlagsgruppe Random House GmbH,
Neumarkter Straße 28, 81673 München
Dieses Werk wurde vermittelt durch die Literarische Agentur
Thomas Schlück GmbH, 30161 Hannover
Umschlag: www.buerosued.de
Redaktion: Annika Krummacher
Satz: Uhl + Massopust, Aalen
Druck und Bindung: GGP Media GmbH, Pößneck
Printed in Germany
ISBN 978-3-328-10311-0
www.penguin-verlag.de

Dieses Buch ist auch als E-Book erhältlich.

1

Das Zusammenleben mit einem Schwein ist nicht immer einfach, macht aber froh. Und wenn nicht froh, dann zumindest weniger unglücklich. Was manchmal schon mehr ist, als man erwarten darf, dachte Inspektor Fernando Valente, während er mit einem Lächeln Raquel betrachtete.

Es war einer dieser verrückt heißen Augusttage im Alentejo. Fernando saß auf der mit Bambus überdachten Veranda seiner Lieblingsfrau, der wunderbaren Anabela Lobo. Ihm schräg gegenüber, in dem alten hellblauen Sessel, saß Anabelas Mann. Gary Watson. Fernando war ihm bislang nur einmal ganz flüchtig begegnet, das ganze vergangene Jahr hatte der kanadische Arzt im Jemen verbracht. Bis er ganz in der Nähe des Krankenhauses am Straßenrand in ein Loch gefallen war. Jetzt war er wieder da, das rechte Bein bis zur Hüfte eingegipst, den Arm in einer Schlinge und mit einer frischen roten Narbe an der linken Schläfe.

Anabela klapperte in der Küche mit dem Geschirr. Fernando seufzte.

»So schlimm?«, fragte Gary.

Schlimmer, dachte Fernando, viel schlimmer. Und er fragte sich, wie lange es wohl dauern würde, bis Gary Watson wiederhergestellt und auf dem Weg in sein nächstes Einsatzgebiet war.

»Ein neuer Fall?«, vermutete der Kanadier.

»Die Hitze«, entgegnete Fernando und log dabei immerhin nur ein bisschen.

Gary schaute über seine Schulter zum großen Thermometer, das an der Hauswand hing. »Neunundddreißig Grad im Schatten«, stellte er fest und klang dabei so, als ob auch er das viel zu heiß fände.

Netter Versuch, dachte Fernando, aber wenig überzeugend. Denn während ihm der Schweiß von der Stirn tropfte, obwohl er nur Shorts und T-Shirt trug, wirkten Gary und sein helles Leinenhemd, als wären sie frisch gewaschen in eine klimatisierte Lounge spaziert. Überhaupt sah Anabelas Mann mit seinen grauen, wachen Augen, den vielen Lachfältchen und den markanten Gesichtszügen trotz seiner Blessuren ärgerlich gut aus.

Besser gar nicht hinschauen, befand der Inspektor und wandte den Blick wieder seinem Schwein zu.

Raquel lag wenige Meter von der Veranda entfernt in einer schattigen Kuhle unter dem Feigenbaum. Vor gut zweieinhalb Jahren hatte Fernando sie als Ferkel adoptiert und mit der Flasche aufgezogen. Damals war sie so klein gewesen, dass sie in seine Jackentasche gepasst hatte. Inzwischen war sie mehr als ausgewachsen. Für alle, die das erste und einzige Polizeischwein Portugals nicht näher kannten, mochte sie aussehen wie ein ganz gewöhnliches, wenn auch auffällig fülliges *Porco preto alentejano*. Also wie eines der vielen schwarzen Schweine, die halbwild in den dünn besiedelten Korkeichenwäldern lebten, bis sie im Alter von etwa zwanzig Monaten geschlachtet wurden. Doch für Fernando war Raquel unvergleichlich liebenswert und schöner als alle anderen Schweine, auch wenn er selber nicht genau wusste warum. Vielleicht war es die Anmut, mit der sie ihre große Wampe durch die Welt schaukelte, vielleicht das haarige Doppelkinn, das ihre lange und schmale Nasenpartie besonders elegant wirken ließ, vielleicht die kleinen klugen Augen.

In diesem Moment konnte der Inspektor allerdings weder Raquels Rüssel noch ihre Augen sehen: Sie steckte bis zu den Ohren in einer riesigen Wassermelone. Abwechselnd schmatzte und grunzte die Sau, in ihrer ganz eigenen Fressmelodie, die sie immer dann anstimmte, wenn es ihr schmeckte und sie sich besonders wohlfühlte.

»Hoffentlich ist es nicht zu heiß fürs Polizeischweine-Training?«, nahm Gary die Unterhaltung wieder auf. »Während meine Knochen wieder zusammenwachsen, will ich mir das nämlich unbedingt einmal anschauen.«

Auch das noch, dachte Fernando. Laut sagte er: »Es ist nicht besonders spektakulär.«

»Anabela hat mir erzählt, dass Raquel ausgesprochen klug ist.«

»Klug und trainingsresistent«, erwiderte Fernando und stellte dann endlich die Frage, die in seinem Kopf herumspukte: »Wie lange bleibst du?«

»Diesmal vielleicht für immer. Die Lust auf Auslandseinsätze ist mir gründlich vergangen«, antwortete der Arzt leichthin.

Ein übel gelauntes Stachelschwein zog in Fernandos Magen ein. Er nickte, stand auf, sagte: »Ich schau mal, ob Anabela Hilfe braucht«, und ging ins Haus.

In der bunten Wohnküche war es schummrig. Fernando nahm seine Sonnenbrille ab und legte sie auf den großen Esstisch, neben das Durcheinander aus Papieren, Büchern und Kisten mit Tomatensetzlingen. In der Mitte des Tisches erspähte Fernando einen Apfelkuchen, der noch ein bisschen dampfte. Seine nackten Zehen berührten etwas Warmes, Flauschiges. Er sah hin und entdeckte Anabelas Hunde, Freki und Geysa, die unter dem Tisch auf der Seite lagen, alle viere von sich gestreckt, so als versuchten sie, möglichst viel Körperfläche auf die einigermaßen kühlen Fliesen zu bringen. Normalerweise wären sie aufgesprungen, um sich streicheln zu lassen. Aber an diesem Tag waren sie so lethargisch, dass sie nur müde mit ihren Schwänzen wedelten.

Auf der gegenüberliegenden Seite des Raumes stand Anabela mit dem Rücken zu ihm an der Spüle.

Durch das kleine quadratische Fenster, das Anabela ein wenig schief in die Lehmwand des ehemaligen Eselstalls eingebaut hatte, fiel Sonnenlicht auf ihre rotbraunen Haare. Bis auf den alten Ofen hatte sie fast alles in der Küche selbst gebaut. Die Küchenschränke waren eine gewagte Kombination aus Holz, Lehm und alten Apfelkisten, ihr Inhalt wurde von umfunktionierten Duschvorhängen verborgen. Schon oft hatte Fernando sich gewundert, wie etwas so Provisorisches so gemütlich aussehen konnte.

Er räusperte sich, doch Anabela blickte nicht einmal auf, sondern polierte ein Glas so intensiv mit dem Küchenhandtuch, dass jemand, der sie weniger gut kannte, auf die Idee hätte kommen können, dass sie zu den Frauen gehörte, die sich um Wasserflecken auf dem Geschirr scherten. Fernando trat zu ihr, nahm ihr das Glas aus der Hand und stellte es zu den zwei anderen auf ein Holztablett.

»Ich dachte, er würde erst nächste Woche kommen«, murmelte sie leise, obwohl Gary ihnen ohnehin nicht folgen konnte, wenn sie so schnell Portugiesisch sprachen. Der Kanadier hatte die Sprache seiner neuen Wahlheimat bislang nicht gelernt, vermutlich auch deswegen, weil er kaum zu Hause war.

Fernando duckte sich unter einigen Sträußen mit Basilikum und wildem Oregano hindurch, die an einer Leine zum Trocknen hingen. Dann öffnete er den Kühlschrank, nahm einen Krug mit Wasser, Zitronenscheiben und frischen Minzblättern heraus und stellte ihn zu den Gläsern. »Er will bei Raquels Training zuschauen«, sagte er und fand selbst, dass er vorwurfsvoll und weinerlich klang, fast so schlimm wie seine Mutter. Aber vielleicht konnte man gar nicht anders sprechen, wenn es in der Magengegend so pikste.

»Was soll ich denn machen, Fernando?«

Es ihm sagen, dachte er, sprach es aber nicht aus. Er wusste ja selbst, dass das nicht ging. Sie konnte es ihm nicht sagen, nicht, nachdem er gerade fast von der Erde verschluckt worden war. Und später vermutlich auch nicht, wenn sie ihre Ehe retten wollte.

Er trat an die Spüle und schaute aus dem Fenster in den Gemüsegarten. Hinter dem Maschendrahtzaun, der die Ernte vor Wildschweinen schützen sollte, wucherten grüne Wasser- und gelbe Honigmelonen. Über einige Tomatenpflanzen hatte Anabela einen großen Schirm aufgespannt. Die Früchte, die nicht in seinem Schatten hingen, waren in der Sonne aufgeplatzt. Fernandos Blick folgte dem geschwungenen Pfad, der am Gemüsegarten entlang verlief, bis er schließlich zwischen den Dornen einer struppigen Hecke verschwand. Das dichte Grün versperrte die Aussicht auf die Senke am Ende von Anabelas riesigem Grundstück. Aber Fernando hatte dort in der Wirklichkeit und in seinen Tagträumen so viel Zeit verbracht, dass er die schattige Enklave in Gedanken vor sich sah. Die Birnen- und Pflaumenbäume, den Hibiskus und den kleinen Bachlauf, der selbst im August noch ein wenig Wasser führte. Und die große Korkeiche. Unter ihrer dunkelgrünen Krone, auf einem hängenden Bett aus hellblauen Holzpaletten, hatten Anabela und er vor einigen Monaten einen Nachmittag verbracht. Hinterher hatte sie ein schlechtes Gewissen gehabt, aus der Schaumstoffmatratze Hundebetten gemacht und die Paletten in einem Schuppen für Gartengeräte verbaut.

Eine Weile waren Fernando und Anabela sich aus dem Weg gegangen, aber seit Raquel vor einigen Wochen auch offiziell zum Polizeischwein ernannt worden war, hatten sie sich wieder öfter getroffen. Um mit Raquel zu trainieren, auch wenn »spielen« es vielleicht besser traf. Und um zusammen auf der Veranda zu sitzen und zuzuschauen, wie die Wiese unter der Sommersonne immer gelber und lichter wurde, bis von ihr schließlich nur noch einige dünne ockerfarbene Halme auf rissigem Grund übrig waren.

Anabelas überraschend kühle Hand legte sich auf seinen Oberarm. Er drehte sich um und sah sie an. Nach so vielen Monaten unter wolkenlosem Himmel war ihr Gesicht von Hunderten entzückender Sommersprossen bedeckt – ein Andenken an ihren irischen Vater, der Anabelas schöne Mutter einst dazu gebracht hatte, ihr Heimatdorf Sonega zu verlassen. Sie zwirbelte an einer Haarsträhne, die sich aus ihrem Knoten am Hinterkopf gelöst hatte – wie immer, wenn sie nicht so recht wusste, was zu sagen oder zu tun war.

»Ich schätze, wir sollten wieder nach draußen gehen«, sagte er, obwohl er sie viel lieber geküsst hätte. Er unterdrückte ein Seufzen, nahm das volle Tablett von der Anrichte und ging hinaus, Anabela folgte mit dem Apfelkuchen. Gary wartete mit entspanntem Lächeln. Raquel schluckte das letzte Stück Melone hinunter und rülpste.

»Honey, du weißt gar nicht, wie sehr ich mich in den letzten Wochen auf deinen Kuchen gefreut habe«, sagte Gary nach dem ersten Bissen. Der zweite fiel ihm auf dem Weg in den Mund von der Gabel. Anabela wollte aufstehen, aber Gary stoppte sie. »Lass mal, so hat die Schweinedame auch was davon.« Er rief nach Raquel.

»Sie ist auf Diät«, wandte Fernando ein.

Raquel erhob sich träge von ihrem Schattenplatz, stapfte mit schaukelndem Gang die Stufen der Veranda hinauf und ging auf Gary zu. Er begann zu lachen. »Im Liegen habe ich ja gar nicht gesehen, wie dick sie ist. Aber egal, auf das eine Stückchen Kuchen kommt es ja dann auch nicht mehr an.« Er deutete auf das Kuchenstück am Boden. »Hier, für dich.«

Raquel, die normalerweise keinen Leckerbissen ausschlug, bewegte ihren Rüssel nicht mal in die Richtung des Kuchens. Stattdessen setzte sie sich auf ihr Hinterteil, legte den Kopf ein wenig schief und schaute Gary an.

»Du möchtest wohl lieber gekrault werden, was?«
Gary streckte die Hand aus, aber Raquel wich ihr
aus. Fernando war mit einem Mal sehr stolz auf sein
Schwein.

»Vermutlich ist ihr dein Gips unheimlich«, sagte
Anabela.

»Vermutlich mag sie es einfach nicht, wenn man
sie auslacht und dick nennt«, sagte Fernando.

Raquel erhob sich, drehte sich auf den Hinter-
füßen um und verschwand um die Hausecke. Fernando vermutete, dass sie sich unter dem Schatten
der Obstbäume ein neues Schlafplätzchen suchen
würde.

»Jetzt sah sie wirklich ein bisschen beleidigt aus«,
meinte Gary.

»Würde mich nicht wundern«, sagte Fernando
und starrte auf die Gabel in seiner Hand, die wenige Zentimeter über dem unberührten Stück Apfelkuchen schwebte. Das stachlige Ding in seinem
Bauch hatte sich so breitgemacht, dass kein einziger
Krümel daneben Platz gefunden hätte.

Noch während er über eine Ausrede nachdachte,
mit der er das Feld räumen könnte, klingelte sein
Telefon.

»Hallo, Patricia!« Er begrüßte seine Zwillingsschwester, die gleichzeitig seine Vorgesetzte war, ein
wenig enthusiastischer als sonst. Ihr Verhältnis war
nicht immer ganz einfach, aber heute hatte sie ein
perfektes Timing.

»Wo bist du gerade?« Sie sprach über die Freisprechanlage, im Hintergrund hörte er Motorengeräusche.

»In Sonega, bei Anabela.«

»Perfekt, dann kannst du in fünfzehn Minuten am Fundort sein. Praia da Samoqueira, Südende, in der kleinen Bucht hinter dem Tunnel. Die Kollegen von der Guarda Nacional Republicana und die Spurensicherung sind schon dort, ich komme in einigen Stunden nach.«

»Was ist passiert?«

»Ein Muschelsammler hat am Strand einen Kopf gefunden.«

Patricia fuhr offenbar in ein Funkloch, jedenfalls brach die Verbindung ab.

»Igitt«, entfuhr es Fernando. Er stand auf. »Ich muss leider weg. Was Dienstliches.«

Auf dem Weg zum Auto rief er nach Raquel, doch sie kam nicht. Er griff nach der Tasche, die unter dem Beifahrersitz lag, und zog eine Jeans und ein Hemd heraus. Seit er bei seinem letzten Fall einmal mit Surfanzug am Tatort erschienen und dann auch noch von einer Reporterin fotografiert worden war, hatte er immer Wechselkleidung im Wagen, für alle Fälle.

Anabelas Häuschen lag an einem kaum genutzten Feldweg und so weit von den Nachbarhöfen entfernt, dass er sich problemlos in der Einfahrt hätte umziehen können. Doch weil er in Eile war, zog er

16

die Jeans kurzerhand über seine Shorts. Er hörte, wie Anabela hinter dem Haus nach Raquel rief. Offenbar hatte sie beschlossen, ihm bei der Suche zu helfen. Ihre Stimme näherte sich, dann tauchte Anabela hinter den üppigen Oleanderbüschen auf.

»Keine Spur von Raquel. Dabei ist sie doch gar nicht der Typ Schwein, der einfach abhaut.«

Fernando schaute auf die Uhr. Seit Patricias Anruf waren schon knapp zehn Minuten vergangen.

»Ich muss wirklich los.« Es gefiel ihm gar nicht, ohne Raquel aufbrechen zu müssen. Nicht dass sie so ein talentiertes Polizeischwein gewesen wäre (das war sie entgegen zahlreicher Presseberichte nämlich gar nicht), doch die schrecklichen Sachen, die ihm in seinem Beruf zwangsläufig begegneten, ließen sich in Raquels Gesellschaft besser ertragen. Und dass auf einem der schönsten Strände der Region ein Kopf lag, war eine besonders schreckliche Sache.

»Ich schreibe dir eine Nachricht, sobald sie wiederauftaucht. Vermutlich versteckt sie sich einfach irgendwo im Schatten«, sagte Anabela.

Also fuhr der Inspektor allein und mit dem sicheren Gefühl, dass dieser Tag nichts Gutes mehr bringen würde, zum zehn Kilometer entfernten Strand zwischen Porto Covo und Sines.

2

Der Praia da Samoqueira trug sein Sommergewand.
Bonbonfarbene Sonnenschirme leuchteten im glei-
ßenden Licht, auf dem hellgelben Sand verwoben
sich wild gemusterte Handtücher zu einem riesigen
Patchworkkleid, geschmückt mit blauen Kühlta-
schen, rosa und roten Plastikschaufeln, Bällen, glitzernden Bikinioberteilen und Sonnenhüten. So voll
war es hier nur im August, wenn man es wegen der
Hitze am ehesten am Wasser aushielt. In dieser Zeit
hatte fast ganz Portugal Ferien und fuhr an die Küs-
ten.

Während der Inspektor vom Parkplatz über eine
Holztreppe hinunter in die Bucht stieg, schaute er
aufs Meer. Es schien, als hätte die Hitze selbst den
sonst so wilden Atlantik träge werden lassen. Nur
gelegentlich schwappten kleine Wellen gegen die riesigen Kalksteinfelsen, die auf dem Teil des Strandes
standen, der bei Ebbe zum Land und bei Flut zum
Meer gehörte. In der Nachmittagssonne glänzten sie
so, als hätte jemand sie mit einer dünnen Schicht
Blattgold überzogen.

Am Fuß der Treppe stand ein Polizist. »Boa

tarde, Inspektor«, begrüßte ihn der Kollege von der Guarda Nacional Republicana.

»Vielleicht hätten Sie besser am Südende des Strandes parken sollen. Die Treppe dort führt ja quasi direkt zum Fundort.«

»Ich weiß. Aber ich wollte mir noch einen Überblick verschaffen«, sagte Fernando. Das war allerdings nur die halbe Wahrheit. Die ganze war, dass er seine Begegnung mit dem Kopf so lange wie möglich hinauszögern wollte, auch wenn es sich höchstens um Minuten handeln konnte.

Er fragte sich, ob der junge Kollege schon in der Bucht gewesen war, und schaute ihm prüfend ins Gesicht. Doch statt der Augen seines Gegenübers sah er in der schwarzen Sonnenbrille nur sein eigenes leicht verschwommenes Spiegelbild. Obwohl an diesem Tag Windstille herrschte, waren seine kurzen Locken zerzaust. Die Ohren standen leicht ab, und da er seine eigene Sonnenbrille auf Anabelas Küchentisch vergessen hatte, musste er die Augen zusammenkneifen, um im grellen Licht überhaupt etwas sehen zu können.

»Waren Sie schon da?«, erkundigte er sich.

Der Kollege schüttelte den Kopf und sagte dann, als hätte er in Gedanken schon das Protokoll geschrieben: »Um 15.40 Uhr ist der Anruf in der Zentrale eingegangen. Wir sind um 16.00 Uhr angekommen, eine halbe Stunde später war auch die Spurensicherung da. Wir haben den hinteren Teil des Strandes abgesperrt. Bruno befragt gerade die Strandbesucher, ob jemandem etwas aufgefallen ist.« Er deutete auf einen weiteren Polizisten, der rund hundert Meter von ihnen entfernt im Sand stand und sich mit einem Pärchen unterhielt.

»Was erzählt er ihnen denn?«

»Dass wir eine Leiche gefunden haben. Ihre Schwester hat uns die Anweisung gegeben, es erst einmal so vage zu halten. Aber vermutlich ist ohnehin schon etwas durchgesickert. Sie wissen ja, wie das ist.«

Fernando sah sich um. Der Ausdruck schauriger Erregung, den er einigen Gesichtern ablesen konnte, bestätigte die Vermutung des Kollegen. Und noch etwas anderes fiel ihm auf: Außer einem braun-weiß gefleckten Hund planschte niemand mehr im Atlantik. Zwei Kinder schnappten sich ihre Eimerchen und machten sich auf den Weg zum Wasser, wurden aber von ihren Müttern sofort mit schrillen Stimmen zurückgerufen. Ganz so, als lauere das Böse im Meer.

Fernando ließ den Kollegen stehen und schlängelte sich an den Menschenmassen vorbei. Auf dem freien Sandstreifen, der noch dunkel und hart von der letzten Flut war, lief er Richtung Süden und erreichte wenig später die schöne Bucht, die nur bei Ebbe begehbar war.

Artur Alvas von der Spurensicherung kreuzte seinen Weg. An diesem Tag trug er keinen Schutzanzug, sondern nur lange weiße Handschuhe. Er hob eine Hand zum wortlosen Gruß, bevor er sagte: »Ich organisiere schnell ein paar Schaufeln und Verstärkung.« Ohne eine weitere Erklärung drehte er ab und stieg die steile Steintreppe hinauf.

Fernando wandte sich nach rechts dem Tunnel zu, den das Meer einst in den Felsen gegraben hatte und durch den man zu zwei weiteren kleinen Buchten gelangte, die nur bei Ebbe besucht werden konnten. Es war wirklich purer Zufall gewesen, dass ein Muschelsammler den Kopf gefunden hatte.

Er stieg über das Absperrband der Polizei und betrat kurz darauf das einige Meter lange Gewölbe, in dem er gerade noch stehen konnte. Es war überraschend kühl und dunkel. Wasser tropfte von den Felsen, der Sand unter seinen Füßen knirschte. Bald darauf stand er wieder unter sattblauem Himmel in der ersten kleinen Bucht. Links von ihr führte ein kurzer, schmaler Pfad, der seitlich von hohen Kalksteinwänden begrenzt wurde, aber oben offen war, in die zweite Bucht, bestehend aus einem winzigen halbmondförmigen Sandstrand, der sich dicht an die Steilklippen schmiegte. Und dort lag oder, besser gesagt, stand der Kopf.

Fernando sah ihn zuerst von hinten. Ein schwarzer, kurzer Pferdeschwanz, Blickrichtung zum Meer. Der Hals, falls überhaupt noch vorhanden, steckte im Sand. Fernando ging an den Felsen entlang um den Kopf herum, hockte sich hin und blickte in das

Gesicht eines jungen Mannes, das nicht allzu lange im Wasser gelegen haben konnte, weil es kaum entstellt war. Die Augen waren geschlossen, das Kinn ruhte auf dem Sand. Der Teint war auffallend frisch, wie bei jemandem, der gerade gerannt ist. Sonnenbrand, dachte Fernando, doch als er näher ging, sah er, dass es Akne war, die die Wangen rot gefärbt hatte.

Er zog ein Paar Latexhandschuhe aus der Hosentasche und streifte sie über. Gegen die aufsteigende Übelkeit atmete er ein paarmal tief ein und aus, dann umfasste er den Kopf hinten und am Unterkiefer und hob ihn ein Stückchen an. Das heißt, er wollte ihn anheben, aber er steckte fest. Deshalb also die Schaufeln. Fernando kniete sich auf den Boden, strich Sandkörner zur Seite und legte so nach und nach einen muskulösen Nacken frei, bis ihn eine wohlbekannte Stimme unterbrach.

»Wie viel Zeit bleibt uns noch?«

Fernando überlegte nur kurz. Er surfte zwar längst nicht so oft und so gut, wie es ihm lieb gewesen wäre, aber den Gezeitenkalender kannte er nahezu auswendig. »In spätestens zwei Stunden bekommen wir nasse Füße, und gegen zwanzig Uhr steht hier alles unter Wasser.« Er stand auf und drehte sich zu Dr. José Rosa um.

Der Rechtsmediziner trug eine graue Jogginghose, ein Polohemd und einen großen Rucksack, als hätte er gerade zu einer Wanderung aufbrechen wollen. »Schön, Sie zu sehen, Inspektor«, sagte er, weil er ihn bei fast jeder Begegnung so begrüßte und es auch so meinte, ganz gleich, ob sie sich an einem Leichenfundort, bei einer Obduktion oder zum Essen trafen. Rosa umrundete den Kopf zweimal, dann ging er vor ihm in die Hocke, zog Handschuhe über und öffnete dem Toten behutsam die Lippen. Kleine Bläschen quollen heraus.

Kurz darauf kehrte Artur Alvas mit einem Kollegen, einer Trage und vier Spaten zurück.

»Wäre es nicht sinnvoller, die Feuerwehr zu holen?«, fragte Rosa.

»Die sind alle in Beja und versuchen, Waldbrände zu löschen«, erklärte Artur. »Ihr Rucksack tropft übrigens, Dr. Rosa.«

»Richtig, das habe ich ganz vergessen.« Der Rechtsmediziner stellte den Rucksack auf den Boden und zog einen tropfnassen Kühlakku und einige Flaschen Wasser und Cola hervor. »Habe ich mitgebracht, weil wir bei der Hitze etwas Kühles trinken sollten.« Als Fernando ihn erstaunt ansah, lachte Dr. Rosa leise. »Ja, Inspektor, Sie haben recht. Natürlich würde ich nie an so etwas denken, aber deshalb bin ich ja verheiratet. Also unter anderem deshalb.« Er wühlte wieder im Rucksack und hielt kurz darauf einen Apfel hoch. »Ich habe immerhin einen Apfel für Raquel eingepackt. Wo ist sie überhaupt?«

»Hoffentlich in Anabelas Garten«, sagte Fernando, zog sein Handy aus der Tasche und las eine Nachricht von Anabela: *Raquel ist noch nicht wieder aufgetaucht. Soll ich sie im Dorf suchen? Oder ist sie vielleicht zu euch nach Hause gelaufen?*

Danke, aber das musst du nicht, tippte Fernando. *Du musst dich ja schon um Gary kümmern.* Dann löschte er den zweiten Satz wieder und schrieb stattdessen: *Du hast eh schon genug zu tun. Ich schicke Pedro los.*

Pedro war ein Junge aus dem Dorf, der Fernando überhaupt erst auf die Idee gebracht hatte, Raquel zum Polizeischwein zu befördern. Seitdem hatte der Junge unzählige Stunden mit Raquel Ball gespielt, ihren Rücken gebürstet und beim Training geholfen. Er würde sich mit Sicherheit auf die Suche nach Raquel machen. Vorausgesetzt, er war gerade im Dorf und nicht mit Fernandos altem Fahrrad ans Meer gefahren.

Fernando wählte die Festnetznummer der Quinta, in der er zusammen mit seiner Mutter, seiner Großmutter und seinem Schwein wohnte. Im nächsten Moment hatte er seine Mutter am Ohr.

»Sag mal, Mãe, ist Pedro bei euch?«, erkundigte er sich.

»Wie fast jeden Tag in den Sommerferien. Beinahe könnte man meinen, er hätte gar kein eigenes Zuhause mehr«, antwortete Teresa Valente und fügte hinzu: »Er versucht übrigens gerade, deiner Groß-

mutter einen Zopf zu flechten.« Sie betonte jedes
einzelne Wort so, dass ihr Sohn auch ohne weiteren
Zusatz verstand, wie unpassend sie das fand.

Dann hörte er ihre Schritte und kurz darauf die
Stimme des Dreizehnjährigen. »Ja?«

»Pedro, ich brauche deine Hilfe. Heute Mittag ist
Raquel abgehauen, als ich mit ihr bei Anabela war,
und seitdem ist sie verschwunden.«

»Ich finde sie«, sagte Pedro und legte auf.

Fernando ging zurück zu den Männern und griff
nach dem Spaten, den Artur Alvas ihm entgegen-
streckte.

»Wir sollten uns beeilen, damit wir ihn vor der
Flut draußen haben. Und schön vorsichtig, damit
wir die Leiche nicht beschädigen«, ermahnte der
Rechtsmediziner noch, dann fingen sie an. Sie legten die Schultern frei und bald darauf die Hände,
die zu Fäusten geballt gegen den oberen Brustkorb
gepresst waren.

»Vielleicht hat er noch versucht rauszukommen«,
mutmaßte Artur.

Dass das jedoch ein aussichtsloses Unterfangen
gewesen war, erkannten die Männer, als sie die
Handgelenke ausgegraben hatten. Der Tote war mit
Handschellen gefesselt.

»Interessant«, kommentierte Rosa.

»Hatte er überhaupt eine Chance?«, fragte Fernando.

»Für einen Normalsterblichen ist es fast unmöglich, sich aus so einem festen Sandgrab zu befreien. Selbst wenn einem der Sand nur bis zum Hals reicht.«

Der Sand war feucht und ließ sich deshalb relativ gut zur Seite schaufeln. Trotzdem war die Arbeit bei diesen Temperaturen eine Tortur und dauerte länger als geplant, was auch daran lag, dass der Tote fast senkrecht im Sand stand. Seine Fußgelenke waren mit einem dicken Seil zusammengebunden. Er trug nur eine dünne Leinenhose, deren Taschen leer waren. Als sie ihn endlich vollständig ausgebuddelt und auf die Trage gelegt hatten, schwappte ihnen schon die Brandung um die Knöchel.

»Nichts wie weg hier«, sagte Artur. »Bevor uns die Wellen an die Klippen schmeißen.«

Sie trugen die abgedeckte Leiche durch den Tunnel zurück an den Hauptstrand, der inzwischen bis auf einige Polizeibeamte leer war. Gleichzeitig mit den beiden Bestattern, die den Toten in die Gerichtsmedizin in Setúbal bringen würden, kam auch Patricia die Treppe herunter.

»Ausgerechnet Anfang August«, stöhnte sie.

Fernando wusste, was sie meinte. Ein rätselhafter Todesfall so früh in der Hauptsaison war nicht gerade gut fürs Image.

»Und fast alle Kollegen sind verreist«, fügte sie hinzu. Dann schlug sie das Laken zurück und schaute dem Toten ins Gesicht. »Wenigstens hängt der Körper am Kopf und schwimmt nicht in Einzelteilen im Meer herum, wie ich befürchtet hatte. Wissen wir schon, wer er ist?«

»Wir haben weder Papiere noch einen Autoschlüssel in seinen Taschen gefunden.«

»Und eine Tatwaffe?«

»Er war an Händen und Füßen gefesselt und bis zum Hals eingegraben, weshalb es erst einmal auch so aussah, als würde da nur ein Kopf liegen. Höchstwahrscheinlich ist er bei der letzten Flut ertrunken. Die Obduktion verrät hoffentlich mehr«, fasste Dr. Rosa zusammen.

»Wir suchen also eine Schaufel.«

»Oder mehrere Schaufeln«, meinte Fernando. »Ich kann mir kaum vorstellen, dass ein Einzelner ihn gegen seinen Willen hätte einbuddeln können. Fesseln hin oder her.«

»Die Spurensicherung soll sich darum kümmern«, bestimmte Patricia. »Auch wenn ich bezweifle, dass der oder die Täter dumm genug waren, die Schaufeln hier zu deponieren, statt sie einfach im Meer zu entsorgen.« Sie wandte sich an Rosa. »Wann können wir mit den Ergebnissen der Obduktion rechnen?«

»Morgen früh, ich kümmere mich noch heute Abend darum.«

Patricia nickte und befand, dass vor Ort außer für die Spurensicherung nichts mehr zu tun sei.

Fernando wollte sich gerade verabschieden, als es

in seiner Tasche klingelte. Er schaute auf das Display seines Handys und erkannte die Festnetznummer der Quinta. »Das ist sicher Raquel«, sagte er und verbesserte sich gleich in Gedanken: Das ist sicher *wegen* Raquel.

Aber da sagte Patricia schon zu Dr. Rosa: »Inzwischen telefoniert er anscheinend schon mit diesem Schwein.«

»Schlau genug ist sie ja«, antwortete der Rechtsmediziner, ohne eine Miene zu verziehen. »Ich bin mir nur nicht sicher, wie sie es schafft, so ein modernes Gerät zu bedienen. Das setzt ja doch allerhand an Fingerfertigkeit voraus.«

Fernando grinste schief und ging ein paar Meter zur Seite: »Hast du sie gefunden, Pedro?«

»Ja, sie sitzt im Café in Sonega. Aber sie hat sich geweigert, mit mir nach Hause zu kommen.«

3

Als Fernando zwanzig Minuten später auf Sonegas Hauptstraße parkte, saß Raquel nicht mehr im Café, sie lag schon. Durch die offene Tür hörte er ihr Schnarchen, sehen konnte er nur ein Stück ihres Bauches, der sich wie ein dicker behaarter Blasebalg rhythmisch auf und ab bewegte. Die Sicht auf den Rest seines Schweines war von einer Gruppe Touristen versperrt. Ein Mann lachte laut. »Pssst«, machte eine Frau und sagte dann noch etwas in einer Sprache, die Fernando nicht verstand.

Er setzte sich auf die Terrasse, gleich hinter das riesige Schild, in dessen linker Ecke ein schwarzes Schwein saß, das Raquel nicht unähnlich war. *Café do Porco Polícia* stand daneben, Café zum Polizeischwein.

Rodrigo Pinto hatte das Café im vergangenen Herbst eröffnet. Weil es schon das zehnte Café in dem kleinen Dorf war, hatte – außer Rodrigo – kaum jemand erwartet, dass es den Winter überleben würde. Und als er es dann nach Raquel, dem Polizeischwein, benannt hatte, waren auf den Bänken am alten Marktplatz noch Wetten darauf abgeschlossen worden, was zuerst passieren würde: Raquels Verwandlung in einen Berg leckerer Chouriço-Würste oder Rodrigos Rückkehr zu den Gabelstaplern im Hafen von Sines. Jetzt, ein knappes Jahr später, konnte von beidem keine Rede mehr sein. In Rodrigos Café hingen jede Menge Presseartikel über Raquel, die vom Premierminister persönlich zum Polizeischwein ernannt worden und – das zählte in Sonega noch mehr – sogar schon im Fernsehen gewesen war.

Für Touristen war Sonega früher nicht mehr als eines der vielen kleinen verarmten Alentejo-Dörfer am Weg in die Algarve gewesen. Nun hielten sie an, um im Café do Porco Polícia Kaffee zu trinken, dazu Pastéis de Nata zu essen, die leckeren Blätterteigtörtchen mit Puddingfüllung, und ein Foto zu machen. Offenbar deckten sich manche auch im Laden schräg gegenüber mit Proviant ein, dachte Fernando und beobachtete seine frühere Schulkameradin Sonya, die gerade die Tür ihres Geschäfts schloss und auf einen nagelneuen roten Roller stieg.

»Wenn es so weitergeht, müssen wir alle Provision an Raquel zahlen«, bemerkte Rodrigo Pinto, als er sich kurz darauf zu Fernando setzte. Er stellte zwei Gläser und eine Flasche ohne Etikett auf den Tisch. »Du kannst dir kaum vorstellen, wie die Leute ausgeflippt sind, als Raquel vor ein paar Stunden hier hereinspaziert ist. So leise sind sie jetzt nur, weil Raquel eingeschlafen ist und sie Angst haben, sie aufzuwecken.«

Rodrigo lachte, Fernando nicht. Er griff nach der Flasche, schraubte den Verschluss ab und hielt seine Nase über die Öffnung. Der Cafébesitzer war bekannt dafür, im weiten Umkreis den besten Aguardente de Medronho zu brennen, und dieser Jahrgang roch besonders gut. Der Inspektor füllte beide Gläser mit dem Schnaps aus den Früchten des Erdbeerbaums, leerte seines in einem Zug und fragte dann: »Wie viel hat sie gegessen?«

Rodrigo schenkte ihm nach. »Schlechten Tag gehabt?«

»Wie viel, Rodrigo?«

Aus der Tasche seines schwarzen Hemdes zog Rodrigo einen kleinen Block und las ab: »Bestellt haben die deutschen Touristen da drinnen drei Baguettes mit Käse und Schinken, eines mit Hühnchen, zweimal Obstsalat sowie diverse Gebäckstücke. Aber die Hälfte davon haben sie selber gegessen.«

»Du weißt doch, dass sie auf Diät ist.«

»Deshalb hatte das arme Schwein vermutlich so großen Hunger. Ich weiß, wie das ist«, sagte Rodrigo und strich sich über seinen Bauch, der in den letzten Monaten ebenfalls stetig gewachsen war. Dann sah er Fernandos Gesichtsausdruck und stand auf. »Ich glaube, ich geh da drinnen mal abrechnen.«

Zehn Minuten später kam der Erste der Reisegruppe nach draußen, nur um nach einem kurzen Blick auf Fernando gleich wieder auf dem Absatz kehrtzumachen. Fernando sah durchs Fenster, wie er an die Wand mit den Zeitungsartikeln ging und dann mit seinen Mitreisenden tuschelte. Er befürchtete Schlimmes. Tatsächlich blätterte der Mann, als er zurück auf die Terrasse kam, in seinem Sprachführer. »Desculpe«, entschuldigte er sich in holprigem Portugiesisch und fuhr dann in kaum weniger holprigem Englisch fort. Ob er nicht der berühmte Inspektor sei, der zu dem noch berühmteren Schwein gehöre?

»Können wir ein Autogramm bekommen?«, fragte eine Frau von hinten.

Fernando winkte ab. »Tut mir leid, aber das auf dem Foto ist mein Cousin. Wir sehen uns nur ähnlich.«

Der Mann kniff die Augen zusammen und schaute ihn prüfend an.

»Sehr ähnlich«, betonte Fernando. Die Touristen gaben auf und verschwanden um die Ecke. Wenig später bog das erste Wohnmobil auf die Hauptstraße ab. Als die Rücklichter des letzten Gefährts hinter Sonegas einziger Ampel verschwunden waren, streckte sich Raquel wohlig aus. Sie rollte mit einer Menge Schwung auf den Bauch, drohte kurz auf die Seite zurückzukippen, fing sich dann aber und stand auf. Sehr langsam ging sie nach draußen auf die Terrasse und blieb neben Fernandos Tisch stehen. Der Inspektor beachtete sie nicht. Sie quiekte leise, was zugleich Begrüßung und eine Aufforderung war, ihr den Rücken zu kraulen. Fernando verschränkte die Arme vor der Brust. Raquel warf ihm von schräg unten einen abschätzenden Blick zu und ließ sich auf ihre dicken Hinterbacken plumpsen.

Eine Weile saßen sie schweigend da, der Inspektor und sein Schwein, und schauten zu, wie das Nachtblau das letzte Tageslicht schluckte und immer mehr Menschen in Vitors Restaurant am Ende der Hauptstraße strömten.

»Das war eine total doofe Aktion von dir, einfach abzuhauen«, sagte Fernando schließlich.

Raquel schaute ihn an, die Fettwülste über ihren Augen wackelten dabei ein wenig, so als würde sie ihre Stirn in Falten legen wollen. Dann schob sie ihre lange schwarze Nase unter seinen Ellbogen, bis Fernando schließlich seine verschränkten Arme löste und ihr den Nacken kraulte.

»Aber du hattest natürlich recht, ihn so blöd zu finden«, sagte er, dann stand er auf. »Komm, Süße, wir fahren nach Hause.«

Die kleine Quinta, die einst von Fernandos Urgroßeltern gebaut und bis zum heutigen Tag von seiner Großmutter Mafalda regiert wurde, lag auf einer kleinen Hügelkuppe zwischen ein paar anderen Höfen, Gärten und Korkeichenwäldern, rund anderthalb Kilometer von Sonega entfernt und war nur über einen langen, holprigen Feldweg zu erreichen.

»Da ist er ja endlich«, hörte Fernando seine Mutter ausrufen, kaum hatte er den Motor ausgestellt und die Tür geöffnet. Am Ton und an der Lautstärke erkannte er bereits, dass sie Besuch hatten. Und er ahnte auch schon welchen.

»Als wäre dieser Tag nicht schon schlimm genug gewesen«, flüsterte er Raquel zu, als er ihr die Autotür aufhielt. Die Sau robbte von der Rückbank, ließ sich auf den Boden plumpsen und folgte dem Essensduft bis in den Hof hinter dem Haus. Vor der weiß-blau gestrichenen Lehmwand stand ein großer Tisch, darauf einige Windlichter. In ihrem schwachen Licht erkannte Fernando erst eine Flasche Rotwein und dann eine große Ofenform mit Bacalhau, dem Stockfisch, der zusammen mit geriebenen Kartoffeln in einem See von Olivenöl schwamm.

Als er Lúcia am Tisch sitzen sah, wusste er für einen Moment gar nicht, was ihn mehr ärgerte – dass seine Mutter nicht aufhörte, die arme Lúcia zum Essen einzuladen, oder dass Lúcia nicht aufhörte, diese Einladungen anzunehmen und darauf zu hoffen, dass sie doch noch ein Paar werden könnten. Bedauerlicherweise suchte Pedro immer das Weite, wenn Lúcia auftauchte, sie war nämlich seine Lehrerin. Und der Junge gehörte zu den wenigen Menschen, die Fernando an diesem Abend gerne gesehen hätte.

»Ach, da ist ja auch die süße Raquel«, flötete Lúcia, obwohl alle Anwesenden wussten, dass sie das gar nicht so meinte, und streckte ihre Hand nach der Sau aus. Die wich mit einem überraschend anmutigen Hüftschwung aus und trabte schnurstracks zu Mafalda, die am Kopfende des Tisches auf ihrem Stuhl thronte. Fernandos Großmutter trug zwei ungleichmäßig geflochtene Zöpfe, für die wohl Pedro verantwortlich war, und ein hellblaues Rüschenkleid. Es raschelte ein bisschen, als sie sich zu Raquel hinunterbeugte und sie zur Begrüßung unter dem Kinn kraulte.

»Du bist also ausgerissen«, sagte sie, und es klang eher anerkennend als vorwurfsvoll.

»Bring sie bloß nicht auch noch auf die Idee, dass du das gut finden könntest«, sagte Fernando, dann wandte er sich der Besucherin zu. »Boa noite, Lúcia«, sagte er und küsste sie auf beide Wangen.

»Wir haben mit dem Essen extra auf dich gewartet«, sagte sie.

»Das ist nett, aber ich habe gar keinen Hunger.«

»Ist dein neuer Fall so schlimm?«

»Unsinn«, mischte sich Teresa ein. »Natürlich musst du etwas essen. Setz dich hin, Junge.«

Fernando nahm Platz, stand aber gleich wieder auf. »Ich bin todmüde und muss morgen sicher wieder früh raus. Und ich habe wirklich keinen Hunger.«

Während er, gefolgt von Raquel, über den Kies ging, hörte er, wie seine Mutter laut einatmete.

»Der Junge ist neununddreißig, Teresa«, erinnerte Mafalda ihre Schwiegertochter.

»Auch Neununddreißigjährige müssen essen.«

»Vielleicht kann ich ihm später noch etwas bringen, wenn er sich ein wenig ausgeruht hat«, schlug Lúcia vor.

Fernando verdrehte die Augen und ging ins Haus. Weil das Küchenfenster vom Hof aus einzusehen war, machte er das Licht nicht an, sondern schlich im Halbdunkeln zum Kühlschrank. Er legte ein paar Oliven, Ziegenkäse und zwei Stücke Brot auf einen Teller, füllte ein großes Glas mit Wasser und verschwand gemeinsam mit Raquel in seinem Zimmer. Vorsorglich schloss er die Tür ab, bevor er sich bis auf die Boxershorts auszog. Im Schein der kleinen Nachttischlampe aß er schnell und ohne rechten Appetit, dann löschte er das Licht und legte sich aufs Bett. Raquel streckte sich am Boden auf der Decke aus, die Mafalda extra für sie genäht hatte.

Der Wecker tickte leise, draußen besangen Hunderte Grillen die ungewöhnlich warme und windstille Nacht. Viermal wurde das nächtliche Sommerkonzert vom Ruf einer Eule unterbrochen, dann klopfte Lúcia an die Tür. Als weder Fernando noch Raquel reagierten, drückte sie die Klinke nach unten.

»Abgeschlossen«, stellte sie bedauernd fest und fragte dann etwas lauter, ob sie noch etwas für ihn tun könne. Doch Fernando antwortete nicht. Er hörte, wie sie »Tatsächlich schon eingeschlafen« murmelte, dann entfernten sich ihre Schritte.

In Wahrheit konnte von Schlaf in dieser Nacht lange keine Rede sein. Die stickige Hitze klebte an Fernando wie ein Wickel aus schweren, feuchten Handtüchern. An seinem rechten Ohr summte es hell und penetrant, in seinem Kopf grinste Gary Watson ihn kuchenessend an, dann wurde der Tote vom Strand wieder lebendig und versuchte, aus seinem Sandloch zu klettern.

Irgendwann, lange nachdem Lúcia nach Hause und Mafalda und Teresa zu Bett gegangen waren, erhob sich Raquel mit einem Ächzen von ihrer Decke und stellte sich vor die Zimmertür. Fernando öffnete ihr und hörte zu, wie ihre Hufe durch den gefliesten Flur zum Hauseingang klackerten. Im Sommer ließ Mafalda die Tür häufig weit offen stehen, um etwas Luft hereinzulassen. Raquel ging hinaus, vermutlich, um sich einen kühleren Schlafplatz im Gras zu suchen. Seit ihrem Einzug ins Haus war es das erste Mal, dass sie nicht in Fernandos Zimmer schlief.

Er überlegte kurz, ob er sich zu ihr nach draußen legen sollte, dachte dann jedoch an all die Krabbeltiere, die im Garten lebten, und ließ es bleiben. Es reichte schon, dass er es drinnen mit den Mücken aufnehmen musste. Er knipste das Licht an und ging auf die Jagd, doch die Blutsauger waren unfassbar schnell. Dann probierte er es mit einer kalten Dusche, schwitzte aber schon wieder, bevor er die Matratze auch nur berührt hatte. Er schaltete das Licht aus, schlug in die Luft, traf aber keine Mücke, sondern nur sein rechtes Ohr.

Erst Stunden später, als draußen zum ersten Mal der Hahn krähte, seine Füße zerstochen waren und die Mücken blutschwer an der Wand hingen, erwischte er sie und schlief endlich ein. Viel zu wenige Stunden später klingelte ihn sein Telefon zurück in die unerfreuliche Realität.

»Schön, dass Sie schon wach sind, Inspektor«, sagte Dr. Rosa am anderen Ende der Leitung.

»Bin ich gar nicht«, murmelte Fernando.

»Gleich aber schon«, kündigte der Rechtsmediziner an und legte eine kleine Kunstpause ein, in der Fernando immerhin schon genug zu Sinnen kam, um zu bemerken, dass die Wand neben seinem Bett voller Blutflecken war.

»Ich habe gerade den Toten vom Strand auf dem Tisch. Und ich habe in seinem Magen einen Schlüssel gefunden.«

»Den Schlüssel zu den Handschellen?«

»Es könnte durchaus ein Schlüssel zu irgendwelchen Handschellen sein, aber in diese Handschellen passt er nicht.«

Fernando war mit einem Satz aus dem Bett. In seinem Kopf vernahm er ein alarmierendes Dröhnen, ähnlich dem dumpfen Grollen, mit dem die Erde im Alentejo manchmal ein Beben ankündigte.

»Was machen wir jetzt?«, fragte er.

»Ich würde sagen, Sie stehen jetzt auf und trinken zwei, drei Tassen Kaffee. Sie klingen so, als bräuchten Sie Koffein. Und dann finden Sie schnell heraus, wer der Tote eigentlich ist.«

4

Wirklich schnell ging es dann aber nicht. Drei Tage lang vermisste niemand den jungen Mann, der am Strand ertrunken war, oder zumindest nicht genug, um zur Polizei zu gehen. Seine Fingerabdrücke waren nicht gespeichert, seine Beschreibung passte auf keine bereits vorhandene Vermisstenanzeige, weder in Portugal noch bei Interpol.

»Das heißt, er ist weder vorbestraft, noch wurde er bereits vor längerer Zeit als vermisst gemeldet«, erklärte Patricia und trommelte mit den Fingern auf ihre Schreibtischplatte. Es nervte sie hörbar, dass sie nicht vorankamen.

»Vielleicht hat er hier nur Urlaub gemacht«, schlug Fernando vor, obwohl er am Vortag schon alle Hotels und Pensionen der Region angerufen und nach einem männlichen Gast mit langen Haaren und Aknenarben gefragt hatte. Aber niemand hatte einen Mann von Anfang bis Mitte zwanzig beherbergt (auf dieses Alter hatte ihn Dr. Rosa nach der Obduktion geschätzt), auf den die Beschreibung gepasst hätte.

»Und ein verlassenes Wohnmobil oder einen VW-

Bus haben die Kollegen von der GNR auch noch nicht gefunden. Nicht mal ein herrenloses Auto«, gab Patricia zu bedenken.

»Er könnte zu Fuß unterwegs gewesen sein und wild gecampt haben.«

»Wäre er bei dieser Hitze gewandert, wäre er vermutlich schon lange vor dem Praia da Samoqueira tot umgefallen. Nein, ich würde die Touristentheorie zwar nicht ausschließen wollen, aber sehr wahrscheinlich ist sie nicht. Schon deshalb nicht, weil es nicht danach aussieht, als wäre er mal eben so, also völlig spontan und willkürlich, am Strand eingegraben worden.«

Fernando nahm den Obduktionsbericht vom Tisch und fächelte sich damit Luft zu. Er kam generell nicht besonders gerne und auch nicht besonders häufig nach Setúbal in die Alentejo-Zentrale der Polícia de Segurança Pública. Viel lieber ermittelte er vor Ort, als Akten zu wälzen, und Patricia ließ ihn, meistens zumindest. Doch in diesem Fall, in dem sie zunächst mal Vermisstenregister kontrollieren und unendlich viele Telefonate führen mussten, war ihm nichts anderes übrig geblieben, als jeden Tag den etwa einstündigen Weg von Sonega in die Distrikthauptstadt zurückzulegen. Ein Umstand, der ihn und Raquel gleichermaßen betrübte, denn um Patricia nicht unnötig aufzuregen, ließ er das Schwein an den Bürotagen zu Hause. Zweimal schon war Raquel ausgerissen, um sich in ihrem Stammcafé von Touristen auf ein Törtchen einladen, fotografieren und an den Ohren kraulen zu lassen. Er dachte daran, was ihm Dr. Rosa über starkes Übergewicht bei Schweinen und die negativen Folgen für Gelenke und Herz erzählt hatte. Spätestens wenn dieser Fall gelöst war, würde er sich um ein Diät- und Fitnessprogramm für Raquel kümmern müssen.

Patricia nahm ihm den Obduktionsbericht aus der Hand und blätterte darin herum.

Die Obduktion hatte bestätigt, dass der junge Mann noch gelebt haben musste, als die Flut kam, ihm Welle für Welle die Luft zum Atmen nahm, erst nur kurz, dann immer öfter und länger, bis die steigende Kohlendioxidkonzentration im Blut den Atemreflex auslöste. Das Salzwasser in den Bronchien hatte sich mit Luft und Sekret gemischt und war als weißer Schaum die Atemwege hochgestiegen. Zu diesem Zeitpunkt, so die Ausführungen von Dr. Rosa, hatte der Ertrinkende endlich das Bewusstsein verloren. Kurz darauf war sein Herz stehen geblieben.

»Wenn der Arme wenigstens unter Drogen gestanden hätte …«, bemerkte Fernando.

»Ja, das wäre für ihn sicher angenehmer gewesen. Aber Rosa hat nichts gefunden, keinen Alkohol, keine Tabletten, kein Haschisch. Nur diesen mysteriösen Schlüssel.«

»Ich habe auch keine Ahnung, was der bedeuten könnte«, meinte Fernando. »Vielleicht sind wir schlauer, wenn wir endlich wissen, wer der Tote eigentlich ist.«

»Hoffen wir es«, sagte Patricia, dachte einen Moment nach und fügte dann mit grimmiger Miene hinzu: »Wenn wir ihn nicht bis morgen Abend identifizieren können, müssen wir die Presse um Unterstützung bitten.«

Fernando wusste, dass sie genau das eigentlich vermeiden wollte. Wie durch ein Wunder waren bislang noch keine grausigen Details über den Leichenfund veröffentlicht worden, und wenn es nach dem Willen von Patricias Vorgesetzten und allen Hotelbesitzern ging, sollte das auch so bleiben – jedenfalls bis die vielen Touristen wieder weg waren.

Am frühen, aber schon heißen Morgen des 9. August, vier Tage nachdem man die Leiche in der Bucht gefunden hatte, stürzte ein kleiner, kahler Mann namens Diego Sousa in Fernandos Büro. Auch er sorgte sich um die Touristen, allerdings aus ganz anderen Gründen. Sein Koch, der junge Simão Gomes, sei verschwunden, und das sei jetzt in der Hochsaison eine Katastrophe, erklärte er aufgebracht.

»Ich habe drei Monate, um mit meinem Restaurant O Barco Azul genug Geld fürs ganze Jahr zu verdienen. Aber wie soll das gehen ohne Koch?«

»Sie wollen also eine Vermisstenanzeige aufgeben?«, fragte Fernando.

»Meine Frau will, dass ich eine Vermisstenanzeige aufgebe, und zwar persönlich. Sie macht sich wirklich große Sorgen, dass dem Jungen etwas passiert ist. Sie wissen ja, wie Frauen sind, Inspektor. Sie wäre auch selber gekommen, hat aber keinen Führerschein. Außerdem muss ja jemand die Fische ausnehmen. Und weil ich heute sowieso nach Setúbal musste, um eine neue Küchenmaschine abzuholen...«

Sousa holte kurz Luft.

»Setzen Sie sich doch«, schlug Fernando vor.

»Keine Zeit«, erwiderte der Restaurantbesitzer und blieb stehen.

Auch gut, dachte Fernando. »Und Sie?«, fuhr er fort. »Machen Sie sich keine Sorgen, dass Ihrem Koch etwas passiert sein könnte?«

Sousa machte eine wegwerfende Handbewegung. »Hätte er einen Unfall gehabt, dann hätte doch sicher irgendjemand die Eltern und den Arbeitgeber informiert. Und Sie wissen doch, wie die jungen Männer sind. Wahrscheinlich ist er mit irgendeiner feschen Backpackerin durchgebrannt.«

»Hat er so etwas denn früher schon mal gemacht?«

Sousa schüttelte den Kopf. »Eben deshalb will ich auch gar nicht so sein und ihn nicht gleich rausschmeißen, wenn Sie ihn hoffentlich bald irgendwo finden und zurückbringen.«

»Wo liegt denn Ihr Restaurant?«

»In Vila Nova de Milfontes, also eine gute Stunde

südlich von hier. Ich muss deshalb auch gleich wieder los, meiner Frau in der Küche helfen.«

Fernando überging die Bemerkung und erkundigte sich stattdessen, wann der Restaurantbesitzer Simão Gomes zum letzten Mal gesehen habe.

»Am Donnerstag war er im Restaurant, bis etwa elf Uhr abends. Freitag hatte er frei, da hat meine Frau gekocht. Am Samstagmittag hätte er wieder arbeiten sollen. Aber er ist einfach nicht aufgetaucht.«

»Haben Sie versucht, ihn zu kontaktieren?«

»Natürlich, wir brauchen ja dringend einen Koch. Ausnahmsweise springt meine Frau zwar mal ein, aber sie hat Rheuma in den Beinen und kann nicht so lange stehen. Und ich kann nicht kochen. Ich habe ihn also angerufen, ziemlich oft sogar, aber sein Handy war aus. Am Sonntag bin ich bei seinem Apartment vorbeigegangen, aber da war er auch nicht.«

»Haben Sie einen Schlüssel?«

»Seine Vermieterin, eine alte Dame namens Maria Abreu, hat mir aufgeschlossen, als er nicht aufgemacht hat.«

»Er lebt also allein?«

»Ja.«

»Haben Sie bei seinen Eltern nachgefragt?«

Sousa schüttelte den Kopf. »Von denen habe ich keine Telefonnummer, ich habe sie auch noch nie kennengelernt. Aber ich glaube, sie leben in Almograve.«

Fernando zog die Augenbrauen hoch. Almograve

war nur etwa fünfzehn Kilometer von Vila Nova de Milfontes entfernt, also nah genug, um mit dem Mofa oder sogar mit dem Fahrrad zur Arbeit zu fahren. Es war mehr als ungewöhnlich, dass ein junger Mann von zu Hause auszog, wenn er nicht unbedingt musste. Zum einen verließ man in Portugal die Familie nur, wenn es der Beruf oder die Ehefrau zwingend erforderlich machte. Zum anderen war es bei den bescheidenen Gehältern und noch bescheideneren Renten unvernünftig bis unmöglich, allein zu leben.

Aber bevor er sich weiter Gedanken über Gomes' Verhältnis zu seinen Eltern machte, musste er klären, ob der verschwundene Koch und die Strandleiche identisch waren.

»Haben Sie ein Foto von ihm dabei?«, fragte er.

»Warum sollte ich?«, entgegnete Sousa.

»Dann beschreiben Sie ihn, bitte.«

Sousa blickte auf seine Armbanduhr, dann seufzte er. »Einen halben Kopf kleiner als ich, also so gut einen Meter siebzig. Einen Zopf hat er außerdem, auch wenn ich ihn mehrfach aufgefordert habe, sich endlich eine vernünftige Frisur zuzulegen.«

»Und sein Gesicht?«

»Sieht ziemlich ruiniert aus. Vielleicht hatte er mal schlimme Akne. In einer offenen Küche kann er damit keinen Job bekommen.«

Der Inspektor zog ein Porträtfoto aus der Schublade und legte es vor Sousa auf den Schreibtisch.

Obwohl die Strandleiche äußerlich relativ unversehrt wirkte, war anhand der geschlossenen Augen, der leicht geöffneten Lippen und des aufgedunsenen Gesichts eindeutig erkennbar, dass es sich um das Bild eines Toten handelte. »Ist er das?«

Jetzt setzte sich Diego Sousa doch. Nach einem kurzen Blick auf das Foto ließ er das Gesicht in die offenen Hände sinken und drückte mit seinen Fingerspitzen gegen die geschlossenen Lider, als wollte er die Tränen zurückdrängen. Vielleicht hatte Sousa doch mehr Herz, als er nach außen hin zeigte, dachte Fernando einen Moment lang. Doch diese Idee verflog so schnell, wie sie gekommen war, als Sousa sich kurz darauf erhob – mit einem Ruck und den Worten: »O meu deus, wo soll ich denn mitten im August noch einen neuen Koch auftreiben?«

5

Eine halbe Stunde später waren Fernando und Patricia auf dem Weg zu Gomes' Eltern. Sie hatten Patricias Dienstwagen genommen, weil er über eine Klimaanlage verfügte.

»Aber die Rückbank ist eigentlich zu klein für ein Schwein. Jedenfalls für ein großes Schwein«, bemerkte Fernando.

»Auch für ein kleines Schwein, glaub es mir«, sagte Patricia, die Raquel ursprünglich lieber in der Wurst als im Dienst gesehen hätte. Dass diese dann über ihren Kopf hinweg auch offiziell zum Polizeischwein befördert worden und überdies noch zu einer nationalen Berühmtheit avanciert war, hatte sie trotzdem sportlich genommen – eine Tatsache, die ihr Fernando hoch anrechnete. Und eines Tages, davon war er überzeugt, würde sie auch noch Raquels Charme erliegen.

»Martins und Figo schauen nachher übrigens in der Wohnung des Opfers vorbei«, fuhr Patricia fort. »Und die Spurensicherung ist auch informiert. Wobei meine Erwartungen eher gering sind. Falls es dort einen Hinweis auf den oder die Täter gab, war in den letzten Tagen genug Zeit, um alle Spuren zu verwischen.«

»Sollten die beiden nicht erst in zwei Wochen aus dem Urlaub zurückkommen?«

»Ich habe sie gestern zurückbeordert.«

Die einzige größere Straße, die man von Setúbal nach Almograve nehmen konnte, führte mitten durch das Heimatdorf der Geschwister. Sonega lag rund neun Kilometer landeinwärts, das nächste größere Dorf Porto Covo war rund zehn Kilometer entfernt, bis zum Städtchen Sines war es doppelt so weit. Das Hinterland mit seinen sanft geschwungenen Hügeln und ursprünglichen Korkeichenwäldern, in denen man höchstens mal einen Ziegenhirten mit seinen Tieren oder ein Wildschwein traf, war bezaubernd. Das Dorf Sonega lag in einem Dornröschenschlaf. Die meisten Bewohner waren weggezogen, und die Alten, die geblieben waren, saßen auf dem verwaisten Marktplatz und ließen die Zeit verstreichen.

Doch an diesem Donnerstagvormittag war das anders. Schon von Weitem hörte Fernando, wie in der Dorfmitte gelacht und gerufen wurde. Aus dem Seitenfenster sah er schließlich, dass sich halb Sonega am Springbrunnen versammelt hatte. Etliche schwarz gekleidete alte Witwen standen da und versuchten, sich die Sonne mit Regenschirmen vom Leib zu halten. Ein paar alte Männer stützten sich auf ihre Gehstöcke und lachten breit und zahnlos.

Fernando erkannte in der Menge seinen Onkel João und Salvador, den Holzhändler. Drei Kinder kurvten auf ihren Rädern um den Menschenauflauf.

»Schau mal«, sagte Fernando.

Patricia schaute und trat auf die Bremse. »Was ist denn hier los?«, sagte sie und parkte gleich neben dem Café do Porco Polícia.

Rodrigo lehnte am Zaun der kleinen Terrasse. Als er Fernando sah, hob er die Hände. »Ich habe damit nichts zu tun. Rein gar nichts.«

»Womit hat er nichts zu tun?«, erkundigte sich Patricia.

»Ich will es vielleicht gar nicht wissen«, behauptete Fernando und fand seine böse Vorahnung einige Meter weiter bestätigt. Mitten in der Menschenmenge ragte eine schwarzgraue Schweinenase in die Höhe. Raquel lag im Springbrunnen und ließ sich das Wasser auf den Rücken plätschern. Der Rummel um sie herum schien sie nicht zu stören, ja, wenn Fernando den Gesichtsausdruck seines Schweines richtig interpretierte, genoss sie ihn sogar.

Als sie ihr Herrchen sah, blinzelte sie und ließ ihr Maul zu ihrem Begrüßungslächeln aufklappen. Wäre es nicht sein Schwein gewesen, der Inspektor hätte über den Anblick lachen müssen. Aber so war er besorgt. Im Brunnen konnte Raquel nicht bleiben. Obwohl die Porco pretos mit ihrer dicken schwarzen und behaarten Haut weitaus besser gegen UV-Strahlung gewappnet waren als ihre kahlen rosa Verwandten, befürchtete er, dass sie beim allzu lange andauernden Bad in der Mittagshitze einen Sonnenbrand bekommen könnte. Aber er wusste zu gut, dass dieses Argument bei seiner Zwillingsschwester nicht ziehen würde. Er konnte sich sogar ihre Entgegnung lebhaft vorstellen: Ist doch prima, wenn ihre Schwarte schmerzt, würde sie sagen. Dann lernt sie vielleicht, in Zukunft zu Hause zu bleiben.

Fernando schaute durch die Menge, konnte aber Pedro, der ja immerhin so etwas wie sein Assistent beim Schweinetraining war, nirgends entdecken.

»Ich glaube, da hat jemand Spaß am Ausreißen gefunden«, sagte einer der Männer, an denen er sich auf dem Weg zum Brunnen vorbeischob, und klopfte ihm auf die Schulter.

»Vielleicht wäre so ein Deutscher Schäferhund doch besser für den Polizeidienst gewesen. Die sind ja nicht nur schlau, sondern auch sehr folgsam«, murmelte eine der Witwen.

Und Onkel João spöttelte: »So ist das, wenn ein Mädchen Chefin ist. Da gehen die Mitarbeiter baden, statt zu arbeiten.«

Fernando spürte, wie er rot wurde, hoffte aber, dass das unter der Sommerbräune nicht weiter auffiel.

Patricia, die den Onkel noch viel weniger leiden konnte als die Tatsache, dass ein Schwein in ihrer Einheit beschäftigt war, wurde keineswegs rot.

»Raquel und wir waren hier verabredet. Wir haben gleich einen Einsatz«, erklärte sie mit unbewegter Miene.

Niemand lachte, es war ja hinreichend bekannt, dass Patricia Valente keine Scherze machte.

»Komm, Raquel, wir müssen los«, schob sie hinterher.

Fernando, der wusste, dass Raquel Kommandos zwar sehr gut verstand, sie aber eher selten und überhaupt nur dann befolgte, wenn sie sie für sinnvoll erachtete, schloss die Augen. Als er sie wieder öffnete, war Raquel schon halb aus dem Brunnen geklettert, was ihren Zuschauern die Sprache verschlug. Patricia drehte sich um, die Hände in den Hosentaschen, und ging Richtung Auto, Raquel trottete hinterher, gefolgt von Fernando. Ganz kurz dachte er, dass ihm Raquels Tollheiten eigentlich langsam auf die Nerven gehen müssten. Aber dann straffte er die Schultern und ging ein bisschen gerader als sonst, vor lauter Stolz auf sein lustiges, kluges Schwein.

Mit einer Miene, die gefühlte fünfzig Grad kühler war als die Außentemperatur, hielt Patricia die hintere Beifahrertür auf und ließ Raquel einsteigen. Fernando hatte recht gehabt: Für ein großes Schwein war der Dienstwagen der Kriminalpolizei eigentlich zu klein. Aber Raquel war auffallend kooperationsbereit, zog ihre Hinterbacken so gut wie möglich ein, und die Tür ließ sich schließen.

Kurz bevor Patricia den Motor startete, warf sie im Spiegel einen Kontrollblick auf die Rückbank. Raquels Haut glänzte noch feucht, ihren großen Kopf hatte sie am Fenster abgestützt.

»Ich fasse es nicht«, sagte Patricia.

Fernando biss sich auf die Lippen, um nicht loszulachen.

»Du machst das Auto sauber, falls sie hier reinsabbert«, fuhr sie fort. »Oder Schlimmeres.«

»Keine Sorge, sie ist stubenrein. Also, wenn sie nicht gerade Durchfall hat.«

»Hör bloß auf, sonst setze ich sie doch noch zu Hause ab.«

Fernando wusste, dass sie das nicht tun würde. Obwohl Mafaldas Quinta einen guten Kilometer vom Ort und einige Hundert Meter von den Nachbarhöfen entfernt war, hätte es mit Sicherheit irgendjemand mitbekommen. Die Nachricht, dass das Polizeischwein doch nicht zum Einsatz abgeholt, sondern wie ein entlaufener Kettenhund nach Hause gebracht worden war, hätte sich so schnell verbreitet wie ein Feuer in den trockenen Wäldern. Und diesen Triumph wollte Patricia niemandem gönnen.

»Wie hast du das eben eigentlich angestellt?«

»Du meinst, dass sie gleich aus dem Brunnen geklettert ist, obwohl sie sonst kaum besser hört als eine Zweijährige an der Supermarktkasse?«

Fernando nickte, auch wenn er den Vergleich ein bisschen gemein fand.

»Ich habe ein bisschen mit dem hier geraschelt, und sie hat es gehört. Oder gerochen«, erklärte Patricia und zog triumphierend die leere Verpackung eines Schokoladenriegels aus der Hosentasche. »Ich dachte, Süßigkeiten funktionieren immer bei ihr.«

»Ja, leider. Aber der Blick von Onkel João war zu schön.«

Mit einem Seitenblick bemerkte Fernando, dass Patricia ein wenig aufgetaut aussah, fast so, als hätte ihr die ganze Sache Vergnügen bereitet. Für einen kurzen Augenblick jedenfalls. Dann wurde sie wieder zur Chefin, die keinen Spaß verstand.

»Ich will nicht, dass das auf dem Revier die Runde macht«, sagte sie.

»Von mir erfährt niemand etwas.«

»Und dann sorgst du dafür, dass das nicht mehr vorkommt. Wenn bekannt wird, dass unser angeblich so cleveres Polizeischwein dauernd abhaut und im Dorfbrunnen planscht, machen wir uns endgültig zum Gespött des Landes.«

»Verstanden«, sagte Fernando, obwohl er noch keine Ahnung hatte, wie er Raquels neuerlichen Freiheitsdrang im Zaum halten sollte.

Das Ehepaar Gomes lebte außerhalb von Almograve, einem unspektakulären Ort in der Nähe von spektakulären Stränden. Die Quinta der Familie lag mitten in den Wiesen, auf denen zwar auch jetzt im Hochsommer Kühe standen, aber nicht mehr grasten, weil die Sonne schon längst jeden Halm versengt hatte.

Patricia parkte im Schatten einiger Eukalyptusbäume. Mit einem Knopfdruck öffnete sie alle Fenster. »Wenn wir noch den Kofferraum aufmachen, müssten die Temperaturen für Raquel einigermaßen erträglich bleiben«, sagte sie.

Fernando versicherte seinem Schwein, dass es nicht allzu lange dauern würde, dann gingen Patricia und er zum einstöckigen Haus, das traditionell weiß gestrichen war, mit blau umrandeten Türen und Fenstern. Unter einer Korkeiche lag ein schwarzer Hund. Als er die beiden Eindringlinge sah, begann er, frenetisch zu bellen und sich gleichzeitig an der Kette um die eigene Achse zu drehen. Mit ausreichendem Abstand umkurvten die Geschwister das Tier und traten vom staubigen Feldweg auf den genauso unebenen und rissigen Vorplatz aus Beton. An seinen Kanten wuchsen hüfthohe Geranien, in deren Schatten Fernando fünf Katzen zählte, von denen eine schon wieder trächtig war. Links vom Haus befand sich ein eingezäunter Gemüsegarten, dahinter flatterten ein paar frisch gewaschene Laken im Wind. Nur das blaue Cabrio, das so tief lag, dass jedes der vielen Schlaglöcher für Auto und Besitzer eine Tortur sein musste, wirkte fehl am Platz.

Fernando klopfte an die Haustür. Als niemand öffnete, gingen sie um das Haus herum. Auf der Terrasse trafen sie ein Paar an, das ebenso wenig in diese Umgebung passen wollte wie der Sportwagen. In einem Liegestuhl lag eine Frau, die ein weißes Trägerkleid und farblich passende hochhackige Riemchensandalen trug. Selbst Fernando, in Modedingen ganz und gar unbedarft, erkannte sofort, dass diese Kleidung eher aus einer Boutique in Lissabon oder Porto als aus einem der vielen China-Läden in der Region stammte. An einem kleinen Metalltisch, mit dem Rücken zu ihnen, saß ein Mann in weißem Hemd und heller Leinenhose, der gerade zwei Gläser mit Portwein füllte.

»Senhor Gomes?«, sprach Patricia ihn an. »Ich bin Patricia Valente von der Kriminalpolizei.«

Der Mann drehte sich um und sah so erschrocken aus wie die meisten Menschen, wenn sie das Stichwort Kriminalpolizei hören. Die Frau schaltete schneller: »Ich heiße Alexandra Moreira, und das ist mein Freund, Luis Cintra. Wir machen hier nur ein paar Tage Urlaub.«

»Wir haben das Haus der Familie Gomes gemietet, um die Alentejo-Küste besser kennenzulernen«, ergänzte ihr Freund. »Ich träume schon lange von einem eigenen Ferienhaus in der Region, es ist so wunderbar ursprünglich hier.«

»Ein wenig zu ursprünglich für meinen Geschmack. Nicht mal einen Pool gibt es hier, bislang haben wir nur Bauern getroffen, und überall kacken die Kühe und Ziegen hin...«, beklagte sich Alexandra Moreira. Sie zog einen dekorativen Schmollmund, warf ihre Haare nach hinten und richtete routiniert und scheinbar beiläufig ihr Dekolleté, sodass es für einen Moment aussah, als würden ihre Brüste aus dem Kleid springen.

Cintra vertiefte sich in den Ausschnitt seiner Freundin, lächelte und sagte: »Aber wenn wir ein eigenes Häuschen haben, bekommst du natürlich deinen Pool, mein Schatz.« Fernando nahm an, dass die beiden noch nicht sehr lange zusammen waren.

Patricia lebte lieber in der Stadt als auf dem Land. Nicht umsonst war sie für ihren Job schnell und gerne nach Setúbal gezogen. Aber sie mochte die sanfte, leere Hügellandschaft ihrer Heimat immerhin so sehr, dass sie sie während ihrer häufigen Besuche nicht mit Frauen wie Alexandra Moreira teilen wollte.

»Die Kuhfladen sind ja nicht das Schlimmste«, wandte sie sich an die Besucherin aus der Stadt. »Das Schlimmste sind die Schmeißfliegen, die ihre Eier im Dung ablegen. Deren Larven fressen sich gerade dick und rund, und in wenigen Wochen wird es hier schwarz vor Fliegen sein.«

Alexandra Moreira quiekte angeekelt und schlug die Hand vor den Mund, ihr Freund schaute ähnlich erschrocken wie bei der Begrüßung.

Patricia verzog die Lippen zu einem ganz kleinen, sehr zufriedenen Lächeln, das man vermutlich nur sah, wenn man sie so lange kannte wie Fernando. Dann wechselte sie das Thema: »Können Sie uns denn sagen, wo Senhor und Senhora Gomes sind?«

»Die sind in die Garage gezogen.«

Das Garagentor war geschlossen, aber die Tür auf der Rückseite stand offen und ließ wenigstens etwas Licht und Luft in den Raum. Fernando und Patricia klopften an, doch die Frau, die drinnen auf dem geblümten Bettsofa saß, sah und hörte sie nicht. Sie starrte auf den Fernseher, in dem gerade ein brasilianischer Serienstar in Tränen ausbrach.

Fernando schaute sich um: Ein kleiner Campingtisch und zwei Plastikstühle, dahinter stand eine elektrische Kochplatte auf einer Holzkiste. An der unverputzten Wand hing ein Waschbecken, in dem sich noch das Geschirr vom Frühstück stapelte. Eine Ecke des Raumes war mit einem Duschvorhang abgetrennt, und Fernando vermutete, dass sich dort das Chemieklo verbarg.

Kurz darauf wurde raschelnd der Vorhang zur Seite geschoben, und ein kräftiger Mann kam zum Vorschein. Er schloss den Reißverschluss seiner blauen Arbeitshose, an der noch einige Heuhalme hingen, und warf den beiden Besuchern einen grimmigen Blick zu. Dann beugte er sich über seine Frau, nahm ihr die Fernbedienung ab und schaltete die Kiste aus.

Sie grummelte etwas, verstummte aber, als der Mann ihren Kopf nahm und Richtung Tür drehte. »Oh, entschuldigen Sie, ich habe Sie gar nicht gehört!«, rief sie und sprang auf.

Fernando fiel als Erstes die Kette mit dem großen

Kreuz auf, die über ihrer dunkelblauen Kittelschürze hing, auch deshalb, weil solche Glaubensbekundungen im Alentejo anders als im Rest des Landes eher ungewöhnlich waren. Der Inspektor glaubte nicht an Gott, hoffte aber, dass er dieser Frau beistehen möge.

Patricia stellte sich kurz vor und zeigte ihren Ausweis, doch bevor sie zum Grund ihres Besuchs kommen konnte, fuhr der Mann sie an: »Erzählen Sie uns jetzt bloß nicht, dass es verboten ist, sein Haus zu vermieten und in die Garage zu ziehen.«

»Im August machen das doch hier alle so, wie sollen wir auch sonst an Geld kommen, seit die Fleischpreise so gefallen sind?«, fügte seine Frau leise hinzu.

Fernando holte tief Luft und sagte: »Wir sind wegen Ihres Sohnes Simão hier. Und leider haben wir schlechte Nachrichten.«

»Was hat er ausgefressen?«, fragte der Vater. Er hob die Hand, als wolle er den abwesenden Sohn, der ihm die Polizei ins Haus gebracht hatte, auf der Stelle ohrfeigen.

»Er ist tot«, sagte Patricia.

Die Mutter von Simão Gomes sackte in sich zusammen und wurde zum Glück vom Sofa aufgefangen.

Der Vater ließ die Hand sinken und erstarrte. Auf einen Schlag schien alle Kraft aus dem bulligen Körper zu weichen. Als er schließlich sprach, klang seine Stimme heiser und sehr weit weg. »Wie ist es passiert?«

Der Inspektor setzte sich neben die Mutter. Er war sich gar nicht sicher, ob sie ihn überhaupt wahrnahm. Ebenso wenig wusste er, wie er ihr helfen konnte in diesem Moment, in dem es keine Hilfe mehr gab. Schließlich nahm er eine leichte Decke, die auf der Lehne lag, und legte sie ihr über die zitternden Schultern.

»Wir müssen nach jetzigem Ermittlungsstand leider davon ausgehen, dass er getötet wurde«, sagte Patricia.

Senhora Gomes steckte sich die halbe Faust in den Mund.

»Wie ist es passiert?«, wiederholte der Vater, ohne dass Fernando eine Bewegung der Lippen oder irgendeine Regung im Gesicht erkennen konnte.

Seine Schwester schloss kurz die Augen, bevor sie antwortete: »Er ist ertrunken.«

Fernando begriff sofort, dass das Senhor Gomes nicht zufriedenstellen würde, es gab einfach zu viele Arten, auf die jemand ertrinken oder eben ertränkt werden konnte. Deshalb war er auch nicht überrascht, als dieser ein drittes Mal nachfragte: »Wie ist es passiert?«

Patricia schaute zu der Mutter, sah dem Vater tief in die Augen und schüttelte den Kopf. Der verstand, was sie ihm sagen wollte. Die Wahrheit über Simãos Tod war so schrecklich, dass seine Frau sie am besten nie erfuhr und ganz sicher nicht in diesem Moment. Senhor Gomes nickte und blieb dann einfach stehen, erstarrt wie ein wächsernes Abbild seiner selbst.

»Senhor Gomes«, setzte Patricia an. »Ich weiß, dass Sie im Moment nichts weniger wollen, als mit mir zu sprechen, aber ich muss Sie trotzdem bitten, mir einige Fragen zu beantworten. Sie müssen uns helfen, den Mörder Ihres Sohnes zu finden. Wissen Sie, ob Ihr Sohn Feinde hatte?«

Senhor Gomes schwieg.

»Wann haben Sie ihn das letzte Mal gesehen?«, fuhr Patricia fort.

Noch immer keine Reaktion.

Fernando ahnte, dass Senhor Gomes an diesem Tag keine einzige Frage beantworten, ja, aller Voraussicht nach kein einziges Wort mehr sprechen würde. Er trat aus der Garage in die gleißende Mittagssonne, registrierte, dass der Hund noch immer bellte und sich die beiden Feriengäste auf der Terrasse gerade zuprosteten. Dann zückte er sein Telefon und rief einen Arzt.

Eine halbe Stunde später war das Ehepaar Gomes auf dem Weg ins Krankenhaus. Der Arzt hatte bei der Mutter einen Nervenzusammenbruch und beim Vater einen Schock diagnostiziert, ihnen Beruhigungsmittel verabreicht und zur Sicherheit gleich beide mitgenommen. Alexandra Moreira und ihr

Freund hatten erstaunlich schnell ihre Koffer gepackt und waren abgereist. Sie wollten sich in den Ferien schließlich erholen, hatte sie gesagt, nicht in irgendwelche Mordgeschichten verwickelt werden. Fernando hatte dem Kettenhund Wasser und Futter hingestellt und war dabei fast gebissen worden. Dann war er zum nächsten Nachbarn gegangen, einem Bauern, dessen Gesicht so braun und rissig war wie seine Sommerweiden, und hatte ihn gebeten, sich um die Kühe der Gomes zu kümmern. Und am nächsten Tag, falls die beiden bis dahin noch nicht zurückgekehrt wären, auch um den Hund.

Patricia, Raquel und er machten sich schweigend auf den Rückweg.

»Jetzt könnte ich einen Schnaps gebrauchen«, erklärte Patricia schließlich.

Fernando wusste, dass seine Schwester erst am Abend zur Whiskyflasche greifen würde. Im Dienst und am Steuer trank sie aus Prinzip nicht.

»Vielleicht funktioniert auch Eis«, sagte er deshalb.

Patricia kurvte auf kleineren Wegen in Küstennähe umher. Bis auf vereinzelte grüne Bäume war die Landschaft verdorrt und erinnerte jetzt im Sommer so sehr an die afrikanische Steppe, dass sich am Horizont eine Herde Elefanten ganz gut gemacht hätte.

Nach etwa zwei Kilometern sahen sie einen Imbiss. Patricia hielt am Straßenrand. »Einen Versuch ist es wert«, sagte sie, stieg aus und kam kurz darauf mit zwei Eiswaffeln und kalter Cola zurück.

Fernando stieg nun ebenfalls aus und ließ Raquel aus dem Auto. »Kommt«, sagte er. »Wir setzen uns irgendwo in den Schatten.«

Vor dem Imbiss standen zwei Sonnenschirme, die einmal gelb gewesen waren, darunter ebenso viele Tische und eine Handvoll klebriger Plastikstühle. Die Wirtin, eine verschwitzte Frau in den Fünfzigern, füllte den Türrahmen und beäugte sie misstrauisch, doch die drei gingen an der Terrasse vorbei und bogen in den staubigen Feldweg ein, der von der asphaltierten Straße zu einer einsamen, riesigen Pinie führte. Weil die frühe Nachmittagssonne fast im Zenit stand, spendete der Baum trotz seiner Größe nur wenig Schatten. Doch für die drei reichte es. Raquel saß in der Mitte. Zu Fernandos Überraschung versuchte sie nicht einmal, ihren Anteil vom schon weichen, aber immer noch herrlich kalten Eis zu bekommen. Vermutlich hatte ihr jemand im Café vor dem Bad im Brunnen schon ein reichhaltiges Frühstück spendiert. Er begann, eines ihrer Ohren zu kraulen, und atmete tief durch.

»Hilft das Kraulen?«, fragte Patricia irgendwann.

»Ein bisschen.«

Sie schaute sich um, als wollte sie sichergehen, dass ihr außer ihrem Bruder niemand zuschaute. Dann strich sie Raquel vorsichtig über die Flanke.

»Also ich weiß ja nicht«, sagte sie. Aber dann grunzte

das Schwein genüsslich und rutschte ihrer Hand ein Stückchen entgegen. Patricia blieb sitzen, halb gegen den Baum, halb gegen das Tier gelehnt. Schweigend streichelte sie den großen Schweinerücken, bis der Schatten weiterwanderte und sie in der prallen Sonne saßen. »Komm«, sagte sie schließlich zu Fernando, ohne ein weiteres Wort über den Fall oder Raquel zu verlieren. »Ich bringe euch zurück nach Setúbal zu deinem Auto.«

6

Am späten Nachmittag lag Raquel wieder in Fernandos altem Pick-up und beobachtete durch das Seitenfenster den Feierabendverkehr in Setúbal. Fernando hatte Kopfschmerzen, weil seine Sonnenbrille immer noch auf Anabelas Küchentisch lag. Er hielt beim nächstbesten Supermarkt, um sich eine neue zu kaufen. Erst als er zwischen aufblasbaren Gummitieren auf der einen und Dosen mit schwarzen Bohnen auf der anderen Seite vor dem Drehständer mit den Sonnenbrillen stand und sich mit dem erstbesten Modell im Spiegel betrachtete, ging ihm auf, dass sein Verhalten albern war. Er legte die Brille zurück auf ihren Platz. Sie wäre für sein rundes Gesicht ohnehin viel zu eckig gewesen.

Er würde einfach zu Anabela fahren und seine Sonnenbrille abholen, Gary hin oder her. Schließlich hast du schon schwierigere Sachen geschafft, redete er sich in Gedanken gut zu, auch wenn ihm kein Beispiel einfallen wollte. Dann kaufte er ein Geschenk für Raquel und machte sich auf den Heimweg.

In einer von Sonegas kleinen Seitenstraßen radelte ihm Pedro entgegen. Fernando bremste ab, der Junge kurvte freihändig auf die Gegenseite, und bevor Fernando auch nur »Olá« hätte sagen können, war Pedro schon vom Rad gesprungen, hatte es mit einer routinierten Bewegung auf die Ladefläche des Pickups gehievt und saß auf dem Beifahrersitz.

»Hattest du einen schönen Ferientag?«, fragte Fernando.

»Den besten überhaupt.« Pedro machte eine Kunstpause, dann flüsterte er, als würde er dem Inspektor ein Geheimnis verraten: »Ich war heute bei der Nachhilfe.«

Fernando rutschte vor Schreck der Fuß von der Kupplung, der Motor des Pick-ups stotterte kurz, dann war er still. »Muss ich mir Sorgen machen?«, fragte er. Es war einfach zu seltsam, dass ein Junge, der zwar schlau war, aber wann immer möglich die Schule schwänzte, einen Ferientag der Nachhilfe opferte und das offenbar noch gut fand.

»Sie heißt Nelia. Und sie ist eine Klasse über mir.«

»Wer? Deine Nachhilfelehrerin?«

»Ich will sie auch heiraten.«

Fernando war beruhigt. »Weiß sie schon von ihrem Glück?«

»Ich muss das noch ein bisschen vorbereiten.«

Fernando nickte. Dann saßen sie einige Momente lang nebeneinander im heißen Wagen und dachten, jeder für sich, über Frauen und die Liebe nach. Und weil an diesem lauen Sommerabend nur ein paar Dorfkatzen durch Sonegas Straßen streiften, machte es auch nichts, dass der Wagen dabei noch mitten auf der Fahrbahn stand.

»Schade ist nur«, sagte Pedro schließlich, »dass ich Raquels Bad im Brunnen verpasst habe.«

»Raquel ist einfach zum vereinbarten Treffpunkt gekommen. Wir haben sie hier abgeholt«, wiederholte Fernando die Flunkerei vom Vormittag.

»Das habe ich in Sonyas Laden auch schon gehört. Alle sind sehr beeindruckt.«

»Sollten sie auch sein. Immerhin haben wir dafür ziemlich hart trainiert«, sagte Fernando mit todernstem Gesicht.

Pedro betrachtete ihn aufmerksam von der Seite.

»Sie machen Fortschritte, Inspektor.« Wie immer, wenn er Fernando mit »Inspektor« ansprach, siezte er ihn – abgesehen davon war er schon vor Wochen zum Du übergegangen.

»Im Schweinetraining?«

»Im Schwindeln. Würde ich Raquel nicht besser kennen…«

Fernando lachte. »Wir konnten ja schlecht zugeben, dass das berühmte Polizeischwein gerne mal ausbüxt. Ich war aber ehrlich gesagt ziemlich überrascht, dass es dann alle tatsächlich für möglich gehalten haben. Also dass man sich mit Raquel an einem bestimmten Ort, zu einer bestimmten Zeit verabreden kann.« Nach einer kurzen Pause fügte er hinzu. »Fast alle jedenfalls…« Denn jeder, der Raquel oder ihn näher kannte, konnte die

Geschichte kaum geglaubt haben. Aber mitgespielt hatten sie alle.

»Ihre Schwester kann sehr überzeugend sein.«

»Sie hat mir auch ziemlich überzeugend klargemacht, dass wir das Problem mit dem ständigen Weglaufen in den Griff bekommen müssen. Ich habe allerdings keine Ahnung, warum Raquel das plötzlich tut.«

Pedro drehte sich zu Raquel um, die auf der Rückbank lag. »Warum läufst du dauernd weg?«, fragte er.

Aber das Schwein antwortete nicht.

Fernando startete den Wagen.

»Wohin fahren wir eigentlich?«

»Zu Anabela.«

Auf Anabelas Veranda dösten ihre beiden Hunde, die Tür stand weit offen. Fernando klopfte an, Raquel drängelte sich an ihm vorbei und lief schnurstracks in die Küche. Wenig später hörten sie ein freudig überraschtes »Olá, Raquel!« und ein noch fröhlicheres Quieken. Fernando und Pedro gingen hinterher.

Anabela begrüßte erst Pedro, dann Fernando mit den obligatorischen Wangenküssen. »Schön, dass ihr da seid«, sagte sie und schaute Fernando an. Dieser war sich da noch nicht so sicher und schaute an ihr vorbei auf den Küchentisch. Da lagen, zwischen einem Korb mit frischen Erdbeeren, einem halb fertig gestrickten Schal und Anabelas Laptop gleich drei Portugiesisch-Sprachkurse. Es sah ganz so aus, als sei es Gary ernst mit dem Bleiben.

»Ich glaube, ich habe hier beim letzten Mal meine Sonnenbrille liegen lassen.«

Anabela ging zu einem Regal und griff zwischen zwei große geblümte Tassen. »Hier ist sie.«

»Danke.« Fernando merkte, dass er von einem Bein aufs andere trat, wie ein Tanzbär auf einer heißen Eisenplatte. Es war Zeit, den Rückzug anzutreten. »Wir …«, setzte er an. Wir gehen dann mal wieder, hatte er sagen wollen.

Aber Pedro fiel ihm ins Wort und beendete den Satz für ihn. Falsch, ganz falsch: »Wir wollten noch wissen, was man tun kann, damit Raquel nicht immer wegläuft.«

»Immer wegläuft?« Es war offensichtlich, dass Anabela schon länger nicht im Dorf gewesen war.

Fernando seufzte und setzte sich an den Küchentisch. Raquel legte sich auf die Decken von Anabelas Hunden, und Pedro setzte sich auf den Boden daneben. Dann erzählte Fernando von Raquels Ausflügen ins Café und ihrem morgendlichen Bad im Brunnen.

»Und weil sie bei Rodrigo immer mit Törtchen vollgestopft wird, nimmt sie von den Spaziergängen ins Dorf nicht mal ab, sondern zu«, schloss er frustriert.

»Vielleicht ist ihr langweilig«, überlegte Anabela. Fernando dachte daran, wie oft er in den letzten

Tagen ohne Raquel nach Setúbal gefahren war. Das Aufregendste, was sie gemeinsam unternommen hatten, war, nach Dienstschluss nebeneinander im Schatten zu sitzen. Und obwohl das bei den aktuellen Temperaturen sicher der vernünftigste Zeitvertreib war, verteidigte er sich: »Bislang war sie doch auch ohne großes Programm zufrieden.«

»Manchmal ändert es sich eben, wie zufrieden jemand mit einer Situation ist.«

»Sprichst du jetzt von Raquel oder von dir?«

»Von Schweinen und Menschen im ganz Allgemeinen«, sagte Anabela wenig überzeugend.

»Wir könnten sie doch wieder mehr trainieren. Das hat ihr immer Spaß gemacht«, mischte sich Pedro ein.

»Ja, Spaß gemacht schon…«, entgegnete Fernando.

»Vielleicht haben wir bislang einfach das Falsche trainiert«, mutmaßte Anabela.

»Du meinst, sie ist einfach kein Schnüffelschwein?«

»Jedenfalls nicht, was Gegenstände betrifft. Aber vielleicht könnten wir ihr beibringen, vermisste Personen aufzuspüren.«

Metall schlug gegen Holz, die Schlafzimmertür quietschte, und Gary humpelte auf Krücken in die Küche. Offenbar hatte er zumindest den letzten Teil des Gesprächs mitgehört und verstand immerhin schon genug Portugiesisch, um zu erahnen, worum es ging, denn nun fragte er: »Besprecht ihr gerade Raquels neuen Trainingsplan?«

Anabela erklärte ihm auf Englisch, was Fernando und sie gerade besprochen hatten.

»Was meinst du mit beibringen? Sprechen wir nicht von dem Wunderschwein, das vor einiger Zeit zwei Menschen mitten im Wald gefunden und gerettet hat?«

Alle drei schauten den Kanadier verwundert an.

»Habe ich in einer Zeitschrift im Londoner Krankenhaus gelesen«, erklärte er. »Ziemlich beeindruckende Geschichte.«

Pedro beugte sich über Raquel und inspizierte einen imaginären Fleck neben ihrem rechten Ohr, Anabelas Lippen kräuselten sich vor unterdrücktem Lachen.

»Das war…«, begann Fernando, schluckte den Rest des Satzes aber rechtzeitig hinunter. Es ging Gary Watson gar nichts an, dass es nicht Raquel gewesen war, die Mutter und Sohn kurz vor dem grausamen Hitzetod in einer verriegelten Wellblechhütte gefunden hatte, sondern er. Anabelas Mann musste auch nicht erfahren, dass Fernando zu dieser kleinen Notlüge gegriffen hatte, um seine Vorgesetzten davon zu überzeugen, dass Raquel für den Polizeidienst unverzichtbar war.

»Das war eine Art Zufallstreffer«, sprang Anabela ein.

»Sie hat das also nie gelernt?«

»Nicht von uns jedenfalls.«

»Ein Naturtalent.«

»Deshalb dachte ich ja, dass wir das mal gezielter trainieren könnten«, erklärte Anabela ihrem Mann und wandte sich dann an Fernando: »Am Samstag?«

»Am Samstag«, willigte dieser zögerlich ein und stand auf.

»Warum bleibt ihr nicht zum Essen? Wir wollten gerade den Grill anwerfen«, meinte Gary.

»Gerne ein andermal«, log Fernando und fügte hinzu: »Meine Mutter und meine Großmutter warten zu Hause sicher schon mit dem Essen auf mich.« Und das war sogar die Wahrheit.

Garys rechte Augenbraue hüpfte in die Höhe. »Du wohnst noch zu Hause?«

»Richtig.«

»Warum?«

Fernando zuckte mit den Schultern.

Anabela erklärte, dass das in Portugal ganz normal sei. »Hat was mit Familienzusammenhalt zu tun.«

Fernando entging nicht die kleine Spitze, die dieses Wort trug und die sich jetzt vielleicht gerade in Garys schlechtes Gewissen bohrte, weil er all die Jahre kaum da gewesen war. Aber die entspannte Miene von Anabelas Ehemann zuckte nicht mal für den Bruchteil einer Sekunde.

»Und wie ist das so, wenn man in deinem Alter zu Hause wohnt?«, erkundigte er sich bei Fernando.

Wie sollte das schon sein?, dachte Fernando. Manchmal bequem, meistens anstrengend, ab und zu sogar schön. Aber ganz sicher nie so schön, wie mit Anabela zusammenzuwohnen.

»Ganz okay«, sagte er.

Gary schüttelte leicht den Kopf. »Ich stelle mir gerade vor, ich müsste mit meinen Eltern oder gar Großeltern unter einem Dach leben. Ein Desaster.«

Auch Pedro erhob sich nun. Er knuffte Raquel freundschaftlich in die Seite, um sie zum Gehen zu bewegen. Auf dem Weg nach draußen blieb der Junge vor Gary stehen und sagte in erstaunlich gutem Englisch: »Du hast aber sicher keine so coole Großmutter wie der Inspektor.«

7

Ganz früh am nächsten Morgen saß Fernandos Großmutter in ihrem Lehnsessel und streckte ihre sehr große, aber nichtsdestotrotz ausgesprochen elegante Nase aus dem geöffneten Küchenfenster. Fernando trat hinter sie und schaute hinaus. Im Osten schwebte die Sonne als ein erdbeerfarbener Feuerball den Himmel empor und füllte die Welt mit Farben. Azurblau für den wolkenlosen Himmel, Rostbraun für die Erde, ein strahlendes Weiß für den verwaisten Schweinestall und eine Palette an Grüntönen für die Orangenbäume und alle anderen Pflanzen, die Hitze und Dürre dank ihrer robusten Konstitution oder zweifach täglicher Bewässerung überlebt hatten.

Über den Hof schallte ein aufgeregtes Gackern, kurz darauf rannten Truthähne, Hühner und Perlhühner auf die Wiese mit den Obstbäumen. Dann lief Fernandos Mutter durchs Bild. Unter der taubengrauen Kittelschürze trug sie schwarze Leggings, darüber eine dicke graue Strickjacke mit ausgebeulten Taschen. Trotz der morgendlichen Kühle musste es unter der Wolle schrecklich heiß sein, dachte Fernando. Vielleicht war das ja der Grund, dass Teresas Mundwinkel so angestrengt nach unten hingen. Vielleicht war ihr aber auch wieder eingefallen, wie viel mehr Spaß das Leben im Allgemeinen und das Hühnerfüttern im Speziellen mit einem niedlichen Enkelkind an ihrer Seite machen würde.

Mafalda zog noch einmal tief Luft ein, dann schüttelte sie den Kopf und stand auf. »Es ist wirklich zu traurig.«

»Keine Aussicht auf Regen?« Fernando schob ihr den Lehnsessel zurück an den Küchentisch. Seit er denken konnte, schnüffelte seine Großmutter jeden Morgen und bei Bedarf auch zu jeder anderen Tageszeit an der Luft und sagte dann das Wetter voraus. Und weil ihre Prognosen stimmten, saßen regelmäßig die Winzer und Bauern der Region in der Küche der Valentes, um sich nach dem besten Wetter für das Aussäen und die Weinernte zu erkundigen.

»Wenn das so weitergeht, sollten vermutlich alle hier auf den Anbau von Kaktusfeigen umsteigen. Die Brunnen sind jedenfalls bald leer, und von Regen keine Spur.«

»Jeden Morgen dieses Teufelszeug«, beschwerte sich Fernandos Mutter, die inzwischen die Küche betreten hatte. Teresa, die einzige Katholikin der Familie, glaubte, dass hinter Mafaldas Gabe keineswegs ein außerordentliches Riechwerkzeug, sondern ein schwarzer Zauber steckte. Und für den würde Gott sie eines Tages noch alle bestrafen.

»Finde ich auch«, entgegnete Mafalda und lächelte grimmig. »Nur der Teufel kann sich so ein Wetter ausdenken. Der letzte Regentag liegt schon fast vier Monate zurück.«

Teresa holte die frischen braunen Eier aus den Taschen ihrer Strickjacke und legte sie in einen Korb im Kühlschrank. Einen Moment lang war nur das leise Klackern der Eier und das etwas lautere Knacken von Teresas Kieferknochen zu hören. Fernando machte drei Bicas, kleine pechschwarze Espressi, die nach dem zweiten Schluck Herzklopfen verursachten.

»Wenn ich mal alt bin«, bemerkte Mafalda, »ziehe ich auf die Azoren.«

»Dort wechselt das Wetter mehrmals täglich«, kommentierte Fernando.

»Genau deshalb. Das wird ein großer Spaß.«

Fernando häufte in jeden Bica zwei Löffel Zucker, rührte um, verteilte die Tassen und setzte sich neben Mafalda. Er nahm ihre kleine Hand, die gleichzeitig weich und hart und nach fast neunzig Jahren so fleckig und faltig war wie ein schöner, alter Baum, und drückte sie. »Raquel und ich kommen mit.«

»Wenn ihr auf die Azoren abhaut, kann ich nach Hause zurückkehren. Das hätte ich schon vor zwanzig Jahren tun sollen«, schmollte Teresa. Sie war einst der Liebe wegen aus einem kleinen Dorf in der Nähe von Braga in den Südwesten des Landes gezogen und auch geblieben, als ihr Mann schon lange spurlos verschwunden war.

»Lass dich nicht aufhalten«, sagte Mafalda mit weicher Stimme zu ihrer Schwiegertochter.

»Keine Sorge, ich packe gleich meine Sachen. Wenn ich hier sowieso nicht gebraucht werde!«, schnappte Teresa zurück.

Alle wussten, dass das nicht passieren würde. Teresa würde nicht in den Norden gehen und Mafalda nicht auf die Azoren. Jedenfalls nicht, solange noch die kleinste Chance bestand, dass Álvaro Valente, der vor Fernandos und Patricias Geburt in Brasilien verschollen war, irgendwann zurückkehrte. So wunderte es auch niemanden, nicht einmal Teresa selbst, dass sie sich nach ihrer dramatischen Ankündigung an den Tisch setzte, zweimal durchschnaufte und dann einen dritten Löffel Zucker in ihren Kaffee rührte.

Zwei oder drei Minuten herrschte Schweigen, dann fragte Mafalda: »Wo ist eigentlich Raquel?«

»Schläft noch«, sagte Fernando und fügte nach kurzer Gedankenpause hinzu: »Jedenfalls hoffe ich das.«

»Bis jetzt ist sie ja immer nur ausgerissen, wenn du nicht da warst.«

»Das ist die gute Nachricht. Die schlechte ist, dass ich heute Mittag zur Konferenz nach Setúbal muss.«

Teresa räusperte sich. »Sperr sie doch einfach im Stall ein.«

»Was für eine unmenschliche Idee«, rügte Mafalda. »Raquel ist schließlich kein Huhn.«

»Und selbst die dürfen tagsüber frei herumlaufen«, stimmte Fernando zu.

»Was ist denn euer Vorschlag? Soll Fernando sein Schwein mit ins Büro nehmen?«

»Das wäre doch eine Möglichkeit«, meinte Mafalda. »Eine andere wäre, dass Pedro mit ihr spielt. Falls er heute auftaucht.«

»Gute Idee. Aber wo steckt der Junge überhaupt? Jetzt, wo man ihn einmal braucht!« Teresa starrte die Küchentür an, als könne sie Pedro durch ihren bloßen Blick herbeizwingen.

»Es ist noch nicht mal sieben Uhr, vermutlich schläft er noch. Außerdem hat er jetzt jeden Tag Nachhilfe«, sagte Fernando.

Mafalda schmunzelte, Teresa grummelte, dass Pedro damit zwar zum ersten Mal etwas Vernünftiges tue, das Problem mit dem Schwein dadurch aber auch nicht gelöst sei.

»Warum läuft Raquel eigentlich seit Neuestem immer weg?«, fragte Mafalda.

»Anabela meint, dass sie sich vermutlich langweilt«, sagte Fernando.

»Da hat sie vermutlich recht.«

»Ich habe gehört, dass der Mann deiner Schweinetrainerin wieder im Lande ist«, bemerkte Teresa, die vom Liebesleben ihres Sohnes keine Ahnung hatte.

»Ist er«, bestätigte Fernando mit dumpfer Stimme.

Mafalda, die von den meisten Dingen eine Ahnung hatte, vielleicht weil sie weitaus mehr als nur

Regenfronten riechen konnte, schaute Fernando aufmerksam an und sagte: »Oha.« Dann klatschte sie in die Hände und meinte: »Bis du heute Mittag zur Konferenz musst, ist ja noch reichlich Zeit, etwas mit Raquel zu unternehmen. Auf geht's.«

Fernando ließ den Kopf auf die Tischplatte sinken. Er wollte nichts unternehmen, weder mit Raquel noch mit sonst jemandem. Und arbeiten wollte er auch nicht. Genau genommen wollte er zurück ins Bett und dort so lange bleiben, bis die Welt eine bessere war. Oder wenigstens so lange, wie es dauerte, um über Anabela hinwegzukommen. Falls das überhaupt möglich war.

»Es ist doch viel zu heiß, um etwas zu unternehmen«, klagte er.

»Vielleicht könnte Lúcia vorbeikommen, und ihr setzt euch mit Raquel ein bisschen in den Garten«, schlug Teresa vor.

Fernando stöhnte.

Mafalda schaute ihn streng an. »Dass es dir schlecht geht, Fernando, ist keine hinreichende Entschuldigung dafür, dass es deinem Schwein auch schlecht gehen sollte.«

Und weil Fernando einsah, dass Mafalda etwas sehr Wahres gesagt hatte, zog er kurz darauf eine Badehose an, weckte Raquel und fuhr mit ihr zum Praia da Samoqueira. »Dann bekommst du Bewegung, und ich kann mir noch mal den Fundort der Leiche anschauen.«

Diesmal parkte Fernando an der Treppe, die der kleinen Nachbarbucht am nächsten war. Mit einem Blick nach unten stellte Fernando erleichtert fest, dass diese Seite des Strandes, die sich in wenigen Stunden mit Handtüchern, Sonnenschirmen und übergroßen Gummitieren füllen würde, noch völlig leer war.

»Vielleicht sollten wir im Sommer öfter so früh aufstehen«, sagte er zu Raquel, die sich zögerlich auf den Weg in die Bucht machte. Die Betonstufen waren schmal und steil und für ein übergewichtiges Schwein eine ziemliche Herausforderung. Fernando fürchtete mehrmals, dass Raquel stolpern und hinunterkugeln würde. Stufe für Stufe kämpfte sie sich nach unten und erreichte schließlich wohlbehalten den Strand – schwankend, schnaufend und mit einer steilen Falte zwischen den Augen. Ein paar Möwen beobachteten die Szene von den steilen Felsklippen aus, sahen zu, wie der Inspektor und sein korpulentes Schwein kurz verschnauften und dann nebeneinander auf das Meer zuliefen. Zwei Vögel hoben ab, segelten in die Tiefe und umkreisten das seltsame Gespann mit lautem Kreischen, bevor sie einen neuen Beobachtungsposten im Sand bezogen. Raquel grunzte ihnen zu.

Fernando lächelte. Die Morgensonne schien ihnen auf den Rücken. Der Sand unter seinen Fußsohlen hatte genau die richtige Temperatur, und die offene See war so blau, als hätte jemand ein Tintenfass ausgekippt. Nur die von Felsen umfasste Bucht direkt vor ihnen spiegelte den Augusthimmel in einem leuchtenden Türkis. Das Meer lag so schläfrig da, wie es selbst bei Ebbe nur an windstillen Tagen und eben in dieser Bucht möglich war. Einzig an den Rändern, wo es die Steine und den Strand berührte, kräuselte sich die Oberfläche.

Raquel war schon das zu viel. Sie sprang rückwärts, als das Wasser ein paar Zentimeter in ihre Richtung schwappte. Zwar hatte sie den Inspektor schon oft an den Strand begleitet, aber noch nie ins Meer.

Fernando legte ihr eine Hand auf den schwarzen, borstigen Rücken. »Es ist wie der Brunnen. Nur größer. Und kühler.«

Raquel ging einen Schritt vor, einen zurück, dann wieder vor. So ging das eine Weile hin und her, bis das Meer plötzlich einen unerwarteten Hüpfer machte und ihre Vorder- und Hinterbeine umspülte. Sie schaute zu Fernando, schaute nach unten und ließ sich mit einem Bauchklatscher fallen.

»Und? Wie ist es?«, fragte Fernando.

Raquel schmatzte vergnügt.

Fernando wollte noch einmal durch den Tunnel zur kleinen Bucht jenseits der großen Felsen gehen, dorthin, wo Simão Gomes gestorben war.

»Du wartest hier«, sagte er zu Raquel, weil er gerne Anweisungen gab, bei denen er sicher war, dass sie sie befolgen würde. Immer wenn er sein

Schwein mit zum Surfen an den Strand nahm, suchte es sich einen gemütlichen Fleck aus und blieb dort liegen, bis sie wieder nach Hause gingen. Und solange hier nicht irgendwo ein Strandcafé eröffnet wurde, dürfte das auch so bleiben.

Das Meer hatte das Loch, in dem der junge Koch ertrunken war, mit Sand gefüllt und geglättet, die Fußspuren der Polizisten mit der Brandung weggewischt. Fernando setzte sich auf den schmalen Sandstreifen, schaute aufs Wasser und dachte nach.

Simão Gomes war quälend langsam und von Panik erfüllt gestorben. Hatten seine Mörder ihn nicht nur töten, sondern vorher auch foltern wollen? Waren sie Sadisten? Oder hatte Gomes etwas Schreckliches getan, für das er bestraft werden sollte?

Noch hatte die Polizei keine Ahnung, ob die Täter ihr Opfer einfach eingebuddelt und seinem Schicksal überlassen oder womöglich zugeschaut hatten, wie ihr Opfer in der Flut ertrunken war.

Auf dem Weg zurück zu Raquel, kurz vor dem Tunnel, der wieder zum Hauptstrand führte, blieb Fernandos Blick an einem Loch in der Felswand hängen, vielleicht zwei Meter über dem Boden. Früher, in den endlos langen Sommerferien ihrer Kindheit, als Patricia und er nur Geschwister und nicht Chefin und Untergebener gewesen waren, hatten sie hier viel Zeit verbracht und waren umhergeklettert, auch im kleinen Felsgang, an dessen Ende man von oben ins Meer springen konnte. Einem plötzlichen Impuls folgend, stieg Fernando nach oben, kroch hinein und saß kurz darauf über dem türkisfarbenen Wasser der Bucht. Er schaute nach rechts und sah Raquel, die noch immer im seichten Wasser lag. Dann schaute er nach links, wo hinter einer unsichtbaren Steinbarriere am Meeresboden die offene See begann. Ein Schatten löste sich, tauchte von der dunklen auf die helle Seite. Es war eine Frau, die beim Schwimmen wie ein Delfin die Hüfte wellenartig hob und wieder senkte. Die geschlossenen Beine folgten der Bewegung, als hätte sie an ihrem Ende keine Füße, sondern eine große Flosse, ihre Arme hatte sie nach vorn gestreckt, die langen, offenen Haare umwogten sie wie Seegras in der Strömung.

Fernando rutschte nach vorn an die Felskante und beobachtete sie so elektrisiert, als hätte er keine Schwimmerin, sondern einen Delfin erblickt. Dann, als sie schon fast den Strand erreicht hatte, tauchte sie auf, holte Luft und drehte sich auf den Rücken. Fernando holte auch Luft, beugte sich weiter vor, allerdings ein Stück zu viel, denn er verlor das Gleichgewicht. Es folgte kein langer Flug, aber dafür ein lautes und nicht ganz schmerzfreies Platschen, als er mit dem Bauch auf dem Wasser aufschlug. Er schluckte Salzwasser, schnappte nach Luft und kraulte in Richtung Strand. Wie viele seiner Altersgenossen hatte er nie richtigen Schwimmunterricht gehabt, sondern erst gelernt, sich unter

und über Wasser zu bewegen, als er mit dem Surfen angefangen hatte. Dementsprechend schlecht
war seine Technik. Er strengte sich mehr an als gewohnt, wohl wissend, dass er beobachtet wurde. Als
er schließlich prustend das Ufer erreichte, saß die
unbekannte Schwimmerin links neben Raquel. Fernando setzte sich auf die andere Seite.

»Dein Schwein schwimmt nicht?«, fragte sie.

»Ich fürchte, ihr fehlt das Talent dazu. Aber sie
schaut gerne aufs Wasser.«

»Das hilft ja auch schon.«

»Nicht beim Abnehmen.«

»Aber dabei, nicht verrückt zu werden.«

Fernando dachte daran, wie oft er schon ans
Meer gefahren war, wenn es ihm schlecht ging, wie
er vom Strand oder vom Surfbrett aufs Wasser ge-
starrt und wenigstens für diesen einen Moment vergessen hatte, dass Anabela mit Gary verheiratet
und die Welt überhaupt recht unglücklich konstru-
iert war. Vielleicht war das ja das Geheimnis des
Meeres.

»Bei Raquel scheint das nicht so gut zu funktionieren.«

Die Unbekannte beugte sich zu Raquel und flüsterte ihr etwas ins Ohr. Das Schwein grunzte und
legte ihr den großen Kopf auf den Schoß.

»Was hast du ihr gesagt?«, wollte Fernando wissen.

»Dass sie es sich nicht zu Herzen nehmen soll,

wenn ihr Mensch sie für ein wenig verrückt hält. Und dass sie sehr schön ist.«

Fernando schaute sich die junge Frau, die mit seinem Schwein sprach, genauer an. Ihre Augen waren groß und dunkel, die Haare hingen ihr in dicken nassen Strähnen herab, aus denen das Meerwasser in kleinen Rinnsalen über Rücken und Bauch lief. Ein Teil versickerte im Stoff des schwarzen Bikinis, der Rest blieb in glitzernden Tropfen auf der kupferfarbenen Haut sitzen.

Du bist auch sehr schön, dachte Fernando, sagte es aber nicht laut und schaute auch schnell wieder weg. Und weil er auf keinen Fall den Eindruck erwecken wollte, dass er sie anstarrte, schaute er aufs Meer hinaus und angelte in seiner Hosentasche nach der Sonnenbrille. Dann in der anderen. Dann fiel ihm ein, dass die Brille gar nicht in seiner Tasche gewesen war, sondern auf seiner Nase – jedenfalls bis zu dem Moment, an dem er ins Wasser geplumpst war.

»Oh nein«, entfuhr es ihm.

»Findest du etwa nicht, dass sie schön ist?«

»Meine Sonnenbrille liegt auf dem Meeresgrund«, sagte Fernando. Als er daran dachte, wie viel Überwindung es ihn gekostet hatte, die Brille am Vortag bei Anabela abzuholen, musste er grinsen.

Sie schaute ihn von der Seite an. »Ist das lustig?«

»Ich bin mir noch nicht ganz sicher.«

»Sollen wir nach der Brille tauchen?«, schlug sie vor und sprang auf.

»Lieber nicht«, sagte er und fand, dass er klang wie der alte, langweilige Mann, der er vermutlich auch war. Damit sie das nicht auch dachte, wollte er erklären, dass er losmusste, zu einem wichtigen Termin. Aber stattdessen sagte er einfach die Wahrheit: »Ich bin ein ziemlich lausiger Schwimmer.«

»Vielleicht braucht ihr Schwimmunterricht, du und dein Schwein.«

»Ganz sicher sogar.«

»Beim nächsten Mal«, sagte sie, und Fernando hatte keine Ahnung, ob das nun ein Versprechen oder ein Scherz sein sollte. »Jetzt schwimme ich nach Hause.« Sie lächelte, ein Lächeln, von dem Fernandos Bauch ganz warm wurde, dann hüpfte sie dem Meer entgegen. Nach einigen Metern drehte sie sich noch einmal um. »Ich bin übrigens Samira«, rief sie, tauchte mit einem Hechtsprung ins Wasser und kraulte kurz darauf aus der ruhigeren Bucht aufs offene Meer hinaus.

»Samira«, murmelte Fernando und sah ihr nach, bis sie zwischen den Wellen verschwunden war.

8

Zwei Stunden später betraten Inspektor Fernando Valente und Polizeischwein Raquel das Polizeirevier in Setúbal. Vor der Tür des Konferenzzimmers begegneten sie Patricia. Sie schaute Raquel an, kniff die Augen zusammen und machte sie wieder auf.

»Das glaub ich jetzt nicht«, sagte sie.

»Ich sollte doch dafür sorgen, dass sie nicht mehr abhauen kann«, sagte Fernando.

»Ich hatte da eher an einen soliden Zaun gedacht.«

»Das ist doch unmenschlich«, zitierte Fernando seine Großmutter.

»Mich erst um den Weihnachtsschinken zu bringen und dann mein Revier zum Schweinespielplatz zu machen – das ist unmenschlich.«

Patricia schaute Raquel so grimmig an, dass Fernando einen Moment lang befürchtete, sie würde sie zurück nach Hause schicken oder auch in die nächste Zelle sperren. Aber dann kam Daniel Figo, der erst seit wenigen Monaten bei ihnen im Team arbeitete. Einen halben Meter hinter ihm ging Tomás Martins, der aussah, als müsse er sich sehr bremsen, um den anderen nicht zu überholen. Martins wurde gemeinhin eine große Karriere prophezeit, und er galt als klug, ehrgeizig und pflichtbewusst. Fernando mochte ihn nicht besonders.

»Das Schwein verschmutzt das Gebäude«, stellte Martins fest und zeigte auf den Flurboden, wo eine Spur aus goldgelben Sandkörnern verlief.

Fernando räusperte sich. »Wir haben heute Vormittag noch mal den Tatort unter die Lupe genommen«, erklärte er.

»Schon klar. Und jetzt kommt das Schwein mit zur Besprechung und präsentiert die Ergebnisse dieser obskuren Tatortbegehung?«

»Immerhin ist Raquel jetzt offizielles Polizeischwein«, argumentierte Fernando, während sie gemeinsam in den kleinen Konferenzraum gingen und sich an den Tisch setzten.

»Fehlt nur noch, dass wir ihr einen Stuhl hinstellen«, bemerkte Martins.

Dieser Satz, dachte Fernando, hätte auch aus Patricias Mund kommen können. Aber nun hatte ihn der Kollege ausgesprochen. Und erstens mochte Patricia nicht, wenn jemand ihre Autorität infrage stellte, zweitens war Fernando ihr Bruder. Und deshalb sagte sie kühl: »Gute Idee. Holen Sie doch bitte einen.«

Tomás Martins stand auf und ging hinaus. Kurz darauf kehrte er mit einem Stuhl zurück und stellte ihn neben Fernando, ohne eine Miene zu verziehen. Nicht einmal sein alberner kleiner Oberlippenbart wackelte. Fernando war sich nicht ganz sicher, ob der Kollege vielleicht doch dümmer war als gemeinhin angenommen oder viel, viel witziger. Patricias hochgezogene Augenbrauen und Figos halb offener Mund ließen vermuten, dass sie über die gleiche Frage nachdachten.

Raquel, die noch etwas orientierungslos im Raum herumstand, schnüffelte kurz am neuen Möbelstück, dann ging sie unter dem Tisch hindurch auf die andere Seite des Zimmers und legte sich in die Ecke vor den brummenden Ventilator.

Ganz umsonst hatte Martins den Stuhl dann aber doch nicht geholt, denn kurz nachdem Patricia »Fangen wir an« gesagt hatte, schlenderte Dr. Rosa ins Zimmer und setzte sich auf den leeren Platz neben Fernando. Patricia schaute erst erstaunt, dann erfreut. Normalerweise erschien der Rechtsmediziner nicht einmal dann zu Besprechungen, wenn er dazu eingeladen wurde. Oft hatte er keine Zeit, noch öfter keine Lust. Er hatte Fernando einmal gestanden, dass es ihn ganz nervös machte, mit so vielen Menschen zusammen in einem Raum zu sein. Mit so vielen lebenden Menschen jedenfalls. Ignorierte er seine Befindlichkeiten, bedeutete dies, dass er einen Fall besonders spannend fand.

»Der Schlüssel lässt mir einfach keine Ruhe«, erklärte Rosa seinen Überraschungsbesuch. Fernando fragte sich, woher er überhaupt von der Besprechung gewusst hatte oder ob er ganz zufällig zum richtigen Zeitpunkt erschienen war.

Patricia wandte sich zur großen Magnettafel, an der Fotos vom Tatort und vom Toten hingen. Sie zeigten die Vorder- und Rückenansicht der nackten Leiche, es gab Nahaufnahmen von dem Schaumpilz in der Mundhöhle und von der aufgeblähten Lunge. Auf einem Foto war der kleine Metallschlüssel zu sehen, den Dr. Rosa im Magen des Opfers gefunden hatte, auf einem anderen die Handschellen mit kurzer Kette. Inzwischen wussten sie, dass es sich dabei um etwas ältere deutsche Polizeihandschellen handelte, die man in zahlreichen Onlineshops kaufen konnte.

»Der Schlüssel aus dem Magen des Opfers passt nur zu den Handschellen einer amerikanischen Marke«, sagte Patricia. »Und das bringt uns zu zwei interessanten Fragen: Warum hat das Opfer überhaupt einen Handschellenschlüssel verschluckt? Und warum passt dieser Schlüssel nicht zu den Handschellen, mit denen es gefesselt war? Hat irgendjemand eine Idee?«

Rosa schaute erwartungsvoll in die Runde, doch die drei Inspektoren blickten nur betreten auf die Tischplatte.

»Das ist das größte, aber bei Weitem nicht das einzige Rätsel in diesem Fall. Beispielsweise wissen wir noch immer nicht, warum sich das Opfer offenbar nicht gewehrt hat.«

»Dabei sieht der Mann so gut trainiert aus. Mit den Muskeln sollte er doch Kraft genug haben, um irgendwelche Angreifer in die Flucht zu schlagen«, warf Martins ein.

Dr. Rosa nahm seine Brille ab, rieb sie mit seinem Hemd sauber und sagte: »Sie haben recht. Das Opfer war kerngesund und überdurchschnittlich gut trainiert. Vom Kochen kommt das sicher nicht. Ich würde eher darauf tippen, dass er im Kampfsport aktiv war.«

»War er geknebelt?«, fragte Figo.

»Nein, sonst hätte ich Stofffasern oder Rückstände vom Klebeband gefunden.«

»Er muss doch um Hilfe gerufen haben, als sie ihn gefesselt und im Sand eingegraben haben. Oder zumindest, als die Flut kam. Und dann hätte ihn eigentlich jemand hören müssen, oder?«, wandte Fernando ein. Er wusste, dass die Parkplätze an der Steilküste auch nachts fast immer bevölkert waren. Offiziell war Wildcamping zwar verboten, aber an der Alentejo-Küste schliefen trotzdem jede Nacht unzählige junge Leute in ihren uralten Bussen und wurden von der Polizei fast immer in Ruhe gelassen.

»Es sieht aber nicht danach aus«, sagte Patricia und blätterte in ihren Unterlagen. »Die Kollegen von der Guarda Nacional Republicana, die uns bislang übrigens vorbildlich unterstützen, sind schon fündig geworden. An besagtem Abend standen drei Pärchen aus Frankreich mit ihren Bussen oberhalb der Bucht. Nach ihrer Aussage waren sie auf der Seite des Strandes die Einzigen. Wie weit wir uns darauf verlassen können, ist allerdings fraglich. Sie haben nämlich auch ausgesagt, dass sie nichts außer dem Rauschen der Wellen gehört hätten…« Patricia blätterte um und las vor: »Sie geben an, bekifft auf ihren Matratzen gelegen und Sex gehabt zu haben.«

»Theoretisch könnten auch sie den Koch umgebracht haben«, sagte Martins.

»Unwahrscheinlich, dass sie dann noch über Nacht geblieben wären, aber nicht völlig ausgeschlossen«, erwiderte Patricia.

»Vielleicht hat das Opfer ja auch gar nicht geschrien. Es hat sich ja auch nicht gewehrt«, warf Rosa ein. »Und von der Steilküste aus kann man meines Wissens nicht in die Bucht sehen.«

»Kann man nicht«, bestätigte Fernando. Dann fiel ihm etwas ein. »Ich habe vor einigen Wochen einen Bericht über Hypnose gesehen. Da haben die Leute die verrücktesten Sachen gemacht. Sich ohne Betäubung einen Zahn ziehen lassen und angeblich keine Schmerzen gehabt. So etwas.«

»Du meinst, Gomes könnte hypnotisiert worden sein?« fragte Patricia.

»Nur so eine Idee.«

»Wie soll das gehen?«, fragte Daniel Figo zweifelnd.

Dr. Rosa stand auf, nahm seinen Schlüsselbund aus der Tasche und ließ ihn vor Raquels Gesicht hin und her baumeln. »Atme tief ein und aus«, begann er, zwei Takte langsamer und eine halbe Oktave tiefer als gewohnt. »Du bist jetzt gaaanz entspannt. Du...«

Raquel unterbrach ihn mit einem Grunzen. Sie stand auf, kehrte dem Rechtsmediziner ihr Hinterteil zu, wackelte in die gegenüberliegende Ecke des Zimmers und legte sich wieder hin.

Dr. Rosa drehte sich zu Fernando um und fragte, wieder in seiner normalen Stimmlage: »Also so ungefähr?«

»Ein Profi kann das vielleicht überzeugender«, meinte Fernando.

Patricia massierte sich die Schläfen mit Mittel- und Zeigefinger, Figo kicherte kurz, Martins murmelte etwas, das wie »Irrenhaus« klang.

»Ein bisschen mehr Ernst, meine Herren«, mahnte Patricia.

»Er könnte auch bedroht worden sein. Nach dem Motto: Wenn du hier nicht mitmachst, bring ich deine Freundin um«, schlug Martins vor.

Patricia wandte sich an Daniel Figo. »Wissen wir, ob er eine Freundin hatte?«

»Seine Vermieterin meinte, dass er nachts nicht immer nach Hause gekommen ist. Aber ihr ist nie aufgefallen, dass er Damenbesuch hatte. Die Vermieterin ist Mitte siebzig, lebt im Apartment unter Gomes und scheint ihre Tage damit zu verbringen, am Fenster zu sitzen und ihre Mieter zu beobachten.«

»Es gibt Vermieter, die sollten verboten werden«, kommentierte Dr. Rosa.

»Für uns können gerade solche sehr nützlich sein. Auch wenn die Informationen in diesem Fall etwas dürftig sind. Wir sollten morgen noch einmal mit ihr sprechen, ebenso mit den Eltern. Fernando, kannst du das übernehmen?«

Fernando nickte, und Daniel schob ihm Gomes' Wohnungsschlüssel zu.

Dann bat Patricia die beiden anderen Inspektoren zu erzählen, was sie in Gomes' winzigem Apartment entdeckt hatten.

»Erschreckend wenig. Bücher, Computerspiele, das übliche Zeugs halt, aber nichts, was uns etwas Wesentliches über ihn oder seine Feinde verraten hätte.«

»Telefon? Computer?«

»Sein Handy ist spurlos verschwunden, einen Computer hatte er gar nicht laut seiner Vermieterin, die wohl gelegentlich in seinem Apartment war.«

»Finden Sie bitte heraus, ob er einen Handyvertrag hatte. Dann müssten wir ja auch ohne sein Telefon an die Anruflisten kommen«, sagte Patricia. »Ansonsten können wir wohl nur hoffen, dass die Spurensicherung etwas Brauchbares gefunden hat. Die werten das Material gerade aus.«

Inzwischen klebte allen die Kleidung am Körper, der Ventilator brachte zwar Wind, aber keine Abkühlung. Daniel Figo stand auf und öffnete ein Fenster. Es wurde nicht kühler, nur lauter.

Tomás Martins räusperte sich. »Auch wenn vielleicht niemand das Opfer gehört hat...« Der Rest des Satzes ging im Hupen eines Lastwagens unter.

Dr. Rosa ging zum Fenster und schloss es wieder. »Das macht es nur schlimmer. Ich hole uns besser etwas Kaltes zu trinken«, sagte er und verschwand.

Martins begann von vorne: »Auch wenn vielleicht niemand das Opfer gehört hat, könnte jemand den oder die Täter auf dem Weg in die Bucht oder zurück zum Parkplatz beobachtet haben.«

»Die Täter. Ich denke, wir können davon ausgehen, dass es mindestens zwei, wenn nicht drei waren. Ich halte es für fast ausgeschlossen, dass einer alleine so ein Loch buddelt«, sagte Patricia.

Fernando stimmte ihr zu. »Wenn es mehrere waren, ist die Chance auch größer, dass sie bei ihrer Ankunft auf einem der beiden Parkplätze beobachtet wurden. Eventuell hatten sie ja sogar Spaten dabei.«

»Die Spaten könnten sie vorher am Strand versteckt und später im Meer entsorgt haben«, gab Daniel Figo zu bedenken.

»Oder es waren Klappspaten, die sie nach vollbrachter Tat einfach in die Badetaschen gesteckt haben«, schlug Patricia vor. »Wir sollten auf jeden Fall noch heute Abend einen neuen Zeugenaufruf starten. Ich übernehme das.«

Eine Weile war es still im Raum, nur der Ventilator surrte gleichmäßig, und Raquel schnarchte. Fernando hatte Mühe, die Augen offen zu halten. Er versuchte, sich auf den Fall zu konzentrieren, aber

Anabela schwirrte durch seinen Kopf, und plötzlich schwamm er mit ihr in der Bucht. Kurz trieb er im Niemandsland zwischen Wachsein und Schlaf, dann zuckte sein rechtes Bein, das Kinn wackelte, und noch bevor er wieder richtig da war, sagte er: »Vielleicht sind die Mörder gar nicht weggegangen oder -gefahren, sondern weggeschwommen.«

»Was die Suche nach Zeugen erheblich erschweren würde«, seufzte Patricia.

In diesem Moment ging die Tür auf, und der Rechtsmediziner kam mit zwei großen Tüten herein. Er stellte Wasserflaschen und Coladosen, die vor Kälte dampften, auf den Tisch und dazu eine Wassermelone, fein säuberlich in Schnitze geschnitten. Ein Stück legte er der schlafenden Raquel vor die Nase.

Sie wachte auf und biss in die Frucht. Martins verzog das Gesicht. »Das Schwein kleckert auf die Fliesen.« Die anderen ignorierten ihn und schlürften an ihren Wassermelonen.

Daniel Figo leerte seine Dose Cola in zwei langen Zügen, rülpste und entschuldigte sich. Dann sagte er: »Ich frage mich, ob uns die Täter mit diesem Schlüssel etwas sagen wollten.«

Patricia klappte den Ordner zu, der vor ihr lag. »Wir drehen uns im Kreis. Für heute machen wir Schluss, denken morgen alle nach und treffen uns dann am Montagmorgen wieder.«

Zehn Minuten später standen Fernando, Raquel

und Dr. Rosa auf dem Parkplatz. Sie hatten die Türen ihrer Wagen geöffnet und warteten darauf, dass die Backofen-Temperaturen im Inneren zumindest ein wenig sanken.

»Sehr viel schlauer als vorher sind wir nicht«, sagte Fernando.

Der Rechtsmediziner schüttelte den Kopf. »Wir haben eigentlich nur herausgefunden, dass ich kein Talent zum Hypnotiseur habe.«

»Oder dass Raquel sich nicht hypnotisieren lässt. Und das wäre für ein Polizeischwein doch eine ziemlich gute Eigenschaft.«

9

Mafalda Valente war nicht nur für ihre wetterfühlige Nase über die Dorfgrenzen hinaus berühmt, sie hatte auch legendäres Haar. In jungen Jahren, als es noch schwarz gewesen war, hatte sie sich daraufsetzen können wie auf ein Kissen. Und als ihre Schwiegertochter nach der Geburt der Zwillinge monatelang das Bett hütete – nicht weil die Entbindung so kräftezehrend gewesen wäre, sondern weil ihr der Kummer über den verschwundenen Ehemann so schwer in den Beinen hing –, hatte Mafalda die Säuglinge nicht in ein Tragetuch, sondern in ihr Haar gewickelt und sie so mit ins Dorf zum Einkaufen genommen.

»Alles Unfug«, stritt Mafalda diese Geschichte immer ab, fügte dann aber, nicht uneitel, hinzu, dass ihr Haar durchaus stark genug gewesen wäre.

Seit ihrem sechzigsten Geburtstag trug Fernandos Großmutter ihr schlohweißes Haar hüftlang und sah damit aus wie eine Schneekönigin, ganz besonders, wenn es ihr, wie an diesem Samstagvormittag, offen über die Schultern hing. Ein Umstand, der sich allerdings in Kürze ändern sollte, denn neben Mafaldas

Lehnsessel stand Pedro, bewaffnet mit Kamm und Haarnadeln. Vor ihm auf dem Küchentisch lag eine aufgeschlagene Zeitschrift. Pedro klemmte sich drei Haarnadeln und die Zungenspitze zwischen die Lippen, teilte drei lange Strähnen an Mafaldas Schläfe ab und begann zu flechten.

Fernando hatte den freien Vormittag genutzt, um auszuschlafen. Nun stand er in der Küchentür, betrachtete die Szenerie eine Weile und fragte schließlich: »Sag mal, Pedro, willst du Friseur werden?«

Der Junge erschrak so, dass ihm die Haarnadeln aus dem Mund fielen und mit leisem Klirren auf dem Steinboden landeten. Mafalda reichte ihm wortlos drei neue vom Tisch.

Pedro schüttelte entschieden den Kopf. »Ich werde lieber Premierminister«, sagte er. »Oder Bankräuber.«

»Zwei Berufe, die in diesem Land bisweilen Ähnlichkeiten haben«, kommentierte Mafalda.

Fernando setzte sich an den Tisch, stellte fest, dass Raquel darunterlag, schlüpfte aus seinen Hausschuhen und begann, mit bloßen Füßen den weichen Schweinebauch zu streicheln. Gleichzeitig warf er einen Blick in die Zeitschrift. Auf zwei Doppelseiten und mit vielen Bildern wurde eine komplizierte Hochsteckfrisur für Hochzeiten und andere festliche Anlässe erklärt.

»Hast du heute noch etwas Besonderes vor?«

»Ich wollte mich gleich zu den Hühnern in den

Garten setzen und Erdbeeren essen«, sagte Mafalda und hielt den ersten geflochtenen Zopf, damit Pedro ihn leichter feststecken konnte.

»Ich verstehe.« Fernando lachte. Offenbar wollte seine Oma nichts über die Pläne des Jungen verraten.

»Ich verstehe das überhaupt nicht«, blaffte Teresa, die ebenfalls in die Küche gekommen war. Lauter als nötig stellte sie eine Schüssel mit Kartoffeln und einem Messer auf den Tisch. Während die erste Schale als Spirale auf die zerkratzte Holzplatte sank, schimpfte Teresa weiter: »Das schickt sich doch nicht.«

»Meinst du, dass es unanständig ist, wenn ich mit so einer feschen Hochsteckfrisur im Garten sitze?«, erwiderte ihre Schwiegermutter mit ihrer unschuldigsten Stimme.

Teresa schnaufte. Jeder, der sie ein wenig näher kannte, wusste, was sie mit ihrer Bemerkung gemeint hatte: Es schickte sich nicht, dass ein Dreizehnjähriger, der zumindest offiziell nicht einmal zur Familie gehörte, ihrer knapp neunzigjährigen Schwiegermutter die Haare stylte. Ebenso unpassend war es, dass sich ein Junge Hochglanzmagazine für reiche Frauen aus der Stadt kaufte. Und am unerhörtesten fand sie, dass Mafalda ihre wallende weiße Mähne in ihrem Alter nicht schon längst abgeschnitten hatte.

»Musst du heute nicht zur Nachhilfe?«, wechselte Fernando das Thema.

Pedro erklärte, dass seine Nachhilfelehrerin übers

Wochenende zu Verwandten nach Faro gefahren sei. »Und dann ist mir eingefallen, dass heute doch Raquels Training bei Anabela ist«, fügte er hinzu.

»Richtig, das war ja heute.« Fernando tat überrascht, ganz so, als hätte er nicht selbst schon seit Tagen an die Verabredung denken müssen. Er freute sich auf den Termin, weil er Anabela gerne wiedersehen wollte. Und zugleich freute er sich überhaupt nicht, weil er auch Anabelas Mann sehen würde. »Möchtest du mitkommen, Pedro? Wir können Hilfe vermutlich dringend gebrauchen.«

»Kann ich die Frisur erst noch fertig machen?«

Mafalda lächelte zufrieden, Teresa schnaufte noch einmal.

»Auf jeden Fall«, sagte Fernando.

Das Ergebnis, so befand der Inspektor rund vierzig Minuten später, hatte zwar nicht viel Ähnlichkeit mit den Bildern aus der Zeitschrift, war aber ausgesprochen kreativ. »Du siehst fantastisch aus«, sagte er zu seiner Großmutter.

»Es ist vielleicht noch nicht ganz perfekt«, bemerkte Pedro kritisch und reichte Mafalda einen geblümten Handspiegel.

Sie drehte den Kopf zu allen Seiten, spitzte die Lippen und drückte Pedro einen Kuss auf die Wange, und weil sie offenbar noch nicht genug Spaß gehabt hatte, fragte sie ihre Schwiegertochter: »Was sagst du dazu, Teresa?«

Teresa, die inzwischen am Herd stand, strich sich

durch ihre kurze graue Dauerwelle, schaute nach hinten über die Schulter, richtete den Blick wieder auf die dampfenden Kartoffeln und sagte dann zu ihrer Schwiegermutter: »Pass gut auf mit der neuen Frisur. Nicht dass da noch Vögel drin nisten wollen, wenn du dich gleich nach draußen setzt.«

Mafalda lachte vergnügt und ließ sich von ihrem Enkel und dem Jungen, der für sie schon längst zu einer Art Urenkel geworden war, in den Garten begleiten. Raquel wackelte hinterher.

Kurz nachdem sie die alte Dame mit einem Korb frischer Erdbeeren aus dem Garten versorgt hatten, saßen sie im alten Pick-up: Fernando und Pedro vorne, das Polizeischwein auf der Rückbank. Dank eines speziellen Geschirrs, das Mafalda kurz nach der inoffiziellen Berufung von Raquel in den Polizeidienst genäht hatte, war sie sogar angeschnallt.

Kaum schneller als im Schritttempo ruckelten sie die holprigen Feldwege entlang. Fernando warf einen Blick zur Seite, doch Pedro bemerkte es nicht einmal, so abwesend starrte er durch die vom Staub hellrote Windschutzscheibe. Zum ersten Mal fiel Fernando der schwarze Flaum auf der Oberlippe des Jungen auf, noch mehr Schatten als Bart, mitten in den ansonsten noch kindlich weichen Gesichtszügen.

»Hat Nelia eigentlich auch lange Haare?«, fragte er, als sie auf die Asphaltstraße abbogen.

»Bis zur Taille, schokoladenbraune Locken. Es

sind wirklich sehr schöne Haare. Die allerschöns-
ten.« Pedro erzählte, dass Nelia von komplizierten
Flechtfrisuren träumte. Sie hatte zwar die richtigen
Haare, aber kein Talent fürs Frisieren. Mehr als ein
einfacher Pferdeschwanz war nicht drin. »Und dann
hat sie neulich in der Pause zu ihren Freundinnen
gesagt, dass der Mann, den sie später einmal heira-
tet, das auf jeden Fall können sollte.«

»Und deshalb übst du jetzt schon mal mit Omas
Haaren.«

»Genau«, bestätigte Pedro, schwieg eine Weile
und fragte, kurz bevor sie Anabelas Haus erreichten: »Das ist doch eine gute Idee, oder?«

»Ich finde schon«, sagte Fernando und hoffte,
dass Nelia das auch so sehen würde.

Anabela lief im Garten herum, barfuß, mit einem
gelben Sommerkleid und geröteten Wangen, und
steckte Fähnchen in den Boden. Gary hatte, gemeinsam mit den beiden Hunden, den Logenplatz auf
der Veranda bezogen und schaute zu. Fernando war
mehr als froh, dass Pedro mitgekommen war.

Anabela freute sich auch. »Du kannst unser Ver-
misster sein«, schlug sie vor und schickte Fernando
und Raquel in die Küche, damit das Suchschwein in
spe nicht sehen konnte, wo Pedro sich versteckte.
Bevor sich der Junge hinter die Brombeerhecke
setzte, musste er aber natürlich auch noch eine Spur
legen, indem er langsam an den Fähnchen entlang
durch den Garten ging.

»Und das reicht?«, fragte Fernando, als Pedro außer Sicht und er und Raquel wieder im Garten waren.

»Bei Hunden würde das locker reichen, und eine Schweinenase ist ja noch empfindlicher. Und das ist erst der Anfang: Später im Training verlängern wir die Strecke. Und dann kreuzen wir die Spur mit anderen frischen Spuren, damit Raquel lernt, sich auf die wesentliche Spur zu konzentrieren. Da haben wir noch einen Vorteil gegenüber den Suchhunden: Die haben ja einen ausgeprägten Jagdtrieb und lassen sich von einer Hasenfährte eher mal ablenken.«

»Für den gleichen Effekt müssten wir bei Raquel vermutlich eine Tüte mit Kuchen durchs Gras ziehen. Aber wie sie sich dann entscheidet, wäre ja auch klar.«

»Jetzt müssen wir erst einmal versuchen, sie für die Sucharbeit zu begeistern«, erklärte Anabela, leinte Raquel an ihrem Geschirr an und gab Fernando das Leinenende. »Damit sie nicht einfach irgendwas anderes macht.« Sie ging vor Raquel in die Hocke und hielt ihr Pedros T-Shirt zum Schnüffeln hin. Raquel schnupperte und grunzte. »Such, Raquel!«

Das Kommando kannte das Schwein schon, im Normalfall war es allerdings das Startsignal zu einem Spiel, bei dem Fernando Karamellbonbons im Garten versteckte – Raquels Figur und Zahngesundheit zuliebe hatten sie es schon länger nicht mehr gespielt. Umso eifriger bewegte sie nun ihren Rüssel wie einen Staubsauger über den trockenen Untergrund. Anabela feuerte sie an, ganz besonders, als ihre Nase Pedros Spur berührte.

Raquel, die Karamellbonbons und nicht Pedros Füße im Sinn gehabt hatte, hob den Kopf.

Anabela versuchte es anders: »Wo ist Pedro, Raquel?«

Das verstand die Schweinedame schon besser. Sie trabte los, riss dem erstaunten Inspektor die Leine aus der Hand und rannte – nicht entlang der Fähnchen und Pedros Spur, sondern auf direktem Weg – zur Brombeerhecke. Pedro jubelte.

»Hast du sie etwa doch gucken lassen?«, fragte Anabela.

»Kein bisschen.«

»Vielleicht war Pedro nicht weit genug weg, und sie hat ihn auch ohne Fährte gerochen oder gehört.«

»Wir machen es noch mal«, schlug Fernando vor. »Ich verstecke mich irgendwo hinten am Bach, und ihr sucht mich.«

Pedro ging mit Raquel ins Haus, und Fernando lief fast zweihundert Meter ans andere Ende des riesigen Grundstücks, während Anabela zusah, welchen Weg er nahm. Der Bach, der im Frühling zum sprudelnden Fluss wurde und regelmäßig ein Stück der Wiese überflutete, war zu einem langsamen Rinnsal vertrocknet. Fernando setzte sich hinter eine alte Weide, sodass Raquel ihn erst würde sehen können, wenn sie schon ganz in seiner Nähe war, und stellte die nackten Füße ins lauwarme Wasser.

Rund vier Minuten später ließ sich Raquel auf seine Zehen plumpsen. Die Leine hing noch am Geschirr, doch am Ende der Leine waren weder Anabela noch Pedro zu sehen.

»Gutes Mädchen«, lobte der Inspektor.

Seine beiden Co-Trainer kamen kurze Zeit später.

»Ich habe keine Ahnung, wie sie das macht. Sie ist nicht mal deiner Fährte gefolgt, nachdem sie sich losgerissen hat, aber gefunden hat sie dich ja trotzdem sehr schnell«, meinte Anabela seufzend. »Irgendwie erinnert mich das an unseren ersten Versuch mit Raquel.«

»Stimmt«, sagte Fernando und lachte. Es war schon Monate her, dass sie die Idee gehabt hatten, die Schweinedame mit Apfelstückchen auf eine Fährte anzusetzen. Damals hatte sie die Fährte ignoriert, war kurz entschlossen in Anabelas Küche galoppiert und hatte einen Apfel aus dem Obstkorb stibitzt.

»Vielleicht ist Raquel einfach klüger als wir«, mutmaßte Pedro.

»Das ist unumstritten. Trotzdem könnte es ja nicht schaden, wenn sie wenigstens etwas besser in Sachen Leinenführigkeit würde.«

»Vielleicht braucht sie auch einfach mal einen guten professionellen Tiertrainer«, sagte Anabela.

»Im Moment braucht Raquel vor allem ein Nickerchen.« Fernando deutete auf Raquel, die inzwischen auf der Seite lag, die Augen halb geschlossen, das Maul drei viertel geöffnet. »Und ich brauche etwas zu trinken.«

»War das jetzt gut oder schlecht?«, fragte Gary, als sie zu dritt die Veranda erreichten.

»Gut, weil Raquel offenbar durchaus Personen aufspüren kann und dabei Spaß hat. Schlecht, weil sie weder der Fährte folgt noch irgendetwas anderes tut, was man ihr sagt«, antwortete Anabela.

Pedro sauste in die Küche, um Wasser und Gläser zu holen.

»Und wo ist Raquel jetzt?«, wollte Gary wissen.

»Sie liegt im Bach und schläft«, sagte Fernando und fügte hinzu, dass sein Schwein keine besonders gute Kondition habe, was bei dieser Hitze ja auch ziemlich normal sei.

»Ein Wunder, dass sie, wenn sie in Ausreißerlaune ist, den Weg bis ins Dorf schafft. Das ist doch ein guter Kilometer, und das in der prallen Sonne«, bemerkte Anabela.

Fernando hatte über dieses Rätsel auch schon nachgedacht, aber noch keine befriedigende Antwort gefunden. »Die Aussicht auf Gebäck im Café verleiht ihr vermutlich Flügel.«

»Eigentlich ist es gar nicht so gut, dass sie da immer so viel Süßes bekommt«, stellte Pedro fest.

»Rodrigo hat gesagt, er könne den Touristen das

Füttern unmöglich verbieten, wenn Raquel im Café sitzt. Wir sollten also aus mehreren Gründen dafür sorgen, dass sie gar nicht erst abhaut. Die letzten Tage hat es ja zum Glück funktioniert.«

Gary konnte es nicht lassen, sein medizinisches Fachwissen zum Besten zu geben. »Ich bin natürlich kein Spezialist für Schweine, aber ich bin mir ziemlich sicher, dass Raquels fehlende Kondition weniger mit der Hitze als mit ihrem Übergewicht zu tun hat. Und vielleicht auch mit zu wenig Sport.«

»Sport«, wiederholte Fernando und klang dabei, als würde er über sauren Wein oder versalzenen Kuchen sprechen.

»Für kanadische Polizisten und ihre Diensthunde ist Sport Pflichtprogramm«, fuhr Gary fort. »Ist natürlich sinnvoll, dass sie im Zweifel schneller sind als die Verbrecher, die sie verfolgen.«

Ja danke, weiß ich alles selber, dachte Fernando ein wenig angefressen. Laut sagte er: »Hier rennen die Verbrecher kaum noch weg, sondern steigen einfach in ihren Fluchtwagen.«

Gary schaute ihn an oder besser gesagt Fernandos Bauch. Der war zwar nicht besonders groß, aber ganz sicher kein Sixpack. »Heißt das, du tust gar nichts für deine Fitness?«

Anabela zog die Nase kraus und trank einen Schluck Wasser.

Fernando überlegte, ob dazu wohl Spaziergänge und die gute Absicht zählten, öfter mal schwimmen und im Herbst auch wieder surfen zu gehen. Vermutlich nicht. »Wir rauchen nicht«, sagte er schließlich.

»Schon klar.« Gary nahm ein Lineal vom Tisch und kratzte sich damit unter dem Gips.

Anabela prustete los und verschluckte sich. Pedro klopfte ihr auf den Rücken, bis sie aufgehört hatte zu husten. Gary schien noch etwas sagen zu wollen, vermutlich über gesunde, zuckerarme Ernährung, doch Anabela schnitt ihrem Mann kurzerhand das Wort ab: »Sollen wir mal nachschauen, ob Raquel schon wieder ansprechbar ist?«

Raquel war zwar noch schläfrig, aber auch hungrig. Und da ihre innere Uhr ihr sagte, dass es bald Zeit fürs Abendessen war, verließ sie ihren Wasserplatz bereitwillig und stieg zu Fernando und Pedro ins Auto.

»Was liegt da eigentlich hinter dem Rücksitz?«, fragte Pedro und deutete auf ein sehr pinkfarbenes Paket. Fernando hatte es ganz vergessen.

»Das ist ein Geschenk für Raquel. Sie bekommt es morgen.«

»Was ist es denn?«

»Ein Planschbecken.«

Pedro lachte.

Kurz vor der Kreuzung fragte Fernando: »Isst du bei uns mit?«

»Heute nicht. Meine Mutter kommt früher nach Hause, und ich habe ihr versprochen zu kochen.«

»Sie arbeitet viel, nicht wahr?«

»Viel zu viel. Sie backt ja sowieso im Café do Porco Polícia, aber jetzt in den Ferien putzt sie zusätzlich ein paar Ferienhäuser in Porto Covo. Und wenn Leute fehlen, hilft sie im Hotel in Vila Nova de Milfontes aus.«

Fernando seufzte. Er wusste, dass Pedros Mutter kaum eine Wahl hatte. Seit Pedros Vater, dem im Suff regelmäßig die Hand ausgerutscht war, zur Therapie in einer Entzugsklinik war, blieben ihr und dem Sohn zwar Blutergüsse und aufgeplatzte Lippen erspart, aber ihre finanzielle Situation war nicht besser geworden. Mit einem Job allein konnte man nur schwerlich überleben.

Pedro riss ihn aus seinen Gedanken. »Ist er eigentlich gar nicht eifersüchtig?«

»Wer ist eifersüchtig auf wen oder was?«

»Dieser Gary auf dich.«

Fernando war sich ziemlich sicher, dass der Junge nichts von der viel zu kurzen Affäre wissen konnte. Trotzdem spürte er, wie ihm die Röte den Hals hinaufkroch.

»Warum sollte er?«

»Na ja, weil ganz klar ist, dass du viel besser zu Anabela passt als er«, sagte Pedro bestimmt.

Fernando kommentierte das nicht, aber es ging ihm gleich ein bisschen besser.

10

Den Sonntagmorgen begann Inspektor Fernando Valente, noch in Boxershorts und T-Shirt, mit dem Aufpumpen des Planschbeckens. Er hatte ein pinkfarbenes Modell mit türkisen Seesternen am Boden ausgesucht, weil Raquel schließlich ein Mädchen war und weil es außerdem farblich ganz wunderbar zu ihrem Glitzerball passte. Raquel fraß ihr erstes Frühstück, die Reste vom Vorabend: Kartoffeln, dicke Bohnen und ein paar Stücke frittierten Tintenfisch. Dann schaute sie mit schief gelegtem Kopf und wackelnden Ohren dabei zu, wie Fernando das Planschbecken unter den größten der Orangenbäume stellte, es mit Wasser füllte und zur Sicherheit gleich zwei Sonnenschirme aufstellte.

»Bitte schön«, sagte er, und Raquel stellte erst den einen, dann den anderen Vorderfuß ins Wasser. Der Rand gab unter dem Gewicht ihres Bauches bedenklich nach, Wasser schwappte auf die Erde, und Fernando fürchtete schon, dass dem Becken bereits vor dem ersten Badevergnügen die Luft ausgehen würde. Aber dann hievte Raquel auch noch ihr Hinterteil ins Wasser, und der kleine Pool fand fast zu seiner alten Form zurück. Nur an der Stelle, an der Raquel ihren Kopf aufstützte, dellte sich der weiche Kunststoff nach unten.

»Andere Leute gießen mit dem letzten Wasser aus dem Brunnen ihren Gemüsegarten, aber wir wässern natürlich das Schwein«, zeterte Teresa auf dem Weg zum Hühnerstall.

»Es ist großartig!«, rief Mafalda, die die Szene vom Küchenfenster aus beobachtet und sich ganz entgegen ihrer Gewohnheiten entschlossen hatte, das Haus schon vor dem ersten Kaffee zu verlassen. »Ein Pool im Schatten – man könnte fast neidisch werden.«

»Ich kann dir auch einen kaufen«, schlug Fernando vor.

Mafalda schürzte die Lippen und betrachtete Raquel, die inzwischen die Augen geschlossen hatte. »Eigentlich gar keine schlechte Idee...«

»Jetzt drehen alle endgültig durch«, stöhnte Teresa, die mit einem Korb voller Eier auf dem Rückweg in die Küche war. Sie beschleunigte ihren Schritt, als könne sie vor ihrer Familie davonlaufen.

Mafalda wartete, bis ihre Schwiegertochter außer Hörweite war, dann lachte sie. »Lad mich demnächst lieber mal wieder ins Eiscafé ein. Das kühlt auch, macht aber nicht so nass.«

Raquel blieb im Pool, während der Inspektor und seine Großmutter ins Haus gingen, um zu frühstücken. Die gewohnten Bicas und ofenwarme, knusprige Pastéis de Nata, die nach Sahne und Zimt dufteten und im Mund erst splitterten, bevor sie förmlich auf der Zunge zergingen. Fernando aß drei, dann brachte er Raquel eines als zweites Frühstück in den Garten, weil Sonntag war und er es herzlos fand, einem Schwein eine seiner Lieblingsspeisen vorzuenthalten, selbst wenn es gerade auf Diät war.

»Eine Poolbar!«, rief Pedro, der kurz darauf um die Ecke kam, und klatschte in die Hände. Er hatte versprochen, auf Raquel aufzupassen, während Fernando noch einmal mit dem Ehepaar Gomes sprach.

»In der Küche sind noch mehr davon.« Fernando deutete auf das Gebäckstück, das gerade in Raquels Maul verschwand.

Pedro ging ins Haus. Als er kurze Zeit später wieder herauskam, war sein Lächeln eine Spur breiter. Bestimmt waren jetzt auch die letzten der legendären Törtchen verspeist. Der Junge schnappte sich eine kleine Gießkanne, die zwischen den Kräutern stand, tauchte sie ins Planschbecken und begoss Raquels Rücken. Sie grunzte entzückt.

Fernando ließ Raquel in Pedros Obhut, zog sich um und fuhr nach Almograve. Als er keine Stunde später vor dem Haus der Gomes aus dem Auto stieg, von der Fahrt verschwitzt und durstig, fiel ihm als Erstes die Stille auf. Er blickte sich suchend um, aber der Hund war weg. Nur seine Kette hing noch am Baum. Fernandos Handy klingelte, es war Patricia.

»Warst du schon bei den Eltern?«

»Ich stehe gerade in der Einfahrt.«

»Gut. Ich habe eben die Ergebnisse der Spurensicherung bekommen. Gomes hatte offenbar kaum Besuch, vor nicht allzu langer Zeit war allerdings ein anderer Mann da. Und der hat Spermaspuren im Bett hinterlassen. Vielleicht können uns die Eltern sagen, wer es war.«

Nach dem Gespräch mit seiner Schwester klopfte Fernando an die Tür. Senhor Gomes öffnete und schaute ihn mit unbewegter Miene an.

»Es tut mir leid, dass ich Sie noch einmal stören muss.«

Der Mann sagte nichts, trat aber ein Stück zur Seite, sodass Fernando an ihm vorbei ins Haus gehen konnte. Wie so häufig in Portugal gab es hier weder eine Eingangshalle noch einen Flur, sodass man als Besucher direkt ins Wohnzimmer trat. Fernando brauchte einen Moment, bevor sich seine Augen an die Dunkelheit gewöhnt hatten – die Fensterläden waren geschlossen, nur eine Stehlampe spendete Licht. Dann sah er, dass Simãos Mutter auf der Sofakante saß und sich mit beiden Händen an ihrer Halskette festhielt. Fernando hoffte, dass ihr Mann sich neben sie setzen würde, aber Senhor Gomes ging zu dem großen dunklen Wohnzimmerschrank, schüttete sich einen Schnaps ein und blieb stehen, in einer Hand das Glas, in der anderen die offene Flasche.

»Es tut mir so leid«, sagte Fernando.

»Wissen Sie schon, wer es war?«, fragte der Vater.

»Leider nein, aber wir tun alles, um den oder die Täter so schnell wie möglich zu finden.«

»Ich wüsste nicht, wie wir Ihnen dabei behilflich sein könnten.«

»Je mehr wir über Ihren Sohn und sein Leben erfahren, desto besser.«

Senhora Gomes murmelte etwas, das wie ein Vaterunser klang, ihr Mann trank und schüttete nach. »Also gut«, sagte er schließlich. »Fragen Sie.«

Und Fernando fragte. Nach Simãos Freunden und danach, was er in den Tagen vor seinem Tod gemacht hatte, wie es ihm in seinem Job ergangen war, ob er mit jemandem Streit gehabt hatte, ob er in Schwierigkeiten gewesen war. Und warum er ausgezogen war. Das einzig Neue, was Fernando erfuhr, war die Tatsache, dass die Gomes mit ihrem Sohn erst vor knapp sieben Jahren nach Almograve gezogen waren. Zuvor hatten sie in Lissabon gelebt, wo der Vater als Maurer gearbeitet hatte.

»Der Hof hier hat mal meinen Eltern gehört, dann hat ihn mein Bruder weitergeführt. Und als der dann vor einigen Jahren gestorben ist, haben wir ihn übernommen.«

»Wissen Sie, ob Ihr Sohn eine Beziehung hatte? Hat er verliebt gewirkt?«

»Es ist schon Jahre her, dass er mal von einer Freundin gesprochen hat. Mit nach Hause gebracht hat er noch nie eine«, sagte der Vater.

Fernando dachte an die Spermaspuren, beschloss, diese Tatsache aber erst einmal für sich zu behalten.

»Was hat er in seiner Freizeit gemacht?«

»Keine Ahnung. Fußball spielen konnte er nicht.«

»Und als er jünger war?«

»Er hatte mal einen Zauberkasten, den habe ich ihm zu seinem zwölften Geburtstag geschenkt«, flüsterte die Mutter, ehe sie weiterbetete, jetzt offenbar den Rosenkranz.

Senhor Gomes schaute seine Frau an und rastete plötzlich aus. »Hör doch endlich mit diesem Scheiß auf!«, fuhr er sie an. »Hast du nicht gesehen, was dein Gott zugelassen hat? Reicht dir das nicht?«

Sie verstummte, umklammerte aber weiterhin das Kreuz, das an ihrer Kette hing. Ihr Mann stellte die Schnapsflasche zurück in den Schrank und knallte die Tür so fest zu, dass es im Inneren leise klirrte.

»Hören Sie, Inspektor, wir können Ihnen auch nichts über Simão erzählen, wir wissen selbst kaum etwas über ihn. Seit der Pubertät hat er uns nicht mehr an sich herangelassen.«

Fernando nickte und verabschiedete sich wenig später. Er hatte schon bei manchen Ermittlungen feststellen müssen, dass die Eltern oft diejenigen waren, die ihr eigenes Kind, zumindest wenn es erwachsen war, am wenigsten kannten. Doch nur selten war ihnen das so bewusst wie beim Ehepaar Gomes.

Er trat hinaus ins grelle Sonnenlicht, ging an seinem Auto vorbei und lief einige Meter auf dem Feldweg, der so trocken war, dass er beim Gehen nicht einmal mehr Staub aufwirbelte. Dann stellte er sich an den Zaun der Kuhweide. Die Tiere lagen unter der großen Korkeiche, dem einzigen Baum und dem einzigen Fleckchen Schatten, und wandten ihm die Köpfe zu. Es waren die kleineren karamellbraunen Rinder, die auf den meisten Weiden im Alentejo standen. Nur die Partie rund um die schwarze große Nase war weiß, als ob sie sie in eine Schüssel mit Puderzucker getaucht hätten.

Fernando hatte große Lust, über den Stacheldrahtzaun zu klettern und die Tiere zwischen ihren großen, dunklen Kulleraugen unterhalb der Hörner zu streicheln. Aber mitten in der Herde lag auch ein gewaltiger Stier. Und da man sich von Stieren, die man nicht persönlich kannte, besser fernhielt, blieb Fernando, wo er war, und betrachtete sie nur. Nach fünf Minuten begann er, sich besser zu fühlen. Das war gut zu wissen: Wenn man kein Schwein zum Kraulen dabeihatte, half es im Notfall also auch, Kühen beim Wiederkäuen zuzusehen.

Neben ihm hielt ein Pick-up, der noch rostiger aussah als sein eigener. Es war der Nachbar, der sich offenbar auch nach der Rückkehr des Ehepaars Gomes um die Rinder kümmerte. Jedenfalls nahm er jetzt einen Ballen Heu von der Ladefläche, schnitt die Kordeln mit einem Taschenmesser auf und warf das Raufutter über den Zaun. Frühestens im späten Herbst würden die Tiere wieder Gras zu fressen bekommen, und das auch nur dann, wenn im Oktober und November genug Regen fiel.

»Schlimme Sache«, sagte er und meinte damit offenbar den Mord am jungen Gomes.

Fernando nickte.

»Haben Sie den Täter schon eingebunkert?«, fuhr der Nachbar fort.

»Wir sind dran«, erklärte Fernando. »Wissen Sie, was mit dem Hund der Gomes passiert ist?«

»Er hat ihn erschossen, gleich nachdem er und seine Frau aus dem Krankenhaus zurückgekommen sind.«

Fernando verzog das Gesicht.

»Vielleicht ist es besser so«, sagte der alte Mann. »Ich meine, besser für den Hund.«

Was für ein trauriger Satz, dachte Fernando, nicht zuletzt, weil er keinen Moment daran zweifelte, dass der Nachbar recht hatte. Er stieg ins Auto und fuhr Richtung Norden, zu seiner letzten Station an diesem Tag.

11

Vila Nova de Milfontes gehörte mit seinen pittoresken Gässchen, den vielen kleinen Läden und Restaurants und der wunderbaren Lage an der Flussmündung des Rio Mira zu Fernandos Lieblingsorten im Alentejo. Jedenfalls von Mitte September bis Ende Mai, denn in den Sommermonaten fielen die Touristen über das Städtchen her. Im August war es am schlimmsten: In lauten, bunten Horden schoben sich Menschen die Hauptstraße entlang, füllten Bürgersteige, die weißen Sandstrände und jedes verfügbare Gästezimmer und brachten die Inhaber der Läden und Marktstände dazu, die Preise anzuheben. Und weil es die Besucher, die aus dem fernen Norden oder dem nicht ganz so fernen Lissabon kamen, selbst im Urlaub eiliger hatten als die Bewohner des Alentejos im Arbeitsalltag, kam der ganze Ort aus dem Takt. An den Supermarktkassen wurde nicht mehr geplaudert, sondern nur noch kassiert. In Restaurants wurde man ungeduldig, wenn jemand zu lange einen Platz belegte, ohne etwas zu essen oder zu trinken. Alte Portugiesinnen blockierten nicht mehr minutenlang den Gehweg, weil sie sich über den Anblick eines Babys freuten, sondern gingen so schnell wie möglich nach Hause.

Fernando wollte das alles nicht sehen. Vor der Hauptgeschäftsstraße, die neben der kleinen Altstadt, dem alten Fort und den Stränden zu den Hauptballungsgebieten der Touristen gehörte, bog er ab und fuhr einen kleinen Umweg durch einige ruhigere Seitenstraßen, in denen noch ein paar Esel und Pferde zwischen den Häusern grasten, bis er schließlich das zweistöckige weiß gestrichene Haus erreichte, in dem Simão Gomes die letzten zwei Jahre gelebt hatte. Es war weder besonders alt noch übermäßig marode, wirkte aber trotzdem so, weil es in der Nähe und damit im Kontrast zu den neuen, schicken Mehrfamilienhäusern stand, in denen ein Apartment mehr kostete als ein Haus in Sonega. Fernando klopfte an der Tür der Erdgeschosswohnung. Die Besitzerin des Hauses, Maria Abreu, öffnete.

Der Anblick von Fernandos Dienstausweis brachte nur selten jemanden zum Lächeln. Doch diese alte Dame, die aussah, als hätte sie in ihrem Leben viel geraucht, viel in der Sonne gesessen und sehr, sehr viel gegessen, strahlte übers ganze Gesicht.

»Kommen Sie herein, kommen Sie herein«, sagte sie und scheuchte ihn in die Küche, in der es nach einer seltsamen Mischung aus abgestandenem Rauch und Lavendel roch. »Ich habe gehofft, dass noch mal jemand zurückkommt. Ihre Kollegen waren ja viel zu kurz hier, da hatte ich gar keine Zeit zum Nachdenken.« Sie nahm Plätzchen aus einer Dose und richtete sie sternförmig auf einem Porzellanteller an. »Setzen Sie sich doch. Sie trinken doch einen Kaffee?«

»Gerne.«

»Ich mache Ihnen einen Galão, der ist magenfreundlicher. Ich denke immer, dass Sie und Ihre Kollegen bestimmt viele Magenprobleme haben, bei den schlimmen Sachen, die Sie immer sehen müssen.« Sie stellte die große Tasse, die über die Hälfte mit Milch gefüllt war, auf den Tisch und schob ihm den Teller hin. »Essen Sie, essen Sie, Inspektor.«

Fernando biss in einen Keks, der schmeckte, als hätte er schon länger in der Blechdose im Schrank gelegen, spülte mit dem lauwarmen Milchkaffee nach und wollte die erste Frage stellen, aber Maria Abreu kam ihm zuvor.

»Ich muss jetzt natürlich erst einmal wissen, wie genau mein Mieter überhaupt gestorben ist. Ihre Kollegen haben nichts verraten, und die Zeitung war diesmal ja völlig wertlos. Was stand da gleich wieder?« Sie blätterte in einem Stapel mit Prospekten, der mitten auf dem Küchentisch lag, bis sie den Artikel gefunden hatte. Sie hatte ihn ausgeschnitten. »Hier ist es: Der Zweiundzwanzigjährige ist am Praia da Samoqueira ertrunken. Fremdeinwirken kann zu diesem Zeitpunkt nicht ausgeschlossen werden. Die Kriminalpolizei ermittelt.«

»Mehr darf ich Ihnen im Moment leider auch nicht verraten«, erklärte Fernando.

»Ha, vielleicht ändern Sie da gleich noch Ihre Meinung. Ich kann Ihnen nämlich sagen, wer meinen Mieter umgebracht hat.«

»Sie haben einen Verdacht?«

»Sie wissen doch sicher, dass die *Essential Portugal* jedes Jahr die besten Restaurants des Landes wählt und vorstellt? Aus jeder Region eins.«

Fernando wusste das nicht, hatte aber immerhin schon einmal den Namen des Lifestyle-Magazins gehört.

»Für die ausgezeichneten Restaurants ist das natürlich nicht nur eine große Ehre, sondern bedeutet auch, dass sie auf lange Zeit ausgebucht sind.«

»Aha«, kommentierte Fernando. Er hatte keine Ahnung, worauf sie hinauswollte.

»Und im Restaurant O Barco Azul, also in dem Restaurant, in dem Simão gekocht hat, wurden die Restaurantkritiker des Blattes angeblich allein im Juli zweimal gesehen. Allerdings waren sie wohl genauso oft im Belcanto, das ist da ja ganz in der Nähe.«

»War denn Gomes ein so guter Koch?«

»Genau das ist ihm am Ende zum Verhängnis geworden.«

Fernando, der in keinem der beiden Restaurants je gegessen hatte, kratzte sich am Kopf. »Ich fürchte, ich kann Ihnen nicht ganz folgen.«

»Aber, Inspektor, jetzt denken Sie doch mal mit!

Nur ein Restaurant pro Region kann gewinnen. Der Besitzer des Belcanto hat gerade erst eine sündhaft teure Villa gekauft, er könnte das Preisgeld einer solchen Auszeichnung sicher gut gebrauchen.«

»Und Sie meinen, da hat er den Koch der Konkurrenz einfach mal aus dem Weg geräumt?«

Die Senhora nickte zufrieden. »Na endlich ist bei Ihnen der Groschen gefallen.«

»Sie mögen Krimis?«, rutschte es Fernando hinaus.

Aber Maria Abreu nahm ihm die Bemerkung nicht übel, im Gegenteil. »Das merkt ein Profi wie Sie gleich, nicht wahr? Ich finde, gerade von den alten Agatha-Christie-Filmen kann man sehr gut lernen, wie man in schwierigen Mordfällen pfiffig kombiniert. Und von Sherlock Holmes natürlich auch.«

Der Inspektor lächelte sie an. »Pfiffig kombiniert haben Sie wirklich. Wir werden das auf jeden Fall überprüfen«, sagte er, und das war zumindest die halbe Wahrheit. Denn wenn ein Restaurant in Vila Nova de Milfontes auch nur annähernd gut genug war, um zu einem der besten Restaurants des Landes gekürt zu werden, wollte er das unbedingt wissen.

»Als Gegenleistung könnten Sie mir ja jetzt doch noch erzählen, wie mein Mieter umgebracht wurde.«

Fernando schüttelte den Kopf. »Bedaure, ich muss mich an die Dienstvorschriften halten.«

»Es hat noch kein Detektiv Weltruhm erlangt, indem er sich an alle Regeln gehalten hat«, bemerkte Maria Abreu und seufzte tief. »Aber nun gut. Dann versprechen Sie mir wenigstens, dass Sie wiederkommen, wenn Sie den Schurken hinter Schloss und Riegel gebracht haben.« Sie nahm nun selber einen Keks. Und dann gleich zwei weitere.

Fernando versprach, sie auf dem Laufenden zu halten. »Vorher können Sie mir aber vielleicht noch in einer anderen Sache weiterhelfen. Sie haben ja meinen Kollegen schon erzählt, dass Ihr Mieter Ihres Wissens nie Damenbesuch hatte.«

»Das stimmt.«

»Hatte er denn Herrenbesuch?«

»Der Einzige, der ihn regelmäßig besucht hat, war sein älterer Bruder. Obwohl er in letzter Zeit kaum noch hier war. Und seine Eltern, die waren auch einmal hier, kurz nachdem er vor zwei Jahren hier eingezogen ist.«

»Sein Bruder. Hat er das gesagt?«

»Ja«, sagte sie und schaute etwas irritiert.

»Kennen Sie auch den Namen des Bruders?«

Die Senhora legte den letzten angebissenen Keks auf den Tisch. »Nein, aber Sie müssten das doch wissen. Oder haben Sie die Familie etwa noch nicht informiert?«

»Die Eltern natürlich schon«, sagte Fernando und beschloss, Senhora Abreu erst einmal nicht auf die Nase zu binden, dass Gomes gar keinen Bruder hatte. »Haben Sie denn zufällig mitbekommen, was die Brüder bei ihren Treffen gemacht haben? Haben Sie sich vielleicht in letzter Zeit mal gestritten?«

Maria Abreu hob anklagend einen Zeigefinger. »Jetzt enttäuschen Sie mich aber, Inspektor. Ich präsentiere Ihnen eben die Lösung Ihres Falles, und Sie verdächtigen trotzdem den armen Bruder?«

»Bis der Täter einwandfrei überführt ist, müssen wir jede Möglichkeit in Betracht ziehen. Das verstehen Sie doch sicher.«

»Natürlich, natürlich, da haben wir wieder die Dienstvorschriften«, sagte sie, nicht ohne spöttischen Unterton, aber schon wieder etwas besänftigt. »Ich glaube, dass Simão seinen Bruder bekocht hat. Jedenfalls kam der immer abends zur Essenszeit. Gestritten haben sich die beiden nie. Also jedenfalls nicht so, dass ich es gehört hätte. Ich lausche ja nicht.«

»Natürlich nicht.«

»Aber sie haben oft sehr laut Musik gehört. Wie junge Leute das eben so machen.«

Bald darauf verabschiedete Fernando sich. An der Tür schüttelte er der alten Dame die Hand und bedankte sich. »Das waren wirklich sehr wichtige Informationen. Ich wünschte, alle unsere Zeugen wären so aufmerksam.«

Sie schloss die Tür, und während Fernando die Treppe zum ersten Stock hochstieg, hörte er sie summen – wenn er sich nicht irrte, den Soundtrack der alten Miss-Marple-Filme.

Oben gab es zwei kleine Wohnungen, von denen aber eine schon seit Monaten wegen eines Wasserschadens leer stand, wie Fernando von seinem Kollegen Figo wusste. Fernando öffnete das Polizeisiegel und schloss die Tür auf. Simãos Zimmer hatte eine Kochnische und ein winziges Badezimmer und war sehr klein, sehr karg und im Winter wie so viele Stadtwohnungen vermutlich auch sehr, sehr kalt, es gab nämlich weder einen Ofen noch einen Heizkörper. Aber jetzt war Sommer und die Hitze erdrückend.

Fernando setzte sich auf den einzigen Stuhl im Zimmer, wischte sich mit einem Taschentuch den Schweiß von der Stirn und schaute sich um. Das Bett war einen Meter vierzig breit und nahm den meisten Platz im Raum ein. Daneben stand ein Nachttisch mit Lampe und der Musikanlage, die die Vermieterin bei Besuchen des vermeintlichen Bruders so oft in Aktion gehört hatte. Es gab zwar einen kleinen Herd und einen Kühlschrank, aber eben nur einen Stuhl. Und auf dem Tisch stand ein kleiner Fernseher. Es sah nicht danach aus, dass Simão Gomes seinen Gast empfangen hätte, um ihm etwas zu essen zu servieren. Nach einem Blick in die Küchenschränke fragte er sich, ob Gomes hier überhaupt je etwas gegessen hatte. Zwei große Schritte, und er war beim Kleiderschrank, in dem es aber außer Hosen, Hemden und der weißen Kochuniform nicht viel zu sehen gab. Im Bad lagen Socken herum, am

Waschbecken standen Zahnputzbecher und eine Gesichtslotion gegen Akne.

Blieb nur noch das Bücherregal, das über dem Bett hing. Viel erwartete Fernando nicht, auch weil er vermutete, dass seine Kollegen die Bücher schon gründlich inspiziert hatten, aber er wollte auch nicht ganz tatenlos wieder von dannen ziehen. Also kniete er sich auf die Bettdecke und zog den Band ganz links aus dem Regal, ein Kochbuch. Seite für Seite inspizierte er es auf der Suche nach einem Brief, einer Notiz, einem vergessenen Einkaufszettel oder irgendeinem anderen Hinweis darauf, wer Simão Gomes eigentlich war und warum er ermordet wurde. So blätterte er sich durch mehrere Koch- und Backbücher, einige Comics und Science-Fiction-Bände, einen Atlas und ein Schulbuch über Physik, dessen Inhalt ausgesprochen kompliziert aussah.

Das letzte Buch im Regal verriet die besten Rezepte der asiatischen Küche, so verhieß es zumindest der Schutzumschlag. Fernando schlug es auf. *Die größten Magier und ihre Tricks* stand da, und eine Seite weiter fand er eine Widmung: »Für Simão, der mich so verzaubert hat wie kein anderer Magier zuvor. In Liebe – Carlos«. Fernando setzte sich aufs Bett und begann zu lesen: über den österreichischen Kartenkünstler Johann Nepomuk Hofzinser und seinen italienischen Kollegen Bartolomeo Bosco, den Mentalmagier Hans Moretti, David Copperfield. Plötzlich stieß er auf ein Foto, das ihn erschauern ließ: Es zeigte den berühmten Harry Houdini, kurz bevor er sich in einem Schwimmbecken versenken ließ. Er war mit Ketten gefesselt, an den Füßen hing eine schwere Bleikugel. »Ein Entfesselungskünstler«, murmelte Fernando und steckte das Buch ein. Er musste unbedingt mit Patricia sprechen.

12

Knapp zwei Stunden später saßen Fernando und seine Zwillingsschwester in Mafaldas Garten unter den Orangenbäumen. Vor ihnen lag Raquel noch immer oder schon wieder im Pool. Pedro und Mafalda waren in der Küche. Teresa lief mit Eimer und Lappen um das Haus herum und wischte den rotbraunen Staub des trockenen Sommers von den Fensterscheiben.

»Du meinst, es könnte ein Arbeitsunfall gewesen sein?«, fragte Patricia, schlüpfte aus ihren Turnschuhen und stellte die nackten Füße zu Raquel ins Wasser.

»So etwas in der Art«, sagte Fernando und reichte seiner Schwester das Buch und Raquel eine Erdbeere. »Schau mal unter Houdini.«

Patricia blätterte, sah den legendären Magier in Fesseln, sagte: »Sieh mal an«, und begann zu lesen, das meiste leise, manche Abschnitte laut. »1903 befreite sich Houdini aus einer russischen Carette, einer mit Zinkblech verkleideten Zelle, mit der Häftlinge nach Sibirien transportiert worden waren. Zar Nikolaus sprach dem amerikanischen Illusionisten übernatürliche Kräfte zu. Als wahrscheinlicher gilt aber, dass seine Assistentin und Ehefrau Bess ihm beim Abschiedskuss eine kleine Säge in den Mund geschoben hat.« Patricia las weiter, wie der Magier einer chinesischen Wasserfolterzelle entkam und sich 1911 vor die Mündung einer Kanone fesseln ließ. »Sie war geladen und mit einem Zeitzünder versehen.« Patricia schaute auf: »Das ist doch total krank. Glaubst du wirklich, dass das irgendjemand nachahmen will?«

»Ziemlich viele sogar. Und Gomes wäre nicht der Erste, der dem großen Houdini nachgeeifert hätte und dabei gestorben wäre.« Fernando nahm sein Notizbuch und las vor, was er bei einer kurzen Internetrecherche gefunden hatte: »1930 versuchte der Südafrikaner Karr the Magician, Fesseln und Zwangsjacke abzulegen, während ein Auto auf ihn zuraste. Er war zu langsam und wurde überfahren. Im gleichen Jahr ertrank der amerikanische Zauberkünstler De La Genesta in einer riesigen Milchkanne, weil er sich nicht schnell genug seiner Fesseln entledigen konnte. Vor wenigen Jahren ließ sich der Zauberer Janaka Basnayake auf Sri Lanka in einer drei Meter tiefen Grube begraben und erstickte. Bei einem ähnlichen Trick wurde 1990 schon Joseph Burrus von sieben Tonnen Erde zerquetscht. Und …«

Patricia winkte ab. »Danke, ich verstehe, was du sagen willst. Ein Arbeitsunfall also.«

»Eigentlich auch nur, wenn er das alles allein verbockt hat. Was ich mir nicht vorstellen kann. Denn selbst wenn er ein ausgesprochen guter Entfesselungskünstler gewesen wäre ...«, setzte Fernando an.

»Und danach sieht es im Moment nicht aus ...«, schob Patricia ein.

»... hätte er die ganze Aktion kaum alleine bewerkstelligen können. Das Loch buddeln schon, aber es wieder zuschütten, als er schon drin war, wohl eher nicht.«

»Haben nicht sowieso die meisten Zauberkünstler einen Assistenten? Und dann stellt sich die Frage, warum derjenige oder diejenige nicht eingeschritten ist, als abzusehen war, dass Gomes da nicht allein rauskommt.«

Fernando dachte an den schmalen Sandstrand bei Ebbe und daran, wie der Atlantik bei Flut gegen die Felsen donnerte. »Vielleicht war dazu zu wenig Zeit«, sagte er. »Wenn ich dieses Entfesselungskonzept richtig verstanden habe, geht es nicht nur um den Kampf gegen die Fesseln, sondern auch um einen Kampf gegen die Uhr. In dem Moment, in dem klar war, dass Gomes da nicht mehr rauskommt, stand ihm das Wasser wahrscheinlich schon bis zum Hals.«

Patricia nickte. »Und dann wäre es für einen Einzelnen kaum noch machbar gewesen, ihn auszubuddeln. Und ab einem gewissen Wasserstand sogar lebensgefährlich. Aber eine Sache passt nicht ins Bild: Die Irren, die so etwas machen, haben doch immer Publikum.«

»Darüber habe ich auch schon nachgedacht. Eine mögliche Erklärung ist, dass es eine Art Generalprobe war. Aber dann hätte er sich bestimmt eine ungefährlichere Bucht ausgesucht. Eine andere Möglichkeit ist, dass der Assistent die Nummer filmen sollte.«

»Würde so ein Assistent nicht wenigstens die Feuerwehr rufen, wenn er merkt, dass er allein nicht helfen kann?«, überlegte Patricia.

»Dafür war es vielleicht auch schon zu spät.«

»Stimmt. Und der Helfer hatte vielleicht Angst davor, viele unangenehme Fragen beantworten zu müssen.«

»Zum Beispiel die, warum Simão Gomes den falschen Schlüssel dabeihatte.«

»Das könnte man mit sehr, sehr großer Schusseligkeit erklären.«

»Oder damit, dass die Schlüssel im letzten Moment ganz bewusst ausgetauscht wurden. Womit wir dann ja doch wieder bei Mord wären.«

»Alles natürlich unter der Voraussetzung, dass Simão Gomes überhaupt Zauberkünstler war«, gab Fernando zu bedenken. »Außer dem Buch und der Tatsache, dass er als Kind mal mit einem Zauberkasten gespielt hat, gibt es dafür nämlich noch gar keine Hinweise. Am meisten stört mich, dass wir keine Requisiten gefunden haben, keine Fesseln und Seile, keine Handschellen, keine Zwangsjacken, nichts. Obwohl er die theoretisch natürlich woanders aufbewahrt haben könnte. Sehr viel Platz hatte er in seiner Wohnung ja nicht.«

»Vielleicht bei seinen Eltern? Oder bei seinem Freund, den wir ja auch noch finden müssen.«

»Ersteres halte ich für quasi ausgeschlossen«, sagte Fernando und erzählte kurz von seinem deprimierenden Besuch beim Ehepaar Gomes. »Der mysteriöse Freund wäre natürlich eine Möglichkeit.«

»Wenn er wirklich Zauberkünstler war, ist er doch bestimmt irgendwann einmal vor Publikum aufgetreten.«

»In Vila Nova de Milfontes nicht, das hätte irgendjemand mitbekommen. Woanders vielleicht schon.«

»Hast du schon im Internet recherchiert?«

»Ja, kurz, als ich eben auf dich gewartet habe. Leider ohne Ergebnis. Was aber nichts heißt. Er könnte seine Shows ja unter einem Künstlernamen und kostümiert gemacht haben.«

»Ich setze morgen gleich Figo dran. Es ist zwar eine ziemlich wilde Theorie, aber im Moment haben wir leider keine andere.«

»Das stimmt nicht ganz«, meinte Fernando. »Maria Abreu, die Vermieterin, ist überzeugt, dass der Besitzer des Belcanto den Jungen auf dem Gewissen hat.«

»Und warum glaubt sie das?«

»Angeblich standen bei der *Essential Portugal* beide Läden zur engeren Auswahl für das beste Restaurant der Region. Und da nur eines den Titel bekommen konnte ...«

Patricia unterbrach ihn: »Ich war im O Barco Azul schon mal essen. Vor einigen Monaten.«

»Und?«

»Falls die Restaurantkritiker der *Essential Portugal* auch da gewesen sein sollten, sind sie spätestens nach der Vorspeise wieder gegangen.«

»Ich hatte so etwas befürchtet.«

»Aber kurz überprüfen sollten wir trotzdem, ob an dem Gerede irgendetwas dran ist. Ansonsten konzentrieren wir uns auf die Zauberertheorie. Und darauf, den Mann zu finden, der zu den Spermaspuren gehört.«

»Wenn wir Glück haben, ist der identisch mit dem Carlos, der die Widmung geschrieben hat. Falls nicht, müssen wir nach zwei Männern suchen.«

Sie klappte das Buch zu und gab es Fernando zurück.

Die beiden saßen im Garten, bis die Hühner und Puten zum Schlafen in den Stall gingen, die Grillen aufdrehten und die Hofkatzen sich auf die Jagd begaben. Mafaldas Kopf tauchte am Küchenfenster auf. Ihre Haare liefen in mehreren geflochtenen Strähnen zum Hinterkopf, wo sie zu einem voluminösen, schiefen Dutt festgesteckt waren. »Essen ist fertig!«, rief sie.

Raquel hörte das Wort Essen, erhob sich mit einem Ächzen aus dem Wasser, kletterte aus dem Planschbecken, schüttelte sich kurz und trabte zum Haus. Fernando und Patricia folgten ihr.

Am nächsten Morgen weckte Raquel Fernando schon Stunden vor ihrer gewohnten Frühstückszeit. Weil das auch Stunden vor Fernandos Zeit war, erforderte ihr Vorhaben einige Hartnäckigkeit. Erst rieb sie ihre Wange gegen Fernandos Hand, die vom Bettrand hinunterhing. Er grunzte, tätschelte im Halbschlaf ihre Stirn, drehte sich auf den Rücken und sank wieder in den Tiefschlaf. Raquel legte ihm den Kopf auf den Bauch und starrte ihn minutenlang an. Als auch das nichts half, stupste sie ihn mit ihrer Nase an. An der Schulter, dann im Gesicht.

Er blinzelte. »Musst du mal?«

Aber wenn Raquel eine volle Blase hatte, ließ sie sich immer mit lautem Rumsen gegen die Tür fallen. Fernando öffnete die Augen ganz, setzte sich auf und stellte fest, dass sein Schwein auch nicht krank aussah. Nur munter, für die frühen Morgenstunden ungewohnt munter.

»Lass uns noch ein bisschen schlafen«, sagte er, ließ sich zurück aufs Kissen fallen und schlummerte wieder ein. Bis Raquel einen großen feuchten Schweinekuss auf seine Nase drückte.

»Bäh«, sagte Fernando, stand auf und ging duschen.

»Du bist heute früh dran«, bemerkte seine Großmutter, als er wenig später in die Küche kam. Sie saß
in mehrere Decken eingewickelt in ihrem Lehnstuhl
und nähte kleine Stofflappen aneinander.

»Raquel wollte unbedingt aufstehen.«

»Geht es ihr nicht gut?«

Er zuckte mit den Schultern. »Wahrscheinlich hat
sie Hunger, weil sie gestern Abend nur Obstsalat bekommen hat.«

»In der Küche war sie heute aber noch nicht.«

»Oh nein, ich hoffe, sie ist nicht schon auf dem
Weg zum Café!«

Eilig ging er zur Haustür, die offen stand, und
stellte fest, dass Raquel neben dem Pick-up saß,
ihren rosa Glitzerball hatte sie neben den Reifen
gerollt.

»Möchtest du einen Ausflug machen?«, fragte
Fernando und öffnete probeweise die hintere Beifahrertür. Das Schwein hievte sich auf die Rückbank. Fernando legte den Ball hinter den Fahrersitz.
»Lass mich wenigstens noch einen Kaffee trinken,
okay?«

Er kehrte zurück in die Küche und machte zwei
Bicas, einen für sich, einen für Mafalda. »Ich fürchte,
ich werde zum Sklaven meines Schweines.«

»Es ist immer gut, wenn Männer beizeiten ler-
nen, wie man einer Dame jeden Wunsch von den
Augen abliest«, sagte Mafalda und hielt Fernando
Nähnadel und einen roten Faden hin. Er nahm ihr

beides aus der Hand, fädelte ein und gab ihr die Nadel zurück.

»In dieser Hinsicht ist Raquel ja eine hervorragende Lehrerin. Ich bin mir nur nicht sicher, ob ich eine Frau will, die ihr ähnlich ist.«

»Falls ich bei der Wahl meiner Schwiegerenkeltochter ein Wörtchen mitreden darf«, begann Mafalda in einem Ton, der keinen Zweifel daran ließ, dass sie es sowieso tun würde: »Je ähnlicher, desto besser. Raquel ist klug und lustig. Selbstbewusst und unabhängig. Sie lässt sich gerne kraulen, sie schafft es, dich aus dem Bett zu schmeißen. Und obendrein sieht sie gut aus«, zählte sie auf. »Was willst du denn noch?«

Fernando dachte kurz nach. »Sie müsste besser küssen können.«

Er schmierte noch ein paar Brote, belegte sie mit Käse und den süßen Tomaten aus dem Garten und packte sie zusammen mit einer Flasche Wasser und ein paar Erdbeeren in eine Tasche. Obendrauf legte er zwei Handtücher, küsste Mafalda zum Abschied auf die Stirn und ging zum Auto.

»Also, Süße, wohin soll es gehen?«

Raquel schwieg.

»Okay, dann suche ich aus. Wir gehen schwimmen.«

Er dachte an den Praia do Malhão, einen seiner Lieblingsstrände. Oder nein, zu starke Brandung, zu starke Strömung, besonders für eine Anfängerin.

Dann besser der Barragem de Campilhas. Aber wenn es so viele Monate nicht geregnet hatte, war der Stausee stark geschrumpft und sein Boden schrecklich schlammig. Also doch die ruhige Bucht am Praia da Samoqueira.

An der Küste war es noch diesig, die See mehr grau als blau. Der Wind zog an den kleinen Gräsern und Flechten, die sich auf den Vorsprüngen einiger Klippen festklammerten, wirbelte die Sandkörner und Fernandos Locken durcheinander und ließ Raquels große Ohren ein bisschen flattern. Obwohl es bestimmt schon fünfundzwanzig Grad warm war, fröstelte Fernando. Er legte die Tasche, die Handtücher und Raquels Ball auf den Sand und zog sich bis auf die Badehose aus. »Ins Wasser gehen wir trotzdem.«

Raquel lief neben Fernando her, und erst als sie bis zu den Knien im Wasser stand, hielt sie an.

»Komm, Süße«, redete er ihr gut zu und bereute, dass er keine Karamellbonbons oder andere unwiderstehliche Leckerbissen mitgenommen hatte. Er lockte und streichelte und versuchte es sogar mit guten Argumenten: »Du musst keine Angst haben. Schweine können von Natur aus schwimmen.«

Aber Raquel rührte sich nicht vom Fleck.

»Komm schon«, sagte Fernando und schob sie ein bisschen ins tiefere Gewässer oder, besser: Er versuchte es. Denn Raquel gehörte nicht zu der Sorte

Schwein, die sich einfach irgendwohin schieben ließ, nicht einmal von den Menschen, die sie besonders gut leiden konnte. Sie drehte sich um und ging zurück zum Strand.

»Tut mir leid, das war doof von mir!«, rief ihr Fernando hinterher. Raquel reagierte nicht, sondern zockelte zielstrebig auf ihren Ball zu, ließ sich auf die noch gefalteten Handtücher fallen und steckte ihre Nase in die Provianttasche. Fernando seufzte. Dann warf er sich in den kühlen Atlantik. Wenn er schon einmal hier war, konnte er wenigstens etwas für seine eigene Fitness tun.

Er kraulte zum Ende der Bucht, dorthin, wo die Wellen wild um die Klippen tanzten, schwamm gegen die Strömung an, kam zwei Felsen gefährlich nah, drehte wieder um und ließ sich von der nahenden Flut zurück an Land spülen. Auf nasser Haut fühlte sich der Wind nicht mehr kühl, sondern kalt an.

»Geh mal von den Handtüchern runter«, sagte er zu Raquel. Sie stand nicht auf, ließ sich aber immerhin auf die Seite fallen, sodass er ein Handtuch unter ihrem Bauch hervorziehen konnte. Er warf einen Blick in die Provianttasche und stellte erstaunt fest, dass Raquel einige Brote und auch die Erdbeeren übrig gelassen hatte.

Sie teilten den Rest und schauten aufs Meer hinaus. Raquel hatte gerade die letzte Erdbeere verspeist, als sie nach rechts schaute und grunzte. Fernando folgte ihrem Blick und sah, wie weiter nördlich am Strand jemand aus dem Wasser kam. Er grinste. Diesmal trug sie keinen Bikini, sondern einen Neoprenanzug, und ihre Haare waren zu einem dicken Zopf geflochten. Aber er erkannte sie trotzdem gleich, vielleicht an ihrem Gang – sie lief wie einer der coolen Surferjungs, federnd, mit raumgreifenden Schritten und locker baumelnden Armen –, vielleicht aber auch, weil er an diesem Morgen am Strand sowieso öfter an sie gedacht hatte. Er hob einen Arm und winkte. Sie winkte nicht zurück, lief aber auf ihn und Raquel zu.

»Hallo, Samira«, begrüßte er sie.

»Hallo, schönes Schwein«, sagte sie zu Raquel. »Hallo …« Sie schaute ihn fragend an.

Er stand auf und streckte ihr die Hand hin. »Fernando. Und das ist Raquel.«

Sie lächelte breit und sonnig. »Wartet ihr auf euer Schwimmtraining, Fernando und Raquel?«

»Raquel traut sich nicht ins tiefe Wasser«, erklärte er.

»So ist das vor der ersten Schwimmstunde manchmal«, sagte Samira und schaute sich um. »Ist das ihr Ball?«

Fernando nickte.

»Also bei Hunden funktioniert das«, sagte Samira und kickte den Ball ins Wasser. Raquel quiekte auf, und Fernando fand, dass ihr Quieken entsetzt klang. Dann setzte sich sein Schwein in Bewegung, erst im schnellen Schritt, dann trabte sie so energisch, dass ihr Bauch wie eine Schaukel von links nach rechts und wieder zurück schwang. Sie erreichte das Wasser, der Ball trieb in ihre Richtung, dann zog das Meer ihn einige Meter hinaus. Fernando rechnete damit, dass Raquel nun aufgeben und umkehren würde, und stand selbst auf, um den Ball zu retten. Aber Raquel zögerte nur kurz, dann fiel sie in den Galopp. Diese Gangart behielt sie bei, als sie keinen Boden mehr unter den Hufen hatte. Das Meer spülte ihr den Ball bis fast vor die Nase, sie ruderte schneller, fing ihn ein und stupste ihn vor sich her.

Raquel schwamm.

13

Schwimmen, das galt für Schweine nicht weniger als für Menschen, machte hungrig und müde. Deshalb hielt Fernando eine gute Stunde nach Raquels Premiere im Wasser an einem der großen Obststände zwischen Porto Covo und Sines und kaufte eine Kiste mit Pfirsichen. Drei Früchte nahm er, den Rest stellte er mitsamt der Kiste auf die Rückbank. Dann fuhr er weiter, die Fenster halb geöffnet, Hände und Kinn voller Pfirsichsaft, im Ohr den Fahrtwind, Raquels zufriedenes Schmatzen und zwischendurch ein dumpfes Plopp, wenn sie einen Kern zurück in die Kiste spuckte.

Als sie keine Stunde später vor dem Revier in Setúbal parkten, war die Kiste bis auf zehn Kerne leer, Raquels Magen zwar nicht gefüllt, aber doch beruhigt und ihre Augen halb geschlossen. Mit gutem Zureden schaffte sie es noch ins Gebäude, wo sie im Flur, mitten vor Fernandos Bürotür, umfiel und keine Minute später anfing zu schnarchen.

»Sie liegt im Weg«, sagte Patricia, stieg mit einem großen Schritt über Raquel und trat an Fernandos Schreibtisch.

»Das Schwimmtraining heute Morgen hat sie völlig geschafft«, entschuldigte der Inspektor sein Schwein.

»Schwimmtraining, haha«, sagte Patricia, dann bat sie ihn, der Sache mit den Restauranttestern nachzugehen, und verließ den Raum wieder.

»Das Schwein schnarcht so laut, dass man nicht arbeiten kann«, rief Tomás Martins über den Flur und knallte seine Tür zu.

Fernando schaute Raquel eine Weile beim Schlafen zu, gähnte und dachte, dass Schweine häufig so viel klügere Prioritäten setzten als Menschen. Er holte sich einen Kaffee, dann griff er zu seinem Handy und betrachtete das letzte Foto, das er gemacht hatte: zehn Zahlen im nassen Sand. Samira hatte sie nach Raquels Runde im Meer mit dem Finger in den Sand gemalt. »Meine Telefonnummer«, hatte sie gesagt und ihm zugezwinkert. Dann war sie mit hüpfendem Zopf im Atlantik verschwunden.

Fernando speicherte die Nummer im Telefonbuch, dann las er sich selbst die Nummer vor, bis er sie auswendig konnte und Patricia vom Flur aus fragte, ob er schon mit jemandem bei der *Essential Portugal* gesprochen habe.

»Ich habe noch niemanden erreicht, versuche es aber gleich noch einmal«, behauptete Fernando und wählte dann tatsächlich die Nummer der Zeitschrift.

»Im Belcanto waren wir schon mal«, erzählte der

zuständige Redakteur. Er lachte, aber es klang nicht fröhlich.

»Nicht gut?«, fragte Fernando.

»Nicht gut.«

»Und das O Barco Azul?«

»Noch nie gehört.«

»Ist beim Belcanto in der Nähe. Angeblich sind Ihre Restaurantkritiker in den letzten Monaten mehrfach dort gesehen worden.«

»Es wäre nicht das erste Mal, dass ein Restaurantchef das herumerzählt. So ein Gerücht allein kann ja manchmal reichen, um neue Kunden anzulocken. Jedenfalls für eine Weile.«

»Verstehe«, sagte Fernando. »Wie wählen Sie die Restaurants, die Sie testen, eigentlich aus?«

»Wir haben unsere Quellen.«

»Und warum sind Sie ins Belcanto gegangen?«

»Der Besitzer des Ladens hat einen guten Draht zum Verleger«, berichtete der Redakteur und begann zu husten. »Vergessen Sie bitte, dass ich das gerade gesagt habe, Inspektor.«

»Ich habe nichts gehört«, versicherte Fernando, dann fragte er noch nach einer Empfehlung für ein gutes Eiscafé.

»Hat erst vor zwei Monaten aufgemacht: die Gelateria Fontanella in Aljezur.«

Auch die nächsten Stunden verbrachte Fernando vor seiner Kaffeetasse, am Telefon und am Computer. Viel schlauer war er danach nicht. Er hatte zwar herausgefunden, dass es in der Nähe von Porto ein Museu da Magia gab, das eine Liste mit allen mehr und weniger berühmten Magiern des Landes, inklusive der Entfesselungskünstler, führte. Doch ein Simão Gomes war dort nicht verzeichnet.

Immerhin hielt es die Dame für durchaus möglich, dass sich jemand für eine Entfesselungsnummer bei nahender Flut in den Sand eingraben ließ. »Wenn das klappen würde, wäre das natürlich spektakulär, alleine schon wegen der Kulisse und des hohen Risikos. Ich kann nur kaum glauben, dass wir von einem Künstler, der so etwas kann, noch nichts gehört hätten. Die Szene in Portugal ist ja recht klein.«

»Könnte er einen Künstlernamen gehabt haben?«

»Natürlich, das haben ja viele. Wir registrieren aber immer auch den echten Namen in unserem System, selbst dann, wenn wir ihn nicht veröffentlichen.«

Fernando seufzte. Er hasste diesen Moment, in dem sich eine besonders schöne Theorie als haltlos erwies.

Dann telefonierte er die Fitnesscenter in und um Vila Nova de Milfontes ab. Und als er dort nicht fündig wurde, rief er auch noch beim Kickboxen, beim Surfklub und beim Kanuverein an, doch nirgendwo war Simão Mitglied gewesen. Fernando fragte sich, wie man ohne regelmäßiges Hanteldrücken so einen Körper bekam.

Auch die Suche nach Carlos war frustrierend. Weder seine Eltern noch sein Chef oder seine Arbeitskollegen hatten Simão je über einen Carlos sprechen hören.

Fernando schaute noch im Büro von Daniel Figo vorbei, der im Internet nach Spuren von Gomes suchte. Rund um den Computer klebten gelbe Zettel mit unleserlichen Notizen, auf und unter dem Schreibtisch lagen eine leere Eispackung, mehrere leere Einwegflaschen, eine halb volle Tüte mit Gummibärchen und ein angebissener Keks. Alles an Daniel Figo sah groß und bärig aus – sein Kopf, sein Bart, seine Oberarme, ja selbst seine Finger, die kaum auf die Tastatur zu passen schienen. Fernando wusste nicht viel über den neuen Kollegen, außer dass er gerne aß, verheiratet war und drei Kinder hatte. Wenn er nach Hause kam, so stellte es sich Fernando zumindest vor, sprangen die Kleinen auf seinen breiten Rücken, und er trug sie wie eine Grizzlymama durch den Garten.

»Ich habe noch gar nichts gefunden. Es ist wie verhext«, klagte Figo.

Fernando erzählte, dass es bei ihm nicht besser gelaufen sei. »Ich fahre später noch im O Barco Azul vorbei«, erklärte er. »So wie die Lage der Dinge ist, sollten wir vermutlich jeder noch so kleinen Spur nachgehen. Willst du mitkommen?«

»Heute Abend lieber nicht. Mein Großer hat ein Fußballspiel.«

Fernando nickte. Und obwohl er dem Nationalsport seines Landes nur wenig abgewinnen konnte, wollte er plötzlich nichts lieber als das: auch ein Kind haben, dem er beim Fußballspielen zuschauen konnte. Das plötzliche kleine Nagen in seiner Brust gefiel ihm nicht. Noch weniger gefiel ihm, dass er so sicher wusste, mit wem er dieses Kind haben wollte.

Er ging zurück in sein Büro und räumte seinen Schreibtisch auf. Dann schob er missmutig ein paar Unterlagen hin und her, bis Raquel ihren großen schwarzen Kopf auf seinen Schoß legte und eine kleine Melodie grunzte.

Fernando lachte. »Okay, okay, du hast ja recht. Mit dir kann ich auch wunderbar Ball spielen.«

Genau das tat Fernando dann auch eine gute Stunde später im heimischen Obstgarten. Raquel joggte zwischen den Bäumen hindurch, den Rüssel am Ball. Fernando lief nebenher und wartete darauf, dass sie ihm gelegentlich einen Pass zuspielte. Unter dem Birnbaum hatte Raquel genug. Sie ließ den Ball ins Leere rollen und fraß die ersten reifen Birnen, die vom Baum gefallen waren. Anschließend ruhte sie sich kurz im Pool aus, dann ging sie in Fernandos Zimmer, legte sich auf ihre Decke und schlief ein. Fernando betrachtete sie, befand das Risiko, dass sie an diesem Abend noch einmal aufwachen und sich auf den Weg ins Dorf machen würde, als verschwindend gering, und fuhr nach Vila Nova de Milfontes.

Es war halb neun, als Fernando den Küstenort erreichte. Die Tische vor den meisten Restaurants waren voll besetzt, die Kellner servierten die ersten Entradas: Brot, Butter, Käse, Oliven und Sardinenpaste. Kinder rannten zwischen den Tischen hin und her, Großmütter legten schützend ihre Hände um kantige Tischecken, und hier und da kam ein Koch aus der Küche und hielt die Kleinen mit einer Ladung Kekse auf.

Fernando steuerte die Kirche Igreja de Nossa Senhora da Graça an, deren Glockenturm zwar die umliegenden Häuser ein Stück überragte, die sich aber farblich – weiß mit blauen Kanten – perfekt ins Straßenbild einfügte. Das O Barco Azul, ein kleines einstöckiges Restaurant, lag dem Gotteshaus schräg gegenüber. Draußen war kein Platz mehr frei, drinnen fand Fernando noch eine kleine freie Ecke, gleich neben der Wand mit dem blauen Boot, das dem Restaurant seinen Namen gegeben hatte. Über ihm flackerte eine Neonröhre.

Er probierte die Entradas, fand die Oliven zu weich und das Brot zu trocken. Das Hauptgericht – Carne de Porco à Alentejana, ein traditioneller Eintopf mit in Weißwein und Knoblauch mariniertem Schweinefleisch und Muscheln – wurde vom Chef, Diego Sousa, persönlich serviert.

»Sind Sie privat oder dienstlich hier, Inspektor?«

»Beides.«

»Wissen Sie schon, wer Gomes ermordet hat?«

»Wir sind dran«, log Fernando. »Sie haben offenbar einen neuen Koch gefunden?«

»Ja, zum Glück. Er hat vorher in Beja gearbeitet, aber bei dem großen Feuer neulich ist der Laden abgebrannt.«

»Ich habe gehört, dass die *Essential Portugal* das O Barco Azul auf dem Schirm hatte. Gleich mehrfach sollen hier Restauranttester gegessen haben.«

Sousa räusperte sich.

»Hat das etwas mit dem Fall zu tun?«

»Unter Umständen. Haben Sie das Gerücht selber in die Welt gesetzt?«

Sousa ging zur Theke, drehte die Musik lauter, kam zurück, setzte sich und beugte sich über Fernandos Tisch. »Das muss aber unter uns bleiben«, flüsterte er.

»Sie haben es also selber in die Welt gesetzt.«

»Kennen Sie das Belcanto? Die kochen wirklich keinen Deut besser als wir.«

»Und trotzdem hat das Belcanto Besuch von den Testern der *Essential* bekommen.«

»Wissen Sie warum?« Sousa sprach nun nicht mehr leise. »Der Besitzer ist mit dem Verleger verschwägert. Vielleicht spielen sie auch nur zusammen Golf. Irgend so etwas. Also haben sie die Restauranttester bei sich sitzen, posaunen das natürlich laut in die Stadt hinaus und, zack, haben sie immer die Bude voll. Und zwar schon vor der Hauptsaison.«

»Und da haben Sie sich gedacht, dass es auch schon reichen könnte, einfach zu erzählen, dass Sie eventuell den Preis bekommen könnten.«

Sousa zuckte mit den Schultern. »Ist doch nur fair.«

»Hat es denn funktioniert?«

»Einige Wochen lang schon. Danach sind sowieso die Sommertouristen gekommen.«

»Was hat denn der Besitzer des Belcanto dazu gesagt?«

»Gar nichts. Ich glaube, ihm ist das ziemlich egal, solange er selber genug Umsatz macht.«

Als Sousa aufstand, war Fernandos Essen schon merklich abgekühlt. Der Eintopf schmeckte ein wenig zu sehr nach Koriander, die selbst gemachten Pommes waren fad und labberig. Fernando aß trotzdem den ganzen Teller leer. Er zahlte die Rechnung, dann ging er zwei Seitenstraßen weiter, zum nächsten Restaurant.

Die Speisekarte des Belcanto ähnelte der des O Barco Azul, es gab viel Fisch und viel Fleisch, eben die typische Alentejo-Küche, nur die Preise waren ein wenig höher. Was im Zweifel weniger an der besseren Küche als daran lag, dass es im Belcanto Lampenschirme aus Porzellan statt Neonlicht und Stoffservietten statt Papiertücher gab. Doch als Fernando nach dem Besitzer fragte, verriet ihm eine junge Kellnerin, dass ihr Chef schon seit Wochen um die griechischen Inseln segelte.

Fernando verließ die Altstadt am São Clemente Fort, das einst über dem Rio Mira gebaut worden war, um die Stadt gegen Piraten zu verteidigen, später Touristen beherbergt hatte und nun schon seit Jahren zum Verkauf stand. Plötzlich hörte er ein wohlbekanntes Lachen. Er hielt inne, lächelte, doch dann fiel ihm ein, dass Anabela unmöglich in Vila Nova de Milfontes sein konnte. Wenn ich mir schon einbilde, ihre Stimme zu hören, steht es wirklich schlecht um mich, dachte er, ging weiter, drehte sich aber gegen seinen Willen noch einmal um. Und da war sie, löste sich aus einer Gruppe anderer Frauen, rief: »Olá«, winkte und ging in seine Richtung. Er blieb stehen und wartete, sah, dass sie gewaltig schwankte. Sie erkannte ihn, stolperte und fiel ihm fast in die Arme.

»Fernando«, sagte sie.

»Anabela.«

Ein Küsschen links, ein Küsschen rechts, dann blieben sie ein paar Sekunden so stehen, Wange an Wange. Fernando überkam ein überaus angenehmer Schwindel. Schließlich löste sie sich von ihm und lächelte. Fernando war verwirrt, weil sie auf einmal ein Stück größer war als er, und noch mehr, weil sie auch beim nächsten Schritt torkelte.

»Hast du getrunken?«

»Nur ein Glas Rotwein, Inspektor«, sagte sie.

Er schaute so streng, wie er konnte.

»Ehrlich!« Sie hob erst den einen, dann den anderen Fuß, zog ihre Schuhe aus und hielt sie ihm vor die Nase. »Nicht der Wein ist schuld, sondern die hier.«

Fernando stellte fest, dass Anabela wieder auf ihre gewohnte Größe geschrumpft war, betrachtete dann die gelben Pumps mit den dünnen, hohen Absätzen und fing an zu lachen.

»Ich kann alles erklären«, sagte sie. »Carla hat mich zu ihrem Geburtstag eingeladen.«

»Das erklärt nur, warum Carla und ihre portugiesischen Freundinnen in ihre High Heels geschlüpft sind. Aber du? Wo du sonst immer nur barfuß läufst? Oder höchstens mal in Turnschuhen?«

Anabela kicherte. »Doof, oder? Ich hatte die Schuhe schon ewig im Schrank stehen, habe sie mal für eine Hochzeit gekauft, aber dann doch nicht angezogen.«

»Aber dafür heute.«

»Genau. Ich fürchte, ich wollte wenigstens mal so tun, als ob ich voll dazugehöre. Außerdem passen sie sehr gut zum Kleid, findest du nicht?«

»Hat es denn geholfen?«

Sie zuckte mit den Schultern. »Noch mal ziehe ich die Dinger jedenfalls nicht an.«

»Wo steht dein Auto?«

»In der Nähe vom Leuchtturm.«

»Meines auch.«

»Prima, dann können wir ja noch ein Stück zusammen gehen«, sagte sie und hakte sich bei ihm ein.

»Nicht ohne Schuhe, hier liegen überall Scherben.«

»Mit den Schuhen kann ich auch nicht mehr gehen. Mein großer Zeh blutet eh schon.«

»Ich könnte dich huckepack nehmen.«

Anabela lachte. »Wir sind im Alentejo. Wenn ein Mann eine verheiratete Frau herumträgt, gibt es ganz sicher Gerede. Da könnten wir auch gleich Transparente in allen umliegenden Orten aufhängen und draufschreiben, dass wir eine Affäre haben.«

»Haben wir ja gar nicht.«

»Nein, haben wir nicht.«

Nicht mehr, leider, dachte Fernando, und vielleicht dachte Anabela das Gleiche, denn einen Moment lang waren sie beide ganz still.

»Es ist gar nicht mehr so weit bis zum Leuchtturm, nur noch ein paar Hundert Meter«, sagte er schließlich.

»Noch einen Meter, und ich breche mir ein Bein.«

»Du übertreibst.«

»Glaub mir, es ist die reinste Folter. Es ist wie …« Anabela suchte nach dem richtigen Vergleich.

»Wie Stelzen laufen?«, schlug Fernando vor.

»Stelzen laufen ist ein Spaziergang dagegen. Probier doch mal aus«, sagte sie und stellte die hochhackigen Schuhe vor ihn auf den Boden. »Bitte sehr, Schuhgröße vierzig, müssten dir passen.«

Hinterher hätte Fernando nicht mehr genau erklären können, warum er tat, was er tat. Vielleicht war es Neugier, vielleicht Anabelas Drei-Grübchen-

Lächeln, vielleicht die trügerische Dunkelheit der vor ihnen liegenden Straße, in der kaum Menschen unterwegs waren. Vielleicht war es aber auch die Tatsache, dass er sich in Anabelas Gesellschaft immer ein wenig beschwipst fühlte, unabhängig davon, was er getrunken hatte.

Aus welchem Grund auch immer: Der Inspektor zog seine Lederschnürschuhe aus und die gelben High Heels an.

»Autsch«, sagte er, als seine breiten Zehen in die Schuhspitze rutschten.

Er wartete, bis Anabela in seine Schuhe geschlüpft war, dann machte er ein paar vorsichtige Schritte. Es erinnerte ihn daran, wie er als Kind zum ersten Mal auf Rollschuhen gestanden hatte. Sein Oberkörper kreiste unkontrolliert, der Boden schien sich in alle Richtungen zu bewegen. Anabela bot ihm einen Arm an, und er hakte sich bei ihr unter.

»Das ist viel lustiger als die Geburtstagsfeier«, meinte sie.

»Pass auf, da kommen Leute«, sagte Fernando.

»Ich halte dich fest«, versprach Anabela, löste ihren Arm und packte ihn an der Hand. Fernando ging durch den Kopf, dass Händchenhalten die Gerüchteküche kaum weniger anfachen würde als eine Huckepacktour, aber immerhin war es weniger auffällig. Und es half Fernando tatsächlich dabei, die Balance zu halten. Seine Füße zwickten zwar bei jedem Schritt, aber er torkelte und taumelte nicht mehr.

»Du läufst schon wie ein Topmodel«, flüsterte Anabela und kicherte.

»Boa noite«, grüßte Fernando das Paar mittleren Alters. Sie erwiderten den Gruß, nickten ihm flüchtig zu und gingen weiter. Er seufzte erleichtert – zum einen, weil es keine Bekannte gewesen waren, und zum anderen, weil sie kein bisschen komisch geschaut hatten.

»Siehst du, so spät am Abend schaut dir niemand mehr auf die Schuhe.«

Doch Anabela sollte nicht recht behalten. Als sie schon ihren alten roten Kombi sehen konnten und sich Fernando so sicher und albern fühlte, dass er einen kleinen Hopser wagte, bog direkt vor ihnen, im Licht einer Straßenlaterne, ein blauer Hyundai in die Parkbucht. Fernando starrte angestrengt in die andere Richtung, aufs dunkle Meer hinaus. Es half nichts. Lúcia hatte ihn erkannt. »Fernando!«, rief sie aus, während sie aus dem Auto stieg.

»Olá, Lúcia.«

Sie musterte ihn von oben bis unten. Ihr Blick blieb an seiner Hand hängen, die noch immer die von Anabela hielt.

»So ist das also«, sagte sie und kniff die Lippen so fest zusammen, dass es aussah, als ob sie sie verschluckt hätte.

Nein, so ist das nicht, aber so sollte es sein, dachte Fernando.

»Ich musste ihn festhalten, damit er nicht umfällt. Wir haben nämlich Schuhe getauscht«, versuchte Anabela, die Situation zu erklären, machte aber alles nur noch schlimmer.

Denn nun blickte Lúcia nach unten. »O meu deus«, entfuhr es ihr, dann packte sie ihre Handtasche fester und stürmte an den beiden vorbei Richtung Stadt.

»Willst du ihr hinterhergehen und alles erklären?«, fragte Anabela.

»Ich glaube nicht. Aber meine Schuhe hätte ich jetzt gerne zurück«, entgegnete Fernando und blieb neben Anabelas Auto stehen.

Anabela zog Fernandos Schuhe aus und reichte sie ihm. Dann schloss sie ihr Auto auf und warf ihre eigenen auf die Rückbank, beugte sich vor und gab ihm einen Kuss, der halb die Wange, halb die Lippen traf.

»Soll ich dich nach Hause bringen, Anabela?«

»Ich habe wirklich nur ein Glas Wein getrunken.«

»Fahr vorsichtig.«

»Du auch.« Anabela legte ihm eine Hand auf den Arm. »Ich glaube, diese Lúcia mag dich.«

»Mmmh«, brummte Fernando. Anabela war die Letzte, mit der er über Lúcia sprechen wollte.

»Magst du sie auch?«

»Das ist schon lange her.«

»Eine Jugendliebe also?«

»Eher ein jugendlicher Ausrutscher.«

»Verstehe«, sagte sie und schaute auf ihre nackten Zehen. »Kommst du demnächst noch mal mit Raquel zum Training?«

»Klar«, sagte Fernando, dann dachte er an Gary und wie wenig er es ertragen konnte, ihn und Anabela zusammen zu sehen. »Wenn ich Zeit finde. Im Moment ist viel zu tun.«

»Komm einfach, wenn es für dich passt.«

»Okay.«

Sie verabschiedeten sich und fuhren los, jeder in seinem Auto, aber beide in dieselbe Richtung.

14

Inspektor Fernando Valente hatte in seinem Leben, vor allem in den Jahren vor Raquel, schon viele Bücher in der Hand gehalten. Er las in der Badewanne, er las an den Tagen, an denen er am Strand auf bessere Wellen wartete, und er las in den Nächten, in denen er seine Existenz lieber vergessen wollte. Fernando liebte Bücher, aber noch nie hatte er eines so hingebungsvoll gestreichelt wie dieses.

Gleich nach dem Aufwachen hatte er am Dienstagmorgen das Buch der Magier in die Hand genommen, ein wenig darin herumgeblättert, hier und da etwas gelesen. Nun lag es vor ihm auf der Bettdecke, und unwillkürlich strich Fernando wieder und wieder über den tiefschwarzen samtigen Buchdeckel, während er darüber nachdachte, ob sie im Fall Simão Gomes nicht irgendetwas übersehen hatten und ob sich Anabela am Vorabend wohl genauso über ihr zufälliges Treffen gefreut hatte und ob sie mit Gary eigentlich glücklich war.

Raquel schaute sich das Ganze eine Weile an, dann erhob sie sich von ihrem Schlafplatz, trat an Fernandos Bett und schob ihm ihre Nase unter die

Hand. Er streichelte weiter, jetzt den borstigen, warmen Schweinekopf, der wiederum auf dem Buch lag.

»Fühlt sich prächtig an, findest du nicht, Raquel?« Er fragte sich, was so ein hochwertiger Bildband mit wunderbar weichem Einband wohl kostete. Zum Glück konnte man das schnell herausfinden. Er schob sich an der Schweinedame vorbei, angelte unter dem Bett seinen Laptop hervor und machte sich auf die Suche. Doch vergeblich. Keiner der Onlineshops für Bücher verkaufte *Die größten Magier und ihre Tricks*. Er schaute ins Buch, um zu sehen, in welchem Jahr und in welchem Verlag das Buch erschienen war, fand aber weder das noch den Namen eines Herausgebers.

Fernando rief bei seiner Buchhandlung in Sines an.

»Inspektor, wir haben Sie schon vermisst«, begrüßte ihn die Buchhändlerin, Senhora Agre, mit der er ein Faible für amerikanische Romane teilte.

»Ich habe Sie auch vermisst, Senhora. In letzter Zeit komme ich kaum noch zum Lesen.«

»Der Job?«

»Mein Schwein.«

Die Buchhändlerin hatte Raquel zwar noch nie live erlebt, dafür aber schön öfter in der Zeitung und einmal im Fernsehen gesehen. »Die Ausbildung eines Polizeischweins macht sicher viel Arbeit«, sagte sie.

Fernando widersprach nicht, obwohl nicht Raquels

Training dafür verantwortlich war, dass er weniger las. Es war einfach so, dass ein Schwein, jedenfalls ein so bezauberndes wie seines, weitaus besser Trost spenden konnte als jede noch so gute Lektüre.

»Ich komme bald wieder vorbei«, versprach er. »Heute können Sie mir aber vielleicht in einer anderen Sache weiterhelfen. Ich würde gerne wissen, ob das Buch *Die größten Magier und ihre Tricks* noch erhältlich ist.«

Er hörte sie tippen, und nach einigen Minuten meldete sie sich zurück. »Tut mir leid, Inspektor, das finde ich nicht mal in den Antiquariaten. Sind Sie sich ganz sicher, dass der Titel stimmt?«

»Ganz sicher.«

»Wissen Sie, wann und bei wem es veröffentlicht wurde?«

Doch genau das versuchte Fernando ja gerade selbst herauszufinden.

Er verabschiedete sich, stand auf, zog sich an, machte zum Frühstück für sich einen Bica und für Raquel einen Erdbeer-Birnen-Smoothie und dachte darüber nach, wer ihm in der Sache weiterhelfen konnte.

»Natürlich kenne ich das Buch«, sagte die nette Dame vom Museu Magia. »Ein Exemplar haben wir sogar bei uns ausgestellt.«

Dann erzählte sie ihm den Rest der Geschichte: Vor gut sieben Jahren hatte ihr damaliger Chef, der im Vorjahr verstorbene Gründer des Museums, das Buch geschrieben und es schließlich selbst herausgegeben. Fünfundvierzig Exemplare ließ er drucken, eines behielt er für das Museum, die anderen verschenkte er an Freunde, Verwandte und von ihm geschätzte Zauberer.

»Mich wundert ja, dass im Buch weder der Herausgeber noch der Verlag oder das Erscheinungsjahr verzeichnet sind«, sagte Fernando.

»Da ist etwas bei der Datenübermittlung an die Druckerei schiefgegangen. Als es uns aufgefallen ist, war es schon zu spät. Und den teuren Druck zu wiederholen, war auch keine Option. Er hat die Informationen dann auf der ersten Seite handschriftlich ergänzt – mit Zaubertinte. Das fand er ziemlich passend und wohl auch ziemlich witzig.«

»Und wie kann man diese Zauberschrift sichtbar machen?«

»Unter UV-Licht.«

Nur fünfundvierzig Exemplare, dachte Fernando. Ihm wurde bewusst, dass sie dem mysteriösen Carlos, der Simão das Buch geschenkt hatte, damit einen großen Schritt näher gekommen waren.

»Haben Sie vielleicht eine Liste mit den Leuten, die das Buch damals bekommen haben?«

»Die an Freunde und Familie hat er persönlich verschenkt. Aber die Bücher, die er den Zauberkünstlern geschickt hat, habe ich damals selber eingepackt und zur Post gebracht. Das war eine meiner ersten Aufgaben hier.« Sie überlegte einen Moment. »Die Liste mit den Adressen müsste noch irgendwo im Computer gespeichert sein. Wenn Sie wollen, könnte ich gleich mal nachschauen.«

»Das wäre großartig.«

Sie versprach, sich so schnell wie möglich darum zu kümmern und ihm die Liste zu mailen. Weil Fernando wusste, dass »so schnell wie möglich« ein sehr dehnbarer Begriff war, fügte er noch hinzu: »Sie würden mir wirklich sehr helfen, vielleicht sogar maßgeblich zur Aufklärung eines Mordes beitragen.«

»Machen Sie sich keine Sorgen, ich setze mich wirklich sofort dran. Im Sommer ist hier sowieso kaum etwas zu tun.«

Eine halbe Stunde später, Fernando war inzwischen mitsamt Laptop und Raquel in den Garten umgezogen, landete die Liste mit einem Pling in seinem Postfach. Neunundzwanzig Namen, davon sieben mit einem Carlos im Künstler- oder Echtnamen. Fernando rief Daniel Figo auf dem Revier an, erklärte die Situation und bat um Hilfe.

»Schick mir die Liste einfach«, schlug Daniel vor. »Dann fang ich von unten an und du von oben.«

Der erste Carlos war zwar Portugiese, lebte aber seit zwanzig Jahren in den USA und war jenseits der siebzig. Zu weit weg und zu alt, um Simãos Liebhaber gewesen zu sein. Fernando strich den Namen durch. Der Zweite hatte zwar in der Nähe gelebt, war aber vor drei Jahren bei einer Tournee in Thailand unter einen Elefanten gekommen.

Der Dritte auf der Liste war Carlos Cardoza aus Faro. Einige Klicks im Internet später wusste Fernando, dass Carlos Cardoza zweiundvierzig Jahre alt und unverheiratet war und beim Zaubern am liebsten schwarz trug. Seine Haare waren auch einmal Schwarz gewesen, inzwischen schimmerten sie silbrig. Fernando fand ein Profilfoto, auf dem der Magier direkt in die Kamera blickte. Braune große Augen, die so funkelten, dass sich Fernando fragte, ob Cardoza mit Kontaktlinsen oder Photoshop nachgeholfen hatte.

Laut Wikipedia hatte er das Einmaleins der Zauberkunst schon als Kind von seinem Großvater gelernt, war aber erst ab seinem vierunddreißigsten Geburtstag öffentlich aufgetreten. In Lissabon, in London, in New York. Fernando suchte nach der Signatur des Magiers, um sie mit der unter der Widmung zu vergleichen, fand aber keine. Stattdessen fand er etliche Videos von Carlos Cardozas Auftritten.

Fernando öffnete das erste. Eine schwarze Bühne, Nebelschwaden, asiatische Musik – und dann, ein paar Klänge später, trat der Magier aus der Dunkelheit ins Scheinwerferlicht.

Raquel kletterte aus ihrem Pool, setzte sich neben Fernando und schaute mit schief gelegtem Kopf auf den Bildschirm.

In der Hand hielt Cardoza eine gelbe Pfingstrose, er hob sie hoch, pustete sie an. Blütenblätter segelten herab, verwandelten sich, kurz bevor sie den Boden berührten, in schillernde Seifenblasen, die größte lag auf Carlos Cardozas Handflächen, dort, wo gerade noch ein Blumenstiel gewesen war. Die Seifenblasen flogen nach oben, ein Fingerschnippen – und der Magier hielt wieder die unversehrte Pfingstrose in der Hand. Das Publikum tobte, Fernandos Augen weiteten sich. Carlos Cardoza drehte sich um die eigene Achse, die Blume war verschwunden, stattdessen saßen nun zwölf gelbe Origami-Vögel vor ihm. Er bewegte seine Finger wie auf einer unsichtbaren Klaviatur, und die Papiervögel schwebten nach oben. Ein Fingerschnippen – und sie gingen in Flammen auf. Der Magier beugte sich vor und pustete leicht, und aus der Asche entstiegen zwölf höchst lebendige gelbe Kanarienvögel, die um seinen Kopf flatterten.

Fernando klickte sich willkürlich durch die Videos, sah Cardoza dabei zu, wie er aus einer einzigen leeren Papiertüte zwanzig Flaschen Wein holte, wie er ein Papierschiffchen auf einen Fluss setzte und es anschließend in ein richtiges kleines Boot verzauberte. Einmal ließ er sich in einer Tonne fesseln und die Tonne anschließend von Helfern mit Speeren durchbohren, nur um eine Minute später völlig unversehrt von der Bühnendecke hinabzuschweben. Und einmal holte er einen Freiwilligen auf die

Bühne: einen pickligen jungen Mann, der die Haare zum Pferdeschwanz gebunden hatte. Fernando hielt das Video an und vergrößerte den entsprechenden Bildausschnitt. Kein Zweifel: Dort auf der Bühne neben Carlos Cardoza stand Simão Gomes.

»Wir haben ihn!«, rief Fernando kurz darauf in den Hörer. Er erzählte Daniel Figo, was er gerade gesehen hatte, und fragte dann: »Kannst du herausfinden, wo er inzwischen wohnt? Ich fahre noch mal zu Simãos Vermieterin. Wenn wir Glück haben, ist dieser Carlos auch der Mann, der Simão besucht hat.«

Fernando klemmte sich den Laptop unter den Arm, rief seiner Mutter durch den Hausflur zu, dass er wegmüsse und Raquel im Garten zurücklasse, und eilte zum Auto. Im Rückspiegel sah er, dass Raquel wieder in den Pool gestiegen war und nun mit halb geschlossenen Augen im Wasser lag. Für die nächsten Stunden war sie gut versorgt.

Maria Abreu war sichtlich erfreut, ihn wiederzusehen. »Treten Sie ein, Inspektor, treten Sie ein.« Sie lotste ihn diesmal ins Wohnzimmer und bedeutete ihm, auf dem Sofa Platz zu nehmen. Dann setzte sie sich ihm gegenüber auf einen gepolsterten Hocker. »Sind Sie sicher, dass Sie keinen Kaffee wollen? Und auch kein Gebäck? Einen Keks vielleicht?«

Fernando lehnte dankend ab, während er seinen Laptop startete.

»Sie sind doch bestimmt hier, um mir zu erzählen, dass Sie im Belcanto waren und den Schuft geschnappt haben.«

Der Inspektor schüttelte den Kopf. »Heute geht es um etwas anderes. Vielleicht können Sie mir noch einmal helfen.« Er deutete auf das Foto auf seinem Bildschirm. »Ist das Simão Gomes' Bruder?«

Maria Abreu schaute hin, so lange, dass Fernando schon glaubte, sich geirrt zu haben. Dann ging sie in die Küche und kam kurz darauf mit einer Lesebrille auf der Nase zurück. »Unglaublich, wie anders er da aussieht. Wissen Sie, Inspektor, hier hat er immer eine Brille getragen, dafür aber kein Gel in den Haaren, und rasiert war er auch nie.«

»Können Sie sich noch daran erinnern, wann er das letzte Mal hier war?«

»Ungefähr eine Woche vor Simãos Tod.«

»Ist Ihnen damals irgendetwas Besonderes aufgefallen?«

»Sonst war er immer ein wenig nachlässig gekleidet, aber an diesem Tag sah er fast schon ungepflegt aus. Wie ein Obdachloser. Ich dachte, dass er vielleicht eine dieser fiesen Sommergrippen erwischt hat. Die ging zu der Zeit gerade um. Und wenn Männer dann keine Frau im Haus haben, die sich um sie kümmert ...«

Sie hielt kurz inne, dann stach sie mit dem Zeigefinger in die Luft. Unwillkürlich wich Fernando ein Stück zurück.

166

»Heute fällt mir dafür etwas ganz anderes auf«, fuhr sie fort. »Sie sind immer noch hinter dem armen Bruder her, wo ich Ihnen den Mörder quasi auf dem Silbertablett serviert habe. Waren Sie etwa noch nicht im Belcanto?« Ihr Zeigefinger kam seiner Brust noch ein gefährliches Stück näher. Und bevor Fernando etwas erwidern konnte, erfand sie schon ihre eigene Theorie: »Natürlich, jetzt weiß ich es, Sie suchen den Bruder, weil der auch verschwunden ist. Vielleicht war es ja ein Doppelmord.« Das letzte Wort raunte sie.

Fernando umschloss die Hand der betagten Hobbydetektivin mit seiner und legte sie zurück auf den geblümten Rock. Dann beugte er sich vor und flüsterte zurück: »Simão Gomes hatte gar keinen Bruder.«

Die Nachricht brauchte einige Sekunden, um anzukommen, dann quiekte Maria Abreu und schlug die Hände vor den Mund. Ob vor Entsetzen oder vor Entzücken vermochte Fernando nicht zu sagen – er hatte schon wieder den Laptop gepackt und hastete zum Auto.

Die Eile hätte er sich sparen können, denn zehn Minuten später meldete sich Daniel Figo bei ihm: »Tomás Martins holt dich ab, und dann fahrt ihr nach Monchique. Dort ist Cardoza inzwischen gemeldet. Deine Schwester meinte, dass ihr ihn gemeinsam vernehmen sollt.«

»Ich bin in Vila Nova de Milfontes.« Fernando schaute sich um und entdeckte das gelbe Schild eines Cafés. »Ich warte im Nata Milfontes auf ihn.«

»Ich werde es ihm ausrichten. Und noch etwas, Fernando: Carlos Cardoza ist wegen Betrug und Diebstahl vorbestraft.«

Fernando nahm den Laptop mit, ließ sein Auto aber stehen und ging die Straße hinunter. Beim Näherkommen zeigte sich, dass das Nata Milfontes ziemlich heruntergekommen, aber dafür immerhin von Touristen verschont geblieben war. Drinnen am Tresen bestellte er einen Bica und ein Baguette mit Thunfisch, dann ging er wieder nach draußen, setzte sich auf einen der vielen freien Plastikstühle, die vor Dreck und Hitze klebten, und beobachtete die Zeiger seiner Armbanduhr. Es war zehn Uhr morgens, und die Zeit kroch so langsam, als hätten die Ereignisse des Morgens und die steigenden Temperaturen auch sie müde gemacht.

Patricia rief an und ließ sich noch mal im Detail erzählen, wie er auf Carlos Cardoza gestoßen war.

»Hättest du nicht Daniel schicken können?«, wollte Fernando wissen.

»Bei uns sind einige Computer abgestürzt, er muss sich erst einmal darum kümmern. Außerdem glaube ich, dass Tomás Martins und du euch groß-artig ergänzen werdet.«

Fernando glaubte das nicht, konzentrierte sich aber erst einmal auf das Frühstück. Eine dreibeinige struppige Katze humpelte von ihrem Platz in der Sonne an Fernando vorbei in den Schatten. Er warf ihr ein Stück Brot mit Thunfisch hin, sie schlang es hinunter.

Nach rekordverdächtig schnellen vierzig Minuten hielt Tomás Martins neben dem Bürgersteig. Fernando stieg ein.

»Gute Fahrt gehabt?«

»Eine schnelle mit Blaulicht.«

Das schaltete der Kollege auch wieder an, sobald sie den Ortskern hinter sich gelassen hatten und auf der Inlandsroute gen Süden fuhren.

»Hoffentlich ist er zu Hause«, sagte Fernando, dem bei hohem Tempo auf kurvigen Straßen immer ein wenig schwummerig wurde.

»Ist er. Ich habe ihn eben angerufen.«

»Hast du ihm gesagt, dass wir kommen?«

»Natürlich nicht. Ich habe mich entschuldigt und behauptet, ich hätte mich verwählt. Und dann habe ich die Kollegen von der GNR in Monchique gebeten, vor seinem Haus aufzupassen und ihn notfalls abzufangen.«

»Das heißt, wir müssten uns gar nicht so sehr beeilen?«

»Wir haben die erste heiße Spur in einem Mordfall. Da muss man sich immer beeilen«, erklärte Martins streng.

Kurz darauf überquerten sie die Grenze zwischen dem Alentejo und der Algarve. Die Asphaltdecke der Straße wurde glatter, die Häuser größer, die Hügel steiler. Martins stellte das Blaulicht aus und drosselte das Tempo, als sie die engen Kurven der Serra da Monchique erreichten.

Fernando schaute aus dem Fenster, sah verbrannte Flecken Erde und riesige Kahlschläge an sich vorbeiziehen. Die hässlichen Spuren der Eukalyptusbäume, die in den einst so malerischen immergrünen Bergen im Südwesten Portugals schon längst die Herrschaft übernommen hatten. Sie wuchsen schnell, brachten gute Profite für die Papierindustrie, verbrauchten aber auch so viel Wasser, dass Brunnen in ihrer Nähe versiegten. Sie laugten den Boden aus und brannten, als wären ihre Stämme mit Benzin gefüllt. Die australischen Riesen hatten schon Vögel, Insekten und Blumen aus den Wäldern und etliche Bauern von ihren Quintas vertrieben.

Die Tafeln vor den vielen Restaurants priesen nicht nur auf Portugiesisch, sondern auch auf Englisch ihr Frango piri piri an. Der Duft des gebratenen würzigen Hähnchenfleisches waberte durch die Straßen. Und wäre Fernando nicht mit Martins, sondern mit Daniel Figo unterwegs gewesen, hätte er vorgeschlagen, nach Cardozas Vernehmung noch irgendwo zu Mittag zu essen. Wenn auch nicht in dem schicken Restaurant, vor dem sie nun hielten – das lag eindeutig über seinem Budget.

»Ich sage kurz den Kollegen Bescheid, dass wir hier sind. Sie sitzen da vorne«, sagte Tomás Martins und deutete unauffällig zu zwei Männern, die auf der Terrasse saßen. Sie trugen Zivil, fielen aber dadurch auf, dass sie beide nur Wasser tranken und auffällig oft zu der rot-weißen Villa auf der anderen Straßenseite schauten.

15

Der Magier öffnete nach dem zweiten Klopfen. Sein Gesicht war aufgedunsen, seine Wangen stachlig, und die Augen hinter den dicken Brillengläsern wirkten verquollen und wässrig. Er hatte graue Trainingshosen an, darüber ein schmuddeliges weißes Unterhemd, und wäre Fernando nicht von Maria Abreu vorgewarnt gewesen, hätte er angenommen, sie hätten sich in der Adresse geirrt. Aber so stellte er sich und seinen Kollegen vor und folgte alsdann Cardozas Aufforderung, doch einzutreten.

Die Villa war optisch das Gegenteil ihres Besitzers, jedenfalls in seiner gegenwärtigen Verfassung. Helle, hohe Räume, darin Möbel, die den seltenen Balanceakt vollbrachten, sehr teuer, aber trotzdem behaglich auszusehen. Die Wand zum Garten hin war beinahe komplett verglast – eine schattenspendende Überdachung und eine Klimaanlage sorgten für die angenehme Raumtemperatur. Fernando ging zu der riesigen Fensterfront und schaute in einen subtropisch anmutenden Dschungel aus Blumen, Bananenstauden, Zitronen- und Mangobäumen. Zwischen den vielen Blättern blitzte türkises Pool-

172

wasser, hinter dem Garten lagen die Hügel, die aus dieser Entfernung gar nicht nach Umweltzerstörung, sondern nach grünem Urwald aussahen.

»Schön haben Sie es hier«, bemerkte Fernando.

»Deswegen sind Sie aber nicht gekommen.«

»Nein, wir wollen mit Ihnen über Simão Gomes sprechen.«

Carlos Cardoza ließ sich auf das helle Sofa fallen und verschränkte die Arme vor der Brust – eine Geste, die seltsam anrührend wirkte, fast so, als wolle er sich selber umarmen.

»Ich habe in der Zeitung gelesen, dass er ertrunken ist«, sagte er, und Fernando las in seinem Gesicht, in den rot geäderten, aufgequollenen Wangen, dass er seitdem versuchte, die grauenvolle Nachricht mit Hochprozentigem wegzuspülen.

»Niemand wusste von Ihnen und Simão?«

Cardoza schüttelte den Kopf. »Er wollte das so. Er hat seiner neugierigen Vermieterin sogar erzählt, dass ich sein Bruder sei. Wie haben Sie mich eigentlich gefunden?«

»Die Widmung im Buch«, sagte Fernando.

Cardoza nickte.

»Warum haben Sie sich nicht bei uns gemeldet?«, fragte Martins. »In der Zeitung stand schließlich, dass die Polizei ein Fremdeinwirken nicht ausschließt. Sie hätten uns eine ziemliche Sucherei erspart.«

»Heißt das, er ist ermordet worden?«

»Höchstwahrscheinlich.«

»Aber wie…«

Tomás Martins fiel ihm ins Wort: »Also, warum sind Sie nicht zur Polizei gegangen?«

Fernando schaute den Kollegen an. Auch wenn Tomás Martins nicht einmal die Stimme erhoben oder in besonders scharfem Tonfall gesprochen hatte, haftete ihm etwas Bedrohliches an, insbesondere bei Vernehmungen. So ähnlich wie den Schäferhunden der Polizeistaffel, die einen auch dann, wenn sie gerade mit dem Schwanz wedelten, kaum vergessen ließen, dass sie im Zweifel einen Armknochen durchbeißen konnten.

»Ich dachte nicht, dass ich irgendetwas von Bedeutung beitragen könnte. Außerdem stand ich unter Schock«, sagte der Zauberkünstler schließlich. Er hielt kurz inne und rieb sich die Augen. »Ich glaube, das tue ich immer noch.«

»Seit wann hatten Sie und Simão Gomes eine Affäre?«

»Es war keine Affäre.«

»Sondern?«

»Wir haben uns geliebt.« Cardozas Stimme brach. Tomás Martins verdrehte die Augen. »Seit wann?«

»Seit zwei Jahren schon. Ich habe ihn bei einem meiner Auftritte eher zufällig auf die Bühne geholt. Nach der Show kam er dann in meine Garderobe.«

»Weil er Sie so toll fand? Oder weil er wollte, dass Sie ihm das Zaubern beibringen?«

»Simão wollte Entfesselungskünstler werden, kein Zauberkünstler. Ja, er hat mich um Hilfe gebeten.«

»Entfesselungsnachhilfe, die er mit Sex bezahlt hat?«, konterte Martins.

Jetzt hat er doch noch zugebissen, dachte Fernando.

Carlos Cardoza schaute gequält. »Wir haben uns verliebt.«

»Das heißt, er hat Sie auch geliebt?«

»Ja«, sagte Cardoza, aber Fernando hörte ein leichtes Zögern.

»Immerhin hat Ihr Geliebter vorgezogen, Ihre Beziehung geheim zu halten.«

»Er hat gesagt, es würde seine Mutter umbringen, wenn sie erführe, dass er auch auf Männer stehe. Außerdem hatte er Angst, dass er seinen Job und seine Wohnung verliert.«

»Und das im 21. Jahrhundert«, murmelte Fernando, der wusste, das Simãos Sorgen nicht unberechtigt gewesen waren, nicht mit einer erzkatholischen Mutter, nicht im ländlichen Alentejo.

»Ich habe ihm vorgeschlagen, dass wir zusammen nach Lissabon gehen könnten oder nach London. Er hätte natürlich auch einfach zu mir ziehen können.«

»Aber er wollte nicht.«

»Nein, er hat gesagt, dass er nicht von mir und meinem Geld abhängig sein wolle. Er meinte, das täte auch unserer Beziehung nicht gut. Er wollte sich erst etwas Eigenes aufbauen.«

»Als Koch oder als Entfesselungskünstler?«

»Vor allem Letzteres.«

»Warum ist er eigentlich nie aufgetreten?«, erkundigte sich Fernando.

»Sie hat man nach zwei Monaten Polizeischule doch auch nicht auf Verbrecherjagd geschickt, oder?«

»Er war also noch nicht gut genug?«

»Wenn ein Zauberkünstler zu früh ins Rampenlicht tritt, macht er sich im schlimmsten Fall lächerlich und verdirbt sich alle Chancen auf eine Karriere. Wenn ein Entfesselungskünstler zu früh an die Öffentlichkeit geht, riskiert er im schlimmsten Fall sein Leben. Aber Simão hatte das Zeug dazu, ein ganz Großer zu werden.«

»Gibt es nicht immer wenigstens einen Assistenten, der im Notfall eingreifen kann?«

»Den gibt es auf jeden Fall. Aber die Zeit ist aus dramaturgischen Gründen oft knapp bemessen, und es lassen sich nicht immer alle möglichen Faktoren einkalkulieren.«

»Sie meinen zum Beispiel den Faktor, wie schnell die Flut steigt?«

Cardoza schaute alarmiert. »Was wollen Sie damit sagen?«

Doch er bekam keine Antwort, sondern eine weitere Frage: »Ist es bei Entfesselungstricks eigentlich üblich, dass der Künstler den Schlüssel oder die Werkzeuge, die er braucht, im Mund versteckt?«

»Warum fragen Sie das?«

»Weil es ganz danach aussieht, als wäre Simão Gomes bei einem Entfesselungstrick ums Leben gekommen. Er stand aufrecht, an Händen und Füßen gefesselt in einem Sandloch, als wir ihn gefunden haben. Offenbar hat er es nicht geschafft, sich zu befreien, bevor die Flut kam.«

Cardoza sprang auf und tigerte im Raum auf und ab. »Dieser Idiot. So eine Nummer erfordert nicht nur einen ganzen Stab an Helfern, sondern auch einen guten Notfallplan. Wer war denn überhaupt bei ihm?«

»Das versuchen wir ja gerade herauszufinden.«

»Als Ihr Schüler und Freund hat er diese Aktion doch sicher mit Ihnen abgesprochen«, suggerierte Martins.

Cardoza schlug mit der flachen Hand an die Glastür eines Schrankes. Es klirrte ein bisschen. »Ich hätte das nie erlaubt, jedenfalls nicht so, nicht jetzt. Wir hatten eine große gemeinsame Show geplant, für die Weihnachtszeit. Da wäre es doch Schwachsinn gewesen, jetzt mit so einer Hauruckaktion nach draußen zu gehen.«

Die Kriminalisten schwiegen.

Schließlich fragte Cardoza: »Wissen Sie, warum er es nicht geschafft hat?«

»Er hat den Schlüssel für die Handschellen verschluckt, wir haben ihn in seinem Magen gefunden.«

Cardoza stöhnte auf. »Haben Sie nicht eben gesagt, dass Simão höchstwahrscheinlich ermordet wurde?«

»Der Schlüssel passte nicht zu den Handschellen.«

Carlos Cardozas aufgedunsenes Gesicht wurde weiß, sehr weiß. Er rannte in den Flur und übergab sich bei geöffneter Badezimmertür.

Tomás Martins schlenderte unterdessen scheinbar beiläufig durch den Raum, schaute hier und da in einen Schrank, dann blieb er am Tresen der offenen Küche stehen und sah einen Stapel Briefe durch.

Sie hörten die Klospülung, den Wasserhahn, Martins legte ein Blatt Papier zurück auf den Tresen. Dann fing das Würgen wieder an, gedämpfter diesmal, weil Cardoza zwischendurch die Tür geschlossen hatte. Die Geräusche waren den Inspektoren wohlbekannt. Die Trauer griff häufig zuerst den Magen an, bevor sie auch den Rest von Körper und Seele auf links drehte. Fernando wunderte sich also nicht darüber, dass Carlos Cardoza kotzte, als hätte er verdorbene Garnelen gegessen, er wunderte sich auch nicht, dass er keine Kraft mehr fand, saubere Kleider anzuziehen oder sich die Haare zu waschen.

Allerdings hatte Maria Abreu, Simãos Vermieterin, gesagt, dass Carlos Cardoza schon bei seinem letzten Besuch, also einige Tage vor Simãos Tod, ungewöhnlich schlecht ausgesehen habe. Was bedeuten konnte, dass sein Leben schon vor Simãos Tod aus dem Gleichgewicht geraten war. Fernando dachte an die Spermaspuren im Bett. Stammten die vielleicht gar nicht von Cardoza, sondern von seinem Nebenbuhler? Plötzlich erinnerte er sich an Cardozas Formulierung, nämlich dass Simão »auch auf Männer« gestanden habe.

Da stieß Tomás Martins einen Pfiff aus, legte die Briefe wieder an ihren Platz und ging zurück zum Sofa. Gerade wollte er etwas sagen, da kam Cardoza zurück, und er schwieg.

Carlos Cardoza schüttete sich in der Küche ein Glas Wodka ein.

»Ich an Ihrer Stelle würde lieber Tee trinken«, sagte Martins.

»Seien Sie froh, dass Sie nicht an meiner Stelle sind«, entgegnete Cardoza und leerte das Glas in einem Zug. Er lief weiter hin und her, als wollte er die Inspektoren auf dem Sofa umkreisen. Zwischendurch bückte er sich, kratzte sich am Knöchel, wischte mit dem Finger an unsichtbaren Flecken auf den Fliesen herum.

»Setzen Sie sich bitte wieder, Senhor Cardoza«, sagte Fernando.

Cardoza setzte sich.

»Es muss schwer für Sie gewesen sein, als Simão Sie verlassen hat«, fuhr Fernando fort.

Cardozas Nase wurde violetter, sein Kinn schnellte vor, und der Inspektor wusste, dass er richtig getippt hatte.

»Woher...?«, stammelte Cardoza.

»Tut nichts zur Sache.«

»Heißt das, die Spermaspuren in Gomes' Bett sind gar nicht von ihm?«, wandte sich Tomás Martins an Fernando.

»Doch, die sind von mir!«, rief Cardoza aus. Dann vergrub er das Gesicht in die Hände und begann zu schluchzen. Fernando reichte ihm Taschentücher.

»Sie hatten also auch nach der Trennung gelegentlich noch Sex?«

Cardoza schniefte, schnäuzte sich. »Wir haben ja noch seine Show vorbereitet und uns deshalb gesehen. Ich habe gehofft, dass er zu mir zurückkehrt.«

»Warum hat Simão Sie überhaupt verlassen?«

Cardoza starrte auf den Boden und schüttelte den Kopf.

»War es der Altersunterschied? Sie waren ja immerhin zwanzig Jahre älter«, mutmaßte Martins.

»Liebe kennt kein Alter. Aber das versteht so ein kleinbürgerlicher Polizeibeamter natürlich nicht«, fauchte Cardoza.

Martins ließ sich davon nicht aus der Ruhe bringen. »Also?«

Cardoza antwortete nicht.

Fernando mutmaßte: »Simão hat sich in eine Frau verliebt, nicht wahr?«

Martins schaute erstaunt.

Der Zauberer senkte den Blick und nickte.

»Er war also bisexuell«, stellte Martins fest.

»Er hat gesagt, sie sei der Mensch, mit dem er alt werden wolle. Er hat sogar von Kindern gesprochen.«

»Hat er Ihnen ihren Namen verraten?«

»Paula, er hat gesagt, dass sie Paula heißt.«

»Wissen Sie, wie lange und woher die beiden sich kannten?«

»Sie sind irgendwann einmal vor dem O Barco Azul zusammengestoßen. Sie ist hingefallen und hat sich die Hände aufgeschürft, dann hat er sie als Entschädigung zum Essen eingeladen. Sie mochten sich, und es wurde mehr daraus.«

»Trotzdem wollte er weiterhin mit Ihnen schlafen?«, fragte Fernando.

»Ja, und deshalb dachte ich auch, dass er irgendwann zu mir zurückkommt.«

»Oder haben Sie ihm gesagt, Sie würden ihm nur dann bei der Vorbereitung seiner großen Show helfen, wenn er noch mit Ihnen schläft?«

»Das ist vielleicht Ihr Stil, Inspektor Martins, aber nicht meiner.«

»Waren Sie nicht schrecklich wütend auf Simão?«, übernahm Fernando.

»Enttäuscht, ich war enttäuscht. Aber wer liebt, der vergibt.«

»In Hollywood-Schnulzen vielleicht«, sagte Martins trocken. »Wo waren Sie am Samstagabend vor zehn Tagen, also am 4. August?«

»Zu Hause, ich war zu Hause, überwiegend am

Pool, es war ja so schrecklich heiß Anfang August. Am Abend habe ich Sardinen gegrillt. Wenn es stimmt, was in der Zeitung stand, also dass Simão wahrscheinlich schon an dem Samstagabend starb, habe ich zur gleichen Zeit vermutlich gerade gegessen. Es ist eine schreckliche Vorstellung.«

Er vergrub die Hände im Gesicht, Fernando reichte ihm noch ein Taschentuch und fragte dann, ob es jemanden gebe, der das bezeugen könne.

»Wie denn, ich wohne doch allein.«

Tomás Martins kritzelte etwas in sein Notizbuch. »Das sieht nicht gut für Sie aus.«

»Was meinen Sie damit?«

»Dass Sie offenbar kein Alibi haben.«

»Sie glauben doch nicht etwa...«, setzte der Magier an, stand auf und raufte sich die Haare. Es war ein theatralisches Haareraufen, eines, das besser auf eine Bühne als in ein Wohnzimmer gepasst hätte. »Verdächtigen Sie mich etwa?«

»Nun, Sie hätten schon mal ein Motiv«, entgegnete Tomás Martins.

»Aber ich habe Ihnen doch eben gesagt, dass ich Simão geliebt habe. Warum sollte ich ihn dann töten? Das ist doch absurd.«

»Sie glauben gar nicht, wie oft aus Liebe oder eigentlich vielmehr aus enttäuschter Liebe gemordet wird«, sagte Fernando.

»Ich habe mir eben die Seele aus dem Leib gekotzt, weil ich die Vorstellung unerträglich finde, wie der arme Simão versucht, die Handschellen zu öffnen, und dann feststellt, dass er den falschen Schlüssel dabeihat. Da kann ich doch kaum der Mörder sein«, argumentierte Cardoza.

»Oh, ich habe auch schon darüber nachgedacht, warum Sie sich eben übergeben mussten«, mischte sich Martins wieder ein. »Echte Trauer oder ein Schock sind natürlich eine mögliche Ursache. Aber es gibt auch andere: Erstens hat der Mörder – es sei dahingestellt, ob Sie oder jemand anders – vermutlich damit gerechnet, dass Simão den Schlüssel im Meer verliert. Die Tatsache, dass er den Schlüssel verschluckt und uns damit ein wichtiges Beweismittel geliefert hat, würde dem Mörder ziemlich sicher gewaltig auf den Magen schlagen. Vielleicht hat Ihr Magen aber auch einfach gegen den vielen Alkohol rebelliert.«

Carlos Cardoza schüttelte den Kopf. »Das ist doch absurd.«

»Zweitens«, fuhr Martins unbeirrt fort, »waren Sie nicht nur Simãos Ex-Liebhaber, sondern auch sein Zauberlehrer. Und als solcher muss es geradezu ein Kinderspiel gewesen sein, ihn zu einem gefährlichen Entfesselungstrick zu überreden und ihm dann den falschen Schlüssel zu geben. Drittens haben Sie kein Alibi, viertens sind Sie vorbestraft.«

»Wollen Sie mich etwa verhaften?«

»So weit würde ich noch nicht gehen. Aber wir werden Sie mitnehmen und unser Gespräch auf dem Revier fortsetzen.«

»Und wenn ich mich weigere?«

»Dann müssen wir Sie leider doch vorläufig festnehmen.«

Cardoza sagte nichts, streckte Tomás Martins aber seine Hände hin.

»Ist das wirklich nötig, Senhor Cardoza?«, fragte Fernando.

»Sicher ist sicher, da hat Senhor Cardoza schon recht«, kommentierte Martins und ließ die Handschellen zuschnappen.

»Ich glaube, mir wird noch mal schlecht«, murmelte Cardoza und begann zu husten. Er trat einen Schritt zurück, wandte sich von den Inspektoren ab, als müsste er gleich auf den Boden spucken. Dann löste er sich mit einem Knall in Luft auf. Oder besser gesagt in dichten grünen Nebel. Es war ein dumpfer Knall, wie bei einem nahen Gewitterdonnern oder einem Schuss mit Schalldämpfer. Und weil die beiden Kriminalinspektoren dieses Geräusch nur allzu gut vom Schießstand kannten und weil der Nebel inzwischen den ganzen Raum füllte, warfen sie sich instinktiv auf den Boden und zogen ihre Waffen.

Erst Minuten später, als der Nebel nach oben gezogen war und unter der Decke klebte, stellten Fernando Valente und Tomás Martins fest, dass das nicht nötig gewesen wäre. Carlos Cardoza hatte sie keinesfalls töten wollen, er war einfach verschwunden. Oder hatte er sich etwa verwandelt? Denn hinter den geöffneten Handschellen, nur zwei Meter entfernt von ihnen, saß eine Maus. Und wie sie sich auf ihre Hinterfüße stellte, mit zitternden Schnurrhaaren und schwarzen Kulleraugen erst den einen, dann den anderen Inspektor anschaute, sah es fast so aus, als wartete sie auf ihren Applaus.

Fernando kratzte sich am Ohrläppchen, Tomás sah sich hektisch im Raum um. Die Maus machte eine Kehrtwendung, rannte quer durchs Zimmer und verschwand unter einem Schrank.

Einen Funkspruch und wenige Minuten später war das Haus von Polizisten umstellt. Etliche Kollegen durchsuchten Haus und Garten, durch die anliegenden Straßen fuhren Streifenwagen. Fernando fragte sich, wie dieses Großaufgebot an Beamten in so kurzer Zeit möglich gewesen war. Gemeinsam mit Tomás Martins suchte er das Wohnzimmer Meter für Meter nach verborgenen Falltüren, doppelten Böden und Geheimgängen ab. Sie fanden zwei raffiniert in die Wand eingelassene Nebelmaschinen, mehr nicht.

»Das gibt es doch nicht! Ich habe genau vor der einzigen Tür gelegen. Und alle Fenster waren verschlossen!«, rief Martins, der minütlich angespannter wirkte.

»Er könnte ein Fenster geöffnet und hinter sich geschlossen haben.«

»Und dann von außen die Sicherheitsschlösser auf der Innenseite wieder zugesperrt haben? Ich denke, diese Variante können wir ausschließen.«

»Ich denke, wir sollten in diesem Fall gar nichts ausschließen.«

Drei Stunden später machte das Gebäude den Eindruck, als hätte in seinem Inneren ein Orkan gewütet. Die Suche in Haus und Garten wurde vorläufig abgebrochen. Es sah alles danach aus, dass sich Carlos Cardoza sehr weit weggezaubert hatte.

»Hast du mir nicht heute Morgen erzählt, Cardoza würde Origami-Tiere in Kanarienvögel verwandeln? Das klang irgendwie harmloser«, meinte Patricia wenig später am Telefon. Sie wirkte überraschend gefasst.

»Wenn man es einmal kann, ist es am Ende vielleicht egal, was oder wen man gegeneinander austauscht«, entgegnete Fernando.

»Immerhin wissen wir nun, wer der mutmaßliche Täter ist. Jetzt müssen wir ihn nur noch schnappen.« Sie erzählte, dass Carlos Cardoza bereits landesweit zur Fahndung ausgeschrieben sei und dass das Haus weiterhin überwacht werde. »Falls er sich nicht auch noch unsichtbar machen kann, muss er ja irgendwann wiederauftauchen.«

»Ich bin mir nicht so sicher, ob er der Täter ist.«

»Warum?«

Wenn Fernando an die Unschuld eines Verdächtigen glaubte, hatte das meist mit seinem Bauchgefühl zu tun – eine Tatsache, die er tunlichst für sich behielt. Aber diesmal war es anders. Carlos Cardoza gehörte weder zu den wenigen Menschen, denen der Inspektor grundsätzlich keinen Mord zutraute, noch hätte er darauf schwören wollen, dass Cardoza seinem jungen Ex-Geliebten nicht doch den Tod gewünscht hatte. Aber ein anderer Gedanke war ihm in den Sinn gekommen: »Ein Magier von seinem Kaliber hätte das eleganter hingekriegt.«

Patricia lachte leise. »Du meinst, er hätte Simão einfach spurlos verschwinden lassen?«

»Ja oder ihn in ein Papiermännchen verwandelt.«

»Ich verstehe, was du meinst. Trotzdem – nach dem, was Martins mir eben erzählt hat, deutet alles darauf hin, dass er es doch war. Vielleicht hat er einfach die Fassung verloren. Und wieso sollte er auf so spektakuläre Weise fliehen, wenn er unschuldig ist?«

»Vielleicht flieht er gar nicht in erster Linie vor uns, sondern vor seinen Schuldnern«, schlug Fernando vor.

»Ich dachte, er verdient mit der Zauberei so viel Geld?«

»Er hat viel Geld verdient, aber offenbar noch mehr ausgegeben. Martins hat einen Stapel Briefe in der Küche gefunden: Mahnungen und desaströse Kontoauszüge. Und für irgendwelche Shows wurde er in letzter Zeit offenbar auch nicht mehr so häufig gebucht.«

»Aber wenn er untertaucht, wird er ja noch mehr Geldprobleme bekommen«, gab Patricia zu bedenken.

»Ich habe keine Ahnung, was in Carlos Cardoza vorgeht. Vielleicht wollte er auch einfach noch einmal zeigen, was er draufhat«, sagte ihr Zwillingsbruder und lag damit näher an der Wahrheit, als er ahnen konnte.

16

Die Krux mit schlauen Schweinen war, dass sie grundsätzlich das machten, wonach ihnen der Sinn stand. Und Raquel, vielleicht das schlauste Schwein aller Zeiten, hatte offenbar doch keine Lust darauf gehabt, den ganzen Tag im Pool zu liegen, während Fernando im Süden des Landes Zauberer suchte. Jedenfalls kam sie nicht, als der Inspektor am Dienstagabend im dämmerigen Garten nach ihr rief. Kein Schweinehufgetrappel, kein Grunzen, nicht mal ein beleidigtes leises Quieken. Und es war schon zu dunkel, um zu erkennen, ob sie irgendwo zwischen den Büschen lag. Fernando machte sich Sorgen, aber nur kurz, denn dann kam eine kleine Brise und wehte ihm den Geruch von gebratener Chouriço in die Nase. Wenn es nach Essen roch, war Raquel natürlich schon längst ins Haus gegangen – sie war in der Regel die Erste, die am Abendbrottisch erschien.

Doch in der Küche war sie nicht, ebenso wenig auf ihrem Schlafplatz in Fernandos Zimmer, auf dem Sofa im Wohnzimmer oder auf den kühlen Fliesen im Badezimmer. Am Mittag, das erfuhr Fernando von seiner Großmutter, hatte Pedro die Schweinedame im Garten gebürstet, am späten Nachmittag war er zu Nelia gefahren, Raquel hatte drinnen ein paar Pfannkuchen verspeist und sich dann wieder ins Planschbecken gelegt.

»Ich hätte auch gerne so ein Schweineleben«, sagte Teresa und schichtete die roten, vor Fett triefenden Wurstscheiben von der Pfanne auf einen Teller um.

Fernando schnitt sich eine Scheibe Weißbrot ab und belegte sie im Stehen mit Chouriço.

Teresa drohte ihm mit dem Pfannenheber. »Gegessen wird gemeinsam und am Tisch!«, rief sie.

»Gleich«, sagte Fernando kauend und schon auf dem Weg nach draußen. »Erst muss ich Raquel suchen.«

Vorsichtshalber drehte er noch eine Runde durch den Garten. Das Planschbecken lag platt am nassen Boden. Fernando ärgerte sich darüber, dass es so schnell aufgegeben hatte, er ärgerte sich über Raquel, weil sie ausgerechnet an diesem Tag weglaufen musste, und über sich selbst, weil er so genervt war.

Er setzte sich wieder ins Auto und fuhr zurück ins Dorf.

Nachdem ihrem Pool die Luft ausgegangen war, hatte Raquel offenbar beschlossen, auswärts essen zu gehen. Und das Café do Porco Polícia, das hatte wohl auch Raquel mitbekommen, servierte seit Kurzem nicht nur süßes Gebäck und belegte Baguettes, sondern am Abend auch Petiscos, die portugiesische Variante der berühmten spanischen Tapas.

Fernando fand Raquel auf der Terrasse, wo sie am Tisch einer rothaarigen Familie saß, zwischen einem pausbäckigen Knirps im Hochstuhl und einem Mädchen im Schulalter. Abwechselnd fütterten die Kinder sie von ihren Tellern – wenn Fernando es richtig sah, vor allem mit Pommes, Brot mit Käse und Salat – und jauchzten jedes Mal, wenn die korpulente Schweinedame vorsichtig etwas aus ihren kleinen Händen nahm.

»Bitte geben Sie ihr nichts mehr, sie ist gerade auf Diät«, versuchte Fernando es auf Portugiesisch und Englisch, aber sie konnten oder wollten ihn nicht verstehen. Die Kinder beachteten ihn gar nicht, die Erwachsenen lächelten freundlich, sagten etwas in einer fremden Sprache, die klang, als würden sie mit jedem Wort im Mund Papier zusammenknüllen, und fotografierten weiter ihre fütternden Kinder und die fressende Raquel.

»Komm, Süße, wir gehen nach Hause«, wandte sich Fernando an Raquel, aber sein Vorhaben war natürlich aussichtslos. Vor dem Dessert würde Raquel nirgendwohin gehen. Fernando seufzte, ging nach drinnen und setzte sich an einen kleinen freien Tisch neben dem Tresen.

»Fernando, was darf ich dir bringen? Heute geht alles aufs Haus«, begrüßte ihn Rodrigo überschwänglich.

»Mir würde schon reichen, wenn du dafür sorgen könntest, dass Raquel hier in Zukunft nichts mehr zu essen bekommt. Dann würde sie vermutlich auch nicht mehr von zu Hause weglaufen.«

Rodrigo hob die Hände zu einer hilflosen Geste. »Hast du nicht eben versucht, die Leute draußen davon abzuhalten, sie zu füttern?«

»Doch«, sagte Fernando zerknirscht.

»Siehst du, und du bist Inspektor. Du hast Autorität. Ich hingegen…«

»Schon gut, Rodrigo, dann bring mir doch bitte einen Vinho Verde.«

Rodrigo lachte und stellte kurz darauf ein großzügig gefülltes Glas mit prickelndem Weißwein vor Fernando ab. Kurz darauf folgten ein Korb mit Brot sowie kleine Teller mit Tintenfisch-Salat, Muscheln, Käse, geräuchertem Schinken und Stockfisch-Kroketten.

Raquel kam an seinen Tisch, bevor er die Teller geleert hatte, legte ihm ihren Kopf aufs Bein und quiekte leise.

»Du solltest mich inzwischen besser kennen«, sagte Fernando.

Raquel quiekte wieder und schob ihre Nase so nah sie konnte an den Käseteller.

Fernando schob den Teller in die Mitte des Tisches. »Vergiss es, du bekommst heute nichts mehr.«

Raquel hörte auf zu betteln – vermutlich weil sie erkannte, dass es aussichtslos war, und weil sie wirklich schon sehr, sehr viel gefressen hatte – und legte sich hin.

Fernando holte eine Muschel aus der Schale und schob sie sich in den Mund.

»Weißt du, wenn man sich nach einem so langen, anstrengenden Arbeitstag auf sein Schwein freut, und dann ist das Schwein gar nicht da, ist das eine schreckliche Sache«, sagte er dann und schämte sich gleich darauf ein wenig, dass er so peinliche Sachen dachte und, noch schlimmer, auch sagte. Der einzige Trost: Außer Raquel, die menschlichen Peinlichkeiten mit großer Gleichmut begegnete, hatte ihn niemand gehört. Das dachte Fernando jedenfalls, bis sich eine dicke, haarige Hand auf seine Schulter legte.

»Wenn man nach einem langen, anstrengenden Arbeitstag mit seinem Schwein spricht, ist das ein sicheres Zeichen dafür, dass man eine Frau braucht. Oder einen Freund und einen Schnaps«, sagte Rodrigo, stellte eine Flasche Medronho und zwei Gläser auf den Tisch, schenkte ein und setzte sich neben ihn.

Fernando nahm einen Schluck und dachte, dass er in letzter Zeit ziemlich häufig mit Raquel redete.

»Findest du, dass ich kauzig werde?«, fragte er den Barbesitzer.

»Kommt drauf an. Sprichst du auch mit den Leuten im Fernsehen?«

Fernando verneinte.

»Selbstgespräche?«

»Selten.«

»Dann gibt es noch Hoffnung«, meinte Rodrigo und schenkte ihnen nach.

Vielleicht hätten sie so lange weitergemacht, bis die Schnapsflasche leer gewesen wäre. Doch kurz nachdem Rodrigo ihnen die dritte Runde eingeschenkt hatte, sahen sie durch die offen stehende Tür, wie Lúcia die Straße überquerte und zielsicher auf das Café zusteuerte.

»Erst der Schnaps, jetzt die Frau«, kommentierte Rodrigo und ging zurück in die Küche.

Fernando stand so schnell auf, dass der Holzstuhl wackelte, und stürzte den dritten Schnaps hinunter. Doch noch bevor er die Flucht antreten konnte, versperrte Lúcia ihm den Weg.

»Fernando, ich muss mit dir reden.«

»Nimm es mir nicht übel, aber wir müssen das auf ein anderes Mal verschieben. Ich hatte einen harten Tag.«

»Ich hatte auch einen harten Tag«, sagte sie schmallippig und schaute dabei nicht ihn, sondern die beiden leeren Schnapsgläser an.

»Das tut mir leid, aber ich muss jetzt wirklich ins Bett«, erklärte Fernando, dann quetschte er sich an ihr vorbei und floh.

Raquel trottete hinter ihm her, hinaus in die warme Nacht. Am schwarzen Firmament hing ein großer runder Mond, und die Grillen zirpten so laut, dass er nicht einmal mehr die kleine Stimme in seinem Kopf hörte, die ganz leise Zweifel anmeldete, ob es wohl richtig war, Lúcia einfach so stehen zu lassen.

Bald darauf standen der Inspektor und sein Schwein am Auto. »Ich hätte große Lust, dich nach Hause laufen zu lassen. Wäre auch besser für deine Figur«, sagte Fernando, doch er öffnete ihr die Autotür, und Raquel stieg ein. Nach einer kurzen Fahrt über holprige Feldwege waren sie zu Hause.

Fernando erwartete, dass sie auf direktem Weg ins Bett gehen würde, stattdessen lief sie in den Garten, der im Mondlicht aussah, als wäre er aus dunklem Glas geblasen. Vor der kaputten Plastikhülle, die einmal ihr Pool gewesen war, blieb sie stehen. Fernando trat neben sie und streichelte ihr den Rücken.

»Ich habe es schon gesehen. Wenn wir den Fall gelöst haben und es immer noch so heiß ist, baue ich dir einen richtigen kleinen Pool. Und bis dahin schwimmen wir einfach öfter im Meer«, versprach Fernando und dachte an die Zahlen im Sand.

Noch am selben Abend rief er Samira an.

Am nächsten Morgen trafen sie sich gegenüber der Ilha do Pesseguiero, die südlich von Porto Covo etwa dreihundert Meter vor der Atlantikküste lag. Einst war die winzige Insel von den Römern besiedelt worden, später hatte man sogar versucht, auf ihr eine Befestigungsanlage mit Hafen zu errichten. Inzwischen waren von alledem nur noch ein paar Steine übrig, zwischen denen Möwen und Kormorane Rast machten. Auch auf dem Festland war es noch sehr ruhig, die Fensterläden des kleinen Strandrestaurants waren geschlossen, und weder auf den Ruinen des Forte do Pessegueiro noch auf den angrenzenden Dünen kletterten Leute herum.

Ziemlich ungewöhnlich für Mitte August, dachte Fernando, während er mit Raquel über den Parkplatz ging. Aber zum einen war es noch sehr früh, und zum anderen war der Himmel so bedeckt, dass er an Milchglas erinnerte. Auch der lange helle Sandstrand war menschenleer – bis auf Samira. Sie trug einen gelben Bikini, saß im Schneidersitz im Sand, schaute aufs Meer hinaus und sah aus wie eine Südseeprinzessin. Oder jedenfalls so, wie sich Fernando eine Südseeprinzessin immer vorgestellt hatte, nur ohne Blume im Haar.

Raquel trabte los und drückte Samira zur Begrüßung die Nase aufs Ohr und dann das Maul aufs Schlüsselbein. Samira lachte und schüttelte sich ein bisschen. Fernando wusste, dass Raquels Küsse sehr nass sein konnten. Allerdings nicht so nass, dass es tropfte.

»Bist du schon geschwommen?«, fragte er mit Blick auf Samiras feuchte Haut.

»Ein bisschen, aber ich habe Lust auf noch eine

Runde. Wollen wir?« Ohne seine Antwort abzuwarten, stand sie auf, nahm seine Hand und zog ihn zum Meer.

Raquel stand schon bis zu den Knien im Wasser und schaute auf die Wellen, die weitaus größer waren, als sie es von der geschützten Bucht am Praia da Samoqueira gewohnt war.

»Keine Angst!«, rief Fernando Raquel zu, um sie zu beruhigen. Obwohl das kaum nötig war, denn zwei Sekunden später hatte sich Raquel kopfüber in die Fluten gestürzt. Fernando suchte mit den Augen das Wasser ab, sah in der weißen Gischt aber keine Spur von seinem schwarzen Schwein.

»Keine Angst«, beruhigte ihn Samira und drückte seine Hand. »Sie taucht sicher nur unter der Brandung durch.«

Fernando tauchte hinterher, und tatsächlich, dort paddelte Raquel sehr zufrieden die Wellenkämme rauf und runter. Ihr mochte das Zeug zu einem wirklich guten Polizeischwein fehlen, fürs Schwimmen hatte sie aber eindeutig Talent.

»Vielleicht sollte ich ihr auch noch das Surfen beibringen«, sagte Fernando zu Samira, die ihm gefolgt war. Sie nahmen Raquel in die Mitte, schwammen auf die Insel zu und dann, ein Stück gegen die Strömung, wieder zurück.

Als sie wieder das sichere Ufer erreichten, waren Fernando und sein Schwein sichtlich erschöpft. Raquel schwankte sogar ein bisschen, während sie an Land trottete, und Fernando spürte, wie seine Beine jeden Meter an Gewicht zulegten. Vor ihnen hüpfte Samira aus dem Wasser. Jedenfalls bis sie aufschrie, stehen blieb und ihren linken Fuß hochzog. Fernando reichte ihr die Hand – nicht ohne gebührend Abstand zu dem Fleckchen Sand zu halten, auf dem sie stand. An seiner Seite humpelte sie zu den Handtüchern.

»Darf ich?«, fragte Fernando, und Samira legte ihren Fuß in seine Hand. Er betrachtete ihn von allen Seiten, konnte aber kein Blut, keinen Kratzer, keinen Stachel und auch keinen Widerhaken eines Angelköders entdecken – nur eine rote Einstichstelle am Fußballen. Er schaute ihr ins Gesicht. Ziemlich hart im Nehmen, dachte er. Sie war ein bisschen blasser als zuvor, verzog aber ansonsten keine Miene und klagte auch nicht darüber, dass der Fuß immer weiter anschwoll und taub wurde und das ganze untere Bein so schmerzhaft pochte, als würde es bald abfallen.

Fernando wusste, wie es sich anfühlte, denn er selbst hatte sich schon zweimal in derselben misslichen Lage befunden.

»Gibt es hier Gifttiere?«, fragte Samira und brachte Fernando zum ersten Mal auf die Idee, dass sie vielleicht noch gar nicht so lange im Land war.

»Mehrere. Das hier war ein Petermännchen, ein ziemlich fieses Geschöpf.«

»Ein Fisch?«

»Ja. Er gräbt sich in Strandnähe bis auf die Augen in den Sand ein. Man sieht ihn nicht, spürt aber sein Gift, wenn man ihm versehentlich auf die Flossen tritt.«

Samira zuckte mit den Schultern. »Ich würde auch giftig werden, wenn mir jemand über den Rücken latscht.« Dann deutete sie auf den Fuß. »Wie lange dauert das?«

»In der Regel nur ein paar Stunden. Wenn kein Arzt in der Nähe ist, kann man den Fuß in heißes Wasser tauchen. Im Restaurant da hinten können sie uns bestimmt einen Eimer geben.«

Er stand auf. »Komm, ich nehme dich huckepack.«

Ihm fiel auf, dass es schon das zweite Mal innerhalb weniger Tage war, dass er einer Frau anbot, sie auf seinem Rücken zu tragen. Und anders als Anabela nahm Samira sein Angebot dankend an.

»Du bist ein Held«, sagte sie, hüpfte auf dem rechten Bein ganz nah an ihn heran, hielt sich an seinen Schultern fest und zog sich hoch. Er packte ihre Beine unter den Knien und half nach. Sie legte ihren Bauch an seinen Rücken, und durch den feuchten Bikinistoff spürte er ihre Brüste oberhalb der Schulterblätter. Das war weitaus heißer, als er erwartet hatte.

Er griff nach seiner und nach ihrer Tasche. Raquel schaute zu, gähnte, erhob sich zögerlich und begann, sehr, sehr langsam zurück zum Auto zu zockeln. Kurz darauf und ebenso langsam stapfte auch

Fernando mit Samira auf dem Rücken den Strand entlang. Er war erregt von ihrer Haut, die vom Bad im Atlantik noch kühl war, und von dem Gefühl, so etwas wie ein Held zu sein. Nun ja, ein kleiner Held. Mit jedem Schritt wurde ihm wärmer, denn der Sand gab nach, seine Muskeln waren müde und sein Gepäck schwer. Verschwitzt erreichten sie schließlich das Restaurant.

»Immer noch geschlossen«, stellte er fest.

»Willst du mich nicht mal absetzen?«, fragte Samira.

»Gleich, am Auto.« Fernando lief hinter dem Gebäude entlang zu seinem Pick-up. Erst öffnete er der sichtlich erschöpften Raquel die Autotür, dann löste er vorsichtig seinen Griff. Samira rutschte hinunter und nahm auf dem Beifahrersitz Platz.

»Kannst du mich nach Hause fahren? Nach Sines?«, bat sie. »Dort habe ich ja auch heißes Wasser.«

Fernando nickte. »Dein Auto können wir später abholen, wenn dein Fuß wieder fahrtauglich ist.«

»Ich habe gar kein Auto.«

Fernando wusste, dass kein Bus zur Ilha do Pessegueiro fuhr. Und da sie ihn auch nicht gebeten hatte, ihr Fahrrad mitzunehmen, folgerte er: »Du bist hierhergetrampt?«

»Ich bin geschwommen«, erklärte Samira und kurbelte das Fenster herunter.

Fernando setzte sich neben sie.

»Du bist was?«

»Geschwommen«, wiederholte sie und fügte hinzu, dass sie in der Altstadt von Sines wohne, die ja wirklich nicht allzu weit vom Strand entfernt sei.

»Die Altstadt vom Meer vielleicht nicht. Der Strand von Sines von der Ilha do Pessegueiro aber schon. Das sind doch bestimmt fünfzehn Kilometer.«

»Fünfzehn Kilometer, wenn man an der Küste entlangschwimmt. Auf gerader Strecke ein paar Kilometer weniger.«

»Und die wolltest du auch wieder zurückschwimmen?«

»Ich habe extra meinen Wickelfisch mitgenommen«, sagte sie und hob ihre lila Tasche auf den Schoß, öffnete sie, zog ein weißes Strandkleid heraus und streifte es sich über. »Für Notfälle habe ich immer ein Kleid, Geld, etwas zu trinken und ein Handy dabei.«

»Und alles bleibt trocken«, bemerkte Fernando erstaunt.

»Das ist eine spezielle Tasche für Langstreckenschwimmer. Wasserdicht, schwimmt dank Luftblase immer oben, und ich kann sie mir mit einem Gürtel umschnallen.«

»Aber warum schwimmst du überhaupt so lange Strecken?«

»Weil ich kein Auto habe«, sagte Samira und lachte. »Außerdem ist es in der Sommerhitze im Atlantik weitaus angenehmer als an Land.«

Die Altstadt von Sines lag hoch über dem Meer. Kurz vor der kleinen Marina für Jachten und Fischerboote, die so viel hübscher aussah als der Seehafen, in dem einige Kilometer weiter südlich riesige Containerschiffe anlegten, bog Fernando von der Küstenstraße rechts ab und kurvte den Felsen hinauf.

»Am besten lassen wir das Auto am Castelo stehen«, schlug Samira vor.

Fernando parkte neben der hohen Schlossmauer, von der die Stadt früher regelmäßig, wenn auch nicht immer erfolgreich gegen Angreifer verteidigt worden war, und weckte Raquel. Noch bevor sie ihre Augen öffnete, hob sie ihren langen Rüssel, schnüffelte, klappte ihr Maul zu einem großen Schweinelächeln auf und robbte schneller aus dem Auto, als Fernando es für möglich gehalten hätte.

»Ich glaube, sie hat schon wieder Hunger«, sagte er.

Sines roch, immer. Nach Meer und salzigem Wind oder – in den Nächten, wenn die Schornsteine der Ölraffinerie besonders viel Dampf auspusteten – so faulig, als würde jemand eine Brühe aus vergammelten Eiern und Lösungsmittel brauen. An diesem Tag konnte man wie so oft im Sommer weder das eine noch das andere wahrnehmen, denn durch die schmalen Gassen, durch die Samira nun an Fernandos Arm humpelte, zogen wunderbare Duftschwaden von frisch gegrilltem Fleisch und Fisch. An jeder Ecke standen schwarze Holzkohlegrills, auf deren Rosten Lammkoteletts und Thunfischfilets, Schweinebauch und Garnelenspieße schmorten. Raquel nahm Witterung auf, folgte dem Beispiel einiger Straßenhunde und strich erwartungsvoll um die Leckerbissen herum – ohne jedoch etwas abzubekommen.

»Bleibt ihr zum Mittagessen?«, fragte Samira. »Ich habe auch einen Grill, und heute Morgen auf dem Markt gab es frische Makrelen.«

Samira wohnte in einem schmalen Haus, das in einer engen, schattigen Gasse zwischen zwei etwas größeren Häusern stand. Innen war es sauber und sparsam eingerichtet. Die Wände, die Kachelfugen und die Türrahmen waren schief und erweckten den Eindruck, als wäre dem Architekten bei der Planung ständig das Lineal verrutscht. Es gab unten einen Flur und ein kleines Bad, eine Etage höher ein Schlafzimmer und eine Wohnküche.

Samira füllte einen Eimer mit gerade noch erträglich heißem Wasser, und Fernando trug ihn für sie auf die Dachterrasse hinaus. Dort war gerade Platz für ein schmales Bett, ein paar Sitzkissen, einen niedrigen Tisch, einige Pflanzenkübel, drei Sonnenschirme und den Grill. Samira setzte sich aufs Bett und stellte ihren Fuß in den Eimer. Fernando und Raquel traten an die Balustrade und schauten auf Hinterhöfe und kleine Gärten und wurden dabei von der Nachbarin betrachtet, die schräg über ihnen große rosa Spitzenbüstenhalter auf der Wäscheleine vor ihrem Fenster aufhängte.

»Ein Schwein in der Stadt«, sagte sie, in der Stimme eine Spur Missbilligung. In ihrem Blick lag sie auch, das sah Fernando, als er zu ihr hochschaute. Sie mochte Anfang sechzig sein und gehörte damit noch zu der Generation, die fand, dass alleinstehende junge Damen keine Herren empfangen sollten.

Fernando hob die Hand zum Gruß. »Bom dia, Senhora.«

Sie kniff die Augen zusammen und dachte nach, in der Linken eine Wäscheklammer, in der Rechten einen geblümten Schlüpfer. Dann veränderte sich etwas in ihrem Blick. »Das sind doch tatsächlich die berühmte Raquel und ihr Inspektor!«, rief sie laut genug, dass auch im Haus daneben die Holzläden und Fenster geöffnet wurden.

»Du bist von der Polizei?«, fragte Samira von hinten.

Die Nachbarin wedelte mit dem Schlüpfer durch die Luft. »Aber, Mädchen, lesen Sie denn gar keine Zeitung?« Und an den Inspektor gewandt, fuhr sie fort: »Die junge Frau wohnt noch gar nicht lange hier, vermutlich liegt es daran.« Dann hängte sie weiter Wäsche auf.

Fernando spannte die Sonnenschirme auf. »Schatten und Blickschutz«, sagte er zu Samira. In einem der umstehenden Häuser wurde das Radio aufgedreht, ein Portugiese sang vom Frühling und der Liebe. Fernando setzte sich neben Samira aufs Bett.

»Inspektor. Polizeischwein«, sagte sie kopfschüttelnd und lachte rauchig.

»Ich dachte, du wüsstest es.«

»Offenbar bist du so etwas wie ein nationaler Star.«

»Na ja, Raquel vielleicht«, wiegelte Fernando ab.

»Fandest du das eigentlich gar nicht komisch? So einen Typ, der sein Schwein mit an den Strand nimmt?«

»Ich fand es ziemlich süß. Einen Inspektor, der sein Schwein mit an den Strand nimmt, übrigens auch.«

Fernando wurde ein bisschen rot. »Wo hast du vorher gewohnt?«

»Die letzten Jahre in Brasilien.«

»Hört man gar nicht«, meinte Fernando.

»Wenn ich Português Brasileiro spreche, hört man es schon«, sagte sie in der südamerikanischen, weicher klingenden Variante der Sprache und wechselte schon im nächsten Satz wieder zurück: »Meine Eltern sind aus Lissabon, von ihnen habe ich das europäische Portugiesisch gelernt.«

»Und warum bist du jetzt nach Sines gezogen?«

Sie zuckte mit den Schultern. »Nostalgie vielleicht. Das Land meiner Vorfahren kennenlernen, so etwas.« Samira zog ihren Fuß aus dem Wasser und drehte ihn hin und her. »Es wird. Inzwischen fühlt es sich nur noch wie ein fieser Wespenstich an.«

Fernando warf den Grill an, sie saßen sich am kleinen Tisch gegenüber, auf den bunten Sitzkissen, schnitten Gemüse in Stücke, rührten Soßen an und tranken eiskaltes Bier. Wenig später brutzelten Makrelen und Paprika auf dem Grill, und Fernando hatte Samira die Geschichte von Raquels Beförderung erzählt. Sie aßen, schauten Raquel beim Schlafen zu, sprachen über dies und das und manchmal auch gar nicht. Fernandos Blick blieb an ihren Augen hängen, und plötzlich war er gar nicht mehr schwimm- und mittagsmüde, sondern ganz wach und leicht. Hellbraune Augen hatte sie, hellbraun mit kleinen kantigen Pünktchen. Wie kleine Muschelscherben am Meeresgrund.

In diesem Moment klingelte sein Telefon, und er dachte: Oh nein, nicht gerade jetzt.

Auf sein Display schaute er trotzdem, und weil es Patricia war (»Meine Chefin«, sagte er zu Samira), ging er dran.

»Wir haben noch eine Leiche«, berichtete Patricia.

Fernando dachte daran, dass der Mörder von Simão Gomes noch immer frei herumlief, und spürte, wie sein Herz einen hektischen Trommelrhythmus anschlug.

Und als hätte Patricia seine Gedanken gelesen, fuhr sie fort: »Mach dir keine Sorgen. Es ist zwar auch eine Wasserleiche, aber ein ganz anderer Fall als bei Simão Gomes.«

»Wo?«

»Ein Fischer hat sie im Wasser treiben sehen, hat sie an Bord geholt und dann die Küstenpolizei alarmiert. Inzwischen ist die oder der Tote im Hafen von Porto Covo.«

»Die oder der?«

»War wohl schon länger im Wasser.«

»Braucht ihr Verstärkung?«

»Eigentlich nicht. Martins und ich sind vor Ort, wir fahren aber gleich wieder. Im Moment können wir kaum mehr machen, als auf das Ergebnis der Obduktion zu warten.«

»Aber?«

»Aber Dr. Rosa will, dass du kommst. Und du sollst auf jeden Fall Raquel mitbringen, wozu das auch immer gut sein soll.«

»Hast du ihn nicht gefragt?«

»Doch, natürlich. Er meinte nur, es wäre ein wissenschaftliches Experiment.«

Fernando umarmte Samira zum Abschied, weckte Raquel und lockte sie mithilfe der letzten Cocktailtomaten zum Auto. Er wusste sehr gut, warum Dr. Rosa sein Schwein zur Leichenschau gerufen hatte. Im vergangenen Dezember war eine Frau beim Angeln von den Klippen gestürzt. Es war Raquels erster, wenn auch noch sehr inoffizieller Einsatz gewesen. Sie hatte die Leiche beschnüffelt und war regelrecht ausgeflippt. Hatte sich um ihre eigene

Achse gedreht, den Kopf hin und her geschüttelt und leise und aufgeregt gequiekt, so als wäre ihr etwas im Hals stecken geblieben. Ob sie damit hatte sagen wollen, dass der vermeintliche Unfall gar kein Unfall gewesen war? Das wusste niemand (außer vielleicht Raquel), obwohl Dr. José Rosa, der früher einmal Tierarzt gewesen war, lange und intensiv nach der Antwort geforscht hatte.

Aber immerhin hatte Raquel sie durch ihr merkwürdiges Verhalten auf die richtige Spur gebracht. Und schließlich hatten der Rechtsmediziner und der Inspektor die geheime Theorie aufgestellt, dass Raquel einen mysteriösen sechsten Sinn haben musste, mit dem sie Mordopfer von Unfalltoten unterscheiden konnte.

17

Der Hafen von Porto Covo war nicht mehr als eine kleine Bucht, auf drei Seiten begrenzt von schroffen Klippen, im Westen offen zum Atlantik, der hier im Winter manchmal so hohe Wellen schlug, dass die Fischer lieber zu Hause blieben und ihre Netze flickten. Und seitdem die Touristen das kleine Küstendorf entdeckt hatten und seine weißen Sandstrände, hatten die meisten ihre kaputten Netze nicht mehr geflickt, sondern sie dekorativ in Restaurants drapiert und dem Meer den Rücken gekehrt.

Als Fernando die schmale Straße hinunter zum Anlegesteg fuhr, sah er, dass an diesem Tag neben dem Schnellboot der Küstenpolizei nur ein einziges weiteres Fahrzeug im Hafen lag. Es war ein altes Fischerboot mit weiß-blau gestrichenem Rumpf, rostigen Stellen am Heck und einem sonnengelben Aufbau. Ein Boot, das schon so alt und gebrechlich war, dass die an Land gebliebene Frau des Fischers vermutlich des Nachts schlaflos aufs Meer hinausstarrte, das aber auch so viel nostalgischen Charme versprühte, dass es ständig von Touristen fotografiert wurde.

Auch jetzt standen Menschen mit gezückten Kameras und Handys oben auf der Terrasse des Miramar, dem einzigen Restaurant im Ort mit Hafenblick. Allerdings bezweifelte Fernando, dass es ihnen diesmal um die Schönheit des alten Fischerboots ging. Er überlegte kurz, ob er umkehren sollte, um ihnen das Fotografieren zu verbieten, aber dann wurde ihm klar, dass man vom hoch gelegenen Lokal aus zwar die Boote und die Polizeiautos erkennen konnte, die Leiche, die vor Dr. Rosa auf dem Kai lag, aber nicht. Er selbst konnte kaum mehr erkennen als ein Gebilde, das von der Form her eher an einen Sack als einen Körper erinnerte und schon von den ersten Algen bewachsen war.

Hätte er nicht gewusst und vor allem nicht gerochen, dass dies einmal ein Mensch gewesen war, wäre alles vielleicht gar nicht so schlimm gewesen. Aber so fühlte es sich an, als ob die beiden Makrelen in seinem Magen mit jedem Schritt ein Stück lebendiger wurden und zum Sprung ins Wasser ansetzten. Schlussendlich blieben sie dann doch, wo sie waren, was aber vor allem daran lag, dass Dr. Rosa den Inspektor schon seit Jahren kannte und genau im richtigen Moment von seiner Arbeit aufblickte.

»Wie schön, dass Sie kommen konnten, Inspektor«, begrüßte er ihn lächelnd und zog, während er ihm entgegenging, ein kleines Fläschchen und einen blauen Mundschutz aus der Tasche. Er verteilte ein paar Tropfen auf dem Vlies und reichte es Fernando. Der fixierte die Maske, die nicht nur den Mund, sondern auch die untere Hälfte der Nase bedeckte, mit Gummibändern hinter den Ohren und roch Orangenaroma.

»Besser«, sagte er und schaute dann den Rechtsmediziner an, der ganz entgegen seiner Gewohnheit in einem weißen Ganzkörperanzug steckte. Er war schon wieder zur Leiche zurückgekehrt und neben ihr in die Hocke gegangen. Obwohl er keinen Mundschutz trug, verzog er keine Miene.

»Mir tränen von Duftöl die Augen«, beantwortete er Fernandos unausgesprochene Frage.

»Hört man irgendwann auf, das zu riechen?«

»Leider nicht. Immerhin hört man irgendwann auf, zu würgen oder in Ohnmacht zu fallen.«

»Können Sie schon irgendetwas über die Leiche sagen?«

»Nein, und ich fürchte, dass das nach der Obduktion nicht besser aussehen wird.« Er seufzte. »Der größte Feind der Rechtsmedizin ist das Meer.«

Fernando wusste, dass Leichen, die schon länger im Wasser gelegen hatten, oft nicht mehr viel darüber verrieten, wie, wo und wann der Mensch zu Tode gekommen war. Es war schon einem glücklichen Zufall zu verdanken, wenn eine solche Leiche überhaupt gefunden wurde – war das Wasser so kalt, dass sich keine Fäulnisgase bilden konnten, oder wurden die Toten von Schlingpflanzen festgehalten, blieben sie für immer unter der Wasseroberfläche. Und die Leichen, die durch ausreichend Fäulnisgase doch auftauchten und gefunden wurden, waren in der Regel schwer beschädigt. Von Treibspuren zum Beispiel, die entstanden, wenn die Strömung die Leiche vor sich hertrieb und dabei Kopf, Knie und Hände über den Meeresboden schleiften. Oder von Schiffsschrauben und hungrigen Meeresbewohnern, die, wie Fernando mit einem kurzen Blick feststellte, offenbar auch in diesem Fall zugeschlagen hatten.

»Wo hat der Fischer die Leiche gefunden?«

»Etwa zwei Kilometer von hier. Er war gerade erst ausgelaufen.«

»Ist das nicht komisch, jetzt am Nachmittag zum Fischen aufs Meer zu fahren? Ich dachte immer, dass Sonnenuntergang und Sonnenaufgang die besten Zeiten sind.«

»Ihrer Schwester hat er erzählt, dass er ausnahmsweise früher los ist. Seine Schwiegermutter ist seit drei Tagen zu Besuch.«

Dr. Rosa schaute sich um, um sich zu vergewissern, dass niemand in Hörweite war. »Ich würde gerne Raquels Reaktion auf die Leiche sehen. Ich frage mich immer noch, ob es damals nur Zufall war, dass sie so ausgerastet ist, oder ob sie tatsächlich eine besondere Nase oder einen Instinkt hat, mit dem sie Mordopfer von natürlichen Todesfällen unterscheiden kann.«

»Sie meinen, Raquels Reaktion könnte ein Hinweis darauf sein, wie er oder sie zu Tode gekommen ist?«

»So weit würde ich dann doch nicht gehen, dazu müssten wir erst eine größere Testreihe durchführen. Genau das sollten wir aber vielleicht tun, wenn sie wieder so quietscht und sich schüttelt wie damals bei der toten Klippenanglerin und wir hinterher herausfinden sollten, dass sie richtiglag. Vorausgesetzt, dass wir in diesem Fall überhaupt noch etwas herausfinden.«

»Ich hoffe, sie ist nicht zu müde«, sagte Fernando und deutete auf sein Auto. Damit es nicht zu heiß wurde, hatte er alle Türen und die Kofferraumklappe geöffnet. Raquel, die im Auto immer ihr Sicherheitsgeschirr trug, hatte er abgeschnallt. Trotzdem lag sie nach wie vor auf der Rückbank, ihr Kopf hing ein wenig nach draußen.

»Ich hole sie mal«, sagte Dr. Rosa und ging zum Wagen.

Fernando, der wusste, dass eine müde Raquel meist eine sehr unkooperative Raquel war, überlegte besorgt, wie er sein Schwein wohl zur Mitarbeit animieren könnte. Doch da war sie schon mit einem großen Gähnen auf den asphaltierten Platz geklettert – vielleicht weil es im Auto an solchen Tagen auch mit geöffneten Türen sehr warm wurde, viel eher aber, weil Dr. Rosa aus der Tasche seines Schutzanzugs einen Fruchtriegel hervorgezogen hatte. Er packte ihn aus und gab Raquel die Hälfte.

»Komm«, sagte er dann. »Zeit für die Leichenschau.«

Raquel ging neben dem Rechtsmediziner bis auf drei Meter an die Wasserleiche heran. Dann blieb sie abrupt stehen und schnüffelte. Fernando spürte, wie er vor Anspannung die Knie so weit durchdrückte, dass sie schmerzten. Doch dann drehte Raquel erst die Nase, dann den Kopf weg, machte eine 180-Grad-Wendung um die Hinterhand und marschierte von dannen – unbeeindruckt von Fernandos Rufen und dem halben Fruchtriegel, den Dr. Rosa in ihre Richtung hielt.

»Da geht sie, unsere schöne Theorie«, kommentierte Dr. Rosa.

»Vielleicht war ihr der Gestank diesmal zu viel, um die Leiche näher in Augenschein zu nehmen«, suchte Fernando nach einer Erklärung und schaute seinem Schwein hinterher. Raquel ließ das Auto links liegen, bog auf der Kaimauer rechts ab und stieg am Ende der Bucht auf der Steintreppe hinunter ins Hafenbecken. Sie lief einige Meter über das graue Sandfeld, das nur bei Ebbe trocken lag, watete ins Meer und schwamm.

»Haben Sie Raquel etwa doch noch hypnotisiert? Das ist ja absolut fantastisch«, staunte Dr. Rosa. Für einen Moment schien er jedes Interesse an der Leiche verloren zu haben.

»Sie haben doch selbst gesagt, dass ihr ein bisschen mehr Bewegung guttun würde. Und da ihr joggen keinen Spaß macht, gehen wir jetzt eben schwimmen«, entgegnete Fernando grinsend. »Ist auch viel schonender für die Gelenke.«

Am nächsten Morgen im Konferenzzimmer warf Patricia die Ausgaben mehrerer großer Tageszeitungen auf den Tisch. Sie schäumte: »Nicht nur, dass uns der Kerl entwischt ist und trotz groß angelegter Fahndung verschwunden bleibt, jetzt führt er uns auch noch vor.«

Fernando beugte sich vor und überflog die Überschriften: »Verdächtiger Magier narrt Kriminalpolizei« stand auf einer Titelseite und auf einer anderen: »Zauberkünstler schlauer, als die Polizei erlaubt!«

»Und die hier sind völlig durchgedreht«, sagte Tomás Martins und hielt die *Sol* hoch. Carlos Cardoza hatte es bei der Boulevardzeitung zwar nicht auf den Titel geschafft, dafür aber die gesamte Seite drei bekommen. Neben das Foto des Magiers, auf dem er zwanzig Jahre jünger aussah als an dem Tag, an dem er verschwunden war, hatten sie das Bild einer Maus gestellt. Dank einer technisch versierten Grafikabteilung sah es aus, als ob sich Cardozas rechte Seite halb auflöste und zur Maus wurde. Passend zur Fotomontage lautete die Überschrift: »Zauberkünstler oder Gestaltenwandler?«

»Wollen die damit andeuten, dass sich Cardoza tatsächlich verwandeln kann?«, fragte Daniel Figo.

»Falls sie recht haben, war es ziemlich dumm,

dass wir nicht einfach die Maus gefangen haben«, bemerkte Fernando.

»Wie gut, dass immerhin Inspektor Valente noch zu Scherzen aufgelegt ist«, konterte Tomás Martins, für den das offensichtlich nicht mehr galt.

»Bleibt die Frage, wie die Zeitungen überhaupt an die Geschichte kommen. Hier stehen erstaunlich viele Einzelheiten drin.«

»Sie meinen, jemand von uns oder ein Kollege von der GNR hat geplaudert?«, fragte Figo erschrocken.

»Das ist natürlich eine Möglichkeit«, sagte Patricia. »Viel eher glaube ich aber, dass es Carlos Cardoza selber ist, der die Presse mit Details versorgt. Durch diese Geschichte ist er quasi über Nacht zur Legende geworden, eine viel bessere Werbung gibt es gar nicht.«

»Und eine viel peinlichere Episode gibt es in der portugiesischen Polizeigeschichte vermutlich auch nicht«, sagte Martins betrübt.

Patricia seufzte. »Das möchte ich bezweifeln. Aber blamabel ist es, keine Frage. Sieht man in Lissabon übrigens genauso. Die Herren aus dem Innenministerium haben mich gebeten, den Fall möglichst schnell zu lösen und bis dahin dafür zu sorgen, dass wir uns nicht zur Lachnummer der Nation machen.«

»Und wie?«, fragte Fernando dazwischen.

»Die größte Schmach für einen Magier ist es doch, wenn seine Tricks enthüllt werden. Damit fangen wir an«, sagte Patricia entschlossen.

Martins lachte gequält. Die Tatsache, dass sie Cardozas Haus stundenlang durchsucht, aber keinen einzigen Hinweis darauf gefunden hatten, wie er verschwunden war, hatte ihn bis in seine Träume verfolgt.

»Offensichtlich brauchen wir jemanden, der Cardoza in Sachen Zaubertricks ebenbürtig ist, um das Rätsel lösen zu können. Ich habe im Internet eine Liste mit den aktuell besten Magiern gefunden. Und die habe ich dann angerufen, erst die in Portugal, dann die in den Nachbarländern. Es war nicht einfach, jemanden zu finden, der uns helfen kann beziehungsweise will.«

»Würde es nicht gegen die Berufsehre eines Magiers verstoßen, die Tricks eines anderen zu verraten?«, gab Figo zu bedenken.

»Genau das haben mir die meisten auch erzählt. Mordverdacht hin oder her. Aber dann habe ich doch einen gefunden: einen gewissen Monsieur Viscardin aus Paris. Er hat sich auch erst geziert, aber er braucht Geld. Zudem war er offenbar nicht besonders gut auf Cardoza zu sprechen. Am Montagabend nimmt er den Flieger nach Faro, am Dienstagmorgen treffen wir uns in Monchique. Dann nimmt Viscardin Cardozas Haus unter die Lupe. Ich bin mir noch nicht sicher, ob uns das in dem Fall oder bei der Suche nach Cardoza irgendwie weiterbringt, aber es könnte zumindest diese furchtbaren Zeitungsartikel stoppen.«

»Gibt es schon irgendwelche Hinweise darauf, wo er untergetaucht ist?«, wollte Fernando wissen.

»Trotz Großfahndung keinen einzigen. Langsam glaube ich auch, dass er in irgendeinem Mauseloch wartet, bis die Luft wieder rein ist.«

»Diese Paula, wegen der Simão sich angeblich von Cardoza getrennt hat, haben wir auch noch nicht gefunden. Weder die Vermieterin noch Simãos Chef oder seine Eltern haben je etwas von dem Mädchen gehört«, berichtete Fernando.

»Seinen Eltern hat er ja offenbar recht wenig erzählt«, sagte Patricia. »Hatte er denn keine Freunde, die mehr über ihn wissen könnten?«

»Zumindest haben wir keine gefunden. Und sein Handy bleibt auch verschwunden.«

Seufzend wechselte Patricia zum nächsten Punkt auf der Tagesordnung: der Wasserleiche von Porto Covo. Dr. Rosa hatte immerhin feststellen können, dass es sich um einen etwa einen Meter fünfundsiebzig großen Mann handelte. Nach seiner Einschätzung im Obduktionsbericht hatte die Leiche eine gute Woche im Meer gelegen. Die Todesursache konnte er allerdings nicht mehr mit Sicherheit bestimmen.

»Dr. Rosa hat weder Einschussverletzungen noch Einstichstellen gefunden, dafür aber Kieselalgen in den Organen. Das könnte ein Hinweis darauf sein, dass der Mann ertrunken ist«, fasste Patricia zusammen. »Ausschließen, dass er schon tot war, als man ihn ins Wasser geworfen hat, wollte Dr. Rosa aber auch nicht.«

»Wir wissen also nicht, ob er beim Schwimmen einen Herzinfarkt hatte, ertrunken ist, sich umgebracht hat oder umgebracht wurde«, folgerte Martins.

»So ist es. Immerhin wissen wir ungefähr, wie alt er war. Anhand der Zähne schätzt Rosa sein Alter auf etwa zwanzig bis dreißig«, sagte Patricia. »Die Zähne waren übrigens in einem bemerkenswert guten Zustand. Keine Fehlstellungen, keine gezogenen Weisheitszähne, kein Zahnersatz, keine Karies.«

»Das heißt also, dass wir die Leiche nicht anhand der Zahnbefunde identifizieren können?«, fragte Martins.

»Richtig. Wir werden uns die Vermisstenliste vornehmen, und falls es jemanden gibt, auf den die Beschreibung einigermaßen passt, machen wir einen DNA-Abgleich.«

Daniel Figo zog eine knisternde Tüte aus der Tasche. »Will jemand Gomas?«, fragte er, steckte sich selbst eine Handvoll Fruchtgummis in den Mund und hielt den anderen die offene Tüte hin. Alle lehnten dankend ab, bis auf Raquel, die bis zu diesem Moment in Fernandos Büro geschlafen hatte, nun aber ins Zimmer spazierte und sich mit dem charmanten Futter-Bettel-Blick, den sie in den vergangenen Wochen im Café gelernt hatte, neben

Figo setzte. Das erste Mal an diesem Tag lachten alle. Bis auf Tomás Martins. Der rümpfte die Nase.

»Ich finde, sie riecht immer ein wenig streng. Nach Schwein eben«, merkte er an.

Figo steckte Raquel ein rotes Gummibärchen zu und beugte sich über sie. »Im Gegenteil, sie duftet nach Sonne und Meer.«

»Wir sind heute Morgen auch schon geschwommen«, erzählte Fernando.

»Sie schwimmt also wirklich?«, hakte Patricia nach. »Ich dachte ja neulich, dass das nur einer deiner Scherze wäre.«

»Wow, ich wusste gar nicht, dass Schweine schwimmen können«, staunte Daniel Figo.

Martins stand auf.

»Ist doch bekannt, dass Fett oben schwimmt«, sagte er im Hinausgehen. »Abgesehen davon finde ich, dass wir eindeutig zu viel zu tun haben, als dass wir uns über schwimmende Schweine unterhalten sollten.«

18

Und weil das zwar ein doofer Kommentar war, Martins in der Sache aber recht hatte, stürzten sie sich nun in die Arbeit. Sie studierten Vermisstenanzeigen, telefonierten herum, entwickelten Theorien und verwarfen sie wieder, lasen Zeugenaussagen so oft, bis die Wörter auf dem Papier verschwammen, tranken viel zu viel Kaffee und grübelten.

Am Ende des Tages waren sie keinen Schritt weitergekommen. Sie wussten nicht, wer der tote Mann war, der so lange im Meer gelegen hatte. Sie hatten keine Ahnung, wo sich Carlos Cardoza aufhalten könnte. Und sie hatten noch niemanden gefunden, der ihn am 4. August, an dem Abend also, als sein junger Ex-Freund gestorben war, zu Hause, am Praia da Samoqueira oder sonst irgendwo gesehen hatte.

Paula glich so sehr einem Phantom, dass Fernando zu glauben begann, dass sich Simão die Frau fürs Leben vielleicht nur ausgedacht hatte, um einen Trennungsgrund vorschieben zu können. Oder Cardoza hatte die ganze Geschichte erfunden.

Am späten Nachmittag gab Fernando auf. Wenn du nicht mehr weiterweißt, kannst du genauso gut ein Nickerchen machen, hatte ihm seine Großmutter früher oft geraten. Und genau das wollte er jetzt tun: nach Hause fahren, etwas essen, Raquel kraulen und früh ins Bett gehen.

»Komm, Süße, wir fahren«, sagte er zu Raquel, verließ das Revier und reihte sich in den stinkenden Feierabendverkehr der Stadt ein. In den nächsten anderthalb Stunden ließ er erst Autokolonnen und Hochhäuser hinter sich, dann majestätische Pinienwälder und Korkeichen. Er überquerte den Sado in Alcácer do Sal und genoss die Aussicht auf die Reisfelder, die links und rechts vom Fluss so unerhört grün mitten in der trockenen Augustlandschaft lagen. Das Gelände wurde hügeliger, die Straßen leerer. Als er an Sines vorbeikam, überlegte er ganz kurz, ob er nicht einfach zu Samira statt nach Hause fahren sollte, entschied sich aber letztlich dagegen.

Eine Viertelstunde später holperte das Auto über den Feldweg auf Mafaldas Quinta zu. Schon von Weitem sah Fernando, dass vor dem Haus ein uraltes kleines Wohnmobil mit französischem Kennzeichen stand, und begriff, dass an Schlaf in dieser Nacht kaum zu denken sein würde. Er grinste breit und war plötzlich gar nicht mehr richtig müde. Eines der Dinge, die er am Sommer am meisten schätzte, war die Tatsache, dass jedes Jahr Ende Au-

gust oder Anfang September Mathéos grün-blaues
Reisegefährt vor der Tür stand.

Fernando fand seinen Freund in der fast unerträglich heißen Küche. Vermutlich arbeiteten der Ofen
und Mathéo schon seit Stunden auf Hochtouren.
Gerade stand er am Herd und rührte in einem großen Topf. In ihrem Lehnstuhl saß Mafalda mit seli-
gem Lächeln und geröteten Wangen, für die, so vermutete Fernando, wahrscheinlich eine Kombination
aus französischem Rotwein und zahlreichen Kom-
plimenten verantwortlich war. Teresa kniete auf dem
Boden und scheuerte mit verdrießlicher Miene die
Fußleisten. Sie mochte den Franzosen nicht besonders. Und noch weniger konnte sie es leiden, wenn
jemand ihr den Kochlöffel aus der Hand nahm und
es anschließend allen besser schmeckte. Es duftete
nach Knoblauch, frisch gebackenem Brot und der
köstlichen Bouillabaisse, die Mathéo immer am Tag
seiner Ankunft kochte.

Fernando tippte ihm auf die Schulter.

»Fernando, mein Freund!«, rief der Franzose begeistert und umarmte ihn, ohne den großen Holzlöffel aus der Hand zu legen. Ein bisschen Fisch-
suppe tropfte auf die Fliesen und auf Fernandos
Hemd. Mathéo wischte halbherzig mit einem Stück
Küchenpapier an dem Fleck herum, dann gab er
auf. »Dein Hemd ist dreckig, aber abgesehen davon
wirst du von Jahr zu Jahr hübscher.«

Fernando grinste und betrachtete seinen verrückten alten Freund. Er war barfuß, trug dreiviertellange Shorts und ein Unterhemd, um die Stirn hatte er ein zusammengefaltetes rot-weiß kariertes Geschirrtuch gebunden.

»Irgendwann musst du mir verraten, wie man Geschirrtücher und Unterhemden kombiniert und damit aussieht, als wäre man auf dem Weg zu einer Pariser Modeschau«, sagte Fernando, obwohl er ahnte, dass es daran lag, dass Mathéo immer so aussah, als wäre das Leben ein langer, sonniger Urlaubstag am Meer.

Mathéo öffnete den Kühlschrank und hielt Fernando eine kleine Schüssel mit Aioli hin. »Knoblauch, du musst einfach genug Knoblauch essen.« Dann wurden Mathéos bernsteinfarbene Augen erst ganz groß und dann ganz schmal. Die Schüssel ließ er einfach los, sodass Fernando sie nur noch mit einem Sprung nach vorne retten konnte, während Mathéo zu Boden ging, die Hände ausstreckte und rief: »Was für eine Schönheit!«

Raquel, die gerade in die Küche gekommen war, verstand augenblicklich, dass sie gemeint war, und lief Mathéo geradewegs in die Arme.

»Großartig, dass ich dich jetzt auch einmal kennenlerne«, sagte Mathéo und kraulte ihr das Kinn. Raquel grunzte.

»Ich glaube, ihr habt euch bei deinem letzten Besuch auch schon kurz gesehen«, sagte Fernando.

»Kann sein. Aber damals war sie noch nicht Ra-

quel, das berühmte Polizeischwein, sondern ...«
Mathéo hielt dem Schwein die Ohren zu und flüsterte: »... der nächste Weihnachtsschinken.«

»Damals hat sie ja auch noch im Stall gelebt, also
dort, wo Schweine hingehören. Kaum zu glauben,
dass das Leben hier noch vor einem Jahr in einigermaßen geregelten Bahnen verlief«, brummte Teresa.

»Und ich habe vor Langeweile weiße Haare bekommen«, erwiderte Mafalda. »Und jetzt will ich
endlich von dieser wunderbaren Bouillabaisse kos-
ten.«

Nach dem Essen spülten Fernando und Mathéo das
Geschirr ab, dann setzten sie sich mit einer Flasche
Rotwein in die einbrechende Dunkelheit hinters
Haus. Ein leichter Wind wehte durch den Garten,
kühlte die Luft und vertrieb die Mücken. Raquel
legte sich hin und schmiegte sich dabei an die Hauswand, die noch sonnenwarm war.

»Ich begreife jetzt, warum du sie nicht schlachten
konntest«, sagte Mathéo. »Aber deine Mutter mag
Raquel nicht so gerne, oder?«

Fernando entkorkte den Wein und schenkte ein.
»Wenn Raquel gerade im Fernsehen ist und das ganze
Dorf über das berühmte Polizeischwein spricht,
mag sie sie ein bisschen. Ansonsten sähe sie es nach
wie vor lieber, wenn Raquel wieder aus dem Haus
verschwinden und stattdessen eine gebärfreudige
Schwiegertochter einziehen würde.«

»Als ob alle Frauen etwas gegen ein Schwein im Haus hätten.«

»Eben«, sagte Fernando, dachte an Anabela und versuchte, sie gleich wieder aus seinen Gedanken zu verbannen.

»Was macht sie denn eigentlich, die schöne Anabela?«

Genau das war das Problem mit guten alten Freunden, dachte Fernando. Selbst wenn man sie monatelang nicht gesehen hatte, wussten sie erschreckend oft, was man gerade dachte.

»Wolltest du diesmal nicht eigentlich deinen neuen Freund mitbringen?«, versuchte er, das Thema zu wechseln.

»Ist schon wieder mein neuer Ex-Freund, aber jetzt hast du von meiner Frage abgelenkt.«

Fernando seufzte. »Die schöne Anabela pflegt gerade ihren schönen verletzten Mann.«

»Und Raquels Training?«

»Das findet, weil ich Garys Anwesenheit nur schwer ertragen kann, derzeit vor allem im Wasser statt. Aber nicht mit Anabela«, sagte Fernando und erzählte von Samira.

»Hast du schon mit ihr geschlafen?«, wollte Mathéo wissen.

»Natürlich nicht.«

»Weil du Anabela liebst?«

Fernando nahm einen großen Schluck Rotwein. »Es ist kompliziert.«

»Weil ihr Portugiesen die Liebe immer so furcht-
bar schwernehmt.«

»Wie würde man so eine Sache denn leichtneh-
men?«

»Anabela lieben, mit ihr Raquel trainieren und
mit Samira schlafen. Und sie natürlich auch ein bisschen lieben.«

»Nach dieser Logik müsste ich mich dann eigentlich noch von Lúcia bekochen lassen.«

»Oh, die arme Lúcia. Denkt sie immer noch, dass
du sie eines Tages heiraten wirst?«

»Im Moment denkt sie, dass ich darauf stehe,
Frauenschuhe zu tragen, und dass wir dringend darüber reden müssen.«

»Frauenschuhe?«

»Ja, ich habe neulich in der Stadt rein zufällig
Anabela getroffen. Und weil ihr die Füße so weh-
taten, haben wir kurz Schuhe getauscht. Es war ja
auch schon dunkel.«

»Du liebst sie wirklich«, stellte Mathéo fest.

»Auf jeden Fall hat Lúcia uns dann gesehen und
will seitdem ganz dringend mit mir reden.«

»Heute offenbar auch«, sagte Mathéo und zeigte
auf das Stückchen Feldweg, das man von ihrem
Platz hinterm Haus aus sehen konnte. Im Gegen-
licht der untergehenden Sonne rollte die Silhouette
einer Radfahrerin heran.

»Nein, heute nicht. Das ist jemand anderes«, versicherte Fernando, weil es solche Zufälle eigentlich

gar nicht geben konnte und auch nicht geben sollte. Auf der anderen Seite wusste er natürlich, dass am Abend kaum jemand unangekündigt bei ihnen vorbeikam, schon gar nicht mit dem Fahrrad. Kaum jemand außer Lúcia.

Ihr Fahrrad, fiel Fernando dann wieder ein, war irgendwie auch schuld daran gewesen, dass sie vor Jahren, lange nachdem sie am Ende ihrer Schulzeit ein paar Monate lang miteinander gegangen waren, noch einmal eine Nacht miteinander verbracht hatten. Lúcia war nach ihrer Scheidung in ihr Heimatdorf zurückgekehrt, und sie hatten sich auf einem Dorffest wieder getroffen. Weil der eine Reifen platt war, hatte Fernando sie mitsamt dem Rad nach Hause gebracht, und weil sie beide viel zu einsam waren und viel zu viel getrunken hatten, war er noch mit reingegangen. Fernando erinnerte sich nur dunkel und ziemlich ungern an diese Nacht, denn seitdem hatte Lúcia die fixe Idee, dass sie zusammengehörten.

Quietschende Fahrradbremsen rissen ihn aus seinen Gedanken. Schritte von Füßen waren zu hören, die über den Kies bis zur Vordertür des Hauses gingen.

»Es ist tatsächlich Lúcia«, sagte Fernando und stand auf. »In spätestens zehn Minuten kommt sie nach draußen.«

»Und jetzt? Willst du dich irgendwo im Gebüsch verstecken?«

»Am liebsten schon.« Fernando setzte sich wieder hin und lachte gequält. »Ich kann gar nicht sagen, wie sehr ich sie endlich los sein möchte.«

»Du musst eben noch mal mit ihr reden, damit sie es begreift.«

»Ich habe ihr schon so oft erzählt, dass aus uns nichts wird. Beim letzten Mal hat sie gesagt, dass es gar nicht so ungewöhnlich sei, wenn Männer in meinem Alter Bindungsangst hätten, und dass das mit der Zeit schon vergehen würde.«

»Und dass du Anabela liebst, kannst du hier natürlich auch nicht an die große Glocke hängen.«

»Ich bezweifle, dass es etwas bringen würde, jedenfalls solange Lúcia weiß, dass ich mit Anabela nicht wirklich zusammen sein kann.«

»Erinnerst du dich noch an meine gute Freundin Noëlle DuPont?«

»Die hübsche Reporterin, die du hierhergeschickt hast?«

»Richtig, die hübsche Reporterin, die für den *Figaro* die fantastische Geschichte über Raquel geschrieben hat. Sie hat mir mal erzählt, wie die wichtigste Regel in ihrem Job lautet: zeigen, nicht beschreiben. Eine Berufsweisheit, die man ja vermutlich auf fast alle Bereiche des Lebens anwenden kann.«

»Und in diesem konkreten Fall würde das wie aussehen?«

Da öffnete sich quietschend die Hintertür, und

Lúcia trat hinein. Nachdem sie sich einen Moment im Dämmerlicht orientiert hatte, kam sie die Treppe hinunter. Sie schwieg, und auch Fernando sagte nichts. Er konnte nichts mehr sagen, denn Mathéo hatte einen Arm um ihn gelegt und ein sehr vergnügtes Gesicht vor seines geschoben. Und nun küsste er ihn. Fernando schloss vor Schreck die Augen, fühlte Mathéos warme weiche Lippen und Bartstoppeln an seinem Kinn. Er musste fast lachen, öffnete dabei seinen Mund ein wenig und spürte einen Sekundenbruchteil später Mathéos Zunge an seiner. Gar nicht so anders als mit einer Frau fühlte sich das an, aber trotzdem fand er, dass es jetzt genug war.

Er schob Mathéo sacht zur Seite und schaute in Lúcias Gesicht, in dem alles aus der Fassung geraten war. Die Nasenflügel bebten, die Mundwinkel waren nach unten gewandert, die Augenlider flatterten.

»So ist das also«, murmelte sie mit einer ungewohnten Fistelstimme, als ob auch ihre Stimmbänder verrutscht wären. Fernando fiel ein, dass sie genau diesen Satz auch bei der Begegnung mit ihm und Anabela in Vila Nova de Milfontes gesagt hatte.

»Also...«, begann er und merkte, wie ihn eine so unerklärliche Heiterkeit überkam, dass er nach dem nächsten Atemzug nicht mehr sprechen, sondern nur noch kichern konnte.

»Wirklich sehr lustig«, sagte Lúcia, drehte sich um und ging. Doch schon nach einigen Metern machte sie kehrt und lief zu den beiden Männern zurück. »Du!«, schrie sie Fernando an. »Du bist der größte Feigling, der mir jemals untergekommen ist!« Sie nahm sein frisch gefülltes Rotweinglas vom Tisch und schüttete ihm den Inhalt ins Gesicht, machte die zweite Kehrtwendung in einer Minute und stolperte über Raquel, die sich das Spektakel offenbar aus der Nähe hatte anschauen wollen. »Und dein dickes Schwein fand ich übrigens schon immer total eklig!«, stieß Lúcia noch aus, dann stürmte sie vom Hof.

Kurz darauf hörten sie Fahrradreifen über den Kies rollen, dann sahen sie ein kleines rotes Rücklicht auf dem Feldweg in Richtung Dorf verschwinden. Fernando tropfte der Rotwein in den Kragen.

»So könnte das im konkreten Fall also aussehen«, bemerkte Mathéo.

»Das mit dem Zeigen, statt zu beschreiben?«

»Genau.«

»Meinst du nicht, dass das ein wenig grausam war?«

»Gar nicht. Für einen Hetero küsst du nämlich gar nicht schlecht.«

»Danke, du für einen Mann auch nicht. Aber Lúcia haben wir ziemlich schockiert. Obwohl ich finde, sie hätte sich die Bemerkung mit dem dicken, ekligen Schwein wirklich sparen können.«

»Je entsetzter sie ist, desto schneller wird sie sich einen neuen Mann suchen, ihn heiraten und glücklich werden«, entgegnete Mathéo. »Nur schade um den edlen Tropfen.«

»Zum Glück stand hier kein heißer Kaffee«, sagte Fernando, wischte sich sein Gesicht notdürftig am nun schon hoffnungslos fleckigen Hemd ab, griff zur Flasche und schenkte sein Glas wieder voll.

19

Für einen portugiesischen Inspektor, der im Grunde seines Herzens viel lieber Surflehrer oder vielleicht auch Dichter geworden wäre (für beides aber nicht annähernd genug Talent mitbrachte), war der Alentejo der ideale Arbeitsort. Es gab wilde Wellen und stille Tage, wenn Fernando sich zum Glücklichsein nur mit dem Rücken gegen eine Korkeiche setzen und von Sonnenaufgang bis Sonnenuntergang über die weich geschwungenen Hügel schauen musste. Und es gab wenig Verbrechen. Was vielleicht daran lag, dass es für Schurken in den pittoresken, aber ärmlichen Dörfern nicht viel zu holen gab. Und vielleicht auch daran, dass die größte Region des Landes, die sich entlang und südlich des Tejos von der Atlantikküste bis zur spanischen Grenze erstreckte, zugleich auch die am dünnsten besiedelte war. »Hier gibt es so viel Platz, dass sich die Leute auch einfach aus dem Weg gehen können, statt sich die Köpfe einzuschlagen«, sagte Patricia manchmal und nicht ohne verstecktes Bedauern, da sie ein wenig Aufregung im Job durchaus zu schätzen wusste.

Fernando hingegen liebte die Stille. Und er liebte

das Gefühl, dass die Zeit woanders auf der Welt wie im Flug vergehen mochte, während sie im Alentejo so süß und gemächlich wie dickflüssiger Sirup dahinfloss.

Doch in diesem Sommer war alles anders. Der Mord an Simão Gomes war noch nicht annähernd gelöst, der einzige Verdächtige spurlos verschwunden und der Tote von Porto Covo nicht einmal identifiziert, als der Atlantik am Samstagvormittag den nächsten toten Mann an Land spülte.

»Noch eine Wasserleiche, in Zambujeira do Mar, aber diesmal ziemlich gut erhalten«, sagte Patricia am Telefon. »Es sieht alles nach einem Surfunfall aus, aber der Kollege von der GNR meint, es gibt einige Ungereimtheiten. Ich denke, wir sollten uns die Sache mal anschauen.«

Ausgerechnet heute, dachte Fernando, der gerade mit Mathéo und Mafalda am Frühstückstisch saß. Eigentlich hatte er den Tag mit seinem Freund auf dem Wasser verbringen wollen. Er rührte noch einen Extralöffel Zucker in seinen Bica und sagte: »Ich bin in einer Dreiviertelstunde da.«

»Schlechte Nachrichten?«, fragte Mathéo.

»Allerdings.« Fernando dachte an den Strand in Zambujeira do Mar. Dorthin konnte er Raquel unmöglich mitnehmen. Im Wasser waren scharfkantige Felsen, die allzu übermütigen Schwimmern die Haut aufritzen konnten. »Ich brauche einen Schweinesitter.«

»Ich könnte Raquel mitnehmen«, schlug Mathéo vor und überlegte kurz. »Ist der Praia da Amoreira schweinefreundlich genug?«

Der Praia da Amoreira war ein langer Strand bei Aljezur, im Nordwesten der Algarve, rund zwanzig Kilometer südlich von Zambujeira. Zudem gab es im Wasser nicht übermäßig viele gefährliche Felsen, und der Strand war so weitläufig, dass Raquel vielleicht schon vom Herumlaufen müde wurde.

»Das wäre perfekt«, sagte Fernando.

»Ich komme auch mit«, erklärte Mafalda.

Fernando fiel der Löffel aus der Hand. Er wusste, dass Mafalda als kleines Mädchen oft mit ihrem Vater auf dem Fischerboot unterwegs gewesen war, er wusste aber auch, dass sie wie viele ihrer Generation nie schwimmen gelernt hatte und schon seit Jahrzehnten nicht mehr am Strand gewesen war. Überhaupt verließ sie ihren Lehnstuhl erst seit einigen Monaten wieder regelmäßiger.

»Ist das nicht zu anstrengend für dich?«, fragte er vorsichtig nach.

Seine Großmutter schaute ihn an, als hätte er gerade etwas wirklich sehr, sehr Dummes gesagt, und tänzelte mit den Worten »Ich ziehe mir nur eben etwas anderes an« aus der Küche.

»Ruf mich an, wenn du Unterstützung brauchst«, flüsterte Fernando seinem Freund zu.

Aber Mathéo winkte ab. »Wir drei werden uns prächtig amüsieren.«

Minuten später präsentierte Mafalda ihr Strand-Outfit: einen langen weißen Kaftan mit weiten Ärmeln und großen Blumenstickereien, einen alten breitkrempigen Strohhut und Sandalen, die aussahen, als hätte ihr verstorbener Mann sie einst zur Feldarbeit getragen.

»Oh, là, là«, kommentierte Mathéo, und Mafalda lächelte, während sie ihren langen geflochtenen Zopf nach hinten warf.

Zambujeira do Mar war ein kleines verträumtes Dorf hinter hellen Sandstränden und rauen grauen Felsen. Einmal jährlich, mitten im August, wachte der Ort auf, rieb sich den Schlaf aus den Mauerritzen und tanzte beim Sudoeste-Musikfestival fünf Tage und Nächte durch. Doch als Fernando das Küstendorf erreichte, waren die letzten Besucher längst weitergezogen, die Gassen waren gefegt, die meisten Fensterläden geschlossen. Der Strand unterhalb des Dorfes war abgesperrt. Fernando parkte den Pick-up, kletterte über das rot-weiße Band und sah, dass sich Dr. José Rosa schon an die Arbeit gemacht hatte.

»Schön, Sie zu sehen, Inspektor«, begrüßte ihn der Rechtsmediziner.

»Mir wäre es lieber, wenn wir uns mal wieder zum Essen treffen würden«, entgegnete Fernando.

»Keine Zeit, keine Zeit. In diesem August haben wir eindeutig zu viele Leichen.«

»Ja, leider.« Fernando betrachtete den Toten, der vor Dr. Rosa auf dem Strand lag. Er trug einen Surfanzug, und am Fußgelenk war ein Klettverschluss befestigt, an dem noch die Leash hing, die Fangleine, die den Surfer mit seinem Brett verband. Das Surfbrett fehlte aber. Verglichen mit der letzten Wasserleiche wirkte der Tote ziemlich unversehrt. Sein Gesicht war fleckig und aufgedunsen, an seiner Schläfe sah Fernando eine offene Wunde.

»Schon wieder so ein junger Mann«, murmelte Fernando.

»Mir ist es auch lieber, wenn sie erst mit über sechzig auf meinem Tisch landen.«

»Können Sie schon irgendetwas sagen?«

»Ich schätze ihn auf Anfang bis Mitte zwanzig, vermutlich hat er zwischen zehn und sechzehn Stunden im Wasser gelegen, und so, wie sein Kopf aussieht, könnte er gegen einen der Felsen da vorne gekracht sein. Vielleicht wurde er aber auch erschlagen und dann ins Meer geworfen. Mehr weiß ich dann hoffentlich nach der Obduktion.«

Fernando schaute aufs Meer hinaus, dessen Farbpalette vom leuchtenden Azur mit weißen Schaumkronen über Grünblau und Indigo bis zum Mitternachtsblau am Horizont immer dunkler wurde. Die Flut hatte gerade ihren Höchststand erreicht. Besonders hoch waren die Wellen nicht, dennoch donnerten sie links und rechts des Strandes mit ziemlicher Wucht gegen die großen Felsen. Fernando war schon selbst an diesem Strand gesurft und wusste, dass man ein bisschen aufpassen musste, um nicht zwischen Welle und Stein zu geraten. Aber um hier tödlich zu verunglücken, musste man schon ganz besonders wenig Erfahrung auf dem Surfbrett und ganz besonders viel Pech haben.

»Gestern Abend muss es hier wilder ausgesehen haben, der Wind hatte offenbar gedreht«, sagte Dr. Rosa.

»Inspektor Valente?«, unterbrach sie eine Stimme von hinten.

Fernando drehte sich um und sah einen Beamten der GNR.

»Wir haben einen Zeugen gefunden, mit dem Sie vielleicht sprechen sollten.«

Während die Leiche verpackt und abtransportiert wurde, folgte Fernando dem Kollegen ins Dorf. Auf einer Bank vor einem kleinen weißen Haus saß ein Mann um die sechzig und rauchte.

»Senhor Moyar hat gestern Abend zwei Surfer auf dem Weg zum Strand beobachtet«, berichtete der Kollege von der GNR.

»Und der eine sah so aus wie der Tote am Strand«, sagte Senhor Moyar.

»Haben Sie den Toten denn gesehen?«, fragte Fernando.

»Nein. Aber Maria hat mir erzählt, wie er aussah.«

»Maria Borges Santos hat die Leiche beim Strand-spaziergang mit ihrem Hund gefunden«, ergänzte der Polizist.

»Und der Junge, der hier gestern vorbeigelaufen ist, war auch so um die zwanzig und trug einen schwarz-violetten Neoprenanzug«, fuhr Senhor Moyar fort. »Und er war sauber rasiert und hatte einen ordentlichen Kurzhaarschnitt. Deshalb ist er mir ja überhaupt aufgefallen nach all den Festivalbesuchern mit ihren Dreadlocks.«

»Sind Sie sicher, dass es niemand aus der Gegend war?«

»Zumindest niemand aus dem Dorf. Ich lebe hier seit fünfzig Jahren, ich kenne alle.«

»Sie haben gesagt, Sie hätten zwei Surfer gesehen?«

»Der andere lief schräg hinter dem ersten und hatte so eine Baseballkappe auf, da konnte ich nicht besonders viel erkennen. Aber er war mindestens einen Kopf kleiner und hatte diese weiten Hosen und einen Pulli an.«

»Also keinen Neoprenanzug?«, hakte Fernando nach.

»Vielleicht hatte er den drunter oder in seinem Rucksack«, entgegnete Senhor Moyar. »Die Jungs hatten beide einen Rucksack und ein Surfbrett dabei.«

»Wissen Sie noch, wie die Bretter aussahen?«

»Ich glaube, dass sie weiß waren, jedenfalls haben sie im Halbdunkeln geleuchtet.«

»Haben die Jungs irgendetwas gesagt?«

Der Mann drückte die Zigarette aus, zündete sich die nächste gleich an und schüttelte den Kopf. »Nicht mal gegrüßt haben sie. Schon deshalb können sie nicht von hier gewesen sein.«

»Und wann ungefähr sind sie hier vorbeigelaufen?«

»Halb acht vielleicht. Kurz darauf sind nämlich meine Tochter und ihr Mann von der Arbeit zurückgekommen, sie wohnen auch hier.«

»Halb acht ist ziemlich spät, um noch surfen zu gehen«, bemerkte Fernando.

»Das dachte ich auch, vor allem, weil es so windig und die See rau war. Und es war schon fast dunkel. Aber dann habe ich gedacht, sie wollen sich bestimmt nur den Sonnenuntergang anschauen. Oder fotografieren, schauen reicht heute ja nicht mehr.«

Zwei Surfer, zwei Surfbretter, zwei Rucksäcke. Und nur ein Surfer war wieder aufgetaucht, tot. Von den Rucksäcken fehlte jede Spur, von den Surfbrettern auch. Und was war mit dem zweiten Jungen passiert?

Während zwei Boote der Küstenwache nach einer weiteren Leiche suchten, fragten Fernando und einige Polizisten der GNR im Dorf herum, klopften an jede Haustür, gingen in jedes Café, doch außer Senhor Moyar hatte niemand einen Fremden gesehen.

Es war schon Nachmittag, als Fernando in Zambujeira do Mar fertig war, zumindest für diesen Tag. Und weil es sich nicht mehr lohnte, aufs Revier zu fahren, rief er Mathéo an.

»Wir sind noch am Strand«, sagte der. »Und da solltest du auch hinkommen, wenn du heute noch etwas zur Aufmunterung brauchst.«

Und da Fernando genau das ganz dringend brauchte, fuhr er kurz darauf Richtung Süden.

Auf dem Parkplatz am nördlichen Ende des Praia da Amoreira hatten sich ein paar alte Wohnmobile und Busse versammelt, von denen die meisten bunt angemalt waren. Fernando schaute auf die Nummernschilder: Ein paar kamen aus Portugal, die meisten aber aus Frankreich, Spanien und Deutschland. Heckklappen und Seitentüren standen offen, gaben den Blick frei auf Matratzenlager, selbst gebaute Sperrholzkonstruktionen und Campingküchen. An den Außenspiegeln hingen Wetsuits und Bikinis, irgendwo sangen die Beach Boys. Zwei Hunde liefen über den Parkplatz, und neben einem der Busse saß eine Frau mit einem roten Turban im Schneidersitz auf dem Boden und schnitt Möhren.

Fernando stellte seinen Pick-up neben Mathéos Wohnmobil, zog Schuhe und Socken aus und ging an den Strand. Schon von Weitem erkannte er Mathéo an seinem lila Surfbrett und daran, dass er beim Anpaddeln der Wellen so viel Wasser hochspritzte, als ginge es beim Surfen eigentlich nur darum. Fernando sah ein paar grandiose Wellen heranrollen, trotzdem waren außer seinem Freund nur wenige Surfer im Wasser. Die anderen hatten dem Meer den Rücken gekehrt und saßen am Strand, im Halbkreis um Mafalda und Raquel, die auf einer bunten Stranddecke unter einem Sonnenschirm thronten. Wie zwei Königinnen und ihr Gefolge, dachte Fernando und setzte sich dazu.

»Boa tarde, Avó«, sagte er.

»Olá, Fernando«, entgegnete Mafalda.

Raquel stupste ihn zur Begrüßung mit der Nase an und legte ihm dann den Kopf in den Schoß. Ein paar der jüngeren Frauen seufzten »ah« und »oh«, und eine von ihnen sagte: »Deine Schweinedame war eben mit uns im Wasser. Sie kann fantastisch schwimmen.«

»Ich weiß«, sagte Fernando.

»Wie alt ist sie denn?«, fragte eine andere auf Englisch.

»Ungefähr drei.«

»Nicht das Schwein. Deine Großmutter.«

»Neunundachtzig.«

Weitere Ahs und Ohs ertönten.

Mafalda rückte ein Stück näher. »Sie sind wirklich sehr nett, diese Surfer. Und sehr hübsch anzuschauen«, flüsterte sie. »Ich verstehe sie nur nicht besonders gut.«

»Weil die meisten kein Portugiesisch sprechen.«

Mathéo kam aus dem Wasser. »Willst du auch

noch surfen? Kannst mein Brett haben, wenn du willst.«

Fernando dachte an den toten Surfer mit dem Loch in der Schläfe. »Nein danke, heute nicht«, sagte er. »Ich würde euch lieber zum Eisessen einladen. In Aljezur soll es ein hervorragendes Eiscafé geben.«

Eine Stunde später wusste Fernando, dass der Redakteur der *Essential Portugal* mit seiner Empfehlung recht gehabt hatte: Die Gelateria Fontanella machte das beste Eis, das er je gegessen hatte.

»Das war ein schöner Tag«, fasste Mafalda zusammen, während sie das letzte Erdbeereis aus der Glasschale löffelte. Es sah aus, als wollte sie noch etwas sagen, aber dann hob sie plötzlich ihre große Nase und hielt sie in den Wind.

»Neues Wetter im Anflug?«, wollte Fernando wissen.

»Sag bitte nicht, dass wir jetzt Regen bekommen«, meinte Mathéo.

Mafalda nahm einen tiefen Atemzug. »Kein Regen«, sagte sie. »Aber ich fürchte, es gibt hier in ein paar Tagen ein ordentliches Gewitter.«

20

Zwei Tage später war der tote Surfer identifiziert: Miguel de Almeida, zweiundzwanzig Jahre alt, Student der Wirtschaftswissenschaften in Évora. Auf der Suche nach möglichen Zeugen oder Hinweisen war Tomás Martins am Morgen noch einmal durch die Gassen von Zambujeira do Mar gelaufen. Dabei war ihm ein beinahe fabrikneuer Renault aufgefallen. Die Anwohner wussten nicht, wem der Wagen gehörte, und erklärten, dass er seit Samstag nicht vom Fleck bewegt worden sei. Nach einem Anruf beim Straßenverkehrsamt hatte Martins das Auto aufgebrochen und im Handschuhfach Führerschein und Fahrzeugpapiere gefunden.

»Seine Eltern leben in Comporta«, berichtete Patricia am Telefon.

»Wurden sie schon benachrichtigt?«, fragte Fernando, der noch in Boxershorts und T-Shirt auf der Bettkante saß und Raquel beim Aufwachen zusah: Sie gähnte, rollte sich von der linken Seite auf den Bauch und streckte sich. Dann blinzelte sie, öffnete kurz die Augen und ließ sich mit einem Seufzer auf die rechte Seite fallen.

»Nein, das übernehmen wir«, erklärte Patricia.

»Wir?«

»Du und ich. Wir treffen uns in zwei Stunden vor Ort, du brauchst vorher also nicht mehr aufs Revier zu kommen.«

Von allen Aufgaben, die Fernando verabscheute, war die schlimmste, Eltern über den Tod ihres Kindes zu informieren. Und wie immer, wenn er nur daran dachte, fuhr ihm das Grauen in die Knochen. Seine Gelenke schmerzten, die Finger wurden steif, die Beine ganz schwer, und er fühlte sich, als wäre er innerhalb von Minuten um Jahrzehnte gealtert.

Raquel, die eine ebenso gute Nase für Stimmungslagen wie Mafalda für Wetterumschwünge hatte, erhob sich nun doch, stellte sich neben ihn und legte ihm ihren Kopf aufs Bein.

Fernando begann, ihr Ohr zu kraulen. Er räusperte sich, überlegte kurz, ob er nicht vorschlagen sollte, die Benachrichtigung der Angehörigen an die GNR zu delegieren. Aber dann ließ er es, denn seine Schwester konnte man nur selten von einem einmal gefassten Entschluss abbringen.

»Hast du schon das Obduktionsergebnis?«, fragte er stattdessen.

»Das ist heute Morgen auf meinem Tisch gelandet.« Fernando hörte Papierrascheln. »Miguel de Almeida ist tatsächlich mit dem Schädel gegen einen der Felsen gekracht. Und hat dabei so schwere Verletzungen erlitten, dass er vermutlich sowieso gestorben wäre. Aber schlussendlich ist er ertrunken.«

»Hatte er irgendwelche Drogen im Blut?«

»Nichts, alles sauber.«

»Klingt nach einem tragischen Unfall.«

»War es hoffentlich auch. Aber irgendetwas gefällt mir an der Sache nicht: Innerhalb von zwei Wochen finden wir drei männliche Leichen. Alle sind ertrunken, alle waren Anfang zwanzig, obwohl wir das Alter von der zweiten Leiche natürlich nur schätzen können.«

»Wenn wir Pech haben, sind es sogar vier Leichen.«

»Richtig, weil Miguels Begleiter auch ertrunken sein könnte.«

»Es spricht einiges dafür, nicht wahr? Niemand hat an dem Abend einen Mann vom Strand zurückkommen sehen. Und wenn er zurückgekommen wäre, ist es komisch, dass er keine Hilfe gerufen hat.«

»Allerdings. Er hätte auch Probleme gehabt, aus dem Ort wegzukommen. Miguels Wagen hat er stehen gelassen, öffentliche Verkehrsmittel gibt es nicht, und zu Fuß hätte er eine halbe Nachtwanderung machen müssen.«

»Wenn beide ertrunken sind, stellt sich die Frage, wer die Rucksäcke vom Strand geholt hat.«

»Vielleicht ein Dieb, auch wenn ich das an diesem Strand für ziemlich unwahrscheinlich halte.

Vielleicht haben sie die Taschen aber auch zu nahe am Wasser stehen lassen, und sie sind mit der Flut verschwunden«, mutmaßte Fernando.

»Könnte sein, könnte aber auch alles ganz anders gewesen sein. Vielleicht wissen wir nach dem Gespräch mit den Eltern mehr. Wenn wir Glück haben, können sie uns auch sagen, mit wem ihr Sohn zum Surfen gefahren ist«, sagte Patricia. »Ich sehe dich dann um zehn.«

Auch an diesem Tag übernahmen Mathéo und Mafalda dankenswerterweise die Schweinebetreuung. Bevor er selbst aufbrach, stand Fernando noch eine Weile da und sah dem alten Wohnmobil hinterher, wie es mit viel Geruckel davonfuhr. Raquel, die hinten saß, hielt ihren Kopf aus dem Fenster, und ihre großen Ohren flatterten im Fahrtwind.

Mit diesem Bild im Kopf machte sich Fernando nach Comporta auf. Es war eine kleine Ortschaft, vor deren Küste Delfine lebten und die – spätestens seitdem Madonna in ihren Ferien einmal am zwei Kilometer langen Sandstrand entlanggeritten war – selbst zum Popstar unter den portugiesischen Dörfern avanciert war. Kaum irgendwo präsentierte sich der Alentejo so mondän wie auf der schicken Strandpromenade – zwischen verspiegelten Fassaden und Jachthafen. Auch das Hinterland, in dem das Haus der de Almeidas lag, war mit seinen endlosen sattgrünen Reisfeldern in den Feuchtgebieten des Sado seltsam exotisch. Fast so, dachte Fernando, als er auf das luftig gebaute Haus zufuhr, als wäre er in Bali gelandet. Oder jedenfalls an einem Ort, der so aussah, wie er sich Bali vorstellte – abgesehen von den Störchen vielleicht, die links und rechts des Weges durch die Reisfelder stelzten.

Zwei Minuten nach ihm kam Patricia an. Sie ließen die Autos vor der Auffahrt stehen und liefen gemeinsam die gepflasterte Palmenallee entlang, die zu dem höher gelegenen Haus führte. Rund um das Gebäude lagen riesige Terrassen mit Rattanmöbeln und hellen Polstern – die eine führte zum lang gestreckten Pool, am Ende einer anderen sah Fernando eine Bar. Die großen Schiebetüren zum Haus waren weit geöffnet, der Wind bauschte einen weißen Vorhang auf, dahinter erahnten sie das Wohnzimmer.

Patricia klingelte an der Haustür, eine junge Frau öffnete. Sie sei nur das Dienstmädchen, erklärte sie in brasilianischem Portugiesisch und bat die Geschwister ins Haus. Amanda de Almeida saß mit einem Glas Wasser im Wohnzimmer, und hätte Fernando nicht bereits gewusst, dass sie die Chefin der jungen Schönheit war, hätte Fernando sie für ihre Mutter gehalten, so ähnlich sahen sich die Frauen. Ihr Mann stand an einem Sideboard und blätterte in der Zeitung.

»Oh, die Kriminalpolizei«, sagte sie, eher zerstreut als besorgt, nachdem sie sich vorgestellt hatten. Dann zeigte sie auf zwei Koffer, die auf dem

Fußboden standen. »Entschuldigen Sie das Durcheinander. Wir sind gerade aus New York zurückgekommen.« Sie nahm einen Schluck Wasser, dann wies sie ihr Dienstmädchen an, den Gästen doch bitte etwas zu trinken anzubieten und dann endlich die Koffer wegzubringen und auszuräumen.

»Lass mich die Koffer tragen, Rafaela«, sagte Elias de Almeida. »Sie sind viel zu schwer für dich.« Er faltete die Zeitung zusammen, berührte die junge Angestellte an der Schulter und nahm ihr die Koffer ab. Rafaela lächelte und strich sich durch die Haare. Nicht unwahrscheinlich, dachte Fernando, dass sie sich um mehr als nur den Haushalt kümmerte.

»Ein echter Gentleman, mein Gatte«, sagte die Senhora so spöttisch, dass Fernando seinen Verdacht bestätigt sah.

Rafaela brachte ein silbernes Tablett mit Gläsern, einer Schale Eiswürfeln, Zitronenschnitzen und einer Wasserkaraffe. Dann verließ sie den Raum.

Wenig später kehrte Elias de Almeida zurück und setzte sich neben seine Frau aufs Sofa. »Was können wir für Sie tun?«, fragte er.

Fernandos Beine fühlten sich an, als hätte ihm jemand Beton in die Knochen gegossen, einen Moment lang zweifelte er daran, ob er je wieder aufstehen konnte.

Und dann sagte Patricia, was sie sagen musste: »Wir haben leider schlechte Nachrichten für Sie. Ihr Sohn Miguel ist tot.«

»Das glaube ich nicht, das muss eine Verwechslung sein. Er kommt doch heute Abend zum Essen«, protestierte die Mutter.

»Wie? Wann?«, stammelte der Vater.

»Er ist beim Surfen gegen einen Felsen geschleudert worden und dann ertrunken.«

Elias de Almeida vergrub den Kopf in seinen Händen und begann zu weinen. »Er war doch immer so vorsichtig«, hörten sie zwischen den Schluchzern.

Amanda de Almeida hatte nun auch begriffen, dass ihr Sohn nie mehr zum Essen kommen würde. Sie wurde blass und ihr Atem schwer. Wenn sie Luft holte, kam aus ihrem Brustkorb ein leises Fiepen.

»Du!«, schrie sie und boxte ihren Mann so heftig in die Rippen, dass er zur Seite kippte. »Du musstest ihm ja unbedingt diesen Surfkurs schenken! Es ist alles deine Schuld!« Dann begann sie, unkontrolliert zu husten.

Mittlerweile war Rafaela in den Raum getreten. Sie hatte Tränen in den Augen und die Hände vor den Mund geschlagen.

Elias deutete auf das Sideboard. »Sie braucht ihren Inhalator«, sagte er. »Oberste Schublade.«

Rafaela holte das Asthmamedikament, und Amanda inhalierte. Ihr Atem beruhigte sich wieder.

»Es ist wohl besser, wenn ich mich jetzt hinlege«, sagte sie und ging hölzern wie eine Marionette auf die Tür zu. Vor Rafaela blieb sie kurz stehen. »Die Koffer kannst du gleich wieder einpacken. Einen für dich und einen für ihn da.« Sie zeigte auf ihren Mann, der in der Zwischenzeit vom Sofa auf den Boden gerutscht war. »Ich will euch hier nicht mehr sehen.« Dann verschwand sie hinter der Tür.

»Ich rufe einen Arzt an, damit er ihr etwas zur Beruhigung gibt«, sagte Patricia über die Schulter zu Fernando und ging Amanda de Almeida hinterher.

Rafaela eilte zu Elias, setzte sich neben ihn, zog ein Papiertuch aus der Tasche ihres blauen Hemdkleides und wischte ihm Rotz und Tränen aus dem Gesicht. Er sank an ihre Brust. Der Kummer schüttelte ihn so sehr, dass sie sichtlich Mühe hatte, aufrecht sitzen zu bleiben.

Fernando wollte schlucken, doch es ging nicht. In seiner Kehle saß ein Kloß so groß wie ein Tennisball. Seine Augen brannten gefährlich. Er stand auf, wandte sich von dem trauernden Vater ab und trat an die offene Glastür, die auf die Terrasse mit Pool führte. Eine Weile betrachtete er das türkisfarbene Wasser, den Garten mit den Palmen und den leuchtend pinken Begonien und die wogenden Reisfelder in der Ferne. Es kam ihm so vor, als wäre von dem, was er bei seiner Ankunft schön gefunden hatte, nur noch ein schwacher Abklatsch übrig, ein schlechtes überbelichtetes Foto. Fernando kannte diesen Zustand, in der Regel hielt er nur wenige Stunden, höchstens ein paar Tage an. Aber er ahnte auch, dass für Elias de Almeida die ganze Welt noch lange

Zeit, ja vielleicht bis an sein Lebensende so aussehen würde: als wäre alles Schöne in ihr nur ein Traum gewesen.

Der Arzt kam, gab den Eheleuten kleine gelbe Pillen und ging wieder. Amanda schlief im großen Ehebett ein, Elias sammelte sich immerhin so sehr, dass er sich wieder aufs Sofa setzen und über seinen Sohn sprechen konnte.

Geboren und aufgewachsen war Miguel in Lissabon, dort hatte er auch eine Privatschule besucht, bis die Familie kurz nach seinem fünfzehnten Geburtstag nach Comporta gezogen war.

»Ich bin damals frühzeitig in den Ruhestand gegangen und hatte schon immer davon geträumt, auf dem Land zu leben«, erinnerte sich Elias de Almeida.

Lissabon, dachte Fernando, und sein Kopf schlug Alarm. Keine laute Sirene, eher ein kleines Glöckchen. Leider hatte der Inspektor keine Ahnung, warum es klingelte.

De Almeida redete weiter, zeichnete das Bild von einem eher stillen, sehr vorsichtigen Jungen, der sich sogar an Geschwindigkeitsbegrenzungen hielt, nie übermäßig viel trank und allgemein eher ängstlich war. Besonders sportlich sei er auch nicht gewesen.

»Surfen hat ihm aber großen Spaß gemacht. Letztes Jahr habe ich ihm einen Kurs bei der Surfschule in Vila Nova de Milfontes geschenkt. Das war, kurz nachdem er mit dem Studium angefangen hat.«

»Als Miguel am Freitagabend ins Wasser gegangen ist, war es schon fast dunkel, und die See war für diese Jahreszeit außergewöhnlich rau«, sagte Fernando.

»Und die Felsen kann man eigentlich auch nicht übersehen, nicht mal im Halbdunkeln. Ich kenne den Strand.« Elias schüttelte den Kopf. »Ich kann mir das alles nicht erklären, das klingt überhaupt nicht nach meinem Sohn. Miguel wäre unter solchen Umständen nie ins Wasser gegangen. Es sei denn, er hätte unter Drogen gestanden.«

»Das hat er nicht. Keine Drogen, kein Alkohol«, sagte Patricia. »Er war aber nicht allein. Dorfbewohner haben gesehen, dass ihn ein anderer Junge begleitet hat. Haben Sie eine Ahnung, wer das gewesen sein könnte?«

»Aber warum hat ihn der andere Junge nicht wenigstens aus dem Wasser geholt? Oder Hilfe gerufen?«

»Das wollen wir herausfinden. Im Moment ist es aber so, dass es von dem anderen Jungen keine Spur gibt. Es gibt nicht einmal Hinweise darauf, dass er wieder an Land gekommen ist.«

»Sie meinen, er könnte auch tot sein? Hätten Sie denn dann nicht eine zweite Leiche finden müssen?«

»Die Küstenpolizei hat zwei Tage lang gesucht, vergeblich. Aber das Meer ist groß.«

Elias stöhnte, raufte sich die grauen, noch erstaunlich vollen Haare, als wolle er sie alle ausreißen. Rafaela, die noch immer neben ihm auf dem Sofa saß, streichelte ihm über den Unterarm. Er schüttelte ihre Hand ab wie eine Fliege.

»Soll ich packen gehen?«, fragte sie und stand auf.

Elias schaute sie irritiert an, als wäre sie eine Fremde.

»Sie hat doch gesagt, dass wir beide verschwinden sollen«, erklärte Rafaela sehr leise, wahrscheinlich war es ihr peinlich, dieses Gespräch vor der Kriminalpolizei führen zu müssen.

»Amanda hat einen Schock«, sagte er. »Aber vielleicht ist es tatsächlich besser, wenn du woanders übernachtest, wenigstens für ein paar Nächte.«

Rafaela öffnete den Mund, doch es kamen keine Worte heraus, nur ungläubiger Schrecken, dann machte sie ihn wieder zu, drehte sich wortlos um und verließ den Raum.

Elias de Almeida schaute ihr nicht hinterher. Er blickte verwirrt auf seine Handinnenflächen, als hätte er darin etwas verloren. »Wo waren wir gerade?«, fragte er schließlich.

»Ob Sie eine Ahnung haben, wer Miguel beim Surfen begleitet haben könnte.«

Elias zuckte mit den Schultern.

»Können Sie uns die Namen seiner Freunde sagen?«, fragte Patricia.

»Ich bin nicht sicher. So viele gute Freunde hat er, glaube ich, gar nicht«, sagte Elias, hielt dann inne und verbesserte sich: »Hatte.«

Fernando schaute auf eine weiße Vitrine, hinter deren Glastüren zahlreiche Flaschen standen. Zu gerne hätte er de Almeida einen Drink angeboten (und sich selbst ebenfalls einen genehmigt), befürchtete aber, dass sich Hochprozentiges nur schlecht mit den kleinen gelben Pillen vertragen würde.

Und dann schaffte es der trauernde Vater, auch ohne Alkohol weiterzusprechen. Ihm fiel immerhin ein Freund ein, den sein Sohn gelegentlich erwähnt hatte: Cristiano Serpa. »Die beiden kannten sich noch aus Schulzeiten und haben jetzt gemeinsam mit dem Studium begonnen. Aber Cristiano surft nicht, soweit ich weiß. Und wenn ich mich richtig erinnere, hat Miguel erzählt, dass Cristiano im Sommer spontan weggefahren ist. Es sind ja noch Semesterferien.«

»Haben Sie Cristianos Telefonnummer?«

»Natürlich nicht, ich habe ihn ja nie angerufen. Aber sie müsste im Handy meines Sohnes gespeichert sein.«

»Das Handy haben wir noch nicht gefunden, vielleicht ist es in seinem Zimmer in Évora.«

»Er hat es sicher am Strand liegen lassen. Ohne Telefon ist er nie irgendwohin gegangen.«

Elias schaute in sein eigenes Telefon, um Patricia Miguels Nummer zu diktieren, dann drückte er die Wahltaste. »Vielleicht meldet sich ja jemand«, murmelte er, doch schon wenige Sekunden später steckte er das Handy wieder in seine Tasche. »Es ist ausgeschaltet, vermutlich ist auch der Akku leer.«

Die Haustür schlug zu. Fernando drehte sich ein Stück nach links, damit er die offenen Glastüren zur Terrasse und ein Stück der Auffahrt im Blick hatte. Und tatsächlich ging dort wenig später Rafaela mit einem großen Rollkoffer entlang. Entweder war sie unglaublich schnell im Packen, oder sie hatte den Koffer schon zum Aufbruch bereit unter dem Bett liegen gehabt.

»Sie haben eben erzählt, dass Miguel erst in diesem Jahr mit dem Studium begonnen hat«, fuhr Patricia fort. »Was hat er denn vorher gemacht? Also in den Jahren nach seinem Schulabschluss?«

»Er hat in der Schule ein wenig gebummelt, wie das Jungs ja manchmal tun. Deshalb war er schon zwanzig, als er mit der Schule fertig war. Dann haben wir ihn anderthalb Jahre zum Englischlernen nach London geschickt, und danach war er sich einige Monate lang nicht sicher, was er machen wollte.«

»Hatte er eine Freundin?«, wollte Fernando wissen.

»Auch in dieser Beziehung war er ein Spätentwickler. Aber vor einigen Wochen hat er das erste Mal von einem Mädchen erzählt. Ich bin nicht sicher, ob sie schon richtig zusammen waren, aber er war auf jeden Fall schwer verliebt. Ihr muss ja auch noch jemand Bescheid sagen, ich habe nur keine Ahnung, wie ich sie erreichen kann.«

»Hat er sie schon einmal mit nach Hause gebracht?«

»Nein, so fest war es dann wohl noch nicht. Ein Foto hat er mir einmal gezeigt, da war sie aber nur von schräg hinten drauf, und ich habe vor allem ihre langen Haare gesehen. Offenbar war sie ein wenig kamerascheu.«

»Sie würden sie also nicht wiedererkennen?

»Keine Chance. Aber falls Sie Miguels Handy wiederfinden: Dort war auch das Foto gespeichert. Und bestimmt auch ihre Nummer. Micaela heißt sie.«

»Ihren Nachnamen kennen sie nicht?«

Elias schüttelte den Kopf. Auch sonst wusste er nicht viel über die Auserwählte seines Sohnes. Immerhin erinnerte er sich daran, dass Micaela ebenfalls in Évora wohnte, aber keine Studentin war. Was die Suche nicht einfacher machen würde.

»Der Arzt kommt heute Abend noch einmal vorbei, um nach Ihrer Frau und Ihnen zu schauen«, sagte Patricia. »Gibt es jemanden, den wir für Sie anrufen sollen? Freunde oder Verwandte vielleicht, die Sie unterstützen könnten?«

Elias de Almeida verneinte. »Es gibt niemanden, den ich jetzt sehen will.«

»Welcher Anfänger geht denn bitte im Dunkeln surfen, wenn er nicht völlig betrunken ist?«, fragte Patricia auf dem Weg zu ihren Autos.

Fernando dachte daran, wie er in der letzten Silvesternacht mit seinem Brett ins Meer gegangen war. »Jemand, der sehr verliebt ist, vielleicht.«

»Du meinst, der unbekannte Begleiter könnte diese Micaela gewesen sein?«

»Senhor Moyar war davon überzeugt, dass es zwei Männer waren«, sagte Fernando. »Andererseits erkennt man das Geschlecht im Halbdunkeln nicht zweifelsfrei.«

»Aber würde man, wenn man so verliebt ist, wirklich das Leben des anderen gefährden? Hätte man da nicht eher Sex am Strand?«

»Vielleicht hat Miguel im Vorfeld damit geprahlt, ein guter Surfer zu sein, und wollte dann keinen Rückzieher machen.«

Patricia öffnete alle Türen ihres Wagens, Fernando tat es ihr gleich. Saunaheiße Luft strömte ins Freie.

»Du hast natürlich recht«, meinte Patricia. »Wir sollten nicht außer Acht lassen, dass Miguel ein junger Mann und vermutlich voll von Testosteron war.«

»Soll was heißen?«

»Soll heißen, dass selbst eher vorsichtige Jungs in diesem Alter oft mehr auf ihre Hormone als auf ihren Kopf hören und dann großen Schwachsinn fabrizieren, um zu zeigen, wie wild und mutig sie sind.«

»Eine Mutprobe«, sagte Fernando, und diesmal war die Alarmglocke in seinem Kopf so laut, dass selbst Patricia sie hören konnte.

»Du denkst an die Geschichte von Porto«, stellte

sie fest. »Vier Studenten, die mit verbundenen Augen und in rosa gestreiften Schlafanzügen in den steilen Gassen der Altstadt unbedingt ein Seifenkistenrennen veranstalten mussten. Drei von ihnen sind vor einen Laster gerollt und waren sofort tot. Der Vierte ist gegen eine Wand gefahren, hat sich das Rückgrat gebrochen und ist seitdem ein Pflegefall. Wie lange ist das jetzt schon her? Sechs Jahre?«

»Vielleicht auch schon sieben oder acht«, mutmaßte Fernando. »Aber ich denke, bis heute entkommt kein Erstsemester den Initiationsritualen der Studentenverbindungen.«

»Ich fürchte, das stimmt. Auch wenn man meinen sollte, dass nach so einem Vorfall niemand mehr Lust auf bescheuerte Mutproben für Erstsemester hat. Außerdem wäre es dafür ungewöhnlich spät im Jahr. Aber wir sollten auf jeden Fall mit dem Rektor der Universität und mit Miguels Dozenten sprechen, das müssen wir ja sowieso.«

»Ist die Uni nicht noch geschlossen?«

»Das Semester beginnt erst am 10. September, aber die meisten Dozenten sind jetzt schon wieder da, um den Unterricht vorzubereiten. Und einige Studenten nutzen wohl die Bibliothek, um Hausarbeiten fertig zu machen.«

»Und der Rektor ist auch da?«

»Heute nicht, aber am Mittwoch. Kannst du dann hinfahren?«

»Mach ich«, sagte Fernando und blickte auf sein

Handy, das in der Hosentasche vibriert hatte. Eine Nachricht von Mathéo: Mafalda, Raquel und er seien von ein paar Surfern zum Grillen eingeladen worden. Wenn Fernando früher fertig sei, solle er doch dazustoßen. Fernando schaute auf die Uhrzeit. Erst kurz nach zwölf, und er fühlte sich, als wäre er schon tagelang auf den Beinen. »Soll ich noch nach Setúbal kommen?«, fragte er.

Patricia betrachtete ihren Zwillingsbruder einen Moment lang. »Fahr nach Hause, Fernando«, sagte sie schließlich. »Wir sprechen uns spätestens am Mittwoch.«

»Morgen bist du in Monchique, oder?«

»Stimmt. Ich melde mich, falls dieser Monsieur Viscardin tatsächlich herausfindet, wie Carlos Cardoza verschwunden ist.«

Fernando fuhr zwei Kilometer hinter Patricia her, dann trennten sich ihre Wege. An einer kleinen T-Kreuzung mitten in den Reisfeldern bog sie rechts ab, er fuhr in die entgegengesetzte Richtung, gen Süden. Bis er am Straßenrand eine schlanke Frau im blauen Hemdkleid sah. Rafaela. Sie lief noch immer mit erhobenem Kopf, aber mit weniger Hüftschwung und unsicheren Schritten. Das konnte daran liegen, dass ihr der Koffer auf der abschüssigen Strecke ständig in die Fersen rollte, oder daran, dass sie viel zu hohe Absätze für einen Spaziergang im Alentejo trug – denn auch wenn der Feldweg hier asphaltiert war, blieb er ein Feldweg.

Fernando hielt einige Meter vor ihr und stieg aus.

»Kann ich Sie ein Stück mitnehmen, Senhora?«

Wortlos drückte sie ihm ihren Koffer in die Hand und stieg ein. Fernando hievte das Gepäckstück auf die Ladefläche des Pick-ups.

»Wo wollen Sie hin?«, fragte er, als er wieder im Auto saß.

»Nach Grândola.«

»Ich kann Sie mitnehmen, ist sowieso meine Richtung«, sagte Fernando. Beim nächsten kleinen Laden hielt er an, kaufte ein paar Flaschen kühles Wasser und zwei Eis.

»Danke«, sagte sie und trank gierig, bevor sie die Eiswaffel auspackte.

»Was haben Sie jetzt vor?«, fragte er, während er auf die N261 abbog.

»Die nächsten Tage kann ich bei einer Freundin in Grândola unterkommen.«

»Und danach?«

»Danach wird man sehen.«

»Seit wann arbeiten Sie eigentlich schon bei den de Almeidas?«

»Ein halbes Jahr ungefähr.«

»Und Sie haben die ganze Zeit bei der Familie gelebt?«

»Ja. Kost und Logis waren Teil der Bezahlung.«

»Haben Sie Miguel kennengelernt?«

»Flüchtig. Er war in der ganzen Zeit nur drei- oder viermal für ein Wochenende zu Besuch, und da war er von morgens bis abends mit seinem Vater unterwegs.« Sie rollte das Eispapier zusammen und wieder auseinander. »Etwas lag ihm auf der Seele«, sagte sie schließlich. »Aber ich weiß nicht was.«

»Hat er Ihnen gegenüber irgendetwas in der Art angedeutet?«

»Brauchte er nicht. Mein Zimmer lag neben seinem. Und nachts habe ich gehört, wie er im Schlaf gewimmert hat. Und manchmal ist er nachts stundenlang hin und her gelaufen.«

»Dann konnten Sie also auch nicht schlafen.«

»Mir lag ja auch etwas auf der Seele.«

»Ihr Verhältnis mit Elias de Almeida.«

Rafaela riss das Eispapier in kleine Streifen und ließ sie auf den Boden des Wagens segeln. Dann sagte sie: »Klingt gar nicht schön, wenn man das so sagt, nicht wahr? Verhältnis.«

Fernando setzte Rafaela vor einem zweistöckigen Haus in Grândola ab, gab ihr seine Karte, hob ihren Koffer von der Ladefläche und wartete, bis er sah, dass eine andere junge Frau mit kurzen Locken und großem Lächeln die Tür öffnete und Rafaela in die Arme schloss.

Dann war er allein, zu allein für einen Tag wie diesen. Während er den Wagen wieder auf die Straße lenkte und aus der Stadt herausfuhr, überlegte er, ob er Mathéos Einladung folgen sollte. Aber er hatte weder Hunger auf Gegrilltes noch besondere Lust, zwischen einem Haufen Surfer zu sitzen, die seine Großmutter und sein Schwein anhimmelten.

Viel lieber hätte er auf Anabelas Veranda gesessen. Oder besser gesagt, er hätte es gewollt, wenn sein Platz auf Anabelas Veranda zurzeit nicht besetzt gewesen wäre.

Zwanzig Kilometer lang dachte Fernando über die Liebe nach, dann beschloss er, Mathéos Rat auszuprobieren und sie ein bisschen leichter zu nehmen. Samira meldete sich nach dem zweiten Klingeln.

»Olá, Samira«, sagte er. Sie erkannte seine Stimme.

»Fernando«, sagte sie und klang froh. »Willst du vorbeikommen?«

Und Fernando wollte.

Samira öffnete in einem mit Farben verschmierten Top. Die Haare hatte sie hochgesteckt – drei Pinsel dienten als Haarnadeln. Einen weiteren Pinsel, er war in blaue Farbe getaucht, hielt sie noch in der Hand.

»Was malst du?«, fragte Fernando.

»Siehst du, wenn es fertig ist. Ich glaube, es wird dir gefallen.«

»Vorher nicht?«

»Vorher nicht«, sagte sie und verschwand hinter der Staffelei. »Macht es dir was aus, wenn ich ein bisschen weitermache? Ich muss das Blau noch auf die Leinwand bekommen.«

»Mal ruhig«, sagte Fernando, zog Schuhe und

Socken aus und setzte sich auf Samiras Bett, das tagsüber als Sofa diente.

»Willst du auch? In der Nachttischschublade liegen Papier und Stifte. Und im Kühlschrank ist Melone.«

Ich kann gar nicht malen, dachte Fernando, während er aufstand und den Teller mit grünen, gelben und orangen Melonenstückchen holte, auch weil ihm das schon seinerzeit im Kunstunterricht bestätigt worden war. Aber dann hörte er sich sagen: »Warum eigentlich nicht?« Durch seine eigenen Worte in Zugzwang geraten, öffnete er die Schublade, nahm einen Bleistift und ein Blatt Papier heraus und legte beides auf den Nachttisch. »Und jetzt?«

Samiras Kopf tauchte hinter der Staffelei auf. »Jetzt malst du, was dir in den Sinn kommt. Oder du kritzelst einfach drauflos.«

Fernando sah die toten jungen Männer vor sich, dachte dann aber schnell an etwas anderes: Raquel. Er fing mit zwei dunklen runden Punkten an, ihren Augen, obwohl man die hinter den großen Ohren, die nach schräg vorne kippten, oft gar nicht richtig sah. Dann versuchte er sich an der Nase, scheiterte und merkte, dass an ein Schwein denken und ein Schwein vor sich sehen zwei verschiedene Sachen waren. Er würde einfach Samira malen. Beziehungsweise Samiras Beine. Der Rest von ihr war ja von seinem Blickwinkel aus von der Staffelei bedeckt. Sie hatte sehr schöne Beine. Muskulöse, gleichzeitig ganz runde haselnussbraune Beine, die von der Nachmittagssonne in ein weiches goldenes Licht getaucht wurden.

Er setzte den Bleistift an, zeichnete ein schräges Viereck für die Staffelei und darunter etwas, das wie eine Gurke aussah. Vielleicht, dachte er, hatte seine Kunstlehrerin recht gehabt. Er legte den Bleistift zur Seite und drehte das Papier um. Erst jetzt sah er, dass es auf der Vorderseite mit einem filigranen Blütenmuster bedruckt war.

»Oh nein, ich habe auf deinem Briefpapier herumgekritzelt«, sagte er erschrocken.

»Nicht schlimm«, sagte Samira. »Ich brauche es nicht mehr.«

Fernando steckte sich ein Stück Melone in den Mund. Es war süß und kühl und saftig. Er ließ sich in die Kissenberge sinken. »Verkaufst du deine Bilder?«, fragte er, auch um die plötzlich aufkommende wohlige Müdigkeit abzuschütteln.

»Manchmal. Aber dieses hier nicht.«

»Mit deinem Kunststudium in Brasilien bist du also fertig?«

»Habe ich letztes Jahr im Mai abgeschlossen, kurz nach meinem fünfundzwanzigsten Geburtstag.«

Dann war sie jetzt also sechsundzwanzig, folgerte Fernando. Viel zu jung, dachte er, fragte dann aber: »Heißt das, du bleibst in Portugal?«

»Auf jeden Fall noch einige Wochen.«

»Einige Wochen sind nicht viel«, sagte er und spürte ein ganz kleines Ziehen in der Magengegend.

Sie lugte hinter der Leinwand hervor. »In einigen Wochen kann man sehr oft ins Meer springen und eine Menge Spaß haben.«

»Und danach?«

»Danach schwimme ich woandershin«, sagte sie.

Kurz dachte Fernando noch darüber nach, wo man von Portugal aus eigentlich hinschwimmen konnte, und murmelte: »Ist doch alles viel zu weit.«

Und weil die Erde sich weiterdrehte und die Sonne nun so stand, dass sie auf sein Gesicht fiel, schloss er die Augen. Nur ganz kurz, dachte er, aber dann war er auch schon eingeschlafen.

Als Samira sich zu ihm legte – mit offenem Haar, ohne Top, sie war warm und weich und roch nach Sommerluft kurz vor einem Regenschauer –, wurde er wach. Nur ein bisschen, so wie man eben aufwacht nach einem Mittagsschlummer zu ungewohnter Zeit und an einem ungewohnten Ort. Ein schöner Traum, dachte er erst, aber dann schob sie ihre Hand unter sein Hemd, und er öffnete die Augen.

Dunkel war es geworden, aber nicht weil die Sonne untergegangen war, sondern weil man sie vor lauter grauen Wolkenbergen nicht mehr sehen konnte. Ein offenes Fenster quietschte im Wind, in der Ferne hörten sie tiefes Grummeln.

Verrückt, wie schnell ein Gewitter aufziehen kann,

dachte Fernando just in dem Moment, in dem hundert Kilometer weiter südlich der Blitz in Carlos Cardozas Haus einschlug und es bis auf die Grundmauern abbrennen ließ. Aber davon ahnte der Inspektor natürlich nichts.

Samira begann, sein Hemd aufzuknöpfen. Er küsste sie, und in der ganzen nächsten Stunde dachte er an gar nichts mehr.

21

Je kleiner und langweiliger ein Dorf war, desto schneller verbreiteten sich die Gerüchte. Diese Regel galt in Sonega genauso wie überall anders. Und da seit Mathéos Kuss schon einige Tage vergangen waren und Fernando weder Getuschel noch schräge Blicke aufgefallen waren – weder im Café do Porco Polícia noch in Sonyas kleinem Laden, wo er zwischendurch einmal neue Streichhölzer gekauft hatte –, ging er davon aus, dass Lúcia beschlossen hatte zu schweigen.

Als er am Dienstagmorgen hinter Raquel her in die Küche schlurfte, brummte sein Schädel, weil er und Mathéo bis in die Nacht hinein auf den letzten gemeinsamen Abend getrunken hatten und auf die Tatsache, dass der Franzose schon im Februar wiederkommen wollte. Trotzdem wurde ihm schlagartig klar, dass er sich geirrt hatte. Lúcia hatte sehr wohl geredet. Wenn er Glück hatte, nicht mit dem ganzen Dorf, aber ganz eindeutig mit seiner Mutter.

Teresa trug keine Kittelschürze, sondern ihre weiße Bluse, die sie sonst nur zu Taufen und Beerdigungen aus dem Schrank holte und die an den

Knopflöchern von Mal zu Mal mehr spannte. Sie musterte ihren Sohn bedeutungsschwanger, dann atmete sie tief durch und verkündete: »Fernando, wir müssen mit dir reden.«

»Halt uns da raus, Teresa«, sagte Mafalda, schaute ihre Schwiegertochter dabei aber nicht einmal an. Stattdessen fixierte sie die kleine filigrane Stoffblume, die sie gerade nähte. Pedro saß neben ihr und reichte ihr ab und zu ein Blütenblatt aus feinstem Chiffon.

Patricia saß auf der anderen Seite des Tisches. Während Pedro wohl nur zufällig anwesend war, hatte Teresa seine Zwillingsschwester vermutlich eigens für diese Familienunterredung nach Sonega bestellt. Die tiefen Furchen neben ihren Nasenflügeln – ihre Schlechte-Laune-Falten, wie Fernando sie heimlich nannte – sprachen dafür.

»Also, was hast du dazu zu sagen, Fernando?«, fuhr ihn seine Mutter an.

Fernando trat an das Küchenfenster, das auf die Ausfahrt hinausging. Das Wohnmobil war weg, sein Freund war also wie geplant schon vor dem Frühstück aufgebrochen. Schade, dachte Fernando, denn niemand hätte die anstehende Unterhaltung so lustig gefunden wie Mathéo.

»Wozu soll ich etwas sagen?«, erwiderte er schließlich.

Teresa schnaufte. »Dazu, dass du in aller Öffentlichkeit mit diesem Franzosen herumknutschst.«

Raquel fiepte gestresst. Sie mochte es nicht, wenn jemand so laut sprach. Und sie mochte es noch weniger, wenn sie spät aufstand und in der Küche nicht gleich ein Frühstück serviert bekam. Fernando sah, dass sie sich auf den Hinterhufen umdrehte und das Zimmer verließ. Er fragte sich kurz, ob er kontrollieren sollte, dass die Haustür gut geschlossen war, doch dann lenkte ihn ein scharfes »Also?« seiner Mutter ab.

»Es war nicht in der Öffentlichkeit, es war in unserem Garten«, sagte er leicht abwesend.

»Aber vor den Augen der armen Lúcia.«

»Lúcia war ja überhaupt erst der Grund für diesen Kuss«, setzte Fernando zu einer Erklärung an, kam aber nicht weit.

Mafalda hatte ihn auch nach diesem einen Satz schon verstanden, das sah Fernando daran, wie ihre Augenwinkel vergnügt auf und ab hüpften, während sie stoisch weiternähte.

Seine Mutter aber stemmte die Fäuste in die breiten Hüften und baute sich vor ihm auf. »Ich hatte gehofft, dass du Manns genug bist, es der Frau, die dich liebt, ins Gesicht zu sagen, dass du, dass du …«, stammelte Teresa, bis sie es schließlich herausbrachte: »… dass du mit Mathéo zusammen bist.«

»Aber wir sind gar nicht zusammen.«

Teresa atmete tief und laut ein und aus, dann rief sie: »Das ist ja noch viel schlimmer! Willst du damit sagen, dass es nur eine Bettgeschichte ist? Weißt du denn nicht, dass man davon krank werden kann?«

Pedro ließ ein paar Stoffstückchen fallen und polterte beim Versuch, sie wieder aufzuheben, mit dem Kopf gegen die Tischplatte.

»Erstens geht dich das alles gar nichts an, Mãe. Zweitens leben wir im 21. Jahrhundert. Und drittens müsstest du dich gar nicht so sehr aufregen, wenn du nur einmal zuhören würdest«, sagte Patricia mit ungewöhnlich sanfter Stimme.

Aber Teresa ließ sich nicht besänftigen, jedenfalls nicht so.

»Ha!«, rief sie aus. »Du meinst also, es geht mich nichts an, wenn ich im Dorf erfahren muss, dass dein Bruder mit einem Mann ... Und dann habe ich auch noch gehört, dass du mit gelben Stöckelschuhen durch Milfontes gelaufen bist.«

Fernando seufzte. Lúcia hatte es also nicht nur seiner Mutter erzählt.

»Für den Dorfklatsch ist dann ja wohl Lúcia verantwortlich, nicht Fernando. Wäre sicher eine tolle Schwiegertochter geworden«, spöttelte Patricia.

»Die arme Lúcia war wirklich sehr verletzt. Und ich bin es auch. Auf diesem Weg zu erfahren, dass mein sehnlichster Wunsch wohl nie erfüllt werden wird. Die Tochter hat statt Kindern nur die Karriere im Kopf, und der Sohn will nichts von Frauen wissen. Nie werde ich ein Enkelkind bekommen.«

Teresa setzte sich wieder an den Tisch und hob die

Hände gen Himmel, als würde sie den lieben Gott persönlich anflehen, ihr diesen Schicksalsschlag zu ersparen.

Mafalda legte ihr Nähzeug weg und nahm ihre Schwiegertochter ins Visier. »Aber du magst Kinder doch überhaupt nicht, Teresa«, sagte sie ruhig.

Diese Ungeheuerlichkeit – vor allem deshalb so ungeheuerlich, weil sie stimmte – verschlug Teresa fast eine Minute lang den Atem. Als sie dann endlich wieder nach Luft schnappte, füllten sich ihre Lungen so gierig, dass die beiden obersten Knöpfe der Bluse abplatzten und quer durch den Raum schossen. Der eine auf den Boden, der andere in Patricias Kaffee. Teresa hielt sich die Bluse zu und verließ den Raum.

»Ich bin gar nicht schwul!«, rief Fernando ihr noch hinterher, war sich aber nicht sicher, ob sie es noch hörte. Oder ob sie es glauben würde, falls sie es gehört hatte. »Willst du einen neuen Kaffee?«, fragte er Patricia.

»Bitte«, sagte sie, dann zog sie eine Zeitung aus der Tasche und hielt sie hoch. »Hast du schon gesehen?«

Fernando stellte seiner Schwester einen frischen Bica hin, schmierte sich im Stehen ein Käsebrötchen, setzte sich kauend und griff nach der Zeitung.

Er blätterte, bis er auf die vierte Seite kam. Dort war das brennende Haus von Carlos Cardoza zu sehen. Darüber war in großen fetten Buchstaben zu lesen: »Der Zauberer, dem die Blitze gehorchen«.

Der Artikel erklärte, dass die Polizei immer noch nicht wisse, wo sich der flüchtige Magier aufhalte, und auch keine Ahnung habe, wie er sich so einfach aus den Handschellen habe befreien können. Letzteres werde nun wohl auch für immer ein Geheimnis bleiben, denn kurz bevor das Haus von einem Profi untersucht werden konnte, sei es eben vom Blitz getroffen worden und abgebrannt.

»Der *Correio da Manhã* ist die einzige Zeitung, die die Geschichte schon heute drin hat, aber ich bin mir sicher, dass die anderen morgen nachziehen werden. Wahrscheinlich haben sie es gestern nicht rechtzeitig vor Redaktionsschluss geschafft«, mutmaßte Patricia. »Dafür kam schon was im Fernsehen.«

»Gute Presse für Cardoza, keine gute Presse für uns«, kommentierte Fernando.

»Richtig. Und es wird Zeit, dass wir das ändern. Also Cardoza dingfest machen und für gute Presse sorgen. Jetzt hat doch tatsächlich schon der Vizechef der Nationaldirektion der Kriminalpolizei vorgeschlagen, dass wir mal wieder eine schöne Geschichte über Raquel lancieren.« Patricia rollte die Augen, als hätte Fernando nicht auch so gewusst, was sie von Polizeischwein-Geschichten in der Presse hielt.

»Polizeischwein Raquel beim Schwimmtraining«, schlug er lachend vor. Dann fiel ihm ein, dass er die Schweinedame nicht mehr gesehen hatte, seit sie – ohne Frühstück – die Küche verlassen hatte. »Oh nein, nicht schon wieder«, stöhnte er und lief in den Flur. Die Haustür stand halb offen, von Raquel keine Spur.

Pedro folgte ihm. »Vielleicht macht sie das heute zum letzten Mal«, sagte er, als sie das Café do Porco Polícia ansteuerten.

»Das wäre zu schön. Aber warum sollte sie?«

»Überraschung«, entgegnete Pedro grinsend und wechselte das Thema: »Kannst du wirklich auf Stöckelschuhen laufen?«

»Für einen Anfänger habe ich mich nicht schlecht geschlagen.«

Raquel saß wie erwartet auf der Terrasse ihres Stammcafés. Ein paar Junggesellen aus Sonega standen an der Theke. Draußen unterhielten sich drei Portugiesinnen, die Fernando nicht kannte. Am Tisch daneben saß eine französische Familie mit einem kleinen Mädchen. Es hatte sich neben Raquel gesetzt und seine kleinen speckigen Ärmchen um den großen speckigen Nacken geschlungen. Der Vater fotografierte: erst seine Tochter und das Schwein, dann ein Plakat, das an der Eingangstür des Cafés hing. Das Plakat war neu. Fernando konnte Raquels Foto erkennen, aber er war zu weit entfernt, um den Text lesen zu können. Und noch etwas war neu: Raquel kaute nicht, niemand hielt ihr ein Stück Kuchen hin. Und wenn Fernando ihren Gesichtsausdruck richtig deutete, hatte das auch vor ihrer Ankunft noch niemand getan.

»Das Plakat«, flüsterte Pedro. »Es funktioniert.«

Fernando trat näher. Auf Portugiesisch, Englisch und Französisch stand dort: »Füttern des Polizeischweins untersagt!«

Die Männer an der Theke drehten die Köpfe zur Tür. Sie sahen den Inspektor, schauten dann aber schnell wieder weg. Lúcia hatte ganze Arbeit geleistet.

»Du hast doch mal gesagt, dass Raquel wahrscheinlich nicht mehr wegläuft, wenn sie hier nichts mehr zu essen bekommt. Und ihre Diät würde davon auch profitieren«, erklärte Pedro.

»Das Plakat sieht toll aus«, lobte Fernando.

»Nelias Vater gehört die kleine Druckerei in Cercal. Er hat mir geholfen.«

»Und wie hast du Rodrigo dazu bekommen, das Plakat tatsächlich aufzuhängen?«, fragte Fernando, der vermutete, dass der Cafébesitzer dem Mehrumsatz durch Raquel hinterhertrauern würde.

»Ich habe gesagt, dass ich in meiner Rolle als Assistent des Inspektors komme.«

»Eine polizeiliche Anweisung sozusagen«, meinte Fernando lachend.

»Ich weiß noch nicht, ob ich das so lustig finde«, sagte Rodrigo, der gerade mit einem Tablett voller Pastéis de Nata den Tisch der Franzosen ansteuerte. Als er kurz darauf mit leerem Tablett zurückkam, fügte er hinzu: »Wenigstens scheint dieses Plakat ein beliebtes Fotoobjekt zu sein. Es bringt also sogar etwas, wenn Raquel nicht da ist.«

»Wenn sie mit dem Weglaufen aufhört und hier nicht mehr von allen möglichen Leuten gefüttert wird, könnte ich ja auch mal wieder mit ihr zusammen hierherkommen.«

»Mach das, Fernando«, sagte Rodrigo, schaute zu den Gästen an der Theke und sah kurz so aus, als ob er noch etwas sagen wollte. Stattdessen klopfte er Fernando auf die Schulter und ging wieder hinein.

Raquel erhob sich, trabte vor Fernando und Pedro über die Straße und stellte sich erwartungsvoll neben den alten Pick-up.

»Ich glaube, sie ist beleidigt, dass ihr niemand etwas angeboten hat«, sagte Pedro.

»Und hungrig, weil bei der ganzen Aufregung zu Hause auch niemand daran gedacht hat, ihr etwas zu fressen zu geben. Dabei bekommt sie um diese Uhrzeit normalerweise schon ihr zweites Frühstück.«

Pedro zog Raquel das Geschirr an, das auf dem Rücksitz lag, ließ sie einsteigen, verband das Geschirr mit einem der Anschnallgurte und redete ihr gut zu: »Wenn du weiter so toll Diät machst und so oft schwimmen gehst, wirst du bald eine saugute Modelfigur haben. Was sagst du dazu?«

Raquel drehte den Kopf weg.

»Sie sagt dazu, dass sie keine Lust auf eine Traumfigur hat, wenn sie dazu die Törtchen aufgeben muss. Soll ich dich wieder nach Hause mitnehmen, Pedro?«

Der Junge schüttelte den Kopf. »Danke, aber ich

gehe zu mir. Meine Mutter hat heute mal frei, und am Nachmittag bin ich mit Nelia verabredet.«

»Das ist doch gut.«

»Mmhh«, sagte Pedro und kaute auf seiner Unterlippe herum. »Ich traue mich nicht, es ihr zu sagen.«

Er musste nicht näher ausführen, was er nicht sagen konnte. Fernando verstand ihn auch so. Allerdings war er beim Thema Liebeserklärungen auch ein denkbar schlechter Ansprechpartner.

Er beschloss, an diesem Tag von zu Hause aus zu arbeiten, und schrieb seiner Schwester eine Nachricht. Dann fuhr er zurück zur Quinta. Nach dem Aussteigen sah er seine Mutter, nun wieder in Kittelschürze, mit verschränkten Armen hinter dem Fenster stehen und entschied, das Haus jetzt lieber nicht zu betreten.

»Komm, Süße, wir gehen noch ein bisschen spazieren«, sagte Fernando, lief auf dem Feldweg am Haus vorbei und bog dann auf einen kleinen Trampelpfad ab, der durch den Korkeichenwald den Hügel hinunterführte. Falls Raquel entsetzt war, dass sie offenbar immer noch kein Frühstück bekommen sollte, ließ sie es sich zumindest nicht anmerken. Fast schon energiegeladen wackelte sie neben ihm her.

»Du bist von dem ganzen Schwimmtraining wirklich sportlicher geworden«, bemerkte Fernando, als ihm einfiel, dass Raquel ja auch schon die ganze

Strecke ins Dorf gelaufen war. Immerhin konnte sie etwas gegen den Hunger tun, denn schon bald entdeckte sie auf dem Waldboden die ersten reifen Eicheln.

22

Am Mittwochmorgen berichteten tatsächlich noch mehr Zeitungen vom neuesten Clou des Zauberers. Tomás Martins regte sich am meisten auf. »Es war ein wirklich blöder Zufall, dass der Blitz ausgerechnet in Cardozas Haus eingeschlagen ist, ja. Aber wie diese Pressefuzzis auf die Idee kommen, das wieder zu einem Werbetext für Cardoza aufzublasen, will mir nicht in den Kopf.« Mit der flachen Hand schlug er so laut auf eine der Zeitungen, die auf dem Konferenztisch ausgebreitet waren, dass Raquel, die in ihrer Lieblingsecke lag, im Schlaf zusammenzuckte.

Tatsächlich war der Grundtenor in den Artikeln immer derselbe: Nachdem sich Carlos Cardoza vor den Augen der Polizei und trotz Handschellen in eine Maus verwandelt hatte, war der Blitzeinschlag ein weiterer Clou des Magiers. Und die Geschichte, dass ein Zauberkünstler sogar das Wetter manipulieren konnte, um die Staatsgewalt an der Nase herumzuführen, würde ohne Frage viele Leser begeistern. Vor allem, weil die Tatsache, dass er Hauptverdächtiger in einem Mordfall war, nur sehr beiläufig erwähnt wurde.

»Woher wissen die überhaupt, dass wir zusammen mit einem französischen Zauberkünstler das Haus inspizieren wollten?«, schimpfte Martins weiter.

»Und woher wusste Cardoza davon, falls er wirklich etwas mit dem Feuer zu tun haben sollte?«, überlegte Fernando laut, was den Kollegen allerdings erst richtig in Rage brachte.

»Jetzt sagen Sie bloß nicht, dass Sie diesen Stuss glauben! Es gibt keine echte Magie. Und die bräuchte man für so eine Nummer wohl.«

»Nicht unbedingt«, sagte Patricia, die bisher schweigend hinter ihrem Laptop gesessen hatte. Nun klappte sie das Gerät zu. »Wissenschaftlern ist es mithilfe von Laserstrahlern schon gelungen, in Gewitterwolken gezielt Blitze zu erzeugen. Und Gewitterwolken gab es am Freitagabend ja reichlich. Aber gut, dafür müsste Cardoza eher Physiker als Zauberkünstler sein.«

»Können wir über die Zeitungsredaktionen nicht herausbekommen, wo sich Cardoza aufhält? Es ist ja inzwischen ziemlich eindeutig, dass er der Informant ist«, sagte Martins. »Vielleicht sollten Sie da mal anrufen, Inspektor Valente. Sie und Ihr Schwein haben doch sonst auch einen so guten Draht zur Presse.«

Fernando fühlte sich versucht, ihm die Zunge rauszustrecken, kramte aber stattdessen auf der Suche nach einem Karamellbonbon in der Hosentasche. Ein Bonbon fand er nicht, dafür einen Zettel. Er zog ihn heraus und faltete ihn unter dem Tisch auf. Es war das Briefpapier, das er bei Samira bemalt hatte. Er konnte sich nicht entsinnen, es eingesteckt zu haben, aber andererseits wusste er auch nicht mehr, wie er sich irgendwann – lange nachdem die Gewitterwolken vorbeigezogen und dem lichtgrauen Abendhimmel Platz gemacht hatten – wieder angezogen hatte und nach Hause gefahren war. An das, was davor passiert war, konnte er sich allerdings sehr gut erinnern. Er lächelte und drehte das Blatt um. Statt seinem Gekritzel war dort nun eine Zeichnung. Offenbar hatte Samira sie angefertigt, während er schlief, und sie dann in seine Tasche gesteckt.

Rund um die beiden Schweineaugen, die er gezeichnet hatte, war mit wenigen Strichen Raquel entstanden, die unförmige Gurke war zum Fuß der Staffelei geworden, dahinter stand Samira und malte. Auf der anderen Seite waren ein Fenster mit bewölktem Himmel zu sehen und darunter ein Bett, in dem er auf dem Bauch lag und schlief. Ziemlich jung sah er aus, dachte er. Ziemlich jung und viel schöner als im Spiegel. Sah Samira ihn etwa so? Er lächelte breit.

»Fernando?«, holte ihn Patricia ins Konferenzzimmer zurück. Sie wollte noch etwas sagen, aber dann öffnete sich die Tür, und Daniel Figo kam herein, zehn Minuten zu spät.

»Gut, ich wiederhole es noch mal für alle, die gerade nicht anwesend waren«, sagte sie und warf ihrem Bruder einen strengen Blick zu. »Offenbar hat nur der *Correio da Manhã* einen Informanten, die anderen schreiben ab. Und der *Correio da Manhã* sagt, dass er seine Informanten grundsätzlich nicht ans Messer liefert. Beim Verdacht auf ein Kapitalverbrechen könnten wir sie natürlich eventuell dazu zwingen, aber die zuständige Redakteurin hat gesagt, dass ihr Informant nicht Cardoza sei und sie keine Ahnung habe, wo sich dieser aufhält.«

»Vielleicht kann er uns bald selber erzählen, wo er war«, meinte Daniel Figo.

»Er wäre doch schön blöd, wenn er im Moment freiwillig wiederauftaucht«, sagte Fernando, faltete das Papier wieder zusammen und steckte es vorsichtig zurück in die Tasche.

»Nicht wenn er weiß – und davon gehe ich aus –, dass wir seit heute Morgen wissen, dass er tatsächlich ein Alibi hat.«

»Wir wissen noch gar nichts, Sie aber offenbar schon«, sagte Patricia.

Figo erzählte, dass ihn am frühen Morgen Cardozas Nachbar angerufen habe. Der habe in der ersten Augustwoche Besuch von seiner Schwester und deren beiden Söhnen aus London gehabt.

»Die Jungen haben zu Beginn der Sommerferien eine Drohne bekommen und damit ziemlich viel gefilmt. Auch auf den Nachbargrundstücken und am Nachmittag und Abend des 4. August. In der Zeit, in der Simão Gomes am Strand eingebuddelt wurde, hat unser Hauptverdächtiger etwa hundert Kilometer weiter südlich am Pool gelegen und später auch gegrillt. Ganz so, wie er gesagt hat. Ich habe das Filmmaterial eben gesichtet.«

»Warum kommt der Nachbar erst jetzt damit an?«, wollte Patricia wissen.

»Angeblich hat er an die Videoaufnahmen seiner Neffen vorher gar nicht gedacht.«

»Oder Cardoza fand, dass es Zeit sei, die Katze aus dem Sack zu lassen, damit er zurückkommen und die Versicherungssumme kassieren kann«, mutmaßte Fernando.

»Könnten die Filmaufnahmen gefälscht sein?«, fragte Martins.

»Für mich sahen die echt aus, aber ich habe sie eben an die Experten in Lissabon weitergereicht, damit sie das überprüfen.«

»Ich fürchte, dass wir den Fall Gomes noch einmal ganz neu aufrollen müssen«, meinte Patricia. Sie wandte sich wieder ihrem Laptop zu, tippte darauf herum und drehte das Gerät dann um. Auf dem Bildschirm waren zwei Bilder geöffnet. Beide zeigten je die Hälfte eines weißen Surfbretts. »Ein Stück wurde gestern Abend in Zambujeira do Mar gefunden, das andere hat ein Angler einige Kilometer weiter südlich aus den Klippen gefischt.«

Fernando trat näher. »Die Hälften passen aber nicht zusammen«, stellte er fest.

»Nein, das tun sie nicht. Ich habe sie ins Labor

schicken lassen, für den Fall, dass man noch irgendwelche Spuren finden kann.«

»Das deutet darauf hin, dass auch Miguels Begleiter verunglückt ist«, meinte Figo.

»Das war auch mein erster Gedanke. Aber natürlich ist es für solche Schlussfolgerungen noch zu
früh. Es könnte ja auch sein, dass jemand einfach
die Reste seiner kaputten Surfbretter ins Meer geworfen hat. Die Dinger brechen ja öfter mal durch«,
sagte Patricia.

Dann verteilte sie die Aufgaben für den Tag. Fernando würde wie vereinbart am Nachmittag zur
Universität in Évora fahren, dort mit dem Rektor
und Miguels Dozenten und Studienkollegen sprechen. Tomás Martins würde weiter versuchen, etwas über die Identität des jungen Mannes zu erfahren, den man im Wasser vor Porto Covo gefunden
hatte. Und Daniel Figo sollte sich noch einmal den
Fall Gomes vornehmen. »Ich werde das Gefühl
nicht los, dass wir irgendetwas Wichtiges übersehen
haben«, sagte Patricia.

Fernando weckte Raquel, und sie machten sich
auf den Weg ins Landesinnere, wo zwischen endlos
weiten, seit Monaten ausgedörrten Feldern Évora
lag. Einst hatten hier die Römer gebaut und portugiesische Könige residiert. Und weil erstaunlich viele
Bauwerke aus allen Epochen überlebt hatten, war
die Stadt nicht nur bei Studenten, sondern auch bei
Touristen ausgesprochen beliebt.

Fernando verstand nicht, wie jemand im Sommer die Stadt freiwillig betreten konnte. Auch an diesem Tag fühlte es sich so an, als ob die Luft zwischen den alten Stadtmauern bald überkochen würde. Viel zu warm, um ein Schwein im Auto warten zu lassen. Also ließ der Inspektor Raquel aussteigen, nahm sie entgegen seiner Gewohnheiten an die Leine und schlenderte mit ihr über das Universitätsgelände. Die Gebäude der Hochschule waren über die ganze Stadt verstreut, das wichtigste und eindrucksvollste war allerdings das Colégio do Espírito Santo, das nun vor ihnen lag. Auf dem Vorplatz zog Raquel Fernando zum Brunnen und nahm einen Schluck. Sie brachte eine Gruppe japanischer Touristen, die gerade die Arkaden fotografierten, zum Kreischen, dann stemmte sie vor der Treppe zum Haupteingang die Hufe in den Boden, machte eine Kehrtwendung, bog links ab und hielt vor zwei Studentinnen, die auf dem Boden saßen, in Bücher schauten und Äpfel aßen.

Fernando nahm sich vor, mit Raquel das Gehen an der Leine zu üben oder wieder Karamellbonbons für Notfälle einzukaufen. Er entschuldigte sich bei den jungen Mädchen, dass Raquel so aufdringlich bettelte, doch sie lachten und gaben der Schweinedame von ihren Äpfeln ab. Raquel schmatzte zufrieden. So würde es mit dem guten Benehmen nie etwas werden, dachte Fernando.

»Ist das nicht Raquel, das berühmte Polizeischwein?«, fragte das eine Mädchen, das einen blonden Pferdeschwanz hatte.

»Das ist sie.«

»Die sieht ja viel schlanker und fitter aus als auf den Fotos in der Zeitung. Sie hat richtig viele Muskeln.«

Fernando freute sich. »Wir gehen seit einigen Wochen regelmäßig zum Schwimmen. Bislang ist der Unterschied aber noch niemandem aufgefallen.«

»Eleonore ist ja angehende Tierärztin, die muss so etwas sehen«, erklärte die andere Studentin.

»Sind im Moment nicht noch Semesterferien?«, erkundigte sich Fernando und deutete auf die Bücher.

»Wer ein Tiermedizinstudium schaffen will, muss auch in den Semesterferien pauken«, sagte Eleonore.

Raquel legte sich vor sie auf den Boden und ließ sich den Bauch kraulen.

»Wir haben noch einen Termin«, sagte Fernando und zupfte an der Leine.

Raquel grunzte wohlig und streckte alle vier Beine in die Luft.

»Falls sie beim Termin nicht dabei sein muss, können wir solange auf sie aufpassen«, bot Eleonore an.

Eine hervorragende Idee, fand Fernando, er hatte sowieso daran gezweifelt, dass der Rektor über ein Schwein in seinem Büro sehr erbaut sein würde.

Zehn Minuten später saß er Hugo Modesto gegenüber und war froh, Raquel in der Obhut der Studentinnen gelassen zu haben. Der Rektor war optisch eine Kopie des gealterten Julius Cäsar – große Nase, in die Stirn gekämmte Haare, herrischer Blick – und erweckte nicht den Eindruck, als würde er Schweine mögen. Dafür hatte er neben seinem ausladenden Schreibtisch eine chinesische Bodenvase stehen, die nicht nur sehr kostbar aussah, sondern auch so, dass Raquel sich daran sicher gerne einmal ihre Flanke geschubbert hätte.

»Sie kommen also wegen Miguel de Almeida.«

»Er ist tot«, sagte Fernando.

»Das ist mir zu Ohren gekommen. Sehr bedauerlich. Wirklich sehr bedauerlich.«

»Kannten Sie ihn?«

»Natürlich nicht. Wir haben etwa zehntausend Studenten, Inspektor.«

»Wer waren seine Lehrer?«

»Meine Sekretärin kann ihnen später eine Liste mit den Namen aller Betriebswirtschaftsdozenten geben.«

Er nahm eine blaue Mappe aus der Ablage und reichte sie Fernando. »Sie hat schon de Almeidas Immatrikulationsunterlagen herausgesucht. Bitte schön.«

Fernando nahm die Mappe, blieb aber sitzen.

Modesto schaute irritiert. »Mehr kann ich leider nicht für Sie tun, Inspektor. Ehrlich gesagt verstehe ich auch gar nicht, warum Sie mich unbedingt treffen wollten. Wenn ich richtig informiert bin, war es doch ein ganz gewöhnlicher Surfunfall.«

»Im Moment können wir ein Verbrechen nicht ausschließen«, erklärte Fernando und fragte sich kurz darauf, ob die Universitätsluft schuld daran war, dass er so gestelzte Sätze von sich gab.

»Ein Verbrechen?«

»Oder eine *Praxe*, die zu weit gegangen ist.«

»Eine Praxe?«, wiederholte Hugo Modesto.

»Initiationsritus der Erstsemester«, führte Fernando aus.

»Ich weiß durchaus, was Praxe bedeutet, Inspektor. Ich wüsste nur nicht, was diese jahrhundertealte Studententradition mit einem Surfunfall zu tun haben sollte. Zumal findet die Praxe traditionell zu Beginn des ersten Semesters in den Orientierungswochen statt. Das Semester hat noch gar nicht angefangen, und de Almeida studiert ja schon seit einem Jahr bei uns.«

»Es wäre nicht das erste Mal, dass Studentenverbindungen auch von älteren Semestern noch Mutproben verlangen. Und es wäre auch nicht das erste Mal, dass ein Student stirbt, weil so eine Mutprobe aus dem Ruder gelaufen ist.«

»An unserer Universität kommt so etwas nicht vor.«

»Wissen Sie denn, wie die Praxe an Ihrer Universität so abläuft?«

Der Rektor seufzte demonstrativ, dann sagte er: »In der ersten Woche des Semesters trinken die jungen Leute wohl ein wenig mehr, als sie sollten, und schlimmstenfalls ziehen sie singend durch die Altstadt.«

Jetzt war es Fernando, der laut seufzte. »Kommen Sie, das würde vermutlich nicht mal Ihr Pressesprecher wiederholen, ohne rot zu werden.«

Modesto blickte mit kühlen Augen an seiner großen Nase vorbei. »Wir sind die zweitälteste Universität des Landes und zweifelsohne die beste. Wir haben einen guten Ruf zu verlieren.«

»Herr Modesto, ich sitze in Ihrem Büro, weil einer Ihrer Studenten unter nicht geklärten Umständen gestorben ist. Der Ruf Ihrer Universität ist mir da erst einmal egal. Und falls sich herausstellen sollte, dass der Junge während der Mutprobe einer Studentenvereinigung gestorben ist, wird hier zu Recht die Hölle los sein.« Modesto antwortete nicht, und der Inspektor betrachtete eine Weile die schwarzen Pferdchen auf der Bodenvase. Dann sagte er: »Es gibt noch einen Studenten, über den ich gerne Näheres erfahren würde und von dem ich in erster Linie die Telefonnummer brauche: Cristiano Serpa. Er studiert wie Miguel da Almeida BWL, und die beiden waren wohl eng befreundet.«

»Ich werde meine Sekretärin bitten, Ihnen die Kontaktdaten herauszusuchen.«

Fernando wartete noch eine Weile im Vorzimmer

auf die gewünschten Unterlagen. Dann verließ er das Gebäude.

Raquel lag da, wo er sie zurückgelassen hatte. Nur ihre Position hatte sie so verändert, dass Eleonore nun ihren Kopf kraulen konnte und die andere Studentin ihren Bauch. Fernando setzte sich dazu.

»Tausend Dank fürs Aufpassen. Das hat mir sehr geholfen.«

»Gern geschehen.«

»Können Sie mir vielleicht noch etwas über die Praxe an dieser Uni erzählen?«

Eleonore nahm die Hand von Raquels Ohr. »In der ersten Woche wird halt ein bisschen wilder als sonst gefeiert. Quasi eine Party für die Erstsemester, das ist alles.«

Raquel stand auf und knuffte mit dem Rüssel gegen die Schulter des Mädchens.

»Ey!«, rief sie aus und stand auf. »Das ist aber nicht nett. Warum macht sie das?«

Fernando hatte keine Ahnung, vermutete aber, dass Raquel weitergekrault werden wollte. Manchmal war sie wenig subtil, wenn es darum ging, Streicheleinheiten einzufordern. Vielleicht hatte sie aber auch der plötzliche Stimmungswechsel der Studentin nervös gemacht. »Och«, sagte er leichthin, »das macht sie immer, wenn jemand schwindelt.«

»Aber woher…?«, stammelte Eleonore und schaute fassungslos auf das schwarze Schwein.

»Der Inspektor nimmt dich auf den Arm, Schätzchen«, sagte ihre Freundin. »Das ist ein Schwein, kein Lügendetektor auf vier Beinen.«

»Schweine haben manchmal ganz überraschende Talente«, erklärte Fernando und wechselte das Thema: »Kennen Sie vielleicht Cristiano Serpa?«

»Er wohnt im selben Studentenheim wie ich.«

»Ist er im Moment da?«

»Ich glaube, schon ein paar Wochen nicht. Da wissen vermutlich die mehr, die auf dem selben Flur wohnen. Wir können Ihnen den Weg zeigen, wir wollten sowieso nach Hause gehen.«

Zu viert liefen sie schweigend durch die Altstadt, an der alten Stadtmauer vorbei, durch eine Grünanlage. »Was wollen Sie eigentlich von Cristiano?«, fragte die andere Studentin plötzlich.

»Er war mit Miguel de Almeida befreundet«, sagte Fernando.

»Der Junge, der beim Surfen tödlich verunglückt ist?«

»Genau der«, sagte Fernando. »Kannten Sie den zufällig auch?«

Beide schüttelten den Kopf. »Nur vom Sehen.«

»Dass es ein Unfall war, steht noch nicht fest. Es gibt auch den Verdacht, dass dieses leichtsinnige Surfmanöver bei Dunkelheit Bestandteil einer Mutprobe war«, sagte Fernando.

Aus den Augenwinkeln sah er, wie die andere Studentin Eleonore mit dem Ellbogen sachte in die Rippen stieß.

»Ich werde Ihren Namen da raushalten«, versprach er vorsichtshalber.

»Na gut, wenn es unbedingt sein muss. Die Universität hier mag zu den besten Europas gehören – so steht es jedenfalls in der Unibroschüre –, aber die Traditionen für die Erstsemester sind so mittelalterlich wie Évoras Stadtmauern.« Eleonore beschleunigte ihren Schritt, bevor sie schließlich weitersprach: »Von Mutproben auf dem Surfbrett habe ich noch nicht gehört. Aber im vergangenen Jahr wurden mehrere Mathematikstudenten von den älteren Semestern gezwungen, Schnaps zu trinken. Bis zum Erbrechen. Und dann mussten sie auch das trinken. Zwei andere Kommilitoninnen und ich wurden nachts aus den Betten geholt und in eine Grube mit Ameisen geworfen. Das war unangenehm, aber vergleichsweise harmlos. Einer meiner Mitstudenten musste sich nackt ausziehen, wurde dann in Schafsdärme eingewickelt und musste so über den Campus laufen. Einem anderen haben sie das Gesicht in einen Kuhfladen gedrückt.«

»Finden diese Mutproben nur in den Orientierungswochen statt oder auch später?«

»Das meiste sind wohl Initiationsrituale, aber gelegentlich kommt es vor, dass die führenden Cliquen jemanden auf dem Kieker haben und ihn dann immer wieder quälen.«

Eleonore brachte ihn in die dritte Etage des Studentenheims und klopfte an eine Tür. Ein schlaksiger Junge öffnete, der nichts außer wild geblümten Boxershorts trug. Seine Augen waren gerötet, sein Lächeln breit, und aus dem Zimmer strömte süßer Duft. Fernando roch noch etwas anderes, Fauliges, was aus einer anderen Richtung kam und dessen Quelle er nicht sofort zuordnen konnte.

»Geil, da steht ein Schwein in unserem Flur«, sagte der Junge und kicherte.

»Gustavo, das hier ist Inspektor Valente. Er möchte gerne mit Cristiano sprechen, weil er mit Miguel befreundet war.«

»Cristiano ist doch seit Wochen nicht da«, sagte Gustavo langsam. Dann schreckte er zusammen. »Scheiße, das Schwein ist ja echt! Und hast du eben Inspektor gesagt?« Blitzschnell schloss er die Tür hinter sich. »Ich bin erkältet, deshalb habe ich im Bett gelegen«, stammelte er.

»Ich weiß zwar nicht, was die Leitung des Studentenheims dazu sagen würde, aber von mir aus können Sie rauchen, was und wann Sie wollen«, stellte Fernando klar. »Wissen Sie, wo Cristiano gerade ist?«

»Cool, Mann«, sagte Gustavo. Er verschwand kurz in seinem Zimmer, um sich ein T-Shirt überzuziehen, dann bat er Fernando in die Küche, die er sich mit Cristiano teilte. »Wollen Sie was trinken?«, fragte er, doch Fernando lehnte dankend ab. Der Junge stellte Raquel eine Schüssel mit Wasser hin, dann nahm er einen großen Schluck Milch direkt aus der Tüte, wischte sich den Mund am T-Shirt ab und zeigte dem Inspektor eine Nachricht, die er von Cristiano bekommen hatte: »War ein geiler Abend. Célia ist die totale Traumfrau. Morgen fahren wir zusammen weg, also wundere dich nicht, wenn du die nächste Woche nichts von mir hörst.« Abgeschickt am 7. August, um 22 Uhr.

»Und seitdem hat er sich nicht gemeldet?«

Gustavo schüttelte den Kopf. »Soll ich ihn mal anrufen?«, fragte er, und als Fernando nickte, drückte er auf die Wahltaste. »Ist ausgeschaltet«, sagte er nach einer Weile. »Wer weiß, wo die beiden sich gerade herumtreiben.«

»Hat er Eltern oder andere Freunde, die er in der Zwischenzeit kontaktiert haben könnte?«

»Die Eltern sind wohl schon lange tot. Geschwister hat er keine. Und Freunde auch nicht so viele. Miguel und mich vielleicht.«

»Und diese Célia? Kannten Sie die?«

»Gar nicht. Er hat sie auch nur einmal vorher getroffen, war wohl Liebe auf den ersten Blick.«

»Er hat sie also nie hierhergebracht?«

Gustavo fing wieder an zu kichern. »Das wäre echt nicht gegangen.«

»Wieso nicht?«

Gustavo stand auf. »Kommen Sie, Inspektor. Ich zeige Ihnen Cristianos Zimmer.«

Die Zimmertür war nicht abgeschlossen. Und als

Gustavo sie öffnete, wusste Fernando, woher der faulige Geruch gekommen war. »O mein Gott«, sagte er und trat unwillkürlich zwei Schritte zurück. Auf dem Boden stapelten sich leere und halb leere Pizzakartons, einige Essensreste waren von einem grün-weißen Pelz bewachsen. An den Wänden und auf dem Boden stapelten sich Zeitungen, Kisten, Bücher, leere Pfandflaschen, Kleidungsstücke, Decken, Teller und vermutlich noch vieles mehr, das Fernando auf den ersten Blick nicht erkennen konnte. Reflexartig schloss er die Tür wieder.

»Vielleicht sollte ich da mal sauber machen, bevor das Zeug unter der Tür rausläuft und wir Probleme mit der Leitung des Studentenheims bekommen.«

»Nein«, sagte Fernando bestimmt. »Tun Sie das bitte nicht. Noch nicht jedenfalls.«

Er dachte nach. Cristiano hatte die Nachricht am 7. August abgeschickt. Da war es unwahrscheinlich, dass er am 17. August mit seinem Freund Miguel zum Surfen nach Zambujeira do Mar gefahren war – mit oder ohne Mutprobe. Weniger unwahrscheinlich war, dass er vor dem Urlaubsantritt noch mal ins Meer gesprungen und erst Tage später wieder aufgetaucht war.

Fernando holte tief Luft und öffnete die Tür wieder. Auf Zehenspitzen balancierte er zwischen den Haufen herum, bis er – zwischen einer Tasse mit einer grünen Flüssigkeit, die Blasen schlug, und einigen Büchern über Sternenkunde – eine Haarbürste fand.

23

»Wo ist eigentlich Raquel?«, fragte Patricia, als sie am nächsten Tag in Fernandos Büro kam, ihm einen Packen Ordner auf den Schreibtisch legte und sich neben ihn setzte.

»Vermisst du sie?«, fragte ihr Bruder und las die Beschriftung der beiden obersten Ordner: *Cristiano Serpa und Miguel da Almeida.*

»Vermissen wäre zu viel gesagt.«

»Immerhin ist dir aufgefallen, dass sie nicht da ist.«

»Was ja nicht gerade schwer ist. Ich höre weder lautes Schmatzen noch Schnarchen, ich konnte die Tür problemlos aufmachen und zu deinem Schreibtisch gehen, ohne über ein Schwein steigen zu müssen, und noch niemand hat seinen feuchten Rüssel gegen meine Hand gedrückt, damit ich sie streichle.«

»Was dir alles ein bisschen fehlt, gib es ruhig zu.«

»Tut es nicht.«

»Ich erzähle es auch nicht weiter«, sagte Fernando. »Raquel ist mit Mafalda am Strand. Die beiden wurden heute Morgen vom Manager des Surfklubs Milfontes persönlich abgeholt.«

»Sag jetzt bitte nicht, dass sie auch noch Surfen lernt.«

»Raquel oder unsere Großmutter?«

»Ich wüsste nicht, was schlimmer wäre. Zuzutrauen wäre es leider beiden.«

»Sie machen bei der Aufräumaktion mit. Du weißt schon: Kein Plastik an den Stränden des Alentejo.«

»Das ist besser«, fand Patricia und tippte auf den obersten Ordner. »Apropos Aufräumen: Ich habe eben die Spurensicherung in Cristianos Zimmer geschickt. Sie waren nicht begeistert – zumal sie mit Miguels Apartment noch gar nicht ganz fertig sind.«

»Heißt das, die DNA-Proben sind ausgewertet?«

»Ich habe das Ergebnis vor einer Stunde bekommen. Wenn die Haare in der Bürste von Cristiano Serpa stammen, dann ist er der Tote von Porto Covo. Wir gehen jetzt einfach mal davon aus, und zur Sicherheit werden wir noch weitere Tests machen.«

»Und das sagst du erst jetzt?«

»Ich habe versucht, mir auf diese ganze verworrene Geschichte einen Reim zu machen. Hältst du es nach deinem Besuch an der Uni eigentlich immer noch für möglich, dass es sich hier um Initiationsriten mit Todesfolge handeln könnte?«

Über diese Frage hatte Fernando die halbe Nacht nachgedacht. »Die Initiationsriten in Évora mögen grausam sein, aber es ist ja doch eher unüblich, dass solche Mutproben in den Semesterferien stattfinden. Und Studenten, die das erste Jahr hinter sich haben, werden in der Regel verschont. Und dann gleich zweimal…« Er schüttelte den Kopf.

Patricia seufzte. »Theoretisch besteht immer noch die Möglichkeit, dass es zwei Unfälle waren, ganz unabhängig voneinander. Ein Badeunfall, ein Surfunfall. So sieht es jedenfalls erst einmal aus.«

»Aber es wäre ein großer Zufall, wenn zwei alte Studienfreunde, beide kerngesund, im Abstand von nur wenigen Wochen tödlich im Meer verunglücken.«

»Ich weiß. Und es gibt noch mehr Gemeinsamkeiten: Bei beiden sind die Handys spurlos verschwunden, beide hatten, soweit wir wissen, nur sehr wenige Freunde, und beide waren frisch verliebt.«

Fernando nahm die obersten beiden Ordner, schlug sie auf und legte Cristianos und Miguels Lebensläufe nebeneinander. »Und beide haben sie die St.-Anna-Schule in Lissabon besucht, bis sie kurz nach ihrem fünfzehnten Geburtstag weggezogen sind. Danach haben sie ihren Abschluss auf öffentlichen Schulen gemacht.« Fernando tippte den Namen der Privatschule im Computer ein und war kurz darauf auf der Website. »Schick«, murmelte er. »Schick und vermutlich abartig teuer.«

»Etwa achtzehntausend Euro im Jahr«, sagte Patricia.

»Ist es nicht eher ungewöhnlich, dass Eltern so

viel Geld investieren, nur um das Kind am Ende doch einen Abschluss auf einer x-beliebigen Dorfschule machen zu lassen?«

»Ich habe Senhor da Almeida eben angerufen und nach dem Grund für den Schulwechsel gefragt.«

»Wohnt er noch zu Hause? Ich dachte, seine Frau hätte ihn herausgeschmissen?«

»Nein, er ist nicht ausgezogen, aber er hat mir erzählt, dass seine Frau seit der Nachricht von Miguels Tod kein Wort mehr mit ihm gesprochen hat. Und er hat gesagt, dass Miguel mit Eintritt der Pubertät in der Schule überfordert war und sich die hohen Schulgebühren dann einfach nicht mehr gelohnt haben. Und da er sowieso immer davon geträumt habe, aufs Land zu ziehen …«

»Aber du glaubst ihm nicht«, stellte Fernando fest.

»Ehrlich gesagt: nein. Er war irgendwie seltsam, als wir über das Thema gesprochen haben. So ausweichend. Zu Cristiano Serpa konnte oder wollte er mir gar nichts sagen. Das ist doch komisch, oder? Schließlich waren sein Sohn und er seit über zehn Jahren befreundet. Und bei Cristiano können wir sonst niemanden mehr fragen, zumindest keine Angehörigen.«

Fernando überflog die Unterlagen. »Der Vater ist ganz früh gestorben und die Mutter, als Cristiano sechzehn Jahre alt war.«

»Richtig, die St.-Anna-Schule hat er aber schon ein Jahr zuvor verlassen.«

»Vielleicht war die Mutter krank und konnte sich die Schulgebühren nicht mehr leisten?«

»Daran lag es nicht. Sie hat ihm sogar eine beträchtliche Summe hinterlassen. Bis zu seinem 21. Geburtstag war ein Anwalt in Lissabon mit der Vormundschaft betraut.«

»Das heißt, es gibt niemanden mehr, den wir benachrichtigen müssten oder könnten?«

Patricia schüttelte den Kopf. »Der letzte lebende Angehörige ist der Stiefbruder des Vaters. Er lebt in einem Heim in Porto, ist aber offenbar schon so dement, dass die Heimleitung von einem Gespräch abgeraten hat.«

»Und das ganze Geld?«

»Martins hat gerade einen Termin bei der Bank und versucht herauszufinden, wie viel Geld noch da war und wer das jetzt bekommt.«

Fernando kramte in den Schubladen seines Schreibtischs.

»Was suchst du?«, fragte Patricia.

»Was Süßes.« Fernando sah zwischen Papieren etwas Buntes aufblitzen und zog daran. Eine Kekspackung. »Leider leer«, stellte er bedauernd fest, warf sie in den Müll und schloss die Schubladen wieder.

»Wir müssen diese Célia finden. Vermutlich war sie die Letzte, die Cristiano lebend gesehen hat«, sagte Patricia.

»Ist dir schon aufgefallen, dass alle Mädchen, von denen wir in letzter Zeit gehört haben, wie Geister sind? Man hat von ihnen gehört, aber keiner scheint sie je live gesehen zu haben. Und wir bekommen sie einfach nicht zu fassen.«

»Célia bei Cristiano, Micaela bei Miguel und Paula bei Simão«, zählte Patricia auf. »Du hast recht. Von allen dreien haben wir weder Fotos noch Nachnamen gefunden. Und keine hat sich nach dem Tod je bei den Eltern oder bei uns gemeldet.«

»Vielleicht existieren sie gar nicht wirklich.«

»Du meinst, die Jungen könnten ihre Freundinnen erfunden haben?«

»Klingt völlig abgefahren, aber ich würde es nicht ausschließen wollen.«

»Aber warum?«

»Keine Ahnung. Um die wenigen Freunde oder in Miguels Fall den Vater zu beeindrucken. Oder als Vorwand, um in der Zeit, in der man angeblich die Freundin trifft, etwas ganz anderes, womöglich Verbotenes zu tun.«

»Ein bisschen erfunden klingt es ja tatsächlich: Cristiano und Célia. Miguel und Micaela. Natürlich könnten die Mädchen ebenfalls verunglückt sein. Wer weiß schon, wie viele Leichen das Meer in den nächsten Wochen noch anspült.«

»Auf den Vermisstenlisten steht keine von ihnen.«

Patricia seufzte. »Und falls Miguel nicht von seiner Freundin begleitet wurde, die wie ein Junge aussah, vermissen wir auch noch den zweiten Surfer.«

»Ich habe den Surfklub kontaktiert, in dem Miguel seinen ersten Kurs gemacht hat. Aber sie konnten mir auch nicht weiterhelfen.«

Patricia öffnete den Mund, doch noch bevor sie etwas sagen konnte, klopfte es an der Tür, und Carlos Cardoza trat ein. Seine Ankunft war weitaus unspektakulärer als sein Abgang bei der letzten Begegnung. Allerdings sah er, verglichen mit dem letzten Treffen, spektakulär gut aus, fast so gut und so jung wie auf seinen Werbefotos. Er trug ein schwarzes Hemd und eine schwarze Leinenhose, er war frisch rasiert, braun gebrannt, bewegte sich leichtfüßig und lächelte.

»Sie sind also nicht mehr als Maus unterwegs«, stellte Fernando fest.

»Solange so viele Katzen auf der Lauer liegen, ist das Leben als Maus auf Dauer ziemlich anstrengend«, entgegnete Cardoza und nahm unaufgefordert Platz. »Aber Spaß beiseite. Ich dachte, ich melde mich mal zurück, nachdem ich das Gefühl bekommen habe, dass ich nicht mehr auf der Liste der Verdächtigen stehe.«

»Hellseher sind Sie also auch noch«, kommentierte Patricia.

»Wo waren Sie in der letzten Zeit?«, erkundigte sich Fernando, obwohl er keine brauchbare Antwort darauf erwartete.

»Im Mauseloch, wo sonst?«, erwiderte Carlos Cardoza. »Und so gerne ich Ihnen verraten würde, wie ich mich verwandelt habe, muss ich leider mein Berufsgeheimnis wahren.«

Fernando fand, dass der Magier eindeutig zu den wenigen Menschen gehörte, die mit wachsender guter Laune immer unsympathischer wurden.

»Wir haben auch wahrhaft Wichtigeres zu tun, als uns weiter mit Ihren Zauberkunststückchen zu beschäftigen«, erklärte Patricia unwirsch. »Damit haben wir ohnehin schon viel zu viel Zeit verschwendet.«

»Es hätte ja gar nicht so weit kommen müssen, wenn dieser schreckliche Inspektor Martins nicht die fixe Idee gehabt hätte, dass ich Simãos Mörder bin.« Cardoza deutete auf Fernando. »Inspektor Valente hat ja gleich an meine Unschuld geglaubt. Er wollte mich gar nicht verhaften.«

»Stimmt«, sagte Fernando. »Dafür würde ich das jetzt gerne tun.«

Einige Sekunden lang flatterte Cardozas linkes Augenlid, dann war sein Blick wieder so starr und durchdringend wie auf den Werbefotos. »Aber warum denn das, lieber Inspektor?«

»Weil Sie den Tod des Mannes, den Sie angeblich so sehr lieben, zum Anlass für eine aberwitzige PR-Aktion genommen haben.«

»Mir ist schon klar, dass sich jemand mit einem festen Beamtengehalt es leisten kann, das verwerflich zu finden. Aber Sie irren sich: Erstens hatte ich mit den Zeitungsartikeln rein gar nichts zu tun. Und zweitens bin ich natürlich nicht deshalb verschwunden.«

»Sondern?«

»Ich bin Künstler, das wissen Sie doch. Und was glauben Sie, wie so eine sensible Künstlerseele darunter leiden würde, eingesperrt zu sein? Ich wäre im Gefängnis elendig eingegangen.«

»Ich muss gleich kotzen«, sagte Patricia und legte Fernando die Hand auf die Schulter. »Sorge du bitte dafür, dass dieser Mensch so schnell wie möglich wieder verschwindet. Ich muss noch ein paar Sachen organisieren.«

»Ihre Chefin ist eine ganz schöne Zicke, wenn ich das so sagen darf«, sagte Cardoza, nachdem Patricia den Raum verlassen hatte.

»Dürfen Sie nicht. Und jetzt verschwinden Sie bitte einfach. Gerne durch die Tür, von mir aus aber auch im nächsten Mäuseloch.«

»Falls Sie mich doch noch erreichen müssen: Ich wohne derzeit in der Hauptstadt, in einer der Suiten des Myriads.«

Fernando glaubte nicht, dass die Versicherungssumme für Cardozas Haus schon ausgezahlt worden war – so etwas dauerte in der Regel Monate. Aber ihm konnte es letztlich egal sein, woher Cardoza das Geld für ein Luxushotel in Lissabon hatte. Schon wieder Lissabon, dachte Fernando. Und dann machte es endlich Klick. Er sprang auf und lief in den Flur hinaus. »Warten Sie«, rief er Cardoza hinterher. »Hat Simão Ihnen erzählt, auf welcher Schule er war, als er noch in Lissabon gelebt hat?«

Carlos Cardoza blieb stehen und schaute sich sichtlich irritiert um. »Das war die St.-Anna-Schule. Warum?«

24

Am Nachmittag gingen Fernando und Raquel ein wenig spazieren. Nur von der Quinta den Hügel hinunter in das schmale Tal, in dessen Schatten sogar Farne wuchsen, denn Raquel war nach ihrem Strandausflug mit Mafalda schon ein bisschen erschöpft. Und nicht ohne schlechtes Gewissen, denn eigentlich, so dachte der Inspektor, hätte er sofort nach Lissabon fahren müssen, nun da er wusste, dass Simão Gomes, Miguel da Almeida und Cristiano Serpa dort zusammen zur Schule gegangen waren, zumindest einige Jahre lang. Aber er hatte mit Simãos Vater telefoniert, dann mit Patricia und den Kollegen gesprochen, und schließlich war es zu spät gewesen, um noch in die Hauptstadt zu fahren.

»Dafür habe ich dann morgen den ganzen Tag in Lissabon. Und du fährst mit Mafalda wieder zum Müllsammeln an den Strand«, sagte Fernando zu sich selbst und zu Raquel, während sie den Weg entlangschlenderten, auf den sie nur so eben nebeneinanderpassten. Hin und wieder scherte Raquel aus, lief einen kleinen Bogen und saugte wie ein Staubsauger im Gehen Eicheln vom Boden auf.

Das Wegenetz durch die weiten Korkeichenwäl-
der war ein Wirrwarr aus Trampelpfaden und steilen Pisten, die nicht selten im Nichts endeten. Auch
für die Menschen, die hier lebten, gab es immer wieder Überraschungen. Jedes Jahr im Frühling legten
die Arbeiter, die den Kork von den Bäumen schäl-
ten, neue Pfade an – ganz schmale, auf denen sie
mit Axt und Rinde durch den Wald liefen, und brei-
tere, auf denen die Jeeps und kleinen Transporter
der Landbesitzer bis zu den Plätzen fahren konnten,
wo die langen halbrunden Rindenstücke gestapelt
waren. Da jeder Baum nur alle neun Jahre geschält
werden konnte, verschwanden jedes Jahr einige
ungenutzte Pfade unter Brombeerhecken und kleb-
rigen Zistrosen, die so wild wucherten, dass selbst
die über fünfzig Ziegen des alten Antonio, die jeden
Tag mit einem der Söhne und den drei großen Her-
denschutzhunden durch den Wald zogen, nicht dagegen anfressen konnten.

Abgesehen von den Ziegenhirten nutzte die Pfade
außerhalb der Korkernte-Saison aber kaum jemand.
Am Wochenende traf man gelegentlich Leute aus
der Stadt mit ihren Mountainbikes. Und manchmal, dachte Fernando, als er plötzlich ein wohlbekanntes Summen hörte, ging hier offenbar Anabela
mit ihren Hunden spazieren. Auch Raquel hörte das
Summen. Sie stellte die Ohren auf – soweit das mit
ihren sehr großen, nach vorne hängenden Ohren
eben ging –, trabte an und verschwand grunzend

hinter der nächsten Wegbiegung. Zwei Hunde bellten kurz zur Begrüßung, Anabela rief: »Raquel, was für eine Überraschung!«, und schon war sie auch für Fernando in Sichtweite. Sie trug einen Strohhut, ein helles langes Sommerkleid mit großen, ausgebeulten Taschen, und sie war barfuß. Ihre Hunde Freki und Geysa schnüffelten zur Begrüßung an Fernandos Hand, Anabela küsste ihn auf die Wangen, und sein Magen flatterte ein Stückchen in die Höhe.

»Habt ihr einen freien Nachmittag?«, fragte sie.

»Wir denken nach. Über die aktuellen Fälle. Und du?«

»Ich laufe einfach mit den Hunden im Wald herum.«

Raquel grunzte und warf sich vor Anabela auf den Boden, Anabela ging in die Hocke und kraulte Raquels Bauch. »Sag mal, Süße, hast du heimlich Bauchmuskeltraining gemacht? Du siehst so fit aus«, sagte sie nach einer Weile. Dann schaute sie zu Fernando hoch und lächelte. »Du übrigens auch.«

»Wir gehen jetzt öfter schwimmen. Raquel hat überraschend viel Talent.«

»Ah, deshalb habt ihr also keine Zeit mehr fürs Fährtentraining.«

»Mmhh«, brummte Fernando, der ja nur deshalb nicht mehr mit Raquel zu Anabela gefahren war, weil Gary wieder zu Hause war.

Anabela stand auf und rief die Hunde, die durchs

Gebüsch stromerten. Sie sah aus, als ob sie weitergehen wollte.

Aber Fernando wollte nicht, dass sie ging. »Wenn
du noch ein bisschen Zeit hast, könnten wir ja jetzt
trainieren.«

»Hier?«, fragte Anabela, und Fernando nickte.
Sie überlegte einen Moment, dann sagte sie: »Gute
Idee, dann können wir gleich mal ausprobieren, ob
und wie Raquel dich findet, wenn sie die Gegend
nicht so gut kennt wie meinen Garten.« Anabela
zog einen Apfel aus einer der beiden großen Taschen
des Kleides und teilte ihn mit den Daumen in mehrere Stücke. »Ich lenke sie ab, du versteckst dich. In
zehn Minuten lass ich sie los.«

Fernando ging los. Erst wollte er den Hügel hinauf
zu der kleinen Ruine gehen, wo einst ein Lehmhaus
für Waldarbeiter gewesen war. Aber dann machte
er sich klar, dass es zu warm war, um steile Hänge
hochzuklettern, und lief stattdessen in einer Kurve
zum kleinen Fluss, der jetzt am Ende des Sommers
nur noch ein dünnes Rinnsal war. Er überlegte kurz,
ob er nicht zu weit gelaufen war, aber dann sah das
Stückchen Gras neben dem Wasser so einladend
aus, dass er sich hinsetzte. Über ihm raschelte der
Wind durch die Blätter eines riesigen Eukalyptus-
baums, in der Ferne hörte er das leise Glockenbim-
meln von Antonios Ziegen.

Er dachte an das Telefonat mit Simãos Vater, der
bestätigt hatte, dass sein Sohn auf die St.-Anna-

Schule gegangen war. Ungehalten war er gewesen und auch ein wenig fahrig, Fernando vermutete, dass er getrunken hatte.

»Damals haben Sie also in Lissabon gelebt?«

»Ja, wir haben in einer kleinen Wohnung gewohnt, die der Familie meiner Frau gehört hat. Und Sie glauben gar nicht, wie wir geschuftet haben, um das Schulgeld zusammenzubekommen. Ich auf dem Bau, meine Frau im Altenheim und als Putzfrau. Und die Ersparnisse sind natürlich auch draufgegangen.«

»Wieso haben Sie Simão überhaupt auf so eine teure Privatschule geschickt?«

»Weil die öffentlichen Schulen nichts taugen, das wissen Sie doch auch, Inspektor. Ein Lehrer in der Grundschule hat gesagt, dass Simão überdurchschnittlich intelligent ist. Und wir wollten, dass der Junge einmal bessere Chancen hat als wir und von Anfang an in den feinen Kreisen verkehrt. Damit er sich später nicht krummarbeitet, sich nicht die Hände dreckig machen und vor anderen Leuten kuschen muss.«

»Und warum haben Sie ihn dann mit fünfzehn von der Schule genommen?«

»Weil…« Ein leichtes Zögern. »… weil der Idiot nicht mehr genug gelernt hat. Deshalb. Da konnten wir uns das Geld auch sparen.«

»Aber Sie hätten in Lissabon bleiben können.«

»Mein Bruder ist gestorben, da konnte ich hier den Hof übernehmen. Und wir dachten, das Landleben würde uns allen gut bekommen. Ist aber dieselbe Scheiße wie in der Stadt. Und dann ist Simão Koch geworden. Ausgerechnet.«

»Es gibt sehr erfolgreiche Köche.«

»Die, die im O Barco Azul arbeiten, gehören aber nicht dazu«, hatte Senhor Gomes gesagt und damit natürlich auch recht gehabt.

»Kennen Sie Cristiano Serpa und Miguel da Almeida?«

»Nie gehört«, antwortete Gomes, etwas zu schnell, um wirklich glaubwürdig zu klingen.

»Sie waren genauso alt wie Ihr Sohn und auf derselben Schule.«

»Ich habe doch schon gesagt: Ich habe wie ein Irrer malocht, da hatte ich keine Zeit, die Namen von irgendwelchen Klassenkameraden auswendig zu lernen.«

»Vielleicht kann sich Ihre Frau erinnern?«

»Kann sie nicht. Sie kann sich kaum noch an irgendetwas erinnern.«

»Wie geht es Ihrer Frau?«

»Sie betet.«

Ein warmer, weicher Schweinerüssel in seinem Nacken küsste Fernando in den Wald zurück. »Wie hast du das so schnell gemacht, Süße?«

Raquel schubberte ihre linke Pobacke am Eukalyptusbaum.

Zwei Minuten später kam Freya, gefolgt von Geysir und Anabela.

»Dieses Schwein ist mir ein Rätsel«, sagte sie. »Raquel hat – anders als die Hunde – wieder nicht deine Spur verfolgt, sondern einfach eine Abkürzung genommen. Dabei konnte sie diesmal unmöglich wissen, wo du bist. Oder sitzt du hier öfter?«

»Heute ist das erste Mal.«

»Und sehen konnte sie dich auch nicht.«

»Vielleicht funktioniert so eine Schweinenase noch viel besser, als wir glauben. Ich werde mal Dr. Rosa fragen, ob er eine Erklärung hat.«

»Irgendwann müssen wir auch mal ausprobieren, ob sie nur dich so findet oder auch andere, vielleicht sogar Leute, die sie noch nicht kennt. Aber jetzt muss ich langsam los.«

»Ich auch«, sagte Fernando, obwohl das gar nicht stimmte. »Gleich fressen uns hier unten wahrscheinlich auch die Mücken auf.«

Sie gingen noch ein Stück gemeinsam, bis zur nächsten Weggabelung. Dort standen sie eine Weile herum, ein bisschen unbeholfen und ohne etwas zu sagen, schließlich bogen Anabela und ihre Hunde an einer Weggabelung links ab, Fernando und Raquel rechts.

Er seufzte. Die Treffen mit Anabela fühlten sich zu gut an und die Abschiede zu schlecht. Es wäre besser, wenn er sie eine Weile gar nicht mehr sehen würde.

Mit hängendem Kopf und dem festen Vorsatz, früh schlafen zu gehen, machte er sich auf den Heimweg. Gerade als er über den Kies auf das Haus zuging, öffnete sich die Tür, und seine Mutter kam heraus. Sie packte ihn am Arm und zog ihn ein Stück beiseite.

»Was soll das, Mãe?«, fragte er.

»Ich muss mit dir reden«, sagte Teresa, und da sie flüsterte, verstand Fernando, dass es diesmal nicht um ihn ging.

»Du musst ihr sagen, dass sie damit aufhört.«

»Wer soll womit aufhören?«

Teresa stöhnte auf. »Deine Großmutter. Sie muss damit aufhören, ihre Zeit mit diesen… diesen Leuten zu verbringen.«

»Du meinst die Surfer?«

»Wen sonst? Nicht nur, dass sie mit ihnen zusammen über die Strände kriecht und Müll aufsammelt, während sie mir hier in all den Jahren nicht ein Mal beim Saubermachen geholfen hat. Nein, heute Mittag hat sie drei von denen sogar mit nach Hause gebracht und sie mit unserem Kuchen gefüttert.«

»Die Surfer haben Mafalda und Raquel abgeholt und wieder nach Hause gebracht – da ist es doch ganz normal, dass sie ihnen etwas zu essen anbietet«, erwiderte Fernando.

»Ich will die nicht in meinem Haus haben. So wie die aussehen, nehmen die doch alle Drogen.«

»Es ist Mafaldas Haus, nicht deines.«

»Du willst also nicht wenigstens mal mit ihr sprechen?«

»Höchstens, um ihr zu sagen, dass ich es ganz wunderbar finde, wenn sie etwas unternimmt und so viel Spaß dabei hat.«

Teresa schaute ihn an, als hätte er ihr eine Ohrfeige gegeben.

»Ich muss schon sagen, mein Sohn, ich bin in letzter Zeit sehr enttäuscht von dir. Sehr enttäuscht«, sagte sie schließlich, wandte sich um und verschwand im Garten. Vielleicht würde ihr ein kleiner Urlaub bei ihrer Schwester im Norden guttun, dachte Fernando. Aber vermutlich war das gerade nicht der richtige Augenblick, um solche Vorschläge zu machen.

Er folgte Raquel in die Küche. Dort saß Mafalda mit langen offenen Haaren, die von der feuchten Salzwasserluft wild gewellt waren, und schlief.

»Sie schläft«, sagte Fernando ungläubig. Nach so vielen Jahren, in denen Mafalda weder ihr Bett genutzt noch in ihrem Lehnstuhl eingenickt war – jedenfalls nicht vor Zeugen –, hatte er ernsthaft bezweifelt, dass sie überhaupt noch schlief. Aber jetzt war ihr Kopf ein bisschen zur Seite gekippt, der Mund stand leicht offen, und ihre großen Nasenflügel blähten sich bei jedem Atemzug ein bisschen auf. Offenbar machten Strandausflüge sogar Mafalda müde, dachte Fernando und holte eine dünne, weiche Strickdecke und ein Kissen. Dann deckte er seine Großmutter zu und schob ihr vorsichtig das Kissen unter den Kopf, damit sie keine Nackenschmerzen bekäme.

»Komm, Raquel«, sagte er leise. »Ich glaube, wir gehen heute besser auswärts essen.«

Als er wenig später vor dem Café do Porco Polícia parkte, fiel ihm auf, dass es erst sechs Uhr und damit noch gut zwei Stunden zu früh war, um irgendwo schon ein richtiges Abendessen zu bekommen. Dann eben belegte Brote und danach ein Stück Kuchen. Er sah, dass an einem der Tische Onkel Titus mit einigen Kumpels saß und Bier trank. Sie sahen ihn auch und verstummten.

Fernando schloss die hintere Beifahrertür wieder und ließ Raquel im Auto. Sie presste ihre Nase gegen die Scheibe und quiekte. »Ich komm gleich wieder, Süße«, sagte er. Dann ging er schräg über die Straße zu Sonyas kleinem Laden, kaufte zwei Flaschen Wasser, Brot, Käse, Wurst, drei Äpfel und die letzten beiden Tafeln Schokolade. Sonya, sonst immer zu einem Schwatz aufgelegt, packte die Sachen schweigend ein. Sie guckte so komisch, dass Fernando versucht war, sich in die Ladentür zu stellen und einmal laut: »Ich bin nicht schwul«, durchs Dorf zu brüllen. Oder sollte er das Gegenteil tun und allen erzählen, dass er und Mathéo im nächsten Frühling heiraten würden? Am Ende tat er weder das eine noch das andere, sondern sagte: »Ciao, Sonya«, nahm die Tüte und ging zurück zum Auto.

»Die sind alle doof«, sagte er zu Raquel. »Wir machen lieber Picknick am Strand.«

Sie fuhren zum Praia da Samoqueira, dem schönsten Strand, den man von Sonega schnell erreichen konnte, und stellten den Pick-up auf dem größeren Parkplatz am nördlichen Ende ab, weil die Flut den südlichen Teil überschwemmt hatte. Außerdem wollte Fernando nicht allzu nah bei der Bucht essen, in der Simão Gomes gestorben war.

Während sie die steile, lange Treppe hinuntergingen, was Raquel inzwischen fast ohne Stolpern meisterte, schaute Fernando auf den Strand und sah nur einige Möwen, die dicht über dem Sand segelten, eine Gruppe Jugendlicher und eine Frau im Neoprenanzug, die er inzwischen sogar aus der Vogelperspektive erkannte.

»Samira ist auch hier«, sagte er zu Raquel und lächelte.

Bald saßen sie neben ihr im Sand und teilten Brot und Schokolade. Die Möwen kreischten, während die sechs Jungen, die etwa zwanzig Meter entfernt von ihnen standen und heftig gestikulierten, immer lauter wurden. Fernando drehte sich so, dass er die Jungen, vielleicht ein bisschen älter als Pedro, im Blick hatte. Fünf von ihnen hatten den sechsten umzingelt, einen kleinen, etwas dicklichen Jungen.

»Lauf doch weg, du fette Sau!«, rief der eine von ihnen. »Der ist so fett, der kann nicht mehr rennen!«, brüllte ein anderer. »Fetti will, dass wir ihn mit Sand füttern!«

Samira stand auf. Als sich einer der Jungen bückte

und eine Portion Sand vom Boden aufnahm, sprintete sie los. Sie griff nach seinen Fußgelenken und zog daran, sodass er mit dem Gesicht nach unten im Sand landete. Fernando und Raquel setzten sich nun auch in Bewegung. Die Jungen, die plötzlich wieder viel jünger aussahen, schauten sie entsetzt an und wichen einige Schritte zurück. Damit war die Sache wohl erledigt, dachte Fernando.

Samira sah das offenbar anders. Sie ging zum Größten der Gruppe, der zuvor am lautesten gegrölt hatte, packte ihn mit beiden Händen am Hals und hob ihn vor sich in die Luft, sodass er mit seinen Armen hilflos in der Luft herumruderte. Dann sagte sie etwas und warf ihn zu Boden, wo auch noch sein Kumpel lag und Sand spuckte. Beide rappelten sich hoch, doch der eine fiel gleich wieder hin, als ihm Raquel – vermutlich eher, weil sie manchmal Probleme mit dem Abbremsen hatte, denn aus Absicht – von hinten gegen die Kniekehlen galoppierte. Sie fingen an zu schreien, sprangen auf und rannten gemeinsam mit den drei anderen weg. Raquel blickte sich etwas ratlos um. Nur der blonde, etwas dickliche Junge war zurückgeblieben und stand jetzt zitternd da.

»Wie heißt du?«, fragte Samira.

»Milan«, flüsterte er.

»Die kommen nicht zurück, Milan«, beruhigte ihn Fernando, der die Panik in den Augen der Fliehenden gesehen hatte.

»Wäre auch gesünder für sie«, sagte Samira.

Vielleicht hätte man auch mit ihnen reden können, anstatt sie gleich niederzuwalzen, dachte Fernando, aber er schämte sich zu sehr dafür, dass er selbst viel zu spät reagiert hatte, um etwas zu sagen.

»Weißt du, Milan, als ich so alt war wie du, musste ich auch mal Sand essen. Und andere Sachen«, erzählte Samira.

»Und dann? Hast du sie umgebracht?«, fragte Milan, eher ehrfürchtig als ängstlich.

Samira lachte und schüttelte den Kopf. »Aber ich habe gelernt, mich zu wehren. Das hat schon gereicht.«

»Ich wohne in Sines, da gibt es ein Zentrum für Kampfkunst. Vielleicht sollte ich da mal hingehen«, sagte Milan und lächelte ein bisschen.

»Wie seid ihr denn hergekommen?«, erkundigte sich Fernando.

»Mit den Fahrrädern. Ich hoffe, die anderen warten nicht irgendwo auf mich.«

»Das glaube ich nicht«, sagte Fernando. »Aber wir bringen dich und dein Fahrrad trotzdem nach Hause. Allerdings müsstest du dir die Rückbank mit Raquel teilen.«

Zwanzig Minuten später setzten sie den Jungen vor einem kleinen Haus außerhalb der Innenstadt ab, dann fuhr Fernando zum Parkplatz vor dem alten Schloss.

»Willst du darüber reden? Über das Sandessen und so?«, fragte Fernando.

»Nein, das war in einem anderen Leben«, sagte Samira und wechselte gleich das Thema: »Jetzt seid ihr gar nicht geschwommen.«

»Ich wollte heute gar nicht schwimmen. Nur am Strand sitzen und aufs Meer schauen und picknicken.«

»Und jetzt?«

»Jetzt will ich zu Ende essen und ins Bett.«

»Wir könnten das eine mit dem anderen verbinden.«

Auf dem Weg durch die schmalen Gassen hatte Fernando zwischendurch Sorge, dass sich Raquel einfach aufs Pflaster legen und einschlafen würde, so müde sah sie plötzlich aus. Kein Wunder, sie war mit Mafalda am Strand gewesen und hatte mit ihm und Anabela im Wald Fährtensuche gespielt. »Komm, noch ein kleines Stück«, spornte er sie an und motivierte sie mit Apfelstückchen zum Weitergehen, bis sie schließlich direkt hinter Samiras Wohnungstür auf den Boden sank und laut schnarchend einschlief. Samira zog ihren Neoprenanzug aus und ein viel zu weites, viel zu großes T-Shirt an. Fernando sah, dass das Bild auf der Staffelei mit einem Tuch verdeckt war. Samira bemerkte seinen Blick. »Nein, du darfst es noch nicht angucken«, sagte sie.

»Wo hast du eigentlich gelernt, so zu kämpfen?«, fragte Fernando, während sie auf die Dachterrasse gingen. Sie setzten sich auf das Bett, das dort stand.

Fernando packte die Reste seines Picknicks aus, Samira holte eine Flasche Rotwein, Feigen, Baguette und den berühmten Queijo da Serra, einen Käse aus roher Schafsmilch, der so weich war, dass man ihn am besten auslöffelte.

»In den Favelas gibt es ein paar gute Lehrer«, sagte Samira, schnitt den Deckel vom Käse ab und tunkte ein Stück Brot hinein.

»Wie lange hast du in Brasilien gewohnt?«

»Ziemlich lange. Ich habe nur ganz kurz in Portugal gelebt, dann ist meine Familie umgezogen.«

»Und jetzt ist deine Familie noch in Brasilien?«

»In Brasilien, in Mosambik und…«, sie deutete ans Firmament, das rot auflodernd wie eine Stichflamme, »… irgendwo da oben in den Wolken.«

Kurz flackerte etwas durch ihre Augen. Fernando war sich nicht ganz sicher, was es war: Trauer, Wut oder die frühe Spiegelung des schwarzen Nachthimmels, der kurz darauf das Abendrot löschte.

Er öffnete den Mund, wollte nachfragen, aber da schob ihm Samira eine Feige zwischen die Lippen und sagte: »Es ist ein zu schöner Abend, um über traurige Dinge zu sprechen.«

Sie legten sich nebeneinander auf das schmale Bett und schauten in den Sternenhimmel. Fernando drehte sich zur Seite, zu Samira hin, strich ihr eine Haarsträhne aus dem Gesicht und küsste sie, bis ihre von Sonne und Salzwasser etwas spröden Lippen ganz weich waren.

25

Rund fünfzehn Minuten vom brummenden Zentrum Lissabons entfernt lag die St.-Anna-Schule in einer imposanten Parkanlage. Weiße Kieswege zwischen penibel gestutzten Buchsbaumhecken, dazwischen englischer Rasen, blühende Büsche und Blumenrabatten in Pastelltönen. Hier und da zupften Gärtner an Blättern, trimmten Grashalme oder vergifteten Kräuter, die zwischen den weißen Kieselsteinen sprossen. Vielleicht, so dachte Fernando, als er am Ende einer Palmenallee ein hochherrschaftliches Haus mit Stuckfassade und riesigen Sprossenfenstern entdeckte, war die Schule früher eine Art Schloss gewesen oder wenigstens ein Schlösschen. Und irgendwie war sie das ja immer noch. Die Könige gab es zwar schon seit über hundert Jahren nicht mehr, aber wer es schaffte, achtzehntausend Euro Schulgeld im Jahr zu zahlen, und das in einem Land, in dem man mit dem Mindestlohn gerade mal ein Drittel verdiente, gehörte immer noch zu einem sehr elitären Kreis. Oder war, wie einst das Ehepaar Gomes, geradezu besessen von der Idee, dem Kind die bestmögliche Ausbildung zu ermöglichen.

Fernando ging an einem Brunnen vorbei und dachte an Raquel, die sicher gerne hineingeklettert wäre. Aber er hatte sie ganz früh am Morgen von Sines nach Sonega zurückgebracht. Mafalda wollte sie wieder mit an den Strand nehmen.

Seinen Besuch in der St.-Anna-Schule hatte er noch am Vorabend angekündigt. Die Rektorin, Constança Madeira, kam ihm in ihrem Vorzimmer entgegen. Während die Schüler und viele Lehrer noch in den Sommerferien weilten, war sie schon ein paar Tage zuvor ins Büro zurückgekehrt, um das neue Schuljahr zu organisieren.

»Inspektor Valente, was kann ich für Sie tun?«, fragte sie und bat ihn in ihr Büro. Ihre Stimme und auch ihr Schritt erinnerten ihn an einen Feldwebel. Bestimmt musste sie einen Raum nur betreten, um die Klasse zum Schweigen zu bringen.

»Seit wann leiten Sie die St.-Anna-Schule schon?«, erkundigte er sich.

»Nächsten Monat sind es zwanzig Jahre«, sagte sie und strich sich dabei über ihr sorgfältig blondiertes Haar, das auf eine seltsame, sicher nicht beabsichtigte Art die Aufmerksamkeit auf die Falten im Gesicht lenkte.

»Das ist gut, dann können Sie mir sicher weiterhelfen«, Fernando legte drei Fotos auf den Tisch.

»Wer ist das?«, fragte sie und hielt einen Bleistift schreibbereit über einen Notizblock, als würde nicht er sie, sondern sie ihn befragen.

»Das sind Simão Gomes, Cristiano Serpa und Miguel da Almeida. Alle drei haben einige Jahre lang diese Schule besucht, bevor sie sie im Alter von fünfzehn Jahren, das war im Herbst 2011, wieder verlassen haben.«

»Sind sie jetzt etwa kriminell geworden?«

»Warum glauben Sie das?«

»Weil ein Inspektor in meinem Büro sitzt.«

»Simão Gomes wurde Anfang August ermordet, die beiden anderen sind unter noch nicht völlig geklärten Umständen ertrunken.«

»Das ist schlimm«, sagte Madeira, klang aber erleichtert. Ein toter St.-Anna-Absolvent war in ihrer Welt offenbar besser als ein krimineller.

»Können Sie mir sagen, warum alle drei Jungen quasi gleichzeitig die Schule verlassen haben?«

»Leider erinnere ich mich an keinen der drei. Vermutlich haben sich ihre Leistungen einfach nicht mehr mit unseren Ansprüchen gedeckt. Das passiert gelegentlich, wenn Jungen in die Pubertät kommen.«

»Könnten Sie mir die Schulunterlagen der drei geben?«

»Schulunterlagen?«

»Zeugnisse, Vermerke, eben alles, was in ihrer Schullaufbahn hier notiert wurde.«

»Wir bewahren nur die Abschlusszeugnisse auf.«

»Schade«, sagte Fernando. »Ist 2011 irgendetwas Bemerkenswertes in der Schule passiert?«

Constança Madeira schaute aus dem Fenster und

spielte dabei mit dem Bleistift, schob ihn zwischen ihren Fingern hin und her, umschloss ihn mit beiden Fäusten.

»Jedenfalls nichts, woran ich mich sieben Jahre später noch erinnern könnte«, sagte sie. Ein lautes Knacksen ertönte, Holz splitterte, und der zweigeteilte Bleistift fiel auf den Schreibtisch. Ganz kurz huschte ein Schrecken über das Gesicht der Rektorin, dann fing sie sich wieder, nahm die Hälften des Stiftes und warf sie in den Mülleimer. »Nicht einmal Bleistifte werden heutzutage noch stabil gebaut«, kommentierte sie und stand auf. »Falls ich sonst nichts für Sie tun kann, Inspektor, würde ich jetzt gerne weiterarbeiten. Wir bereiten unser traditionelles Herbstfest vor und haben viel zu tun.«

»Können Sie mir noch sagen, welche Lehrer die drei Jungen damals unterrichtet haben? Vermutlich erinnern die sich besser.«

»Ich werde meine Sekretärin bitten, das für Sie zu recherchieren. Wir schicken Ihnen dann eine Liste.«

»Ich warte gerne.«

»Zu freundlich, Inspektor. Doch leider ist meine Sekretärin erst nächste Woche wieder im Haus.«

Fernando verließ das Gebäude mit dem schalen Gefühl, die zweistündige Fahrt in die Hauptstadt völlig umsonst gemacht zu haben. Vielleicht sollte er noch zu den Häusern fahren, in denen die drei Jungen früher gewohnt hatten? Doch er bezweifelte, dass das viel bringen würde. Kurz bevor er den Zündschlüssel herumdrehte, klingelte sein Telefon.

»Ich bin es, Daniel. Hast du schon mit Senhora Madeira gesprochen?«

»Sie sagt, dass sie sich an keine besonderen Vorkommnisse erinnern kann. Während des angeblichen Nicht-Erinnern-Könnens hat sie sich allerdings so aufgeregt, dass sie versehentlich einen Bleistift zerbrochen hat.«

»Ich kann dir auch sagen warum. Heute Morgen habe ich die Onlinearchive der Lissaboner Zeitungen durchsucht und herausgefunden, dass unsere drei Toten keineswegs die Ersten ihres Schuljahrgangs waren, die unter seltsamen Umständen ertrunken sind.«

Daniel Figo nieste, Fernando zog den Zündschlüssel wieder aus dem Schloss und stieg aus.

Sein Kollege schnäuzte sich laut, dann sprach er weiter. »Am 10. Juli 2011 ist Rui Ventura im Alter von fünfzehn Jahren bei einer Bootsfahrt mit seinem Vater ins Meer gefallen. Das heißt natürlich nicht, dass dieser Vorfall etwas mit unseren drei Fällen zu tun hat, aber ich bin mir sicher, dass sich die Rektorin daran erinnern kann.«

Langsam dämmerte es dem Inspektor. »War das der Rui Ventura, an den ich jetzt denke?«

»Genau. Der Sohn des amtierenden Bürgermeisters von Lissabon. Es ist passiert, kurz bevor Ventura zum ersten Mal gewählt wurde.«

»Danke, Daniel«, sagte Fernando. Dann bat er den Kollegen, Kopien der Schulzeugnisse der Jungen zu besorgen. »Ich gehe mal davon aus, dass die Eltern die noch irgendwo haben. Und bei Cristiano müssen wir einfach hoffen, dass wir sie noch in irgendeinem Zeitungsstapel finden.«

Er dachte an die Kollegen der Spurensicherung, die sich seit dem Vortag durch Cristianos vermülltes Zimmer kämpften.

Constança Madeira telefonierte gerade, als Fernando zum zweiten Mal an diesem Tag in ihr Büro trat. »Ich rufe später noch einmal an«, sagte sie mit hochgezogenen Augenbrauen und legte auf. »Wir bringen unseren Schülern schon in der ersten Klasse bei, dass man anklopft, bevor man ein Zimmer betritt«, tadelte sie Fernando.

»Ich habe in der ersten Klasse nur gelernt, dass man nicht lügen soll«, entgegnete Fernando und setzte sich.

Die Rektorin griff nach einem weiteren Bleistift, und Fernando fürchtete schon, dass sie diesen nun auch zerbrechen würde, aber sie stellte ihn ganz vorsichtig in einen Stifthalter aus edlem Holz.

Sie schwieg, er schwieg. Sie tat so, als wäre sie mit dem Ordnen von Unterlagen beschäftigt, er schaute sie an. Minutenlang spielten sie dieses Spiel, dann gab Constança Madeira auf.

»Ich wüsste nicht, was der tragische Unfall damals mit dem Tod der drei jungen Männer jetzt zu tun haben könnte«, sagte sie.

»Um das herauszufinden, bin ich ja hier«, erwiderte Fernando.

»Es ist nicht in der Schule passiert.«

»Was wissen Sie über den Unfall?«

»Rui Ventura ist mit seinem Vater zum Angeln aufs Meer gefahren. Bei der Rückfahrt ist er gestolpert und über Bord gefallen. Als sein Vater, der am Steuer stand, gemerkt hat, dass er nicht mehr auf dem Boot war, ist er natürlich umgedreht, aber es war schon zu spät. Mehr weiß ich nicht, aber ich bin mir ziemlich sicher, dass es zu dem Unfall einen Polizeibericht gibt.«

»Den werde ich lesen. Welches Verhältnis hatte Rui zu Simão, Miguel und Cristiano?«

»Sie waren Klassenkameraden. Ob sie besonders gut befreundet waren oder nicht, kann ich Ihnen leider nicht sagen.«

»Ich brauche den Namen des Lehrers und die Namen aller Schüler, die damals in dieser Klasse waren. Und ein Klassenfoto.«

»Die Namen kann ich Ihnen natürlich nicht geben, das würde gegen unsere Datenschutzpolitik verstoßen. Sie müssen wissen, dass die Eltern, die ihre Kinder in unsere Obhut schicken, zum Teil international bekannte Persönlichkeiten und sehr wohlhabend sind. Schon aus der Sorge, dass ihre Kinder entführt werden können, wollen sie verständlicherweise nicht, dass wir publik machen, wer hier zur Schule geht.«

Sie würde sich sicher gut mit dem Direktor der Universität in Évora verstehen, dachte Fernando.

»Es geht ja nicht um Kinder, die im Moment hier den Unterricht besuchen, sondern um solche, die schon seit Jahren die Schule verlassen haben«, argumentierte er.

»Es geht ums Prinzip. Und wir behandeln die Daten unserer Schüler aus Prinzip vertraulich.«

»Gut, das verstehe ich«, sagte Fernando, stand auf und ging zur Tür. »Ich komme dann morgen mit einem Durchsuchungsbeschluss und drei Kollegen wieder. Dann müssen wir die Informationen eben selber zusammensuchen. Die Eltern Ihrer Schüler werden dann sicher verstehen, dass Sie keine Wahl hatten.« Er hob die Hand zum Gruß und öffnete die Tür. Er war sich ziemlich sicher, dass ihm der Staatsanwalt keinen Durchsuchungsbeschluss geben würde, doch Senhora Madeira reichte die bloße Androhung.

»Warten Sie!«, rief sie, als er schon mit einem Bein aus dem Büro war. »Ich lasse Ihnen die gewünschten Informationen morgen zuschicken.«

Fernando nickte und schloss die Tür hinter sich.

Er nutzte den Umstand, dass er schon mal in der Hauptstadt war, und fuhr aufs Lissabonner Polizeipräsidium, um Rui Venturas Akte persönlich abzuholen. Der junge Polizist war noch zur Schule gegangen, als Rui Ventura ertrunken war, händigte ihm aber ohne Umstände die Akte aus.

»Die Kollegen, die damals eventuell schon hier gearbeitet haben, sind gerade alle im Einsatz. Bewaffneter Raubüberfall in der Straßenbahn«, erklärte er. »Oder wollen Sie den Superintendente sprechen?«

»Das wird nicht nötig sein«, sagte Fernando, fuhr zum Park der Nationen, kaufte ein Eis und setzte sich dann ans Ufer des Tejos, um die Akte zu lesen.

Viel mehr als Fernando schon von Daniel und der Rektorin erfahren hatte, stand nicht drin. Aus unbekannten Gründen war Rui bei einem Angelausflug mit seinem Vater auf der Fahrt zurück in den Hafen ins Wasser gefallen. Adalberto Ventura hatte nicht genau sagen können, wann und wo es passiert war. Er hatte sich mit Rui darüber unterhalten, wie sie den gefangenen Fisch am besten zubereiten würden, dann hatte er sich auf die Fahrt konzentriert. Als er sich nach geschätzten zehn Minuten nach seinem Sohn umgedreht hatte, war er nicht mehr da gewesen. Natürlich hatte er sofort kehrtgemacht und den Jungen gesucht, wenig später war ihm die Küstenwache zu Hilfe gekommen. Ruis Schwimmweste, die er nach Angaben des Vaters immer getragen, aber oft nicht gut geschlossen hatte, war auf den Wellen getrieben. Die Leiche blieb verschwunden.

Fernando hatte Sodbrennen. Vermutlich vertrug sich zu viel Kaffee nicht so gut mit Himbeereis. Vielleicht waren es aber auch die vier Todesfälle, die ihm sauer aufstießen.

Der Atlantik tötete oft und schnell, das stimmte. Trotzdem wollte Fernando nicht glauben, dass ein gesunder Fünfzehnjähriger nicht eine halbe Stunde in der See hätte überleben können, die, so stand es in der Akte, an diesem Tag sehr ruhig gewesen war. Anfang Juli war der Atlantik nicht gerade tropisch warm, aber auch nicht so kalt, dass man schnell auskühlte. Und war es nicht ein sehr unglücklicher Zufall, dass Rui seine Schwimmweste verloren haben sollte?

Die damals ermittelnden Beamten hatten vermutet, dass Rui beim Fallen mit dem Kopf gegen das Boot gestoßen und bewusstlos geworden sei. Da er die Schwimmweste verloren habe, sei er einfach untergegangen. Es gab noch andere mögliche, wenn auch unwahrscheinliche Erklärungen für seinen schnellen Tod: eine Panikattacke oder den Angriff eines Weißspitzen-Hochseehais, von dem vor der portugiesischen Küste noch einige Exemplare den Netzen der Thunfischfängern entkommen waren.

Fernando schloss die Akte. Die Gedanken drehten sich so schnell in seinem Kopf, dass ihm davon ganz schwindelig wurde, aber weiter kam er nicht. Vier Jungen, die in die gleiche Klasse gegangen und nun alle tot waren. Ertrunken. Einer, der Zauberlehrling, mit ziemlicher Sicherheit ermordet, die anderen drei vielleicht einfach nur verunglückt. Vielleicht aber auch nicht. Eine Rektorin, die sich nicht erinnern wollte, Eltern, die ausweichend antworteten, Freundinnen, die unauffindbar waren. Und dieses große Unbehagen in seiner Brust.

Er ließ sich ins Gras fallen und schaute nach oben, wo die Gondeln der kleinen Seilbahn über dem Wasser schwebten. Zwei Kinder winkten ihm zu, er winkte zurück.

26

Während Fernando in Lissabon weniger herausgefunden hatte als erhofft, hatten Mafalda und Raquel gemeinsam mit den Surfern den Praia da Samoqueira aufgeräumt. Die Freiwilligen hatten wie jedes Jahr nach der Hauptsaison mehrere Tage lang zerbrochene Sandschaufeln, schlaffe Luftballons, leere Bierdosen, Plastikschnüre, Unmengen von Zigarettenfiltern und anderes Vergessenes, Weggeworfenes und Angeschwemmtes aus dem Sand geklaubt, in großen Säcken verschnürt und zum kleinen Transporter geschleppt, der die Fuhre zur Mülldeponie bringen würde.

»Du glaubst gar nicht, was wir da alles gefunden haben«, sagte Mafalda, die gerade mit einem Korb voller lila und grüner Feigen aus dem Garten kam, als Fernando vor der Quinta parkte.

»Was macht Raquel eigentlich an diesen Aufräumtagen?«, fragte er und nahm seiner Oma den Korb ab.

»Erst geht sie schwimmen. Es ist erstaunlich, wie viel Ausdauer sie hat. Wie macht sie das bloß?«

»Sie schwimmt mit den Wellen statt dagegen«,

wiederholte Fernando, was Samira ihm auf die gleiche Frage geantwortet hatte, auch wenn er sich nicht ganz sicher war, ob es stimmte. Als er selbst versucht hatte, »mit den Wellen zu schwimmen«, war er nämlich erst keinen Meter weit gekommen, dann abgetrieben, fast vor einer Klippe gelandet und hatte am Ende mehr Muskelkater als je zuvor gehabt.

»Und nach dem Schwimmen«, fuhr Mafalda fort, »buddelt sie mit der Nase ein bisschen am Strand herum. Es ist erstaunlich, wie viel Dreck oft unter einer sauberen Oberfläche liegt.«

»Ich kann es mir vorstellen.«

»Heute hat sie aber auch etwas gefunden, was du eventuell noch gut gebrauchen kannst.«

Fernando nahm eine der Feigen aus dem Korb. Feigen schmeckten nur dann wirklich gut, wenn man sie im richtigen Moment vom Baum pflückte, an dem Tag, an dem ein Nektartropfen wie eine durchscheinende Perle am Fruchtansatz hing. Mafalda wusste das. Fernando biss in die Frucht, und sie war perfekt: süß wie Marzipan, frisch wie Quellwasser.

»Was kann ich gut gebrauchen?«, fragte er.

»Der Praia da Samoqueira war doch der Strand, an dem dieser junge Koch ermordet wurde, nicht wahr? Und du hast erzählt, dass er sich nicht von seinen Fesseln befreien konnte, weil er den falschen Schlüssel dabeihatte.«

»Stimmt.«

»Habt ihr den richtigen Schlüssel gefunden?«

»Nein, das Team von der Spurensicherung hat zwar die ganze Bucht abgesucht, aber es war ja auch ein ziemlich aussichtsloses Unterfangen. Zumal der Schlüssel wahrscheinlich gar nicht am Strand, sondern im Meer oder in irgendeinem Mülleimer entsorgt wurde.«

»Vielleicht aber auch nicht«, sagte Mafalda und zog eine kleine Plastiktüte aus der Tasche ihrer weiten türkisen Haremshose, die sie von einem der Surfermädchen im Tausch gegen einen ihrer rosa Glitzerkaftane bekommen hatte.

In dem transparenten Tütchen lag ein kleiner Metallschlüssel.

»Ihr müsstet natürlich noch ausprobieren, ob das nun überhaupt der richtige Schlüssel ist«, sagte Mafalda.

Fernando nahm ihr die Tüte ab. »Unglaublich«, murmelte er.

»Ich habe den Schlüssel nicht angefasst, wegen der Fingerabdrücke. Der Manager vom Surfklub hat extra für mich eine Pinzette und die Plastiktüte aus dem Auto geholt.«

»Avó, du bist grandios.« Fernando drückte Mafalda einen dicken Kuss auf die Stirn.

Ihre Wangen wurden ein bisschen rosa.

»Das ist nicht alles. Wir haben dir noch etwas vom Strand mitgebracht.« Fernando rechnete damit, dass sie einen weiteren Gegenstand aus der Tasche ziehen würde, aber sie lächelte nur verschmitzt und sagte: »Sitzt in der Küche.«

Von der Tür aus sah Fernando zunächst nur Raquel, die mitten im Weg lag und schlief, und seine Mutter, die am Herd stand, in einer Pfanne herumrührte und dabei über ihre Schulter schräg nach hinten schaute. Dort saß Samira am Tisch und rieb Käse.

»Olá, Fernando«, sagte sie freundlich und gab ihm mit einem leichten Schulterzucken und großen Augen zu verstehen, dass sie auch nicht so richtig wusste, wie sie in dieser Küche gelandet war, aber jedes Spiel mitspielen würde.

Fernando beschloss, überhaupt keine Spielchen zu spielen. Er ging auf Samira zu und küsste sie. Nicht zweimal auf die Wange, sondern einmal, mitten auf ihren schönen Mund. Teresa fiel der Holzlöffel aus der Hand, er landete auf dem Küchenboden und verspritzte Öl und Zwiebelstückchen.

»Ihr kennt euch also«, sagte sie und klang dabei ein bisschen verwirrt und ein bisschen hoffnungsvoll.

»Ziemlich gut sogar«, sagte Fernando, obwohl er sich gar nicht so sicher war, ob das stimmte.

»Raquel ist am Strand plötzlich losgestürmt und hat Samira vor Freude fast umgeworfen, da habe ich doch mal nachgefragt, ob sich die beiden kennen«, erklärte Mafalda.

»Und dann habe ich erzählt, dass ich so etwas wie Raquels inoffizielle Schwimmtrainerin bin.«

»Warst du auch zum Aufräumen da?«, fragte Fernando.

»Nein, ich bin geschwommen.«

»Sie ist von Sines nach Porto Covo geschwommen«, stellte Mafalda klar.

»Warum sollte man so etwas Verrücktes tun?«, murmelte Teresa, aber niemand antwortete.

»Und dann war deine Großmutter so lieb, mich zum Essen einzuladen. Ich hoffe, du hast nichts dagegen.«

»Im Gegenteil«, sagte Fernando.

Teresa stellte Teller und Gläser auf den Tisch und schenkte allen Weißwein ein. Allen, bis auf Fernando. »Du willst ja sicher gleich noch die Senhora nach Hause bringen«, sagte sie.

Ohne länger darüber nachzudenken, sagte Fernando: »Du kannst auch gerne hier schlafen, wenn du möchtest.«

»Gerne«, sagte Samira.

Teresa tat so, als wäre das alles ganz normal, und goss nun auch Fernando Wein ein. Die Hälfte floss auf den Tisch und lief in einem Rinnsal zwischen den Tellern entlang.

Samira holte einen Lappen von der Spüle und wischte.

»Wie alt sind Sie?«, fragte Teresa.

»Sechsundzwanzig.«

»Das ist ein gutes Alter. Wollen Sie Kinder?«

»Mãe«, stöhnte Fernando.

336

Samira nahm einen Schluck Wein und lächelte. »Lieber nicht«, sagte sie.

Teresas Gesichtszüge entgleisten. »Aber...«, begann sie.

»Teresa, das Essen brennt an«, sagte Mafalda streng, und die Schwiegertochter eilte zurück an den Herd.

Sie gingen früh zu Bett, müde vom langen Tag, dem Wein und Teresas neugierigen Blicken. »Das ist ein sehr schmales Bett«, sagte Samira, während sie ihr Trägerkleidchen und ihren Slip auszog.

Fernando zog sie an sich. »So passt es aber.«

Sie schliefen miteinander, leiser und schon vertrauter als die Male zuvor, und dann schliefen sie ein. Fernandos Brust lag an Samiras Rücken, seine Hand lag auf ihrer Brust, ihre Beine waren verschlungen. Ganz kurz tauchte Anabela in seinem Kopf auf, und ihm war, als wehte der Duft ihrer Haut durchs Zimmer. Fernando vergrub seine Nase in Samiras Haar und konzentrierte sich darauf, wie ihr Atem immer ruhiger wurde. Es fühlte sich gut an, mit jemandem zusammen unter der Decke zu liegen, dachte er, während er selbst ins Reich der Träume driftete.

Acht Stunden später wachte Fernando mit demselben Gedanken auf. Mit geschlossenen Augen strich er über ihre Haut. So warm und weich, dachte er, aber auch überraschend haarig. Viel haariger als am

Abend zuvor. Sie grunzte wohlig, und er schlug die Augen auf.

»Raquel!«

Das Schwein, das mit den Hinterbeinen noch auf dem Boden stand, den Kopf, die Vorderbeine und den halben Bauch aber schon auf die Matratze geschoben hatte, blinzelte.

»Runter von meinem Bett!«, forderte er, und Raquel gehorchte mit einem Seufzen. Einen Moment lang glaubte er, die Nacht mit Samira nur geträumt zu haben, aber dann hörte er durch das offene Fenster ihre Stimme. Er kniete sich aufs Bett und drückte gegen die blauen Fensterläden, bis sie aufschwangen und den Blick auf den Hof freigaben. Dort stand Samira und hängte Handtücher an die Wäscheleine. Sie hatte wieder ihr Trägerkleidchen angezogen, darüber eine seiner Strickjacken.

Er ging ebenfalls nach draußen, Raquel folgte ihm. Der Boden war taunass, und auch in der Sonne war es noch ziemlich kühl.

»Nett von deiner Freundin, dass sie hilft«, sagte Fernandos Mutter und stampfte in Kittelschürze und Pantoffeln von hinten an ihm vorbei. »Ich habe da allerdings mein eigenes System«, merkte sie an, als sie die Wäscheleine erreicht hatte, und nahm eines der Handtücher wieder ab.

Samira hielt inne. Sehr süß sah sie aus, wenn sie so erstaunt-belustigt guckte, fand Fernando.

»Also erst alle Küchenhandtücher nebeneinander

und dann die Badehandtücher«, erklärte Teresa. »Ganz hinten, wo jetzt noch keine Sonne hinkommt, die Waschlappen.«

Samira legte das Handtuch und die Wäscheklammern, die sie noch in der Hand hielt, zurück in den Korb. »Trocknet es dann besser?«, fragte sie.

»Es sieht auch ordentlicher aus und spart beim Abhängen viel Zeit«, belehrte sie Teresa und ordnete die nasse Wäsche neu.

»Komm«, sagte Fernando. »Wir frühstücken im Dorf.«

Samira holte ihren Neoprenanzug und ihre Tasche, die sie beim Schwimmen immer mitnahm. Raquel sprang auf die Rückbank.

»Wie ist das hier eigentlich?«, fragte Samira, während sie über den Feldweg ruckelten. »Müsste die Frau, die du einmal heiratest, mit auf die Quinta ziehen?«

»Nur wenn ich will, dass die Ehe gleich wieder geschieden wird«, erwiderte Fernando lachend.

»Das ist gut.«

»Interesse?«, fragte Fernando leichthin.

Jetzt lachte Samira. »Genauso wenig wie du«, sagte sie und legte ihm eine Hand auf den Oberschenkel. »Aber ich mag dich sehr.«

»Ich dich auch«, entgegnete Fernando beglückt darüber, dass die Dinge manchmal so einfach sein konnten. Er parkte den Pick-up gegenüber vom Café do Porco Polícia.

Samira zeigte auf das Schild. »Ist das etwa Raquel?«

»Ja, obwohl sie in Wirklichkeit natürlich viel besser aussieht. Das ist ihr Stammcafé.«

»Ihr Stammcafé«, wiederholte Samira ungläubig.

»Ich muss dich auch noch vorwarnen: Alle werden dich anstarren.«

»Weil?«

»Weil du schön und jung bist und nicht aus dem Dorf kommst. Und weil sich seit Tagen das ganze Dorf darüber das Maul zerreißt, dass ich schwul bin.«

»Oh, das ist mir noch gar nicht aufgefallen«, bemerkte Samira grinsend.

Fernando erzählte von Lúcia und von Mathéos Kuss.

Samira lachte noch mehr. »Und was willst du jetzt?«

»Was meinst du?«

»Sollen sie weiter glauben, dass du auf Jungs stehst, oder nicht?«

»Am liebsten würde ich mit Mathéo bei seinem nächsten Besuch so lange Händchen haltend und knutschend durchs Dorf laufen, bis sich alle an den Anblick gewöhnt haben.«

»Aber?«

»Aber ich bin nicht so mutig und will Mathéo ja auch gar nicht küssen.«

Sie stiegen aus, und Fernando öffnete Raquel die Tür.

»Gut«, sagte Samira und nahm seine Hand. »Dann wollen wir den Gerüchten mal ein Ende bereiten.«

Sie gingen ins Café, um zu bestellen. Es war Samstag, und am Tresen standen die Männer, die hier auch am Wochenende ihren täglichen Bica tranken. Fernando schaute nicht hin, aber er spürte ihre Blicke in seinem Rücken, als Samira sich eng an ihn schmiegte und ihre Hand über seinen Rücken gleiten ließ. Sie trug immer noch Fernandos Strickjacke über ihrem kurzen Kleid, ihre Haare waren offen und ziemlich zerzaust. Sie sah aus, als wäre sie gerade aus seinem Bett gefallen, dachte Fernando. Und das stimmte ja auch.

»Bom dia, Fernando«, sagte Rodrigo. Er bemühte sich nicht einmal, so zu tun, als würde er Samira nicht anstarren. »Bom dia, Senhora.«

»Das ist Samira«, erklärte Fernando und legte einen Arm um ihre Schulter.

»Sehr angenehm.« Rodrigo versprach, ihnen in fünf Minuten Kaffee und Baguettes auf die Terrasse zu bringen. »Und einen Obstsalat mit Sahne für Raquel, richtig?«

»Richtig.«

Nach dem Frühstück sagte Samira: »Wir müssen uns noch küssen.«

»Hier?« Fernando dachte an die Männer im Café und die vielen Alten, die auf dem alten Marktplatz auf der anderen Straßenseite gerade diskutierten, ob sie lieber in der Sonne oder im Schatten sitzen wollten. Und an Sonya, die in den letzten zehn Minuten auffallend häufig den Kopf aus ihrer Ladentür gesteckt hatte.

»Hier«, sagte Samira und griff mit beiden Händen nach seinem Gesicht. Sie küssten sich, und halb Sonega schaute ihnen dabei zu. Die andere Hälfte, da war sich Fernando sicher, würde spätestens am Abend Bescheid wissen.

Er dachte an den Schlüssel, den Raquel ausgegraben hatte und den er möglichst schnell zu den Experten in Setúbal bringen wollte. »Ich muss gleich zur Arbeit.«

»Heute ist doch Samstag.«

»Der muss heute leider ausfallen. Soll ich dich vorher zu Hause absetzen?«

»Kannst du mich auch ans Meer bringen?«

Bevor Fernando antworten konnte, schob sich eine große Gestalt zwischen ihn und die Sonne.

»Hi, Inspektor!«, rief Gary Watson. Schlimmer noch: Schräg hinter ihm näherte sich Anabela. »Ich bin Gary. Und du bist sicher Fernandos Freundin. Schön, dich kennenzulernen«, sagte Gary und schüttelte Samiras Hand.

Er und Anabela hatten den Kuss also auch gesehen, folgerte Fernando und spürte, wie Hitze seinen Hals emporkroch. Gleichzeitig entging ihm nicht, dass Gary Samiras Hand länger festhielt als nötig und ihr dabei in die Augen schaute.

»Dein Gips ist ab«, stellte Fernando fest.

»Wir fahren heute zur letzten Kontrolle. Vorher wollten wir noch einen Kaffee trinken«, sagte Gary.

Raquel ging Anabela entgegen, die sie ausgiebig kraulte.

Fernando stand auf. »Wir müssen leider los.«

»Bom dia, Fernando«, sagte Anabela. Sie lächelte, aber so, dass Fernando ganz traurig davon wurde. Dann wandte sie sich an Samira. »Ich bin Anabela«, sagte sie, und Gary ergänzte: »Sie ist Raquels Trainerin.«

»Ich habe schon von dir gehört. Ich bin Samira, Raquels Schwimmlehrerin.«

Fünf Minuten später startete Fernando den Wagen. »Nach Porto Covo zum Strand?«

»Bitte.«

»Warum schwimmst du eigentlich so viel?«

»Ich bin gerne im Meer.«

Fernando dachte daran, was sie Milan am Strand erzählt hatte. Und daran, dass offenbar ein Teil ihrer Familie schon tot war. Wer wusste schon, vor welchen Dämonen sie davonschwimmen wollte. Aber das behielt er für sich und fragte stattdessen, ob sie für einen Wettkampf trainiere oder vielleicht als Langstreckenschwimmerin einen neuen Rekord aufstellen wolle.

»Wettkämpfe sind doof, Rekorde auch«, sagte Samira. »Ich bin wirklich einfach gerne im Meer.«

Eine Weile schwieg sie, dann sagte sie: »Diese Anabela dachte aber nicht, dass du schwul bist.«

»Nein. Sie weiß, dass ich es nicht bin.«

27

Der Schlüssel passte.

»Die Jungs vom Labor haben für uns eine Extraschicht eingelegt und im Rekordtempo gearbeitet. Und auf dem Schlüssel auch noch einen wunderbaren Fingerabdruck gefunden, der nicht von Simão stammt. Schweiß und Sonnencreme sei Dank«, berichtete Patricia.

Es war ein heißer Samstagnachmittag, trotzdem wirkten alle Kriminalbeamten ungewöhnlich aufgedreht. Fernando kannte das von früheren Fällen: Kam man wochenlang kein Stückchen weiter, reichte manchmal schon eine neue Spur, und alle führten sich auf, als hätte man ihnen Koffein in die Venen gespritzt. Nur Raquel schlief seelenruhig in ihrer Ecke.

»Lag der Schlüssel in der Bucht, in der Simão gestorben ist?«

»Nein, etwa fünfzig Meter entfernt, am Hauptstrand. Wer auch immer für den Austausch der Schlüssel verantwortlich war, hat ihn anschließend vermutlich einfach irgendwo im Sand vergraben. Es war ja auch fast ausgeschlossen, dass ihn da irgendjemand so schnell finden würde«, sagte Fernando.

»Wird Raquel jetzt befördert? Verdient hätte sie es ja«, bemerkte Daniel Figo.

Fernando wurde der neue Kollege immer sympathischer.

»Wenn sie auch noch denjenigen findet, der zu den Fingerabdrücken gehört, können wir darüber sprechen. Vorher nicht«, sagte Patricia. »Das Register der Vorbestraften haben wir schon überprüft: Fehlanzeige. Und dann hat das Labor den Fingerabdruck auch mit denen von Miguel da Almeida und Cristiano Serpa verglichen, aber auch da gab es keine Übereinstimmung.«

»Der Fingerabdruck stammt ja auch gar nicht zwangsläufig vom Täter. Jeder Urlauber könnte den Schlüssel unter seinem Badehandtuch entdeckt, aufgehoben und wieder weggeworfen haben«, sagte Martins. Es war ein Gedanke, der keinem der Ermittler gefiel.

»Leider haben Sie recht«, sagte Patricia. »Aber vielleicht haben wir ja Glück. Konnten Sie inzwischen mehr darüber herausfinden, was jetzt mit Cristianos Vermögen passiert?«

Tomás Martins nickte. »Sehr viel war nicht mehr da, knapp vierzigtausend Euro. Das bekommt jetzt eine Tierschutzorganisation in der Algarve, so hatte es Cristianos Mutter festgelegt.«

»Ist diese Tierschutzorganisation denn seriös?«, fragte Figo.

»Zumindest können wir wohl davon ausgehen,

dass die Organisation Cristiano nicht umgebracht hat, um an das Erbe zu kommen«, sagte Martins.

»Falls ihn überhaupt jemand getötet hat. Denn bisher deutet ja nichts wirklich darauf hin.«

»Außer der Tatsache, dass zwei seiner ehemaligen Klassenkameraden im gleichen Monat ebenfalls unter merkwürdigen Umständen ertrunken sind.«

»Die Rektorin der St.-Anna-Schule war ausgesprochen unkooperativ, aber immerhin hat sie mir vorhin die Namen aller Schüler gemailt, die damals mit den dreien in eine Klasse gegangen sind«, sagte Fernando. »Vielleicht kann einer von denen uns mehr über die Freundschaft der Jungen erzählen.«

»Ich kann dir gleich dabei helfen, die alle anzurufen«, bot Daniel Figo an.

»Von der Spurensicherung gibt es auch interessante Neuigkeiten«, berichtete Patricia. »Sie haben zwei lange Haare gefunden: eines auf einer von Cristianos Unterhosen, eines in Miguels Bett. Beide Haare stammen von derselben Frau.«

»Diese Micaela, Miguels unauffindbare Freundin, gab es also wirklich«, sagte Fernando. »Und sie kannte auch Cristiano.«

»Und ist ihm vielleicht sogar an die Wäsche gegangen«, sagte Patricia.

»Oder das Haar ist von Cristianos Freundin Célia, und sie hat auch bei Miguel im Bett geschlafen. Vielleicht gab es auch noch eine dritte Frau.«

»Oder Micaela und Célia sind dieselbe Person«,

sagte Patricia. »Vielleicht sind wir schlauer, wenn die Kollegen mit Cristianos Zimmer fertig sind.«

»Wie weit sind sie denn?«, fragte Tomás Martins.

»Es wird noch ein paar Tage dauern, all die Papierstapel durchzugehen und die Spuren im Labor auszuwerten.«

»Und Miguels Wohnung?«, fragte Fernando. Figo und Martins hatten sich die Wohnung kurz angeschaut, er selbst hatte sie nur auf Fotos gesehen und festgestellt, dass sie das komplette Gegenteil von Cristianos Zimmer war: groß, aufgeräumt, minimalistisch.

»Im Vergleich war die ja ein Kinderspiel. Für eine Studentenbude haben sie bei Miguel erstaunlich wenig Fingerabdrücke gefunden. Vielleicht gibt sein Computer noch etwas her. Die Experten nehmen ihn gerade auseinander.«

»Da hatte Senhor da Almeida also recht damit, dass Miguel nur wenig Freunde hatte.«

»Ja. Und der eine Freund, den er hatte, ist ebenfalls tot. Wir sollten dringend herausfinden, ob Miguel und Cristiano auch nach der Schulzeit Kontakt zu Simão Gomes hatten.«

»Ich könnte noch mal die Eltern befragen und mich an der Universität und in Vila Nova de Milfontes umhören«, schlug Tomás Martins eifrig vor.

»Und wir nehmen uns jetzt die Liste vor«, sagte Daniel Figo, etwas weniger eifrig.

»Ich habe Hunger«, sagte Fernando, der seit dem Frühstück mit Samira nichts gegessen hatte.

»Ich habe immer Hunger«, sagte Daniel. »Sollen wir noch schnell eine Kleinigkeit essen gehen?«

Fernando schüttelte den Kopf. »Es geht viel schneller, wenn ich uns etwas hole«, sagte er. »Pizza?«

»Gerne. Für mich eine Frutti di Mare. Und etwas Süßes, bitte.«

Fernando brachte Raquel zu Daniel ins Büro. Mit einem Schwein durch die Innenstadt zu laufen, war erfahrungsgemäß zwar sehr lustig, aber ziemlich zeitaufwendig, weil so viele Passanten Raquel anfassen wollten.

Dann machte er sich auf den Weg zum Mercado do Livramento. In der riesigen Markthalle war es ruhiger und leerer als sonst – die Restaurants und Einheimischen kauften hier früh am Tag ein, wenn der Fisch fangfrisch von den Booten kam. Inzwischen waren die Frauen, die hier am Vormittag die Sardinen und Makrelen so laut anpriesen, dass sie am Nachmittag ein bisschen heiser waren, nach Hause gegangen. Das Eis, auf dem die Fische gelegen hatten, war getaut, und die Stände waren geschlossen. Auch ein paar der Gemüse- und Obstverkäufer begannen, ihre Zelte abzubrechen.

»Inspektooor!«, rief eine alte Frau quer durch die Halle und fuchtelte wild mit den Händen.

Fernando lächelte und ging auf ihren farbenprächtigen Stand zu. Hier lagen Kräuter-, Honig- und

Karamellbonbons, bunt geringelte Zuckerstangen, große Brocken türkischer Nougat und die Spezialität der Senhora, ihre selbst gemachten Gomas, Wein- und Fruchtgummi in Herz- und Blumenform, das schmeckte, als würde man in süßen Saft beißen. Sie versorgte die Beamten der Polícia de Segurança Pública seit Jahrzehnten.

»Viel Arbeit, wie?«, erkundigte sie sich und reichte ihm eine durchsichtige Plastiktüte und eine kleine Schaufel. »Vergessen Sie nicht, ein bisschen mehr für Ihren neuen Kollegen einzupacken.«

»Der hat mich ja geschickt«, erwiderte Fernando. Während er die Tüte füllte, fragte er nach ihren Enkelkindern, vergaß aber gleich wieder, was sie sagte, weil er in Gedanken bei den Mordfällen war. Sie wog ab, er zahlte und ging weiter, an einem Stand mit Gewürzen und Kaffee und am Fleischer vorbei, der in seiner Kühltheke drei große Schweineköpfe liegen hatte. Schließlich bog er in einen kühlen, halbdunklen Gang ab, der nach draußen führte.

Die Tür der Markthalle fiel hinter ihm zu, er blinzelte in die Sonne und wollte sich gerade nach links wenden, als er völlig unerwartet nach vorn gestoßen wurde. Er spürte eine kleine harte Hand in seinem Rücken, dann fühlte es sich an, als ob ihm der Boden unter den Füßen weggezogen wurde. Im nächsten Moment lag er auf der Rückbank eines grünen Passats, halb unter der Frau, die ihn erst ins Auto geschubst hatte und dann hinterhergesprungen war. Die Wagentür knallte zu, die Zentralverriegelung gab ein klickendes Geräusch von sich, und das Auto setzte sich in Bewegung.

»Ich hoffe, ich habe Ihnen nicht wehgetan. Sie können sich jetzt gerne hinsetzen«, sagte die Frau und rutschte von ihm herunter. Er setzte sich und blickte zur Seite. Von ihrem Gesicht sah er nur die untere Hälfte: ein spitzes Kinn und eine knollige Nasenspitze. Der Rest war von einer riesigen Sonnenbrille bedeckt, um die Haare hatte sie ein Tuch geschlungen. Die hinteren Fenster waren mit Spezialfolie verdunkelt. Vom Fahrer konnte er zwischen Sitz und Kopfstütze nur einen sauber rasierten, sehr breiten Nacken und ein Stück schwarzes Hemd sehen.

Falls das eine Entführung war, dachte Fernando, war es eine ausgesprochen dilettantische. Er konnte durch die Windschutzscheibe sehen, wo sie hinfuhren, er war nicht gefesselt und hätte jederzeit den Fahrer würgen oder seine Dienstwaffe ziehen können. Vorausgesetzt, er hätte seine Dienstwaffe dabeigehabt. Sicherheitshalber fragte er nach: »Entführen Sie mich gerade?«

»Nur für eine halbe Stunde. Ich heiße Andreia Nicolau und muss mit Ihnen sprechen.«

Ihr Name sagte Fernando nichts, trotzdem merkte er, wie sich seine Schultern ein bisschen lockerten. »Hätten wir das nicht auch in einem Café tun können?«

»Vor sieben Jahren war ich Inspektorin bei der Polícia de Segurança Pública in Lissabon«, erwiderte sie, als würde das irgendetwas erklären.

Fernando schaute zwischen den Kopfstützen der Vordersitze nach vorn auf die Straße. Sie kurvten durch eine hügelige Wohngegend im Osten der Stadt, vorbei an gelben und lachsfarbenen Reihenhäusern, vor denen weiße Bettlaken trockneten.

Es war sieben Jahre her, dass Rui Ventura aus dem Boot gefallen war. Und dass Andreia Nicolau ausgerechnet jetzt mit ihm sprechen wollte, bedeutete vermutlich, dass es genau darum ging.

»Wenn ich mich richtig erinnere, haben Sie damals gar nicht ermittelt«, sagte er. »Zumindest stand Ihr Name nicht in der Akte.«

Sie wusste offenbar sofort, wovon er sprach.

»Ich hätte mich auch geweigert, unter diese Akte meinen Namen zu setzen.«

»Dann war es also Ihrer Meinung nach kein Unfall?«

»Rui Ventura hat sich umgebracht«, sagte sie. Und dann erzählte sie ihm, wie einige Tage nachdem Rui ertrunken war, ein Mädchen sie in ihrem Büro besucht hatte: Carolina Torres, neunzehn Jahre alt und Ruis große Schwester, das hatte sie zumindest behauptet. »Sie waren nicht verwandt, sind aber nur zwei Straßen entfernt voneinander aufgewachsen und hatten wohl ein sehr enges Verhältnis. Wenn ich mich richtig erinnere, haben sie sich schon sehr früh kennengelernt, als Ruis Mutter nach der Geburt eine Wochenbettdepression hatte. Ihr Mann engagierte Senhora Torres, um seine Frau zu entlasten, und die brachte ihre kleine Tochter mit. Später war Rui auch häufiger bei den Torres, wenn seine Eltern verreisen mussten. Und als er älter wurde, haben die beiden wohl schon deshalb viel gemeinsam unternommen, weil sie beide Einzelkinder und in ihren Schulen eher Außenseiter waren.«

»Wissen Sie, warum sie Außenseiter waren?«, fragte Fernando.

Carolina sei stark übergewichtig gewesen, erinnerte sich Andreia Nicolau. »In diesem Alter kann das ja schon Grund genug sein, keinen Anschluss zu finden. Leider.«

»Und Rui?«

»Rui war sehr schüchtern und ängstlich. In seiner Schule gab es eine Clique, die ihn wohl extrem gemobbt hat. Das stand im Abschiedsbrief. Carolina hat mir die unschönen Einzelheiten erzählt: von Beschimpfungen bis zu Hausarbeiten, die am Tag der Abgabe mit Rotwein oder Urin übergossen wurden. Außerdem haben sie ihn gezwungen, im rosa Tutu durch die Stadt zu laufen, und eine Art Schutzgeld erpresst. Am Ende ist es so weit ausgeartet, dass sie ihn mit einer Gurke missbraucht haben. Das haben sie gefilmt und ihm damit gedroht, es im Internet zu veröffentlichen.«

»Wissen Sie, wer zu dieser Clique gehört hat?«

»Meine Aufzeichnungen des Gesprächs wurden alle zerstört, aber ich meine, dass der Anführer der Clique Rafael hieß.«

»Warum hat Rui nicht seinen Vater um Hilfe gebeten? In seiner Position hätte er doch sicher dafür sorgen können, dass die anderen Jungs von der Schule fliegen.«

»Er hat seinen Vater um Hilfe gebeten, obwohl dieser kaum besser war als seine Peiniger in der Schule. Carolina hat angedeutet, dass er Rui ziemlich hart dafür bestraft hat, dass er nicht seinen Erwartungen entsprach.«

»Hat er ihn geschlagen?«

»Auch, aber selten. Dafür hat er laut Carolina regelmäßig sogenannte Abhärtungswochenenden für den Jungen organisiert. Er musste mit zum Fischen, obwohl er immer seekrank wurde und überzeugter Vegetarier war. Er musste sich Stierkämpfe anschauen, Gewaltmärsche absolvieren und stundenlang mit schwerem Gepäck durch den Schlamm robben.« Andreia Nicolau seufzte. Dann fügte sie hinzu: »Ventura war beim Militär, bevor er in die Politik ging.«

»Und die Mutter?«

»Hat sich von ihrer Wochenbettdepression nie wirklich erholt und konnte gegen ihren Mann offenbar nichts ausrichten. Seit Ruis Tod ist sie in einem privaten Sanatorium in Porto untergebracht, einer Art geschlossene Anstalt für reiche Leute.«

»Die Venturas haben also nichts gegen das Mobbing unternommen?«

»Adalberto Ventura hat gesagt, Rui müsse lernen, sich durchzusetzen. Weil er das als Mann später im richtigen Leben auch können müsse.«

»Und das stand alles so im Abschiedsbrief?«

»Nicht alles, aber da stand so viel, dass es problemlos ausgereicht hätte, um Venturas politische Karriere zu beenden. Und das wollte er wohl vermeiden.«

»Wie hat er es angestellt?«

»Sancho Rosário hat den Fall übernommen, das Mädchen nach Hause geschickt und den Abschiedsbrief verschwinden lassen. Carolina sei geistig verwirrt gewesen und hätte den Brief selber geschrieben, hat er gesagt.«

»Sancho Rosário, der Superintendente?«, hakte Fernando ungläubig nach.

»War er damals noch nicht. Aber als der damalige Superintendente einige Monate später in Rente ging, wurde Rosário überraschend befördert. Und sein Cousin, dem eine Baufirma in Lissabon gehört, hat erstaunlich viele Aufträge von der Stadtverwaltung bekommen.«

»Und Sie?«

»Als ich nicht lockergelassen habe, hat ein Häftling ausgesagt, ich hätte ihn während der Verhöre genötigt, mit ihm zu schlafen. Man hat meine Wohnung durchsucht und einen teuren Laptop aus Polizeibesitz gefunden, angeblich Diebesgut. Mir wurde angeboten, dass man von einem Disziplinarverfahren absehen würde, wenn ich kündige.«

Fernando öffnete die Plastiktüte und hielt sie Andreia Nicolau hin. Sie lehnte dankend ab. Er steckte sich ein großes rotes Weingummi in den Mund, aber auch der plötzliche Zuckerschub half seinem Hirn nicht zu verarbeiten, was er gerade gehört hatte.

»Ich nehme an, Sie haben weder mit dem Häftling geschlafen noch einen Laptop der Polizei gestohlen?«

»Ich habe erwogen, die Medien einzuschalten, aber dann hatte ich Angst, dass mir niemand glaubt. Zumal es ein Leichtes gewesen wäre, meine Glaubwürdigkeit weiter zu zerstören. Wer einen Häftling dazu bringt, so eine Aussage zu machen, und Diebesgut in meiner Wohnung deponiert, hätte mir sicher auch Drogen oder anderes unterschieben können.«

»Sie haben immer noch Angst, nicht wahr? Deshalb sind Sie nicht einfach in mein Büro gekommen, sondern haben mich in einer Seitenstraße in ein abgedunkeltes Auto geschubst.«

»Es tut mir leid«, sagte sie zerknirscht. »Aber ich dachte, es wäre für uns beide besser, wenn wir nicht zusammen gesehen werden.«

»Wie haben Sie überhaupt davon erfahren, dass ich mir die Akte zu dem Fall geholt habe?«

»Die Kollegin im Archiv war damals auf meiner Seite. Sie hat mich angerufen.«

»Ungefährlich war die Aktion mit dem Auto ja nicht. Ich hätte Sie auch erschießen können.«

Andreia Nicolau nahm die Sonnenbrille ab und lächelte ein wenig. »Ich habe mich natürlich im Vorfeld über Sie erkundigt, Inspektor Valente.«

Fernando fragte sich, was das heißen sollte. Glaubte sie, dass ein Mann, der sein Schwein nicht schlachten konnte und es deshalb zum Polizeischwein machte, überhaupt niemanden mehr töten konnte? Oder hatte sie gehört, dass er seine Dienstwaffe fast immer im Büro liegen ließ?

Er warf ihr einen Seitenblick zu. Sie war ein Stück kleiner als er und wog sicher zwanzig Kilogramm weniger. Es war ihm schon ziemlich peinlich, dass sie ihn so mir nichts, dir nichts ins Auto hatte stoßen können.

»Ich bin im Moment vielleicht nicht so fit, wie ich sein sollte«, murmelte er und nahm sich vor, in Zukunft noch häufiger mit Raquel schwimmen zu gehen.

Andreia Nicolaus Lächeln wurde breiter. »Nehmen Sie es nicht persönlich, Inspektor. Ich hatte das Überraschungsmoment auf meiner Seite. Abgesehen davon könnte ich fast jeden ins Auto schubsen. In den letzten sieben Jahren habe ich ziemlich viel Kampfsport gemacht.«

»Was ist aus Carolina geworden?«, wollte Fernando wissen.

»Sie hat auch nicht lockergelassen, sondern ist

in das Büro des Bürgermeisters spaziert. Dort hat sie behauptet, sie hätte noch eine Kopie von Ruis Abschiedsbrief – obwohl das gar nicht stimmte –, und hat ihm gegenüber geschworen, den Tod ihres Freundes zu rächen.«

»Und dann?«

»Und dann hatten sie und ihre Eltern einen Autounfall, sind auf die Gegenfahrbahn gekommen und mit einem Lastwagen zusammengestoßen. Die Eltern waren sofort tot, das Mädchen hat wie durch ein Wunder weitgehend unverletzt überlebt. Sie hat mich noch einmal besucht, völlig außer sich. Das Auto ihrer Eltern sei manipuliert worden, um sie zum Schweigen zu bringen, hat sie gesagt.«

»Halten Sie es für möglich, dass sie recht hatte?«

Andreia Nicolau schüttelte den Kopf. »Damals hatte ich noch Kontakt zu einem Kollegen. An dem Auto konnte nichts Auffälliges gefunden werden. Die Polizei hat vermutet, dass der Vater am Steuer eingeschlafen ist.«

»Wo wohnt Carolina heute?«

»Keine Ahnung. Kurz nachdem wir das letzte Mal miteinander geredet haben, war sie wie vom Erdboden verschluckt.«

»Ventura?«

»Das war mein erster Verdacht, aber ich hatte den Eindruck, dass seine Männer das Mädchen auch gesucht haben. Es gab eine uralte Nachbarin, mit der Carolina sich gut verstanden hat. Ich nehme an, sie hat ihr bei der Flucht geholfen. Vielleicht hatte sie noch irgendwo im Ausland Verwandte.«

»Lebt die Nachbarin noch?«

»Ich kann es mir nicht vorstellen, aber ich werde versuchen, es herauszufinden.«

»Glauben Sie, dass Carolina zurückgekommen ist, um Ruis Tod und den ihrer Eltern zu rächen?«

»Ich weiß es nicht, Inspektor. Aber ich würde es nicht ausschließen wollen.«

Fernando sah an der Straße, die vor ihnen lag, dass sie einen großen Bogen um die Stadt gemacht hatten und nun wieder auf dem Weg Richtung Jachthafen waren.

»Was ich nicht verstehe, ist die Tatsache, dass Rui ins Wasser gesprungen ist. Es muss ziemlich schwer sein, bewusst unterzugehen. Schließlich muss man dabei den Reflex unterdrücken, sich mit Schwimmbewegungen an der Wasseroberfläche zu halten.«

»Nicht, wenn man gar nicht schwimmen kann«, meinte Andreia Nicolau. Sie beugte sich vor und tippte dem Fahrer auf die Schulter. Der bremste ab, öffnete die Zentralverriegelung und ließ Fernando aussteigen. Der Wagen befand sich in einer Seitenstraße zwischen verfallenen Hafengebäuden.

»Wie kann ich Sie erreichen?«, fragte Fernando.

»Wenn es nötig ist, erreiche ich Sie«, sagte Andreia Nicolau, zog die Tür zu, und das Auto fuhr davon.

Ein bisschen benommen ging Fernando durch die

Straßen Setúbals zurück zum Revier und lauschte dem Echo in seinem Kopf: *Nicht, wenn man gar nicht schwimmen kann.* So lange, bis er in Daniel Figos Büro stand, wo dessen lautes Magenknurren alles übertönte.

»Da bist du ja endlich!«, rief der Kollege und schaute erst froh und dann entsetzt, als er Fernandos leere Hände sah. Raquel hob nur kurz den Kopf und schlief dann weiter.

Erst in diesem Moment fiel Fernando auf, dass er die Tüte mit den Süßigkeiten im Auto hatte liegen lassen. »Tut mir leid«, sagte er. »Die Pizza bestellen wir wohl doch besser telefonisch. Pizza und Nachtisch.«

Daniel schüttelte ungläubig den Kopf, aber er lächelte. »Es gibt auch gute Nachrichten«, sagte er. »Während du eine Stunde lang kein Essen geholt hast, habe ich nämlich schon einige Leute auf der Liste erreicht. Die meisten erinnern sich angeblich an gar nichts, als wäre es keine sieben, sondern siebzig Jahre her, dass sie in besagte Klasse gegangen sind.«

»Hast du nicht gesagt, dass du gute Nachrichten hast?«

»Habe ich auch. Einer hat nämlich doch geredet. Er hat gesagt, dass es in der Klasse eine ziemlich dominante Clique gegeben habe, zu der offenbar Simão, Miguel und Cristiano gehörten. Außerdem war ein gewisser Rafael Duarte dabei. Die ganze

Klasse habe gewusst, dass die Jungs aus dieser Clique Rui das Leben schwer machten, aber keiner habe etwas gesagt, aus Angst, selber in die Schusslinie zu kommen. Wie das eben an Schulen in diesem Alter so ist.«

Fernando setzte sich und sprang gleich wieder auf.

»Hast du schon versucht, diesen Rafael zu erreichen?«

»Ich habe nur seine Putzfrau erreicht. Sie hat mir erzählt, dass Rafael mit seiner Freundin momentan auf Madeira ist. Sie kommen morgen früh zurück.«

»Wir sollten ihn am Flughafen abfangen«, sagte Fernando.

»Ist es denn so dringend?«

»Ich fürchte, wenn wir nicht schnell mit ihm sprechen, könnte er einer der Nächsten sein, die tot im Meer treiben.«

»Wer denn noch?«, fragte Daniel Figo.

»Der Bürgermeister von Lissabon zum Beispiel.«

28

Filomena Cassis hielt beim Gehen ihren Oberkörper im rechten Winkel nach vorn gebeugt, sodass sie kaum viel mehr als den Boden vor ihren Füßen sah.

»Deshalb geht sie immer den Gang hinter dem Speisesaal auf und ab. Hier haben wir die schönsten Kacheln«, flüsterte die Pflegerin der Residência Sénior Miraverde, während sie und Fernando der Achtundneunzigjährigen dabei zusahen, wie sie sich langsam auf sie zubewegte. »Senhora Cassis!«, rief die Pflegerin.

»Ja?«

»Hier ist ein Inspektor von der Polizei, der mit Ihnen sprechen möchte.« Die Pflegerin sprach übertrieben laut und langsam, so wie es Menschen tun, die jeden Tag mit Schwerhörigen arbeiten oder die selbst nicht mehr gut hören können.

Filomena Cassis ging einfach weiter. Fernando trat einen Schritt zur Seite, um ihr nicht im Weg zu stehen. Spät am Vorabend hatte sich ihm beim Verlassen des Reviers ein Mann, vielleicht der breitschultrige Fahrer vom Vormittag, in den Weg gestellt und ihm die im Auto vergessene Tüte mit Süßigkeiten in die Hand gedrückt. Was für ein Aufwand wegen ein paar Gomas, hatte Fernando gedacht, aber als er auf der Heimfahrt nach dem letzten Karamellbonbon kramte, hatte er plötzlich einen Zettel in der Hand gehalten. *Die Nachbarin lebt. Filomena Cassis, 98, Residência Sénior Miraverde, Lissabon,* hatte darauf gestanden. Andreia Nicolau musste direkt nach ihrem Treffen Nachforschungen nach Carolinas alter Nachbarin angestellt haben. Dass sie ihn nicht einfach angerufen, sondern ihm eine Nachricht in der Süßigkeitentüte geschickt hatte, bedeutete zweifelsohne, dass sie eine Menge Angst hatte. Vielleicht aus gutem Grund, vielleicht aber auch, weil sie paranoid war – Fernando wusste es nicht.

»Ich bin im Speisesaal, wenn Sie mich brauchen, Inspektor«, sagte die Pflegerin und verschwand hinter einer der Holztüren.

Fernando setzte einen Fuß ganz dicht vor den anderen, um sich dem Tempo der alten Frau anzupassen. »Ich bin wegen Carolina Torres gekommen. Sie war vor einigen Jahren Ihre Nachbarin. Können Sie sich an sie erinnern?«

Filomena Cassis reagierte nicht.

»Rui, ein anderer Junge aus Ihrer alten Nachbarschaft, ist ertrunken. Kurz danach hatten Carolinas Eltern einen tödlichen Autounfall, das Mädchen hat überlebt, ist aber wenig später verschwunden«, versuchte Fernando, ihrer Erinnerung auf die Sprünge zu helfen.

Keine Reaktion. Doch gerade als er dachte, dass der Besuch im Altenheim vermutlich reine Zeitverschwendung war, erkundigte sich die Senhora mit zitternder Stimme: »Woher soll ich wissen, ob Sie einer von den Guten oder einer von den Bösen sind?«

»Das ist eine gute Frage.« Bis zu dem Gespräch mit Andreia Nicolau hatte Fernando noch geglaubt, dass die Zeiten, in denen die schlimmsten Verbrecher Polizeiuniform trugen, längst vorbei seien. Jetzt war er sich da nicht mehr so sicher.

»Sie könnten damit anfangen, mir Ihr Gesicht zu zeigen«, schlug Senhora Cassis vor. Sie blieb stehen und drehte ihren Kopf so langsam wie eine Schildkröte zur Seite. Fernando vermutete, dass sie in dieser Position zwar seinen Bauch, aber immer noch nicht sein Gesicht sehen konnte. »Sie müssten Ihren Kopf etwa einen Meter absenken, junger Mann«, fuhr sie ungeduldig fort.

Der Inspektor sah einen Stuhl an der Wand stehen und setzte sich. Er war erleichtert: Das Alter hatte Filomena Cassis das Rückgrat gekrümmt und die Stimme gebrochen, ihrem Geist hatte es aber offenbar nichts anhaben können.

»So geht es«, sagte sie und musterte ihn.

Sie hatte kleine funkelnde Augen, eine hohe Stirn, eine sehr lange, große Nase, ein fliehendes Kinn und Falten, die aussahen, als ob sie in ihrem Leben mehr gelacht als geweint hätte. An irgendjemanden erinnerte sie Fernando, er kam nur nicht darauf, an wen.

»Sie haben sehr schöne lange Wimpern«, sagte sie. Und dann wurde ihr Lächeln breiter. »Sie sind doch der Inspektor mit dem Schwein. Ich habe Sie in der Zeitung gesehen.«

»Das bin ich.«

»Wo ist Raquel?«

»Im Auto.«

»Bringen Sie mich zu ihr«, befahl sie.

»Darf ich Sie schieben?«, fragte Fernando und zeigte auf einen der Rollstühle, die in der Eingangshalle standen.

»Man wird keine achtundneunzig Jahre alt, wenn man sich schieben lässt, Inspektor«, sagte Cassis und ging an den Rollstühlen vorbei.

Unendlich langsam näherten sie sich dem Parkplatz. Über Nacht war es kühl geworden. Der Himmel an diesem Sonntagmorgen Ende August war bewölkt, und ein kalter Wind pfiff um die Häuserecken. Fernando zwang sich, nicht auf die Uhr zu schauen. Um zehn Uhr war er mit Patricia vor dem Haus des Bürgermeisters verabredet. Eine halbe Stunde später würden Martins und Figo am Flughafen sein und Rafael Duarte in Empfang nehmen.

»Wir sind da«, sagte Fernando schließlich und zeigte auf den Pick-up. Filomena Cassis setzte sich auf eine Bank in der Nähe des Autos. Es kostete sie einige Mühe, aber schließlich schaffte sie es, ihren Oberkörper so weit aufzurichten, dass sie sich anlehnen konnte. Fernando ließ Raquel aus dem Wagen und führte sie an der Leine zur Bank.

»Sie sieht ja aus wie ich!«, rief Filomena Cassis aus. »Schauen Sie nur, Inspektor, die kleinen Augen und die lange Nase. Ihr Teint ist ein bisschen dunkler, und sie hat mehr Haare am Kinn und dafür weniger Falten, aber ansonsten…«

Fernando kratzte sich am Kopf. Tatsächlich ähnelte die alte Dame seinem Schwein – so wie manche Hundebesitzer sich dem Aussehen ihres Vierbeiners im Lauf der Jahre immer mehr annähern.

»Meine Doppelgängerin ist ein Schwein«, meinte Filomena Cassis kichernd und hielt dem Tier ihre zittrige Hand hin. Raquel streckte ihr den Kopf entgegen und grunzte.

Fernando setzte sich ebenfalls auf die Bank.

»Sie haben Carolina Torres geholfen, das Land zu verlassen, nicht wahr?«

»Ein Polizist, der so ein Schwein hat, kann eigentlich nur einer der Guten sein. Sie können sich nachher bei Raquel bedanken, dass ich Ihnen das jetzt verrate, Inspektor: Ja, Sie haben recht.« Sie sprach so hastig, als wollte sie ihr langsames Gehtempo dadurch wettmachen.

»Wohin ist sie gegangen?«

»Spielt das eine Rolle?«

»Vielleicht. Wir wollen verstehen, was damals wirklich passiert ist, bevor und nachdem Rui Ventura ertrunken ist.«

»Es wird auch höchste Zeit, dass Sie diesen Fall noch einmal aufrollen. Dann können Sie auch gleich noch mal untersuchen, wer am Wagen von Carolinas Eltern rumgeschraubt hat.«

»Wissen sie, auf welchem Friedhof die Eltern liegen?«, fragte Fernando, weil das eine der Informationen war, nach denen sie vergeblich gesucht hatten.

»Seebestattung. Carolina wollte das so. Die drei Menschen, die sie geliebt und verloren hat, auf ewig im Meer vereint.«

Senhora Cassis wischte sich über die Augen, dann holte sie tief Luft und erzählte ihm in Kurzform noch einmal das, was er schon von Andreia Nicolau gehört hatte. »Sie werden so viele Leute einsperren müssen – den Bürgermeister und diesen bösen Polizeichef, mir ist der Name gerade entfallen, irgendwas mit Ro...«

»Sie meinen Sancho Rosário?«

»Genau den. Und dann die Jungen, die den armen Rui so schrecklich drangsaliert haben. Wie hießen sie noch gleich? Rafael, Cristiano... Da waren noch zwei, aber ich habe ihre Namen vergessen.«

»Miguel und Simão.«

»Richtig.«

»Drei der vier Jungen, die Rui damals gequält haben, sind in diesem Sommer gestorben. Bei Simão Gomes steht fest, dass er getötet wurde, bei Cristiano und Miguel schließen wir es nicht aus. Alle drei sind im Meer ertrunken.«

Sie hob die linke Augenbraue. »Das Meer ist ein Hund«, zitierte sie ein altes portugiesisches Sprichwort, fügte dann aber ihren eigenen Teil hinzu: »Aber die Menschen sind die Wölfe.«

Ein leichter, feiner Regen setzte ein.

»Wir fürchten, dass Rafael eines der nächsten Opfer sein könnte, wenn wir nicht schnell den Täter finden.«

»Verdient hätte er es ja«, erwiderte Filomena Cassis. Ganz kurz sah Fernando in ihren Augen so viel Wut aufblitzen, dass er sich vorstellen konnte, sie hätte die Jungen eigenhändig umgebracht, wenn sie nur beweglicher gewesen wäre.

»Wir haben den Verdacht, dass Carolina zurückgekommen sein könnte, um Rui zu rächen.«

»Carolina war klein und dick. Weil sie sich so für ihre Figur schämte, hat sie sich vom Arzt ein Attest für den Schulsport schreiben lassen. Sie war immer sehr scheu, wissen Sie, aber ich glaube, Sie hatte ein unglaubliches Talent, Menschen um den Finger zu wickeln. Nun, jedenfalls hat sie nie schwimmen gelernt. Kommen Sie mit, ich zeige Ihnen das Foto.«

Sie tätschelte Raquel noch einmal den Rücken, dann erhob sie sich ächzend und begann die lange, beschwerliche Reise zurück zum Heim. Fernando brachte Raquel zurück ins Auto, fand vor der Rückbank zwischen Badehandtüchern und leeren Papiertüten einen Regenschirm und spannte ihn über Senhora Cassis auf.

»Ein Kavalier sind Sie also auch noch«, bemerkte sie. »Carolina ist damals übrigens nach Mosambik gegangen, dort hatte sie Verwandte.«

In Mosambik hatte auch Samira Verwandte. Was für ein seltsamer Zufall, dachte Fernando. Aber natürlich gab es viele Portugiesen, die in der ehemaligen Kolonie Verwandte hatten.

»Haben Sie noch Kontakt zu ihr? Wissen Sie, wo sie jetzt lebt?«

»Leider nicht«, sagte Filomena Cassis. Fernando hatte das Gefühl, dass sie log.

Das Foto, das sie wenig später aus der Schublade ihres Nachttischs holte, zeigte ein sehr dickes Mädchen mit kurzen rot gefärbten Haaren, schönen hellbraunen Augen, einer großen Nase und geschwungenen Lippen über dem Dreifachkinn. Er machte ein Foto vom Foto, verabschiedete sich und spurtete durch den Regen, der von Minute zu Minute stärker wurde.

Zwanzig Minuten später kam er vor dem Haus des Bürgermeisters an, wo Patricia schon auf ihn wartete.

»Ich habe gerade mit Daniel Figo telefoniert. Martins und er haben heute Morgen schon mit Rafael Duarte und seiner Freundin gesprochen. Rafael studiert Jura und ist wohl ein ziemlicher Schnösel. Angst schien er jedenfalls keine zu haben, obwohl sie ihm gesagt haben, dass er das nächste potenzielle

Opfer sein könnte. Er hat sich für die Fürsorge der Polizei bedankt und gesagt, er könne auf sich selber aufpassen. Seine Freundin war da schon besorgter. Sie ist übrigens eine angehende Psychologin, deren Vater eine erfolgreiche Kanzlei für Wirtschaftsrecht in Porto hat.«

»Haben sie ihn nach Rui gefragt?«

»Klar, aber weißt du, was er gesagt hat? ›Das war doch der arme Junge, der unter so schrecklichem Verfolgungswahn litt, dass er sich immer neue Geschichten ausgedacht hat, wie Schüler und Lehrer ihn tyrannisiert hätten.‹ Nicht zu fassen, oder?«

»Geschickter Schachzug«, gab Fernando zu. Rafael Duarte war ihm schon jetzt unsympathisch.

»Hoffen wir, dass wir hier mehr Glück haben«, sagte Patricia und drückte auf den Klingelknopf.

Der Weg zum Bürgermeister führte an einem jungen Hausmädchen und zwei etwas älteren Bodyguards vorbei, die alle drei aufmerksam Fernandos und Patricias Dienstausweise studierten. Sie wurden ins Wohnzimmer geführt, dessen Boden voller orientalischer Teppiche lag. Fernando fragte sich, ob das wohl solche waren, wegen derer die Kinder, die sie knüpften, nach einigen Jahren in der Fabrik erblindeten. Aber dann richtete er seine Aufmerksamkeit auf Adalberto Ventura. Er saß im dreiteiligen Anzug und mit gegeltem Haar am Esstisch, aß ein gekochtes Ei und las die Zeitung. Das Hausmädchen eilte zu ihm und machte eine Bewegung, die Fernando nicht einordnen konnte. War sie gestolpert? Oder hatte sie etwa einen Knicks gemacht? Dann flüsterte sie ihm etwas zu.

Adalberto Ventura tupfte sich die Lippen mit einer Stoffserviette ab und faltete die Zeitung zusammen, bevor er sprach: »Wie kann ich der Polizei an diesem Sonntagvormittag weiterhelfen?«

»Drei von Ruis ehemaligen Klassenkameraden sind in diesem Sommer unter mysteriösen Umständen ums Leben gekommen…«, begann Fernando.

Ventura hob die Hand, um ihn zum Schweigen zu bringen. »Ich lese die Nachrichten, wie Sie sich sicher vorstellen können. Tragisch, ganz tragisch, besonders für die Eltern, aber ich wüsste nicht, wie ich Ihnen da weiterhelfen könnte. Mein Sohn ist seit sieben Jahren tot.«

»Wir wollen vor allem Ihnen weiterhelfen beziehungsweise Sie beschützen. Erinnern Sie sich noch an Carolina Torres?«

Adalberto Ventura verzog keine Miene, aber Fernando sah, wie sich die Finger seiner rechten Hand kurz verkrampften. Es dauerte nur den Bruchteil einer Sekunde, dann gewann Ventura die Kontrolle zurück. Er straffte die Schultern und antwortete: »Dunkel. Sie hat bei uns in der Nähe gewohnt und manchmal mit Rui gespielt, als die beiden noch jünger waren. Wenn ich mich recht erinnere, hatte sie ihre fünf Sinne nicht ganz beieinander. Psychisch labil würde man heute dazu sagen. Wissen Sie, wo

Carolina inzwischen lebt? Wohnt sie noch in Portugal?«

»Stimmt es, dass Rui in der St.-Anna-Schule gemobbt wurde?«, fragte Patricia, statt ihm zu antworten. »Von ebendiesen Mitschülern, die gerade gestorben sind?«

»Die St.-Anna-Schule ist eine sehr renommierte Schule, die auch auf gepflegte Umgangsformen unter den Schülern achtet. Ich kann mir beim besten Willen nicht vorstellen, dass Rui gemobbt worden ist.«

»Er wurde immerhin so sehr gemobbt, dass er sich umgebracht hat. Was Sie eine Menge Scherereien und wahrscheinlich auch eine Menge Geld gekostet hat«, legte Patricia nach.

Der Bürgermeister zuckte nicht einmal. »Ruis Tod war ein tragischer Unfall. Ich weiß nicht, was Sie mir hier gerade unterstellen wollen, aber ich weiß, dass ich mich an oberster Stelle über Sie beschweren werde. Und jetzt gehen Sie bitte.«

Sie konnten nichts anderes tun, als seiner Aufforderung Folge zu leisten. Einer der Bodyguards begleitete sie. In der Tür drehte sich Patricia noch einmal um. »Warum haben Sie niemandem gesagt, dass Rui gar nicht schwimmen konnte?«

Adalberto Ventura war schon wieder in seine Zeitung vertieft, er hob nicht einmal den Kopf.

»Und so ein Vollidiot regiert unsere Hauptstadt«, sagte Patricia, als sie wieder auf der Straße standen.

»Ich habe übrigens ein Foto von der jungen Carolina Torres«, sagte Fernando und erzählte von seinem Besuch im Altenheim.

»Und das sagst du erst jetzt? Zeig her.«

Fernando zeigte das Bild. Irgendetwas daran gefiel ihm nicht, er wusste aber nicht, was es war.

Patricia schüttelte den Kopf. »Sie sieht nicht wirklich wie ein Racheengel aus, oder? Und vor allem
nicht stark oder schön genug, um starke, junge
Männer in den Tod zu treiben.«

»Aber wenn nicht Carolina Torres unsere Mörderin ist – wer ist es dann?«

29

Am nächsten Morgen nahm sich die Spurensicherung den letzten Zeitungsstapel aus Cristianos Wohnung vor. Zwischen dem Sportteil und dem Feuilleton lag ein Brief, ein einzelnes Blatt, nur zur Hälfte in einer krakeligen Handschrift beschrieben, die an die eines Drittklässlers erinnerte. Er sah aus, als ob er erst zusammengeknüllt und dann wieder glatt gestrichen geworden sei.

Es dauerte keine zehn Minuten, bis Patricia Bescheid wusste. Sekunden später hatte sie ein Foto des Briefes auf ihrem Handy. Sie rief ihre Kollegen in den Konferenzraum und las vor: »Liebe Freunde, kein Tag und keine Nacht vergeht, in der ich nicht darüber nachdenke, was wir damals dem armen Rui angetan haben. Ich bekomme immer noch Gänsehaut, wenn ich an seinen Abschiedsbrief denke. Sein Tod war auch unsere Schuld. Könnt ihr noch ruhig schlafen? Ich nicht. Und deshalb habe ich beschlossen, nach den Sommerferien die Wahrheit zu sagen. Der Polizei, den Medien, ich weiß es noch nicht. Ich weiß nur, dass ich so nicht weitermachen kann. Euer Simão.«

»Bitte was?« Daniel Figo sprach aus, was im ersten Moment alle dachten.

Patricia stand auf, ging ans Fenster und schaute eine Weile auf die Straße. Als sie sich umdrehte, sagte sie: »Es ist sehr erstaunlich, dass Cristiano diesen brisanten Brief behalten hat.«

»Das haben wir seinem Messie-Syndrom zu verdanken«, bemerkte Daniel Figo.

»Weiß man schon, ob der Brief tatsächlich von Simão Gomes geschrieben wurde?«, fragte Fernando.

»Der Abgleich der Fingerabdrücke läuft, in ein paar Stunden sollten wir mehr wissen. Gehen wir davon aus, dass es unser Simão war, müssen wir in eine völlig neue Richtung denken.«

»Offenbar gab es wirklich einige Jungen, die Rui so sehr gemobbt haben, dass er seinem Leben irgendwann ein Ende gesetzt hat. Und offenbar hat er diesen Jungen sogar einen Abschiedsbrief geschickt«, fasste Martins zusammen.

»Wenn wir Glück haben, finden wir auch Ruis Abschiedsbrief noch. Aber ich könnte mir vorstellen, dass Cristiano seinen zwanghaften Drang, alles aufzubewahren, erst später entwickelt hat.«

»Er hat in der Anrede den Plural benutzt. Offensichtlich hat er seinen Brief nicht nur an Cristiano geschickt«, sagte Daniel Figo.

»Wir können davon ausgehen, dass zur Mobberclique Cristiano, Rafael, Simão und Miguel gehörten«, meinte Patricia. »Und alle vier haben kurz nach Ruis Tod die Schule und dann auch die Stadt verlassen.«

»Rafael auch?«, hakte Fernando nach.

»Ja. Allerdings ist er nicht auf eine Regelschule gewechselt, sondern ist auf eine andere Privatschule gegangen, in Cascais. Angeblich ist seiner Mutter und ihm die Luft in Lissabon auf die Lunge geschlagen«, erzählte Tomás Martins.

»Das klingt genauso nach schlechter Ausrede wie die miserablen Schulleistungen der drei anderen«, sagte Figo.

»Haben uns Simãos und Miguels Eltern die Zeugnisse endlich geschickt?«, fragte Patricia.

»Angeblich können sie sie nicht mehr finden. Dafür hat die St.-Anna-Schule, die ja angeblich keine Unterlagen aufhebt, eine ausgesprochen gut organisierte, kaum geschützte digitale Datenbank. Da wäre jeder Anfänger reingekommen«, berichtete Daniel Figo, halb stolz, halb verlegen.

»Ich will gar nicht wissen, wie Sie an die Unterlagen gekommen sind. Erzählen Sie bitte nur, was drinstand«, sagte Patricia, halb tadelnd, halb anerkennend.

»Die Leistungen von Miguel und Cristiano waren in ihrem letzten Jahr in der St.-Anna-Schule zwar nicht überragend, aber auch nicht schlechter als der Klassendurchschnitt. Davon, dass sie die Versetzung nicht geschafft hätten, kann also gar keine

Rede sein. Simão hat nach Ruis Tod allerdings so viel gefehlt, dass eine Benotung gar nicht mehr möglich war. Rafael war ein Einserschüler, vor und nach Ruis Tod. Aber er war ja auch der Einzige der Clique, der einfach auf eine andere Privatschule gewechselt ist.«

»Ich kann mich kaum an einen Fall erinnern, in dem alle so gemauert haben. Aber gut, wenn wir anders nicht weiterkommen, müssen wir uns noch einmal sämtliche Eltern und die Rektorin der St.-Anna-Schule vorknöpfen. Im Moment sollten wir uns aber auf Rafael konzentrieren. Nachdem wir vor zwei Tagen noch dachten, dass er das nächste Opfer sein könnte, sieht es ja jetzt eher so aus, als ob er der Täter gewesen wäre. Dafür spricht zumindest, dass er vermutlich auch diesen Brief bekommen hat und als Einziger noch lebt. Das würde auch erklären, warum er überhaupt keine Angst gezeigt hat, als wir ihn mit dem Tod seiner ehemaligen Mitschüler konfrontiert haben«, sagte Patricia.

Diesen Gedanken hatte Tomás Martins offenbar auch schon gehabt. »Rafael hat den Brief bekommen und befürchtet, dass sein alter Klassenkamerad tatsächlich auspacken würde. Also hat er ihn überredet, einen Entfesselungstrick vorzuführen, und dann die Schlüssel vertauscht.«

»Ich verstehe zwei Dinge nicht«, erwiderte Daniel Figo. »Würde jemand mit so einer scheußlichen Geschichte wirklich noch sieben Jahre später an die

Öffentlichkeit gehen? Und vorher noch einen Brief an die Mittäter schreiben?«

»Es wäre ja nicht das erste Mal, dass das schlechte Gewissen Jahre braucht, bis es sich durchsetzt«, meinte Patricia. »Und vielleicht hat er gehofft, dass die anderen drei ähnliche Gefühle haben. Offenbar hatten sie zwischendurch nicht viel Kontakt.«

»Dann ist da aber noch etwas. Wäre so eine Sache einen Mord wert? Juristisch gesehen hätten die Jungen vermutlich wenig zu befürchten gehabt, sie waren damals ja noch minderjährig«, wandte Martins ein.

»Der Missbrauch mit der Gurke und die anschließende Erpressung hätte rechtliche Konsequenzen haben können – immerhin waren sie schon fünfzehn. Von der Rufschädigung mal abgesehen«, sagte Fernando.

»Ohnehin konnte es sich Rafael nicht leisten, dass die Sache ans Licht kommt«, fügte Martins hinzu. »Seine Freundin hätte sich höchstwahrscheinlich von ihm getrennt, sein Schwiegervater in spe hätte ihn nicht mehr als künftigen Partner in seiner Kanzlei haben wollen. Seine Karriere als Anwalt wäre schon zu Ende gewesen, bevor sie überhaupt angefangen hätte.«

»Und die anderen beiden Toten?«, fragte Patricia.

Daniel Figo griff zu seinem Handy und begann, darauf herumzutippen.

»Vielleicht haben sie Simão alle zusammen getötet, und Cristiano und Miguel sind nicht damit klar-gekommen«, warf Fernando in den Raum.

»Und dann hat Rafael die beiden umgebracht?«, hakte Patricia nach.

»Oder es waren tatsächlich Unfälle. Womöglich wollten sie reden, und Rafael hat beschlossen, dass sie auch sterben müssen.«

Daniel, der noch immer auf sein Telefon schaute, hob die Hand. »Rafael Duarte hat während seiner Zeit in Cascais zweimal die Schulmeisterschaften im Surfen gewonnen. Habe ich gerade auf der Homepage der Schule gefunden.«

»Er könnte also theoretisch der Junge sein, der zusammen mit Miguel in Zambujeira do Mar ge-sehen worden ist. Sie sind zusammen mit den Bret-tern aufs Meer raus, zu einer schwierigen Stelle zwischen den Felsen. Dabei hat es Miguel erwischt, und Rafael ist es irgendwie gelungen, ungesehen an Land zu kommen. Vielleicht hatte er früher am Tag ein Auto oder Motorrad in der Nähe des Strandes geparkt«, schlug Patricia vor.

»Da gibt es ein Problem«, warf Tomás ein. »Laut Zeugenaussage war der zweite Mann kleiner, Rafael ist aber mindestens einen halben Kopf größer als Miguel.«

Patricia nickte. »Stimmt. Aber wir wissen auch, wie unzuverlässig Zeugenaussagen oft sind. Wie auch immer: Wir müssen Rafael Duarte vernehmen, und zwar so schnell wie möglich.«

Fernando dachte an Raquel, die mit Mafalda zum letzten Strandreinigungstag des Sommers aufgebrochen war. Er war froh, dass er sie nicht mitgenommen hatte – dieser Montag würde noch lang werden.

Zwei Stunden später saß Rafael mit einer Lässigkeit auf dem harten, unbequemen Holzstuhl, die Fernando nur von den Besitzern der Luxusjachten kannte, die manchmal in Sines anlegten. Eher belustigt als aufgebracht sagte er: »Gestern haben Sie mir noch erzählt, dass mein Leben in Gefahr ist, und heute schleppen Sie mich aufs Revier, als ob ich ein Verdächtiger wäre.«

»Wir haben den Brief gefunden, den Simão an Sie, Cristiano und Miguel geschickt hat«, sagte Patricia.

Rafael zupfte sich scheinbar gelangweilt ein paar Flusen vom Ärmel.

»Ich habe keinen Brief bekommen. Und falls Sie von Simão Gomes sprechen: Zu dem hatte ich seit der Zeit in der St.-Anna-Schule keinen Kontakt mehr.«

Patricia las ihm den Brief vor.

»Klingelt da was bei Ihnen?«, fragte sie anschließend.

»Keine Spur. Ich habe nicht mal eine Ahnung, wovon er da überhaupt spricht. Rui ist damals doch bei einem Bootsunglück gestorben oder etwa nicht?«

Fernando stellte Rafael eine Dose Cola hin, wofür dieser sich mit einem Kopfnicken bedankte.

»Was haben Sie am 4. August gemacht?«, fragte Patricia. »Das ist der Tag, an dem Simão Gomes ermordet wurde.«

Rafael rutschte nicht auf dem Stuhl hin und her, er fragte nicht empört nach, ob er verdächtigt werde, er blinzelte nicht. Er war so ruhig, wie es Unschuldige bei einer Befragung durch die Polizei nur selten sind.

»Warten Sie, das müsste in meinem Kalender stehen.« Er holte sein Handy aus der Tasche. »Ganz schön warm hier«, murmelte er, während er den digitalen Kalender durchsuchte, und griff nach der Cola. »Am 4. August war ich den ganzen Tag mit meiner Freundin in Évora. Wir waren in ihrer Wohnung.«

Patricia blickte zu Tomás Martins, der hinter dem Verdächtigen stand. Er nickte ihr zu und verließ den Raum, um das Alibi zu überprüfen.

»Wir wissen aus mehreren Quellen, dass Sie und Ihre Freunde Rui während der Schulzeit extrem gemobbt haben«, sagte Fernando.

»Das stimmt nicht. In der St.-Anna-Schule war Mobbing streng verboten.«

»Sie haben ihn also nicht mit einer Gurke missbraucht, das Ganze gefilmt und ihn mit den Aufnahmen erpresst?«

Rafael schlug ein Bein über das andere und trank noch einen Schluck. »Hat Rui das etwa erzählt? Im Rückblick tut er mir noch mehr leid als damals.

Wie fertig muss man sein, um sich solche kranken Geschichten auszudenken, nur um ein bisschen Aufmerksamkeit zu bekommen.«

Fernando nahm die halb volle Coladose vom Schreibtisch und verließ den Raum. »Die ist noch nicht leer!«, rief ihm Rafael nach.

Im Flur traf er Martins. »Die Freundin hat sein Alibi bestätigt«, sagte der Kollege.

»Ich glaube ihm kein Wort.« Fernando hielt die Coladose hoch. »Die bringe ich jetzt zum Abgleich der Fingerabdrücke ins Labor. Wenn wir Glück haben, hat er den Schlüssel angefasst.«

Patricia kam nach draußen. »So jung und so abgebrüht«, sagte sie. »Wir lassen ihn jetzt mal ein bisschen da drinnen sitzen, und in der Zwischenzeit holen wir auch die Freundin her. Vielleicht knickt die eher ein.«

»Wir sollten ihren Vater informieren«, schlug Martins vor.

»Den Wirtschaftsanwalt? Warum?«

»Wenn er hört, was wir seinem Schwiegersohn in spe vorwerfen und dass wir seine Tochter verdächtigen, ihm ein falsches Alibi zu geben, wird sie sicher eine kostenlose Rechtsberatung von ihm bekommen.«

»Großartig, Martins. Wir lassen also die Freundin erst einmal, wo sie ist. Und Sie kontaktieren den Anwalt.«

Als Fernando ins Vernehmungszimmer zurückkehrte, hatten sich aus Rafaels sorgfältig frisierten Haaren ein paar Strähnen gelöst und hingen ihm in die verschwitzte Stirn.

»Gibt es hier keine Klimaanlage?«, fragte er, bekam aber keine Antwort.

»Sie sind nicht dazu berechtigt, mich hier ewig festzuhalten.«

»Ach, ein Weilchen aber doch«, erwiderte Patricia. »Immerhin ist das eine Vernehmung.«

»Sie fragen mich aber gar nichts mehr.«

»Das ist eine langsame Vernehmung, wir sind hier schließlich im Alentejo, nicht in Lissabon«, erklärte Fernando.

»Können sie gut surfen?«, fragte Patricia.

Zum ersten Mal schaute Rafael etwas irritiert.

Tomás Martins kam herein. »Ihre Freundin hat gesagt, dass Sie am 4. August den ganzen Nachmittag unterwegs waren, sie weiß aber leider nicht wo. Am Abend hat sie allein in ihrer Wohnung gesessen und fürs Studium gelernt, bis Sie gegen etwa zweiundzwanzig Uhr vorbeigekommen sind.«

»Dann habe ich mir da offenbar etwas Falsches im Kalender notiert. Oder meine Freundin hat sich vertan«, erwiderte Rafael.

»Wenn Sie wollen, können Sie gerne Ihren Anwalt anrufen«, bot Patricia an.

»Ich bin selber bald Anwalt, wie Sie sicher wissen«, konterte Rafael kühl.

»Wie Sie meinen«, sagte Patricia und schwieg.

Eine Viertelstunde hielt Rafael das aus, dann fragte er: »Sind wir fertig?«

»Ich fürchte, dass wir noch gar nicht richtig angefangen haben«, erwiderte Patricia.

»Aber Sie können mich doch hier nicht festhalten, ohne irgendwelche relevanten Fragen zu haben. Das verstößt gegen…« Er stockte kurz, dann fuhr er fort: »… gegen die Vernehmungsregeln.«

Patricia lächelte schmal. »Ihnen steht es weiterhin frei, einen Anwalt anzurufen. Alternativ können Sie auch gerne in einer Zelle warten, bis wir hier weitermachen.«

Rafael presste die Lippen zusammen und blickte starr an der Kommissarin vorbei zum Fenster. Der Himmel hing voller Wolken.

Weitere zwanzig Minuten vergingen, dann kam Daniel Figo ins Büro und schob seiner Vorgesetzten einen Zettel hin.

Sie zog die Augenbrauen hoch und wandte sich an Rafael. »Sie wissen sicher, dass Simão mit Handschellen gefesselt war, als er starb?«

»Woher soll ich das wissen?«

»Weil Sie die Schlüssel vertauscht haben. Den falschen Schlüssel, den, mit dem er vergeblich versucht hat, die Handschellen zu öffnen, haben wir in seinem Magen gefunden. Den richtigen Schlüssel haben Sie im Sand vergraben. Das war an sich nicht dumm, Sie haben aber vergessen, Ihre Fingerabdrü-

cke abzuwischen«, erklärte Patricia betont freundlich.

Rafael Duartes Kieferknochen knackte so laut,
als hätte er ihn durchgebissen.

»Ich möchte jetzt bitte doch einen Anwalt anrufen.«

»Tun Sie das. Wir reden morgen weiter.«

Kurz darauf war Rafael auf dem Weg zum Ermitt-
lungsrichter.

»Wenn wir Pech haben, holt ihn der Staranwalt,
den ihm seine Eltern ja sicher finanzieren werden,
schneller wieder raus, als wir gucken können. Im
Moment ist es sehr fraglich, ob wir in einem Indi-
zienprozess eine Chance hätten. Wir müssen versuchen, Zeugen zu finden, die ihn am 4. August am
Strand gesehen haben«, sagte Patricia.

»Und falls er nicht in der Untersuchungshaft zu-
sammenbricht und alles Mögliche gesteht«, meinte
Daniel Figo, »werden wir wohl nie erfahren, was
wirklich mit Cristiano und Miguel passiert ist.«

»Und was ist mit Carolina Torres?«, fragte Fernando.

Daniel Figo zuckte resigniert mit den Achseln.
»Ich habe das ganze Internet durchsucht, aber sie
scheint zumindest online nicht zu existieren – nicht
in den sozialen Netzwerken, nicht in irgendwelchen
Vereinen oder an einer Universität.«

»Vielleicht hat sie inzwischen geheiratet und einen

anderen Nachnamen angenommen«, schlug Patricia vor.

»Oder sie hat sich inzwischen zu Tode gefressen«, bemerkte Tomás Martins boshaft.

»Die Freundinnen der drei Toten haben wir auch noch nicht gefunden. Obwohl es sich ja vielleicht um ein und dieselbe Frau handelt, die mit allen Jungen etwas hatte«, sagte Fernando und hatte das Gefühl, als drehten sie sich die ganze Zeit im Kreis.

Patricias Telefon klingelte. Sie nahm ab, sagte: »Aha, gut, danke für die Information«, und legte wieder auf. Ihren Kollegen gegenüber berichtete sie: »Auf dem Brief konnten eindeutig Simãos und Cristianos Fingerabdrücke identifiziert werden. Noch eine dritte Person hatte das Papier in der Hand, wir wissen aber nicht wer.«

Sie diskutierten noch eine Weile, kamen aber nicht so recht voran.

Daniel Figo musste an diesem Tag früher gehen, um eines seiner Kinder von einer Geburtstagsfeier abzuholen. Kurz nach ihm verließ Tomás Martins den Raum. »Ich schreibe noch das Vernehmungsprotokoll«, erklärte er.

Patricia schüttelte den Kopf. »Das hat Zeit bis morgen.« Als Martins die Tür hinter sich zugezogen hatte, flüsterte sie Fernando zu: »Ich könnte darauf schwören, dass er das Protokoll trotzdem noch heute tippt, obwohl er aussah, als würde er gleich im Stehen einschlafen.«

»Eines finde ich immer noch seltsam«, sagte Fernando. »Nämlich, dass Simão seine Freunde über sein Vorhaben überhaupt informiert hat, und zwar mit handgeschriebenen Briefen. Das macht doch heute kein Mensch mehr.«

»Vielleicht war Simão einfach ein wenig altmodisch. Er hat die Briefe nämlich nicht nur mit der Hand geschrieben, sondern auch ausgesprochen schönes Briefpapier benutzt. Das habe ich euch, glaube ich, noch gar nicht gezeigt. Willst du es sehen?«

Fernando nickte, und Patricia tippte ein wenig auf ihrem Laptop herum.

»Schau, hier ist es«, sagte sie schließlich.

Und Fernando blickte auf den Bildschirm und sah das feine Papier mit filigranem Blütenmuster. Auf genauso einem Blatt mit Blüten aus feinen schwarzen und grünen Strichen hatte er bei Samira vor nicht all zu langer Zeit zu zeichnen versucht. Gerade knisterte es ganz laut in seiner Hosentasche, auch wenn er sich das Knistern vermutlich nur einbildete. Er zog es nicht heraus, er war sich auch so völlig sicher, dass es das gleiche Design war.

»Das sieht nicht aus wie Papier, das man an jeder Ecke kaufen kann«, hörte er sich sagen.

»In der Tat. Auch wenn ich keine Ahnung von Briefpapier habe.«

»Ist eigentlich sicher, dass Simão den Text geschrieben hat? Hat man die Handschriften verglichen?«

»Wieso fragst du?«

»Nur so eine plötzliche Ahnung.«

Patricia suchte ein bisschen im Archiv, dann öffnete sie ein anderes Dokument, das Foto von einem alten Einkaufszettel, den man in Simãos Zimmer gefunden hatte. »Sieht ziemlich gleich aus, wenn du mich fragst«, sagte sie.

Fernando starrte auf den Bildschirm. »Schon«, sagte er. »Aber das R ist auf dem Einkaufszettel etwas runder. Und beim B fehlt der Kringel.«

»Meine Buchstaben sehen auch nicht immer identisch aus. Aber wir können ja noch mal einen Experten bitten, die Schriftbilder zu vergleichen.« Patricia trank einen Schluck kalten Kaffee und sah ihren Bruder aufmerksam an. »Du bist ganz blass um die Nase, fahr lieber mal nach Hause und leg dich hin. Es ist gleich acht.«

Draußen hatte ein leichter Nieselregen eingesetzt. Eigentlich eine willkommene Abwechslung zu der staubigen Hochsommerhitze, aber an diesem Abend fand Fernando den grau verhangenen Himmel deprimierend. Er fuhr nicht nach Hause, jedenfalls nicht sofort. Erst ließ er seinen Kopf aufs Lenkrad sinken und fluchte. Dann fuhr er zu Samira. Er hatte nicht darüber nachgedacht, was er ihr sagen sollte, eigentlich hatte er überhaupt noch nicht viel nachgedacht, aber das fiel ihm erst auf, als er vor ihrer Haustür stand und klopfte. Im Nachbarhaus ging ein Fenster auf. »Die Senhora hat heute früh das Haus verlassen und ist seitdem nicht wieder zurückgekommen«, rief eine Frau.

Fernando ging durch die engen Gassen, bog ein paarmal ab und stand schließlich vor dem erleuchteten Schaufenster seiner Buchhandlung. Sie war schon seit Stunden geschlossen, aber er klingelte trotzdem. Über ihm, im ersten Stock, wo die Buchhändlerin mit ihrem Mann und einigen ehemaligen Straßenkatzen lebte, ging ein Fenster auf.

»Wir haben geschlossen«, rief Senhora Agre mit gewohnt resoluter Stimme. Als er hochschaute, fuhr sie ruhiger fort: »Ach, Sie sind es, Inspektor. Ich habe Sie erst gar nicht erkannt. Warten Sie einen Moment.«

In der Buchhandlung ging das Licht an, sie ließ ihn herein und schloss hinter ihm wieder ab.

»Ich habe gerade im Radio gehört, dass dieser furchtbare Mord an dem jungen Koch so gut wie aufgeklärt ist«, sagte sie. »Jedenfalls sitzt ein dringend Tatverdächtiger in Untersuchungshaft. Dann haben Sie jetzt sicher wieder mehr Zeit zum Lesen, nicht wahr?«

»Dafür allein würde ich Sie nicht während Ihres Feierabends stören.«

»Wofür dann?«

»Mir ist eingefallen, dass Sie nicht nur Bücher, sondern auch Schreibwaren verkaufen, Briefpapier zum Beispiel.«

»Das stimmt. Papier ist neben den Büchern meine große Leidenschaft. Vor der Ausbildung zur Buchhändlerin habe ich Buchbinderin gelernt. Leider verkaufen sich heute weder feines Briefpapier noch aufwendig gebundene Bücher.«

Fernando zog den Zettel aus der Tasche, den ihm Samira zugesteckt hatte.

»Können Sie mir etwas über dieses Briefpapier sagen?«

Sie fragte nicht nach und kommentierte auch die Zeichnung nicht, sondern drehte, wog und wendete stattdessen das Papier in den Händen, roch sogar daran.

»Sehr edel, relativ schwer und vermutlich auch ziemlich teuer. Handgeschöpft, würde ich sagen.«

»Heißt das, jemand hat das Briefpapier zu Hause selber hergestellt?«, fragte Fernando.

»Nicht unbedingt, es sieht nicht so aus, als wäre ein Bastler am Werk gewesen. Es gibt kleine Handwerksbetriebe, die sich auf hochwertige Papierprodukte spezialisiert haben. Die produzieren dann zwar keine riesige Stückzahl, aber doch mehr als ein Set pro Motiv.«

»Kann man so etwas in Portugal kaufen?«

»Ich schau mal nach, ob ich etwas für Sie finde«, sagte sie und schaltete den Computer ein. Sie fotografierte das Blumenmuster mit ihrem Handy und ließ das Bild dann durch die Suchmaschine laufen.

Darauf hätte er eigentlich auch selbst kommen können, statt die Buchhändlerin um ihren Feierabend zu bringen, dachte Fernando, nahm eilig und wahllos ein paar Bücher von einem Verkaufstisch und stapelte sie neben der Kasse auf.

»Ich finde online auf die Schnelle nichts, was mit diesem Briefpapier Ähnlichkeit haben könnte. Weder in Portugal noch irgendwo anders«, sagte Senhora Agre schließlich. »Tut mir leid, Inspektor.«

»Sie haben mir trotzdem sehr geholfen, vielen Dank, Senhora«, sagte Fernando, obwohl er sich nicht sicher war, ob das stimmte. Er deutete auf die Bücher neben der Kasse. »Die würde ich gerne mitnehmen.«

Sie überflog die Titel. »Für Sie?«

Er nickte.

»Aber Sie mögen doch gar keine Krimis. Und dieses Buch hier hat ein furchtbares Ende, das wird Ihnen überhaupt nicht gefallen.«

Sie legte die Bücher zurück auf den Tisch. »Hören Sie, Inspektor«, sagte sie. »Ich habe mir das Briefpapier gerne für Sie angeschaut. Sie müssen deshalb nicht auf die Schnelle ein paar Bücher kaufen, die dann bei Ihnen im Regal verstauben.«

»Ich will aber gerne Bücher kaufen. Vor dem Winter brauche ich sowieso neuen Lesestoff«, sagte Fernando, der eben doch fand, dass er sich irgendwie erkenntlich zeigen sollte. Außerdem hatte er das Gefühl, bald ein bisschen Ablenkung gebrauchen zu können. »Vielleicht könnten Sie ein paar für mich aussuchen?«

»Gerne«, sagte sie, wählte fünf neue Romane aus und packte sie ihm ein.

30

Samira saß in der Küche zwischen Mafalda und einem Mädchen, das Fernando noch nie gesehen hatte. Nach einem Blick auf Pedro, der aussah, als würde er vor lauter Glück gleich platzen, wusste er sofort, wer sie war. »Du musst Nelia sein«, sagte er.

Das Mädchen lächelte verlegen. »Und Sie sind der Inspektor.«

Pedro legte ihr seine Hand auf den Arm. »Wir waren heute zusammen am Strand und haben mit aufgeräumt.«

Fernando freute sich. Es sah ganz so aus, als hätte er in den letzten Tagen so viel gearbeitet, dass er einige gute Neuigkeiten verpasst hatte.

»Als wir fertig waren, habe ich beide mit hierhergenommen. Wir haben Nelias Vater angerufen und ihm Bescheid gegeben. Er holt sie nachher ab«, berichtete Mafalda. »Samira haben wir auch am Strand getroffen und mitgebracht.«

»Wenn das so weitergeht, muss der Surfklub Milfontes größere Busse anschaffen, um dich und all die Leute herumzukutschieren, die du immer am Strand findest. Und ich brauche eine größere Küche«, murrte Teresa, aber niemand reagierte darauf.

Fernando ging um den Tisch herum und gab Samira einen Begrüßungskuss. Er hatte einen seltsamen Metallgeschmack im Mund.

»Ich war eben schon bei dir zu Hause, aber du warst nicht da«, sagte er.

»Ich war ja schon hier.«

Er ging in die Hocke. Raquel lag halb unter Samiras Stuhl.

»Hallo, Süße«, sagte er. Sie öffnete das Maul und ein Auge, blinzelte ihm kurz zu und schlief weiter. Der Regen trommelte leise aufs Dach.

Fernando betrachtete Nelias komplizierte und leicht schiefe Flechtfrisur, aus der sich einige Locken lösten. In den schokoladenbraunen Haaren steckten die kleinen Stoffblumen, die Mafalda vor nicht allzu langer Zeit genäht hatte. Er setzte sich auf den freien Stuhl gegenüber von Samira.

»Geht es dir gut?«, fragte sie. »Du siehst heute irgendwie anders aus.«

»Es war ein langer Tag«, entgegnete Fernando, betrachtete Samira aufmerksam und stellte erleichtert fest, dass sie eine kleine, ganz schmale Nase hatte. Vielleicht waren alles auch nur Hirngespinste gewesen, ins Leben gerufen durch ein paar seltsame Zufälle, offene Fragen und große Müdigkeit. Was sagte schon ein Stück Briefpapier?

»Wir haben eben im Radio gehört, dass ihr den

Täter gefasst habt«, sagte Teresa und füllte Fernandos Teller mit einer riesigen Portion Bacalhau à Brás, Stockfisch mit Kartoffeln und Eiern.

»Danke, für mich heute keinen Wein«, sagte Fernando, als seine Mutter Anstalten machte, ihm ein Glas einzuschenken.

»Nicht dass du krank wirst, Junge«, meinte Teresa besorgt.

Fernando aß, und die anderen, die mit dem Hauptgericht schon vor seiner Ankunft fertig geworden waren, warteten. Vermutlich unterhielten sie sich auch, aber Fernando hörte ihr Gespräch wie aus weiter Entfernung – als eine Art Hintergrundmusik zu seinen Gedanken, die weiter um das Briefpapier kreisten, aber kein Ergebnis brachten.

Zum Dessert gab es Arroz doce, süßen Reispudding. Danach stand Fernando auf. »Komm, ich fahr dich noch nach Hause«, sagte er zu Samira.

Sie stand auf und verschwand im Badezimmer.

»Ich muss morgen ganz früh raus«, behauptete Fernando, um den Anwesenden zu erklären, warum er seine Freundin nicht einfach wieder bei sich im Zimmer übernachten ließ. Der wahre Grund war ein anderer: Solange sein Verdacht, dass Samira etwas mit dem Fall zu tun haben könnte, nicht ganz aus der Welt war, wollte er nicht, dass sie in der Quinta schlief.

»Dafür, dass ihr gerade einen Fall gelöst habt, ziehst du eine ganz schöne Schnute«, bemerkte Teresa.

»Der Fall ist noch nicht ganz abgeschlossen«, gab Fernando zurück.

Mafalda ließ ihre Nasenflügel beben, schaute ihn aufmerksam an und sagte dann: »Kopf hoch, Fernando. Ich rieche, dass eine Schönwetterfront im Anflug ist.«

Schweigend saßen Samira und Fernando im Auto, Raquel schlief auf der Rückbank.

»Bist du sicher, dass alles in Ordnung ist?«, fragte Samira, als sie Sonega schon hinter sich gelassen hatten und durch den Regen nach Sines fuhren.

»Mein Job ist gerade so anstrengend, und meine Mutter geht mir in letzter Zeit gewaltig auf die Nerven«, sagte Fernando. Beides war nicht einmal gelogen.

»Und deshalb fährst du mich noch zurück nach Sines?«

Er nahm ihre Hand und drückte sie. »Auch weil ich morgen früh rausmuss. Außerdem ist dein Bett viel breiter als meins.«

Samira lachte. »Und wir können mehr Krach machen. Du bleibst also über Nacht?«

»Wenn ich darf?«, sagte er und fühlte sich schäbig.

Eine halbe Stunde später lagen sie nackt im Bett. Sie küsste ihn, süß und leidenschaftlich, und Fernando schalt sich einen totalen Idioten. Sie war wunderbar, sie konnte nichts mit den Morden zu tun haben. Aber dann schaute sie ihn an, und ihre Augen sahen in seiner Erinnerung genauso aus wie die von Carolina. So musste es sich anfühlen, wenn man den Verstand verlor: dass man nicht mehr sagen konnte, welche der vielen Stimmen im Kopf recht hatte. Vielleicht würde er nach ein paar Stunden Schlaf wieder klarer denken können.

Er strich Samiras Haare nach hinten und sagte: »Ich bin ganz schrecklich müde.«

»Dann lass uns schlafen«, sagte sie und kuschelte sich an seine Schulter. »Und weck mich, falls du es dir irgendwann heute Nacht noch mal anders überlegst.«

Bald darauf waren beide eingeschlafen.

Eine Stunde später schreckte Fernando davon hoch, dass jemand an seinem Bein rüttelte. Es war stockdunkel im Zimmer. Er tastete nach seinem Handy und machte es an, um wenigstens ein bisschen Licht zu haben. Raquel stand am Fußende und drückte ihre Nase gegen seinen Knöchel.

»Was ist los?« flüsterte er.

Raquel quiekte leise. Vielleicht musste sie mal. Er schaute zur Seite. Samira schlief. Sie hatte sich mit dem Gesicht zur Wand wie eine Katze eingerollt. Raquel stieß ihre Nase gegen seine Wade.

»Jaja, ich komm ja schon«, sagte Fernando und begann, sich im Schein der Handytaschenlampe anzuziehen. Sein T-Shirt lag nicht auf dem Stuhl bei seinen übrigen Sachen. Er leuchtete auf den Boden, ging sogar auf die Knie und schaute unter das Bett. Dort lag es. Direkt vor einem Shortboard mit spitzer Nase, einem Surfbrett von der Sorte, mit dem Profis große Wellen ritten. Es sah sehr neu und sehr teuer aus. Samira hatte ihm nie gesagt, dass sie surfen konnte. Er rief sich in Erinnerung, wie sie lief: selbstbewusst, federnd, mit raumgreifenden Schritten und locker baumelnden Armen, ganz ohne mädchenhaftes Getrippel, ganz ohne Hüftschwung. Mit einem weiten Oberteil und den Haaren unter einer Kappe hätte man sie im Halbdunkeln durchaus für einen Mann halten können.

Er schaute zu Raquel, die an der Haustür wartete und hoffentlich nicht gleich in den Flur pinkeln würde. Kurz vergewisserte er sich noch einmal, dass Samira schlief. Dann zog er vorsichtig die Nachttischschublade auf. Das Briefpapier war weg, dafür fand er einen hellblauen Ordner, einen USB-Stick und den Umschlag eines Fotografen aus Sines. Er lugte hinein. Zwölf Passfotos von ihr stecken darin. Wozu brauchte sie zwölf Passfotos? Er nahm eins heraus und steckte es in die Hosentasche. Kurz erwog er, einen Blick in den Ordner zu werfen, aber dann ließ sich Raquel im Flur lautstark gegen die Haustür fallen, begleitet von einem gestressten Quieken.

Samira bewegte sich. Schnell, er musste schnell sein. Er schob die Schublade sachte zu, huschte auf Zehenspitzen ins Bad, schloss die Tür hinter sich, machte das Licht an und öffnete den kleinen Schrank. Die Kanalisationsrohre der meisten portugiesischen Häuser waren in der Regel so eng, dass das Toilettenpapier nicht im Klo, sondern in einem kleinen Eimer daneben entsorgt wurde. Und für den gab es im Badezimmer in der Regel Plastiktüten. Fernando fand die Rolle mit Tüten hinter der Sonnencreme, riss eine ab und zog mit der Hand im Plastik einen Büschel Haare aus der Bürste. Er stopfte den Beutel in die Hosentasche und ging mit Raquel die kleine, enge Treppe hinunter auf die Straße. Sie schaffte es bis nach draußen, erleichterte sich aber gleich vor der Tür des Nachbarhauses. Dann drehte sie sich um und wollte offenbar zurück, aber Fernando griff in ihr Geschirr, das sie eigentlich nur im Auto trug, das er ihr aber bei Samira zum Glück nicht abgenommen hatte.

»Komm, Raquel, wir machen eine kleine Spritztour nach Setúbal.«

Es war nach elf, in vielen Restaurants wurden schon die Böden gewischt. Es roch nach Chlor, und Fernandos Füße taten weh. Er hatte zwar Socken angezogen, in seiner Eile aber die Schuhe bei Samira vergessen.

Kurz vor Mitternacht erreichten Fernando und Raquel die kleine Quinta von Dr. Rosa. Der Rechtsmediziner lebte mit seiner Frau einige Kilometer außerhalb der Stadt. Er hatte Fernando einmal erzählt, dass er so gut wie nie vor zwei ins Bett ging und spätestens um sechs Uhr aufstand, dafür aber am Nachmittag zwei Stunden schlief. Das Haus war zu Fernandos Erleichterung tatsächlich noch hell erleuchtet, und Dr. Rosa öffnete nach dem ersten Klopfen. Er trug einen grünen Kittel und eine OP-Haube, und die Brille war an einer Seite vom Ohr gerutscht, sodass sie schief auf der Nase hing.

»Inspektor, wie nett, dass Sie mich mal wieder besuchen kommen«, begrüßte er ihn, als wäre es völlig normal, dass Fernando mitten in der Nacht an seine Tür klopfte. Dann sah er Raquel. Er beugte sich zu ihr hinunter und kraulte sie hinterm Ohr. »Es ist auch sehr schön, dich zu sehen. Kommt rein, alle beide, ich bin gerade fertig.«

Fernando trat ein. »Fertig womit?«

»Ich habe drei Straßenkater kastriert.«

»Ich dachte, Sie arbeiten nicht mehr als Tierarzt.«

»Nicht mehr für Geld jedenfalls.«

»Was machen Sie mit den Katern?«

»Wenn in ein paar Tagen die Wunden verheilt sind, bringe ich sie zurück in die Stadt. Es geht ihnen ja nicht schlecht auf der Straße, jedenfalls müssen die meisten keinen Hunger leiden. Nur wenn es zu viele werden, wird es eng.«

Dr. José Rosa zog den Kittel und die Haube aus. Darunter trug er einen grauen Jogginganzug. Er ging in die Küche und stellte einen Topf auf den Herd, Fernando folgte ihm.

»Meine Frau ist gerade in Spanien. Da spricht sie mit anderen Biologen über Bienen. Immer wenn sie weg ist, geraten meine Essenszeiten ganz durcheinander«, sagte er. »Haben Sie auch Hunger?«

Fernando zog den Beutel mit Samiras Haaren aus der Tasche.

»Wie lange dauert es, eine DNA-Probe auszuwerten?«

Nachdem Dr. José Rosa die ganze Geschichte oder zumindest einen großen Teil davon gehört hatte, räumte er den Topf zurück in den Schrank, zog vier Schokoriegel aus der Schublade und nahm Fernando die Tüte ab. »Es ist doch immer wieder gut, ein kleines Labor im Haus zu haben«, sagte er. Fernando wollte ihm folgen, doch Dr. Rosa winkte ab. »Nein, nein, Inspektor, ich werde schön in Ruhe arbeiten, und Sie legen sich im Wohnzimmer aufs Sofa und versuchen zu schlafen. Bitte holen Sie sich vorher noch Schokolade aus der Küche. Und für Raquel einen Apfel.«

Einige Stunden später ging im Wohnzimmer das Licht an. Fernando schlug die Augen auf. »Die Haare sind von der gleichen Person, von der wir schon in den Wohnungen von Miguel und Cristiano Spuren gefunden haben.«

Fernando schwieg. Er lag noch einen Moment ganz still da und hoffte darauf, dass noch mehr passieren würde. Etwa, dass Raquel durchs Zimmer schwebte und ihm vermittelte, dass das alles nur ein Traum war. Oder dass Dr. Rosa sagte, er hätte nur einen schlechten Scherz gemacht.

Als nichts davon passierte, setzte er sich auf und schaute auf die Uhr, es war kurz vor sechs. »Ich wusste gar nicht, dass sich eine DNA-Probe so schnell analysieren lässt.«

»Ich auch nicht.«

»Und jetzt?«, fragte Fernando – mehr sich selbst als den Rechtsmediziner.

»Jetzt trinken wir einen Kaffee, und dann fahren Sie zurück zu der Frau, die vermutlich mit wenigstens zwei der Opfer ein Verhältnis hatte.«

»Und die vielleicht identisch mit Carolina Torres ist«, dachte Fernando laut.

»Das ist nicht auszuschließen.«

Fernando fiel das Passfoto ein. »Das ist sie«, sagte er und legte es auf den Couchtisch.

Dr. Rosa lächelte. »Hübsch, sehr hübsch.«

Fernando zog sein Handy heraus und öffnete das Bild von der jungen Carolina Torres. »Dieses Foto ist vor sieben Jahren aufgenommen wurden, das andere ist aktuell. Glauben Sie, dass sich jemand so sehr verändern kann?«

Dr. Rosa legte die Fotos nebeneinander und studierte sie aufmerksam. »Auf den ersten Blick würde ich sagen: nein. Aber das liegt vielleicht auch daran, dass das Mädchen ungefähr doppelt so viel wiegt wie die junge Frau. Und die Nase ist anders, das könnte nur eine Operation erklären. Aber die Augen sehen sich sehr ähnlich, auch die Form der Lippen und der Schwung der Augenbrauen stimmen überein. Ich kann es nicht sagen.«

»Ist es denn möglich, dass jemand so viel Gewicht verliert und man davon hinterher nichts mehr sieht?«

»Wie meinen Sie das?«

»Bleiben da keine überschüssigen Hautlappen zurück?«

»In der Regel schon. Aber es hängt auch davon ab, wie alt jemand ist und ob er ein gutes Bindegewebe hat. Extrem viel Sport kann unterstützend wirken.«

Schwimmen, dachte Fernando.

31

Als Fernando und Raquel in Sines ankamen, wurde es gerade hell. Dabei war es so diesig, dass Fernando trotz Tageslicht nur einige Meter Sicht hatte. Noch im Auto schrieb er eine Nachricht. *Carolina Torres gefunden, Rua Serpa Pinto 33, Sines. Werde mit ihr sprechen und sie dann aufs Revier bringen.* Er schickte sie an Daniel Figo – der würde sich über so einen Alleingang am wenigsten aufregen und vermutlich auch am längsten brauchen, bis er vor Samiras Tür stand. Fernando wollte mit ihr allein reden. Er kaufte eine Tüte mit Brötchen und Croissants, dann lief er gemeinsam mit Raquel zu Samira.

Vor dem Nachbarhaus schrubbte eine ältere Frau in giftgrüner Kittelschürze den Hauseingang. Fernando konnte sich nicht daran erinnern, sie schon einmal gesehen zu haben. Aber sie wusste, wer er war.

»Guten Morgen, Inspektor. Können Sie glauben, dass mir hier heute Nacht schon wieder so ein besoffener Kerl vor die Haustür gepisst hat? Kann die Polizei da nicht mal was machen?«

»Tut mir leid, nicht mein Gebiet«, murmelte Fernando.

»Sie haben nur Socken an, Inspektor«, rief ihm die Frau ungläubig hinterher.

Fernando klopfte an. Samira öffnete, begrüßte ihn aber nur flüchtig und ging zurück ins Wohnzimmer. Dort stopfte sie ihren Neoprenanzug in eine schwarze Schwimmtasche, die Fernando noch nie gesehen hatte. Daneben lag der lila Wickelfisch, den er schon kannte. Er war prall gefüllt.

»Ich wusste gar nicht, dass du zwei Schwimmtaschen hast«, sagte er.

»Für längere Strecken«, erklärte Samira.

»Heute ist aber kein Schwimmwetter.«

»Jeden Tag ist Schwimmwetter.« Sie gab ihm einen Kuss und schlüpfte in ihre Sandalen. »Mmhh, du riechst nach Schokolade.«

»Sollen wir nicht erst noch etwas frühstücken? Ich habe Brötchen geholt.«

Sie musterte ihn. »Auf Socken«, sagte sie und lachte unbeschwert. Offenbar schöpfte sie keinen Verdacht.

»Oh, das sieht nur so aus. Ich teste neue Spezialschuhe, auf denen man sich besonders gut anschleichen kann.«

Sie nickte. »Verstehe, Inspektor.« Dann tippte sie ihm mit einem Finger gegen die Brust. »Sag mal, musst du nicht früh zur Arbeit?«

»Hat sich erledigt. Ein Kollege übernimmt für mich.«

Samira nahm beide Taschen in die eine Hand. Mit

der anderen griff sie nach einer Wasserflasche. »Warum kommst du nicht einfach mit an den Strand? Dann können wir ein Frühstücks-Picknick machen.«

»Hast du heute schon mal rausgeschaut? Es ist ziemlich ungemütlich.«

»Wir fahren nach Vila Nova de Milfontes. Da gibt es am Strand eine gemütliche Höhle, in der sind wir trocken.«

Fernando überlegte. Die positive DNA-Probe reichte aus, um Samira mit aufs Revier zu nehmen. Aber er wollte sie nicht vernehmen, jedenfalls noch nicht, er wollte mit ihr in Ruhe reden – auch weil er glaubte, dass er so mehr erfahren würde. Er hatte eine Ahnung, dass sie und nicht Simão Gomes den Brief geschrieben hatte, aber er verstand noch nicht, wie es dann weitergegangen war. Und er wollte wissen, was mit Cristiano passiert war.

Als sie in Vila Nova de Milfontes ankamen, war der Strand leer, der Himmel grau, die See schäumte.

»Ich lasse Raquel im Auto, sie schläft gerade so schön«, sagte Fernando. »Bist du sicher, dass du schwimmen willst?«

»Ganz sicher.«

Sie gingen über den Strand, bis an die hinterste Ecke, in der direkt am Wasser die Felshöhle lag, die man nur bei Ebbe erreichen konnte. Die steinigen Wände glänzten noch nass von der letzten Flut, und ein Blick auf den Atlantik zeigte, dass sie in nicht allzu ferner Zukunft erneut überflutet werden würde.

»Wenn die Sonne scheint, ist es hier gemütlicher«, sagte Samira.

Fernando wartete, bis sie saß, dann gab er ihr ein Croissant. Sie legte ihm eine Hand auf den Oberschenkel, und einen Moment lang hatte er die Hoffnung, dass alles ein großer Irrtum war. Dass die DNA-Probe verunreinigt war oder die Haare in ihrer Bürste gar nicht von ihr, sondern von einer Freundin stammten.

»Carolina«, sagte er probeweise.

Sie versuchte nicht einmal, es abzustreiten. »Du weißt es also«, sagte sie tonlos, aber wenig überrascht.

»Ja. Ich verstehe es nur noch nicht ganz«, entgegnete Fernando.

Plötzlich wurde ihm vor Wut ganz heiß. Er war wütend auf sie, weil sie ihn dazu gebracht hatte, sie so zu mögen, dass er selbst in diesem Moment nicht ganz damit aufhören konnte. Und er war wütend auf sich selbst, aus dem gleichen Grund.

»Warum hast du ein Verhältnis mit mir angefangen?«, fragte er.

Sie lachte auf.

»Ich habe dich zufällig getroffen. Ich mochte dich. Verdammt, ich wusste am Anfang ja nicht einmal, dass du bei der Polizei bist.«

»Und als du es wusstest?«

»Habe ich mich wahrscheinlich zu sicher gefühlt. Ich dachte, ich könnte so auf dem neuesten Stand der Ermittlungen bleiben und im Notfall rechtzeitig abhauen. Aber das hat nicht geklappt.«

»Nein«, sagte Fernando. »Das hat nicht geklappt. Aber fast.«

»Seit wann weißt du es?«

»Ich habe letzte Nacht eine DNA-Probe machen lassen. Wir haben in Miguels und in Cristianos Wohnungen Haare von dir gefunden. Hast du mit beiden geschlafen?«

Sie kräuselte die Nase. »Nicht zur gleichen Zeit«, sagte sie.

Fernando seufzte.

»Sollen wir am Anfang beginnen?«

»Du meinst bei Simão?«

»Ich meine bei Rui.«

Samira wandte den Blick ab. »Er war wie mein kleiner Bruder.«

»Ich weiß. Und er ist gequält worden. Von den Jungen in der Schule und zu Hause von seinem Vater.«

»Weißt du, dass er gar nicht schwimmen konnte? Er hatte Angst vor dem Wasser. Sein Vater konnte das nicht ertragen. Zur Strafe und um ihn zum Schwimmen zu bekommen, hat er ihn jedes Wochenende auf sein Boot gezwungen. Rui hat mir erzählt, dass er sich geweigert hat, ihm eine Schwimmweste zu geben. Er hat gesagt: Wenn du ins Wasser fällst, wirst du schon lernen zu schwimmen. Und als er ihm erzählt hat, dass er in der Schule missbraucht und erpresst wird, hat dieses Monster gesagt, dass Rui dann eben lernen müsse, seinen Mann zu stehen.«

»Und dann bist du mit Ruis Abschiedsbrief zur Polizei gegangen.«

»Du hast die Inspektorin getroffen? Noch jemand, den Ventura auf dem Gewissen hat. Auch wenn sie noch lebt. Anders als meine Eltern. Die liegen auch hier im Meer.«

»Du glaubst, dass Adalberto Ventura für ihren Unfall verantwortlich war?«

»Ich bin mir sogar sicher.«

Fernando registrierte erstaunt, wie ruhig sie über die Sache sprechen konnte. So als wäre sie gar nicht beteiligt gewesen. »Und dann hat dich deine alte Nachbarin zu Verwandten nach Afrika geschickt.«

»Ja. Und von dort bin ich nach Brasilien gegangen.«

»Hast du dort mit dem Schwimmen angefangen?«

»Es war die einzige Möglichkeit, ihnen nahe zu sein. Rui und meinen Eltern. Und dann habe ich abgenommen, mit jedem Kilometer im Meer ein paar Gramm mehr.«

»Und deine Nase?«

»Ist beim ersten Surfkurs kaputtgegangen. Und weil sie sowieso neu zusammengesetzt werden musste, habe ich mir gleich eine hübschere ausgesucht. Es ist verrückt, wie anders die Männer plötzlich reagieren, wenn man dünn und schön ist.«

»Warum bist du nicht früher zurück nach Portugal gegangen?«

»Ich war noch nicht so weit.«

»Aber ist deine Wut gar nicht kleiner geworden? Sieben Jahre sind eine lange Zeit.«

»Sieben Jahre haben sie aber auch nicht zum Leben erweckt. Trotzdem hast du recht: Meine Wut ist kleiner geworden. Aber eben nur, bis ich einsehen musste, dass sich die Täter in der ganzen Zeit kein bisschen verändert hatten.«

Fernando schaute das Croissant in seiner Hand an. Er legte es zurück in die Tüte. Ihm war der Appetit vergangen, er hatte nur Durst.

»Warum hast du nicht Adalberto Ventura umgebracht? Stand er nicht als Erster auf deiner Liste?«

»Ich nehme an, dass der Bürgermeister von Lissabon einigermaßen gut beschützt wird. Abgesehen davon habe ich mir überlegt, dass es eine viel größere Strafe für ihn wäre, seine Karriere zu verlieren.«

»Aber das hat nicht geklappt.«

»Noch nicht.«

»Und die anderen?«

»Die habe ich auch nicht wirklich umgebracht. Das hat sich so ergeben.«

»So ergeben«, wiederholte Fernando. Er fröstelte.

»Lässt du mich noch mal schwimmen, wenn ich dir alles erzähle?«

»Du weißt, dass ich das nicht kann.«

Sie erzählte trotzdem.

»Ich habe Simão getroffen, und er war … nun ja, er war gerne mit mir zusammen.«

»Du hast ihn das Briefpapier anfassen lassen und dann den Brief gefälscht.«

»Das Briefpapier hat dich auf meine Spur gebracht, nicht wahr?«

Fernando nickte.

»Ich wollte nur mal schauen, was passiert. Ich dachte am Anfang wirklich, das schlechte Gewissen müsste sie so plagen, dass sie vielleicht wirklich alles öffentlich machen.«

»Was den Bürgermeister den Job gekostet hätte.«

»Ich hatte zu der Zeit auch schon Cristiano getroffen. Von Simão hatte ich ein paar Videos bekommen, die sein Zauberlehrer einmal von ihm gemacht hatte, zu Trainingszwecken. Ich habe so getan, als hätte ich sie auf YouTube gefunden. Cristiano war sehr aufgeregt und hat mir dann auch erzählt, dass das ein früherer Klassenkamerad war, zu dem er schon seit Jahren keinen Kontakt mehr habe, mehr aber auch nicht.«

»Und dann?«

»Ein paar Tage später sind Rafael, Cristiano und Miguel nach Vila Nova de Milfontes gefahren und haben Simão nach Feierabend vor dem Restaurant getroffen. Sie haben gesagt, sie hätten gehört, dass er ein fantastischer Entfesselungskünstler sei, und haben gefragt, ob sie ihm mal assistieren dürften. Simão war geschmeichelt, er hatte ja auch überhaupt keine Freunde mehr. Und er dachte, dass es eine gute Gelegenheit wäre, sich von Carlos Cardoza zu emanzipieren und endlich mit Auftritten in der Öffentlichkeit zu beginnen.«

»Und du hast ihn darin bestärkt.«

»Ich habe nicht versucht, ihn davon abzuhalten.«

»Aber hat denn niemand diesen Brief erwähnt?«

»Vermutlich nicht, sonst wäre das Ganze ja aufgeflogen. Ich kann es mir nur so erklären, dass sie beschlossen hatten, Simão verschwinden zu lassen. Er hatte in dem Brief ja geschrieben, dass er erst nach dem Sommer zur Polizei gehen wollte.«

»Du hattest das in dem Brief geschrieben«, erinnerte Fernando sie. »Das ist doch völlig absurd, wie das angeblich gelaufen ist. Und diese komische Vorstellung: Wollte Simão nicht, dass du auch kommst?«

»Natürlich, aber das ging ja nicht.«

»Nein, denn dann hätten Cristiano und Simão bemerkt, dass sie dieselbe Freundin haben.«

»Freundin ist ein großes Wort, aber du hast natürlich recht. Deshalb habe ich zu Simão gesagt, dass ich ein bisschen später kommen würde, weil ich vorher noch eine Videokamera abholen wollte, um die Vorführung zu filmen. Letzteres habe ich übrigens wirklich getan. Also das Ganze gefilmt. Ich hatte eine kleine Kamera auf einem Felsen installiert. Ihr findet die Aufnahmen in meiner Nachttischschublade.«

»Der USB-Stick.«

»Genau der.« Sie schaute aufs Meer. »Ich habe es nicht bis zu Ende angeschaut. Rafael, Cristiano und Miguel übrigens auch nicht. Rafael hat ihm den falschen Schlüssel zugesteckt, und dann sind sie weggelaufen.«

»Hat Simão nicht um Hilfe gerufen?«

»Paula, er hat nach Paula gerufen.«

»Du warst Paula.«

»Ja, aber ich war ja nicht da«, sagte Samira und nahm einen Schluck aus der Wasserflasche. Dann kramte sie in der lila Tasche herum.

»Willst du auch?«, fragte sie und deutete auf die Flasche.

Fernando trank.

Eigentlich wollte er nicht weitermachen, trotzdem fragte er: »Und Cristiano?«

Sie zuckte mit den Achseln. »Da bin ich unschuldig. Er war am Strand und ist wohl eingeschlafen. Und dann von der Flut überrascht worden.«

»Du warst nicht dabei?«

»Nein.«

»Und dann hast du Miguel verführt und bist mit ihm surfen gegangen?«

»Es war ein Unfall.«

»Sicher.«

Fernando hatte genug gehört. Ihm war schlecht und schwindelig, seine Augen brannten. Er würde Samira oder Carolina (oder wie auch immer er sie nennen sollte) aufs Revier bringen und sich danach drei Wochen lang betrinken. Oder schlafen, noch lieber wollte er schlafen. Er gähnte.

»Und die Handys der Jungen hast du entsorgt?«

Sie nickte. »Und die Speicherkarten zerstört. Ich hatte Angst, dass sie Fotos und Nachrichten von mir darauf hatten.«

Fernando sah zu, wie der Atlantik immer näher kroch. »Lass uns gehen, solange wir hier noch rauskommen«, sagte er.

Samira zog ihre Schuhe aus. »Ich kann doch schwimmen, oder nicht?«

»Wohin willst du denn von hier schwimmen? Nach Amerika?«

»Vorher kommen noch die Azoren.«

»In etwa tausendfünfhundert Kilometern«, entgegnete Fernando und registrierte, dass er lallte, als hätte er tatsächlich schon drei Wochen durchgesoffen.

»Und wenn ich verspreche, bestimmt nie wieder zurückzukommen?«

»Ich bin Polizist, Samira.«

»Aber doch kein richtiger.«

Das stimmte auch wieder, dachte Fernando und schloss probeweise das eine Auge. Das andere klappte ebenfalls zu, ohne dass er etwas dagegen tun konnte. Er versuchte, die Augen wieder zu öffnen, aber die Lider wogen zu schwer. Das Wasser, sie hatte ihm etwas ins Wasser gegeben. So, genau so musste Cristiano gestorben sein.

Er spürte, dass Samira noch an seiner Seite war, als die erste Welle über seine Füße schwappte. Dann spürte er ihre Hand in seiner Hosentasche, sie zog den Autoschlüssel heraus. Er musste hinterher, Raquel befreien, aber sein Körper gehorchte ihm nicht mehr. Sein Gehirn taumelte, driftete weg. Er versuchte, die einbrechende Dunkelheit aus seinem Kopf zu verbannen, doch kurz darauf traten seine Füße gegen das Wasser an, und dann war das Wasser plötzlich überall. Wütend fühlte es sich an, wie es da so in die Höhle peitschte. Noch ein paar Minuten stemmte er sich dagegen, benommen, wie er war. Er wollte nicht ertrinken.

»Mit dem Meer schwimmen, nicht dagegen«, sagte eine Stimme in seinem Kopf. Es war die Stimme der lustigen, bezaubernden Samira, nicht die der kühl berechnenden, rachsüchtigen Carolina, die er gerade erst kennengelernt hatte. Er gab seinen Widerstand auf. Die Unterströmung packte seinen Körper, zog ihn unter Wasser, wirbelte ihn herum und spuckte ihn vor der Höhle in die Brandung. Er konnte seine Augen noch immer nicht öffnen, merkte aber, dass durch Mund und Nase salzige Luft in seine Lungen strömte. Dann stieß etwas gegen seine Schulter. Wie ein stürmischer Kuss von Raquel, dachte er noch. Dann verlor er das Bewusstsein.

32

Es roch nach Blumen, die Luft schmeckte so süß, als wäre sie mit Zucker getränkt. Fernandos Körper fühlte sich leicht an, vielleicht zu leicht, nur sein Handgelenk und seine Schulter pochten, und die Augenlider waren so schwer, dass er lieber gar nicht erst versuchte, sie zu öffnen. Er lauschte. Vogelzwitschern, Gemurmel und Schritte und dann, rechts von ihm, das vielleicht schönste Geräusch, das er sich in diesem Moment hätte vorstellen können: eine außergewöhnlich melodisches Schmatzen und Grunzen. Er drehte den Kopf zur Seite, was gar nicht so einfach war, da er ihn kaum spürte, und blinzelte. Weiß und hell war es. Und da, hinter einem Graben voller Blüten, lag Raquel auf einer Wolke und knabberte an einem großen Strauß frischer Kräuter. Eine junge Frau mit zwei schwarzen Zöpfen und einer liebreizenden kleinen Nase massierte Raquels Hinterbein. Ich bin im Schweinehimmel gelandet, dachte Fernando, lächelte und schloss die Augen wieder.

Als er das nächste Mal aufwachte, waren die Vögel verstummt und die junge Frau verschwunden. Raquel schnarchte, und Fernando verstand erst jetzt, im Schein der Nachttischlampe, dass sie gar nicht auf einer Wolke, sondern in einem sehr niedrigen Bett lag.

»Da bist du ja«, hörte er Patricias Stimme auf seiner anderen Seite und drehte den Kopf. Sie saß in einem Plüschsessel neben seinem Bett.

»Ich wusste gar nicht, dass es in Santiago do Cacém so schöne Krankenzimmer gibt«, sagte Fernando. Es war erst wenige Monate her, dass er als Besucher in der Klinik gewesen war. Die Zimmer hatten ausgesehen, als wären sie seit den Fünfzigerjahren nicht mehr renoviert worden.

»Wir haben dich heute Morgen mit dem Hubschrauber zu einer Privatklinik in Faro gebracht. Niemand konnte so schnell sagen, ob du Wasser in die Lunge bekommen hast.«

Fernando atmete unwillkürlich tief ein. Sein Hals schmerzte ein wenig, aber sein Brustkorb hob und senkte sich ohne Probleme.

Patricia gab ihm zehn Minuten, in denen er sich aufsetzte und hintereinander drei Gläser Wasser leerte. Dann begann sie zu schimpfen, weil er durch seinen Alleingang eine Doppelmörderin hatte entkommen lassen. Sie erklärte, dass es nicht ausreichte, einen Kollegen per SMS zu benachrichtigen, und dass er sich selbst völlig unnötig in Lebensgefahr begeben habe.

»Und ich bin diejenige, die für den ganzen Mist

den Kopf hinhalten muss«, stellte sie abschließend fest.

»Wie geht es Raquel?«, erkundigte sich Fernando.

»Du bist ein hoffnungsloser Fall«, meinte seine Schwester seufzend. »Sie hat wohl einiges an Wasser geschluckt und humpelt ein bisschen. Die Tierärztin meinte, sie hätte sich das linke Hinterbein verstaucht. Aber ansonsten geht es ihr gut.«

»Warum liegt sie dann in einem Krankenhausbett?«

»Vermutlich weil die neue Direktorin der Klinik zu viele Hollywoodfilme gesehen hat«, schnaufte Patricia. »Aber die offizielle Begründung ist, dass Raquel hier zur Beobachtung ist, wegen ihres Beines und wegen starker Erschöpfung, aber auch, weil die Ärzte glauben, dass es dir bei der Genesung helfen würde, wenn du dein Schwein in der Nähe hast.«

Fernando schaute zu Raquel, sah, wie sie im Traum vor sich hin schmatzte und lächelte. »Das stimmt natürlich«, sagte er.

»Der wirkliche Grund ist, dass die Klinik wahrscheinlich noch nie so einfach an kostenlose Werbung gekommen ist. Man kann getrost davon ausgehen, dass alle, wirklich alle Zeitungen und Fernsehsender im Land darüber berichten werden, dass Raquel dich vor dem Ertrinken gerettet hat und nun ein Krankenhauszimmer mit dir teilt. Eine Stunde nachdem die erste Meldung im Netz stand, wurden schon die ersten Blumen mit Gene-

sungswünschen geschickt. Blumen und Obst«, sagte
Patricia und deutete in eine Ecke des Zimmers, wo
mehrere große Körbe mit Melonen, Bananen, Feigen und Pflaumen standen.

Fernando dachte an seine letzten wachen Momente. Samiras Gesicht über seinem, ihre Hand
in seiner Tasche, das Wasser. Und dann plötzlich
Raquels Nase, mitten im Meer, kurz bevor es dunkel geworden war.

»Raquel hat mich also wirklich gerettet«, sagte
er.

»Das ist jedenfalls die Version, die wir an die
Medien gegeben haben. Du hast an der einen Schulter ziemlich deutliche Abdrücke von Raquels Zähnen. Sie muss mit aller Kraft versucht haben, dich
aus dem Wasser zu ziehen.«

Wie ihren Ball, dachte Fernando. »Gibt es denn
noch eine andere Version?«

Patricia nahm seine linke Hand und hob sie hoch.

»Autsch«, sagte Fernando, begutachtete sein
Handgelenk und sah, dass es voller blauer Flecken
war.

»Dr. Rosa hat sich das angeschaut, als du noch
geschlafen hast. Er war sich ziemlich sicher, dass
dich jemand am Handgelenk gepackt und ans Ufer
gezogen hat. Das haben wir in der Presseerklärung
aber weggelassen. Ebenso wie die Tatsache, dass der
ermittelnde Inspektor mit der flüchtigen Mörderin
ein Verhältnis hatte.«

»Ich hatte ja keine Ahnung.«

»Nein, wie auch? Betäubt wurdest du übrigens mit ganz gewöhnlichen K.-o.-Tropfen.«

Fernando erzählte Patricia in Kurzform, was in der Höhle passiert war. Als er an die Stelle kam, als er das Wasser trank, merkte er, dass sich seine Schwester sehr zusammenreißen musste, um ihn nicht wieder zu beschimpfen.

»Ich weiß, das war blöd«, sagte er schnell. »Ich war schon ziemlich weggetreten, aber habe noch mitbekommen, wie mir Samira oder Carolina den Autoschlüssel aus der Tasche gezogen hat. Ich dachte, sie würde das Auto für die Flucht klauen.«

»Hat sie auch«, sagte Patricia. »Aber vorher hat sie offenbar Raquel aus dem Auto gelassen. Und die hat dich wie durch ein Wunder im Wasser gesehen oder gerochen oder was auch immer und ist dir zu Hilfe geschwommen.«

»Raquel hat also erst den Schlüssel zu den Handschellen ausgebuddelt und mir dann das Leben gerettet. Gibst du jetzt endlich zu, dass sie ein grandioses Schwein ist?«

»Ungern. Aber es stimmt schon: Für ein Schwein hat sie diesmal einen außerordentlich guten Job gemacht.«

»Ich würde zu gerne wissen, wann Samira beschlossen hat, ihr bei der Rettung zu helfen.«

»Wenn wir Samira, die wir wohl besser Carolina nennen, schnappen, kannst du sie ja fragen.«

»Ich vermute, dass sie versuchen wird, das Land zu verlassen.«

»An allen Grenzübergängen nach Spanien wird kontrolliert. Ich schätze, sie wird mit falschem Pass ausreisen, also nicht als Carolina und auch nicht als Samira. Aber wir haben ein Passfoto in ihrer Wohnung gefunden und es an die Flughäfen, Bahnhöfe und Häfen geschickt. Es sollte nur eine Frage der Zeit sein, bis wir sie irgendwo erwischen.«

Es war kurz vor Mitternacht, als Fernandos Pickup in Monte Gordo gefunden wurde. Er stand auf einem Parkplatz in der Nähe des Praia de Adão, der Schlüssel steckte.

»Das ist nicht weit von hier«, erklärte Patricia, die noch immer im Krankenzimmer bei ihrem Bruder saß. »Ich fahre hin.«

»Ich komme mit«, sagte Fernando und schwang die Beine aus dem Bett.

»Nein«, sagte Patricia.

Fernando ging zur Tür.

»O.k., aber nicht in diesem Aufzug.«

Er schaute an sich herunter und stellte fest, dass er noch das weiße Klinikhemd trug.

»Ich frage mal im Schwesternzimmer nach, ob deine Sachen schon wieder trocken sind.« Patricia ging an ihm vorbei nach draußen.

Fernando setzte sich aufs Bett zu der schlafenden Raquel und streichelte ihren Bauch.

»Die Ärzte sind dagegen«, sagte Patricia, als sie kurz darauf mit Fernandos Kleidung zurückkehrte, die inzwischen gewaschen und getrocknet war.

Während er sich anzog, deutete sie auf Raquel.

»Was machen wir mit ihr?«

»Sie kann noch ein bisschen schlafen und morgen früh vielleicht ein paar Interviews geben oder weitermassiert werden«, meinte Fernando lächelnd.

Doch kurz bevor sie die Tür hinter sich schlossen, wachte Raquel auf, robbte aus dem Bett, plumpste auf den Boden und lief humpelnd, aber eifrig hinter ihnen her.

»Sie möchte lieber mit«, erklärte Fernando.

»Mein Auto ist zu klein für ein Schwein, das hatten wir doch schon.«

»Stimmt. Aber sie ist jetzt viel dünner als beim letzten Mal.«

Kurz darauf hatten sie Faro hinter sich gelassen und fuhren mit Raquel auf der Rückbank Richtung Osten.

»Vermutlich wollte sie auf der A22 über den Río Guadiana fahren, dann wäre sie in Spanien gewesen und hätte von Tarifa aus eine Fähre nach Marokko nehmen können. Oder irgendwo ein Flugzeug«, mutmaßte Patricia. »Aber dann hat sie gemerkt, dass die Grenze kontrolliert wird, und ist umgekehrt. Vielleicht versucht sie, per Anhalter über die Grenze zu kommen.«

»Sie hätte auch einfach durch den Fluss nach Spanien schwimmen können«, sagte Fernando.

»Ja, und wenn wir Pech haben, hat sie das getan. Wir sollten die Kollegen in Spanien verständigen.«

»Aber warum hat sie dann das Auto in Monte Gordo gelassen? Von dort ist es ja noch ein ganzes Stück bis zur Grenze.«

Das schrille Klingeln von Patricias Handy unterbrach ihre Überlegungen. Nach dem Telefonat war alles schon wieder anders.

»Es könnte sein, dass sie ein kleines Motorboot gestohlen hat«, erzählte sie. »Der Besitzer hat den Diebstahl heute Nachmittag gemeldet, die GNR hat aber gerade erst kapiert, dass das wichtig sein könnte.«

»Werden nicht dauernd kleine Motorboote gestohlen?«

»Nicht solche, die in einem so schlechten Zustand sind. Der Besitzer meinte, dass der Motor keine zehn Kilometer mehr durchhalten würde.«

»Und jetzt?«

»Die Marinha ist schon unterwegs. Ob sie im Dunkeln irgendwas sehen, ist natürlich eine andere Frage.«

Sie schwiegen, bis Patricia in der Nähe des Hafens parkte. Der Hafen, hatte sie erklärt, sei der beste Ort, um zu warten, weil dort die Küstenwache und die Boote der Marine anlegten. Ein Polizeibeamter wartete im Schein der Straßenlaternen auf sie, er hatte Fernandos Pick-up mitgebracht.

»Wir sind mit dem Wagen schon fertig, Sie können ihn also gleich mitnehmen«, sagte er. »Außer ein paar Fingerabdrücken am Lenkrad hat die Verdächtige keine Spuren hinterlassen.«

»Danke«, sagte Fernando und nahm den Schlüssel in Empfang.

»Nur eine Sache noch«, sagte der Beamte. »Das Bild, das unter der Rückbank lag, ist das Ihres?«

»Das Bild?«, wiederholte Fernando, aber dann verstand er. »Natürlich, das Bild!«, rief er aus und schlug sich mit der flachen Hand vor den Kopf. »Ja, das ist meins.«

»Gut getroffen«, sagte der Beamte anerkennend, dann ließ er sie allein.

»Welches Bild?«, fragte Patricia, während sie mit Raquel und Patricias riesiger Sporttasche von ihrem Auto in Fernandos umzogen.

Fernando antwortete nicht, sondern lehnte sich im Beifahrersitz zurück und schloss die Augen.

Er wachte erst auf, als Patricia den Motor startete.

»Wohin fahren wir?«, fragte er.

»In ein Hotel. Die Suche wird bei Tagesanbruch fortgesetzt, und ich habe gerade beschlossen, dass wir zu alt sind, um im Auto zu schlafen.«

Sie hielt einige Minuten später vor einem kleinen Hotel und klingelte an der Pforte. Die Besitzerin öffnete in einem rosa Plüschbademantel, der mit Kätzchen bedruckt war. In ihre linke fleischige

Gesichtshälfte hatte sich das Muster ihres Kissens gedrückt, vielleicht hatte sie es selbst gehäkelt, dachte Fernando. Patricia entschuldigte sich für die späte Störung und fragte nach zwei Zimmern. Die Frau schaute prüfend auf Raquel, die schräg hinter Fernando stand und gähnte. »Zwei freie Zimmer haben wir, einen Stall aber nicht.«

»Wir teilen uns ein Zimmer. Sie ist sehr sauber«, sagte Fernando.

Und Patricia, die sah, wie die Hausherrin beim Gedanken an ein Schwein in ihrem Hotel die Nase rümpfte, fügte hinzu: »Das ist nicht irgendein Schwein. Das ist Raquel, das erste und bislang einzige Polizeischwein des Landes.«

»Ach, das Polizeischwein! Im Fernsehen und in der Zeitung sah sie viel dicker aus, deshalb habe ich sie nicht gleich erkannt«, sagte die Frau. Dann flüsterte sie: »Sind Sie etwa beruflich hier?«

»Ja«, flüsterte Fernando zurück und legte den Finger an die Lippen. »Es ist alles noch streng geheim.«

Sie schnallte ihren Bademantel enger und biss sich vor Aufregung auf die Lippen, fragte aber nicht weiter nach, sondern bot ihnen an, eine Suppe aufzuwärmen.

Sie aßen im kleinen Frühstückszimmer, in dem gerade einmal vier Tische standen, und gingen anschließend die Treppe hoch.

»Das Schwein schläft aber nicht im Bett – Polizeischwein hin oder her!«, rief ihnen die Besitzerin auf halber Strecke hinterher.

»Das macht sie nie«, beruhigte Fernando sie, obwohl ihm eine Stufe später einfiel, dass sie in der Klinik die ganze Zeit im Bett gelegen hatte, wenn auch in ihrem eigenen niedrigen.

Um sieben Uhr morgens klopfte Patricia an seine Tür. Raquel, die auf einer Decke neben dem Bett geschlafen hatte, hob den Kopf und grunzte schläfrig.

Fernando konnte weder das Klopfen noch Raquels Antwort hören, denn er saß auf der Rückbank seines Wagens und zog den Deckel von einer schwarzen Transportrolle. Darin steckte eine Leinwand, vermutlich die, an der Samira die letzten Wochen gemalt hatte. Er zog sie heraus, ganz vorsichtig, dann rollte er sie aus, sah erst einen kleinen Streifen Himmel und fiel dann in ein Meer, das sich wärmer anfühlte als der Atlantik – vielleicht weil es nicht nass machte, vielleicht aber auch, weil die Künstlerin es geschafft hatte, so viel Licht in die Blautöne zu malen, dass es aussah, als würde die Sonne vom Meeresboden nach oben scheinen. Unten rechts sah Fernando sich selbst im Meer schwimmen, neben ihm paddelte Raquel.

Minutenlang starrte er das Bild an, dann rollte er es wieder zusammen, verstaute es in der Transportrolle und schob diese zurück unter die Rückbank. Zurück im Hotel holte er Raquel aus dem Zimmer und ging mit ihr in den Frühstückssaal. Patricia köpfte gerade ein Ei.

»Ich habe gedacht, du bist noch im Tiefschlaf, weil du eben gar nicht geantwortet hast.«

»Ich war kurz draußen«, sagte Fernando und merkte, dass er keinen Hunger hatte.

»Es gibt zwei Neuigkeiten«, sagte Patricia. »Carolina hat den Mord an Simão tatsächlich gefilmt und den USB-Stick mit der Aufnahme in ihrem Nachttisch deponiert. Figo hat mir eben Bescheid gegeben.«

»Und die andere Neuigkeit?«

»Sie haben das Boot gefunden. Fünf Kilometer vor der Küste.«

Der Hafen hing so voller Nebel, dass sie den Offizier der Marinha Portuguesa erst sahen, als er an das Fenster der Fahrertür trat. »Kommissarin Valente? Wir haben telefoniert.«

»Haben Sie das Boot schon zurück in den Hafen gebracht?«

»Jedenfalls das, was von dem Boot noch übrig ist. Die Wellen haben dem Holz ziemlich zugesetzt. Aber wir haben das hier gefunden«, sagte er und hielt eine lila Schwimmtasche hoch. »Die ist am Motor hängen geblieben.«

In Fernandos Bauch begann die nächtliche Suppe gefährlich hin und her zu schwappen. Das Pochen in Handgelenk und Schulter wurde stärker.

»Geht es Ihnen nicht gut, Inspektor?«, erkundigte sich der Offizier.

»Er ist gestern Morgen fast ertrunken und noch nicht wieder ganz bei Kräften«, erklärte Patricia, zog sich Plastikhandschuhe über, nahm die Tasche und öffnete sie.

»Fünf Schokoriegel, eine Wasserflasche, ein Kleid, ein Geldbeutel mit hundert Euro in bar, ein ausgeschaltetes Handy und ein Reisepass«, zählte sie auf. »Carolina Torres«, las sie aus dem aufgeschlagenen Reisepass vor.

»Carolina Torres ist unsere Frau, oder?«, fragte der Offizier.

Patricia nickte.

»Oder vielleicht sollte ich sagen: Sie war unsere Frau. Wir suchen natürlich weiter, aber es müsste schon ein Wunder geschehen, dass da draußen jemand die Nacht überlebt.«

Ihr Neoprenanzug war nicht in der Tasche gewesen, dachte Fernando. Den hatte sie also angezogen. Und die schwarze Schwimmtasche fehlte auch. Vermutlich hatte sie darin noch einen oder mehrere falsche Pässe gehabt.

Fernandos Telefon klingelte. Estela Cabral vom *Correio da Manhã*. »Inspektor Valente«, sagte die Journalistin, die schon mehrere Geschichten über Raquel gemacht hatte. An ihrem flirtenden Tonfall erkannte Fernando sofort, dass sie etwas von ihm wollte. »Uns wurde da ein Foto zugespielt. Von

Ihnen und Raquel im Krankenhaus. Sie schlafen gerade, Raquel knabbert an Blumen. Es ist ein fantastisches Bild.«

Fernando sagte nichts, was auch daran lag, dass er immer noch der Unterhaltung zwischen Patricia und dem Offizier lauschte.

»Sie konnte ziemlich gut schwimmen«, sagte Patricia.

»Trotzdem«, sagte der Offizier. »Die Kälte, der Nebel, die Wellen, die Strömung und die Angst – all das spielt gegen sie. Besser sähe es aus, wenn sie eine Schwimmweste dabeigehabt hätte. Aber nach Angaben des Besitzers war keine im Boot.«

»Inspektor?«, hörte Fernando an seinem anderen Ohr. »Wir haben dieses Foto bekommen und...«

»Wer hat es aufgenommen?«, unterbrach er sie.

»Einer von Raquels Fans hat Blumen gebracht und es irgendwie geschafft, sich mit Kamera in das Zimmer zu schleichen.«

Fernando glaubte ihr kein Wort. Vermutlich hatte sie den Fotografen, der sich verkleidet in sein Zimmer geschlichen hatte, selbst geschickt. Eigentlich mochte er Estela Cabral, aber an diesem Tag ging sie ihm auf die Nerven. Alle gingen ihm auf die Nerven.

»Mein Chef sagt, wir können es nicht ohne Ihre Einwilligung drucken, weil Sie uns sonst verklagen könnten. Also wollte ich fragen, ob...«

»Nein, Sie dürfen es nicht veröffentlichen«, bellte Fernando und legte auf.

»Könnte es ein guter Schwimmer bis Marokko schaffen?«, fragte Patricia.

Der Offizier schaute sie an, als hätte sie den Verstand verloren, sagte aber nichts, sondern griff nach seinem Handy. Er tippte etwas ein, nickte, tippte noch etwas. Dann sagte er: »Von dem Punkt, an dem wir das Boot gefunden haben, sind es noch etwa hundertdreizehn Seemeilen zur afrikanischen Küste, vorausgesetzt, man schwimmt eine gerade Linie.«

Patricia runzelte die Stirn, und Fernando erklärte: »Das sind gut zweihundert Kilometer.« Er schaute aufs Meer. Zweihundert Kilometer im Wasser waren schrecklich weit.

»Den Weltrekord im Marathonschwimmen«, las der Offizier von seinem Handy ab, »hält seit 2006 ein Kroate. Er ist bei der Durchquerung des Adriatischen Meeres zweihundertfünfundzwanzig Kilometer in etwas mehr als fünfzig Stunden geschwommen.« Er steckte das Telefon in die Tasche. Dann sagte er: »Dieser Mann war ein Ausnahmesportler. Er war bestens auf das Event vorbereitet, er hatte vermutlich Begleitboote für seine Sicherheit dabei. Wenn man dort draußen nicht ertrinkt, kommt man sehr wahrscheinlich unter eine Schiffsschraube. Die Straße von Gibraltar gehört zu den meist befahrenen Wasserstraßen der Welt, und auch an ihrem Rand ist ziemlich viel los. Der Nebel heute wird sein Übriges tun. Falls diese Carolina Torres nicht zufällig eine Meerjungfrau ist, habe ich wenig Hoffnung.«

Sie suchten weiter, trotz Nebel. Nach Samira oder Carolina, lebend oder tot. Nach achtundvierzig Stunden, zur gleichen Zeit, als sich Rafael Duarte das Video von Simãos Tod ansehen musste und immer noch nicht gestand, wurde die Suche eingestellt.

33

Am 10. September waren die Sommerferien vorbei. Die Urlauber, zumindest die meisten, hatten die Region verlassen. Restaurants und Marktstände wischten die Touristenpreise von ihren Tafeln, in Porto Covo wurden die Ferienhäuser verrammelt. Pedro und alle anderen Kinder gingen wieder in die Schule. Wie von Mafalda prophezeit, war das schöne Wetter zurückgekehrt. Aber obwohl es sehr warm und sehr sonnig war und auch noch eine ganz Weile so bleiben würde, waren die Tage nicht mehr so heiß, dass sie Gedanken schmelzen konnten. Das Licht wurde weicher und schräger, die Luft klarer, die Nächte kühler.

Fernando saß in Boxershorts und T-Shirt am Küchentisch, seine nackten Füße lagen auf Raquels Bauch. In einer Hand hielt er eine Kaffeetasse, mit der anderen blätterte er in der neuesten Ausgabe des *Correio da Manhã*. Der Artikel, über den alle sprachen, nahm die ganze dritte Seite ein. »Rache im Meer« lautete die Überschrift, und Fernando fand, dass man die Geschehnisse kaum besser zusammenfassen konnte. Er sah ein aktuelles Foto des Lissaboner Bürgermeisters, ein altes Archivfoto von seinem Sohn sowie die der drei Opfer: Simão Gomes, Miguel da Almeida und Cristiano Serpa. Der Artikel erzählte, wie Rui Ventura von Mitschülern und Vater schikaniert worden war, und beschrieb auch den Selbstmord, der mithilfe eines korrupten Polizisten als Unfall getarnt worden war.

»Lissabon wird sich wohl einen neuen Bürgermeister suchen müssen«, kommentierte Mafalda.

»Sie hätte uns alle umbringen können«, jammerte Teresa, so wie sie es seit Tagen immer mal wieder tat. Nicht einmal die Tatsache, dass Raquel von der Presse und dem Dorf wieder einmal als Wunderschwein gefeiert wurde, hatte sie darüber hinwegtrösten können, dass ihr Sohn mit einer Mörderin geschlafen hatte.

Fernando beschäftigte etwas ganz anderes: Der Artikel nannte ziemlich viele Einzelheiten, auch aus Ruis Abschiedsbrief. Er kannte nur zwei Menschen, die diese Einzelheiten gewusst hatten und gleichzeitig ein Interesse daran haben konnten, sie öffentlich zu machen. Samira und Andreia Nicolau, beide unerreichbar.

Er nahm sein Handy und suchte in seiner Kontaktliste nach dem Namen der Journalistin.

»Wenn du sie jetzt endlich anrufst, ist es vielleicht noch nicht zu spät«, sagte seine Mutter.

»Wen soll ich anrufen?«, fragte Fernando und steckte das Telefon vorsichtshalber weg.

»Deine Jugendliebe Lúcia.«

Fernando verzichtete darauf zu sagen, dass er Lúcia nicht als seine Jugendliebe bezeichnen würde. Er fragte auch nicht nach, warum er sie anrufen sollte.

Teresa erklärte es trotzdem: »Morgen reist sie nämlich nach London ab. Sie wird die beiden Kinder einer reichen portugiesischen Familie in ihrer Muttersprache unterrichten.«

»Klingt prima«, sagte er.

»Sie kehrt ihrer Heimat den Rücken, weil du ihr das Herz gebrochen hast«, lamentierte Teresa. »Vielleicht kannst du sie noch aufhalten.«

»Sie geht, weil sie hier keinen Mann findet. Und weil sie nicht ertragen kann, dass alle schlecht über sie reden«, korrigierte Mafalda. »Seit Fernando sich mit seiner schönen jungen Freundin im Café gezeigt hat, glaubt im Dorf niemand mehr, dass er schwul ist. Dafür denken alle, dass Lúcia den Kuss mit Mathéo nur erfunden hat, um sich dafür zu rächen, dass er sie nicht haben wollte.«

»Die schöne junge Freundin war eine Mörderin. Und wäre Raquel nicht gewesen, hätte sie Fernando auch auf dem Gewissen!«, rief Teresa.

»Fernando lebt, und Samira ist tot, kein Grund also, dich weiter so aufzuregen«, sagte Mafalda trocken.

»Mein Sohn hat einem herzensguten Mädchen den Korb gegeben und dafür eine Mörderin ins

434

Haus geholt!« Teresa hatte rote Flecken am Hals und ließ sich erschöpft auf einen Stuhl fallen. Mit einem Seufzer legte sie nach: »Ich habe ja gleich gespürt, dass mit ihr etwas nicht stimmt.«

»Komisch«, sagte Fernando, dem das Ganze nun doch zu viel wurde. »Für mich klang es so, als wolltest du sie gleich zur Mutter deiner Enkelkinder machen.«

Teresa hob den Zeigefinger. »Aber sie wollte keine Kinder. Das hat mich gleich misstrauisch gemacht.«

Mafalda stand auf und trat an den Herd: »Ich koche dir einen Tee, Mädchen. Tee weckt den guten Geist und die weisen Gedanken.«

»Glaub bloß nicht, dass ich so früh am Morgen schon diesen Rumpunsch trinke, den du Tee nennst.«

»Dann eben ohne Alkohol«, beruhigte sie Mafalda. »Auch wenn er mit natürlich besser hilft.«

Fernando wollte die Zeitung gerade weglegen, als ein Foto auf der Rückseite des Blattes seinen Blick magisch anzog. »Das ist doch …«, murmelte er. Tatsächlich: Es war Carlos Cardoza in einem neuen, komplett weißen Outfit und mit einem neuen Mann an der Seite. »Der berühmte portugiesische Zauberkünstler ist zu seinem neuen Lebensgefährten, dem amerikanischen Physiker Jimmy Brown, nach Los Angeles gezogen. Cardoza wird in den nächsten Monaten regelmäßig auf den großen Bühnen in Las Vegas und New York auftreten«, las er.

Jimmy Brown war deutlich jünger als Cardoza,

aber nicht so jung wie Simão Gomes. Er trug eine mit funkelnden Steinen besetzte Brille, einen kobaltblauen Anzug und hatte, soweit man das auf dem Bild erkennen konnte, makellose Haut. »Ein Physiker«, sagte Fernando ungläubig und dachte an den Blitzschlag, durch den Cardozas Haus abgebrannt war.

Er wollte nicht mehr daran denken. Weder an Cardoza noch an sonst irgendjemanden oder irgendetwas, das ihn an den letzten Fall erinnerte. »Komm, Raquel«, sagte er. »Wir fahren ans Meer.«

Im Auto schaltete er das Radio an und suchte einen Sender mit Musik, doch überall wurde darüber berichtet, dass Adalberto Ventura sein Amt als Bürgermeister von Lissabon mit sofortiger Wirkung niedergelegt hatte. In seiner Rücktrittserklärung hatte er behauptet, dass der Artikel im *Correio da Manhã* Teil einer bösen Verleumdungskampagne sei und dass er die Zeitung verklagen werde. Grund für seinen Rücktritt sei einzig und allein, dass er mehr Zeit mit seiner geliebten Frau verbringen wolle, die unter der Hetzjagd gegen ihn besonders leide.

Fernando schaltete das Radio aus. Adalberto Ventura war nicht der Einzige, der in den letzten Tagen seinen Job verloren hatte. Sancho Rosário, Superintendente der Lissaboner Polizei, war vom Dienst vorläufig suspendiert worden, die Staatsanwaltschaft ermittelte.

Andreia Nicolau hingegen hatte eine offizielle Entschuldigung vom Nationaldirektor der Kriminalpolizei bekommen. Über das Angebot, wieder in den Polizeidienst zurückzukehren, wollte sie noch nachdenken.

Fernando rief Patricia über die Freisprechanlage an. »Weißt du, wo Andreia Nicolau steckt? Und ob sie etwas mit dem Zeitungsartikel zu tun hat?«

»Ich weiß, wo sie ist, habe aber versprochen, es niemandem zu verraten«, antwortete seine Schwester. »Sie will untertauchen, bis sie im Prozess gegen Rafael Duarte ausgesagt hat.«

»Jetzt, wo ohnehin alles raus ist, braucht sie sich vermutlich keine Sorgen mehr zu machen.«

»Stimmt. Sie schwört trotzdem, dass sie nicht mit der Presse gesprochen hat.«

»Nimmst du ihr das ab?«

»Nicht wirklich, einfach deshalb, weil sonst kaum jemand als Informant infrage kommt.«

»Vielleicht hatte Ruis Mutter einen klaren Moment.«

»Das glaubst du doch selber nicht«, meinte Patricia. Und hatte natürlich recht. Allerdings konnte sich Fernando auch nicht vorstellen, dass es die übervorsichtige Andreia Nicolau gewagt hatte, die größte Zeitung des Landes zu kontaktieren.

Als Nächstes rief er Estela Cabral an, Autorin des Artikels im *Correio da Manhã*.

»Ah, Inspektor Fernando Valente, was kann ich für Sie tun?«, fragte sie, kühler als gewohnt.

»Ich habe gerade Ihren Artikel gelesen.«

»Gefällt er Ihnen?«

»Er ist sehr gut recherchiert.«

»Danke.«

»Können Sie mir sagen, von wem Sie die Informationen bekommen haben?«

Estela Cabral lachte nur.

Fernando fuhr auf den Parkplatz des Praia da Pelengana – ein Strand zwischen Porto Covo und Sines, den er deshalb ausgewählt hatte, weil er dort nie zusammen mit Samira gewesen war. Er stellte den Motor ab und öffnete die Fahrertür, blieb aber im Wagen sitzen.

»Schauen Sie, Senhora«, sagte er. »Ich schlage Ihnen einen Deal vor: Sie verraten mir, wer Ihr Informant war, und ich gebe Ihnen die Erlaubnis, dieses Krankenhausbild von Raquel und mir zu drucken.«

Sie zögerte einen Moment, dann sagte sie: »Tut mir leid, ich kann Ihnen keine Namen nennen.«

Im Grunde würde ihm ein Name allein sowieso nicht weiterhelfen, dachte Fernando. Andreia Nicolau und Samira wären beide schlau genug, um sich als jemand anders auszugeben. Vielleicht hatte der Informant der Presse auch nur eine anonyme E-Mail geschickt.

»Sie hatten also mehrere Informanten«, stellte er fest.

»Das ist bei so brisanten Themen immer hilfreich.«

»Aber Sie könnten mir vielleicht sagen, wo Ihr

Informant sitzt? Ich meine denjenigen, der sich nicht in Portugal aufhält.«

»Was wollen Sie mit der Information überhaupt machen? Ihr Fall ist doch gelöst, oder?«

»Gar nichts. Ich will es nur wissen, weil…« Fernando stockte, suchte nach Worten. »Aus rein privatem Interesse«, sagte er schließlich.

»Und dafür darf ich das Foto abdrucken? Und Sie geben mir ein Exklusivinterview über Ihr Beinahe-Ertrinken und die Rettung durch Raquel?«

Solche Presseaktionen musste er sich eigentlich von Patricia absegnen lassen, doch er sagte, ohne zu zögern: »Von mir aus auch ein Interview.«

»Afrika.«

Fernandos Kopf wurde ganz weich und wattig. Trotzdem versuchte er, seine Gedanken zu ordnen. Wenn es Samira tatsächlich gelungen war, bis an die marokkanische Küste zu schwimmen, war sie vermutlich gleich weitergereist, mit falschem Pass, schon für den Fall, dass man überprüfen würde, ob sie in Marokko an Land gegangen war. In Mosambik hatte sie Verwandte, aber um nichts zu riskieren, hatte sie die Zeitung vermutlich von unterwegs kontaktiert.

»Lassen Sie mich raten: Jemand hat Ihnen einen hellblauen Aktenordner geschickt.«

Er hörte, wie Estela Cabral nach Luft schnappte. »Wann machen wir das Interview, Inspektor?«, fragte sie dann. »Haben Sie heute Nachmittag eine Stunde Zeit?«

»Heute Nachmittag geht es nicht. Wir bauen einen Schwimmteich für Raquel. Ich melde mich die Tage bei Ihnen«, versprach er und legte lächelnd auf. Er hatte doch gleich geahnt, dass Samira eigentlich eine Meerjungfrau war.

Fünf Minuten später saß er mit Raquel am Meer. Sie waren die Einzigen am Strand, und das Meer war von so dunklem Violett wie das Pflaumenmus, das Mafalda im Sommer gekocht hatte.

»Ich sollte froh sein, dass sie weg ist, aber irgendwie fehlt sie mir. Dir auch, Raquel? Nicht so sehr wie Anabela, aber trotzdem.«

Raquel schaute ihn an, legte den Kopf schief und grunzte. Jetzt antwortet sie schon, dachte er und war sich nicht sicher, ob er das gut oder eher besorgniserregend finden sollte. Aber darüber konnte er später noch ausführlicher nachdenken.

Jetzt zog er das Papier mit dem filigranen Blütenmuster aus der Hosentasche, strich es auf dem Oberschenkel glatt und betrachtete noch einmal die Zeichnung: Samira an der Staffelei, er schlafend im Bett, Raquel dazwischen. Dann faltete er das Papier mehrmals, drehte es und zog es am Schluss wieder auseinander. Vor ihm stand ein kleines Papierschiffchen, das er aufs Wasser setzte.

»Wir machen das jetzt wie Carlos Cardoza. Wir haben ein Papiermodell und verwandeln es in ein richtiges Segelboot«, sagte er und schaute zu, wie das Boot auf den Wellen tanzte. »Oder wir lassen es einfach verschwinden. Ich kann ja sowieso nicht segeln.«

Fernando hatte erwartet, dass das kleine Papierboot sofort von einer Welle überrollt werden oder sich mit Wasser vollsaugen würde, aber es hielt sich erstaunlich lange. Er dachte an das andere Bild, das große, das Raquel und ihn beim Schwimmen zeigte. Es zu zerstören, brachte er nicht übers Herz, es aufzuhängen, aber auch nicht. Es würde eine Weile in der Transportrolle unter seinem Bett bleiben müssen.

Noch eine Viertelstunde später schaukelte das kleine Papierboot vor ihren Augen auf dem Atlantik herum. Es sah nicht so aus, als ob es in absehbarer Zeit aufs Meer hinaustreiben oder untergehen würde.

»Das verstößt gegen alle physikalischen Gesetze«, murmelte Fernando, obwohl er von physikalischen Gesetzen nur wenig Ahnung hatte.

Raquel stand auf, trabte ins Wasser und schwamm auf das Boot zu. Sie stupste es mit der Nase ein Stück vor sich her, und Fernando befürchtete schon, sie würde es zurück ans Ufer bringen. Aber dann öffnete sie ihr großes, schönes Schweinemaul und schluckte das Boot kurzerhand hinunter.

So kann man Sachen natürlich auch wegzaubern, dachte Fernando, als Raquel kurz darauf zurück ans Ufer watete. Sie ließ sich neben ihm in den Sand fallen und wälzte sich hin und her, bis sie aussah wie ein Bifana, ein paniertes Schnitzel. Auffordernd ruderte sie mit den Vorderbeinen, und Fernando kraulte ihre Brust. Er lehnte sich gegen einen Felsen und vergrub die Zehen im Sand.

Noch lag ihm die ganze Geschichte zu schwer im Magen, um diesen Morgen richtig genießen zu können, aber das würde besser werden. Die nächsten Wochen wollte er zusammen mit Pedro den kleinen Schwimmteich für Raquel bauen, unter einer Korkeiche liegen und lesen und von Verbrechen möglichst verschont bleiben. Mit der Zeit würde er an Samira und den ganzen Fall zurückdenken wie an einen dieser unguten Träume, die er hatte, nachdem er an einem zu heißen Sommerabend zu viele Sardinen gegessen hatte. In seiner Erinnerung, so hoffte er wenigstens, würde von den letzten Wochen nicht viel mehr übrig bleiben als der heiße Sommer, in dem Raquel schwimmen gelernt hatte.

Wie gut es ist, ein Schwein zu haben, dachte er.

Dann schloss Inspektor Fernando Valente die Augen, drehte sein Gesicht der Sonne zu und lauschte dem Glucksen des Meeres und dem wohligen Grunzen neben ihm, das sich schon bald in ruhiges Schnarchen verwandelte.

Nachwort

Dieses Buch darf gerne als Anregung verstanden werden, in den wunderschönen Alentejo zu reisen, ein Reiseführer in Krimiform ist es aber nicht. Fernando Valente und Raquel leben und ermitteln zwar in Dörfern und an Stränden, die wirklich existieren, bei der Beschreibung einzelner Straßenzüge und Häuser habe ich mir aber einige dichterische Freiheiten erlaubt. Die in der Realität sehr komplexe Organisation und die Abläufe bei der portugiesischen Polizei sind der besseren Lesbarkeit zuliebe stark vereinfacht dargestellt. Die Handlung und alle Charaktere des Buches sind frei erfunden, etwaige Ähnlichkeiten mit tatsächlichen Begebenheiten, lebenden oder verstorbenen Personen und Schweinen wären rein zufällig.

Lesen Sie weiter >>

LESEPROBE

Ein idyllisches Küstenörtchen in Portugal. Eine Leiche. Und ein eigenwilliges Polizeischwein, das alle auf Trab hält!

Wie jedes Jahr an Weihnachten soll Fernando Valente, ältester Sohn der Familie und Dorfpolizist, ein Schwein schlachten. Doch diesmal bringt er es nicht fertig, denn die liebenswerte Raquel ist ihm viel zu sehr ans Herz gewachsen. Und so befördert er sie kurzerhand zum ersten Polizeischwein Portugals – zum Entsetzen des ganzen Reviers. Aber dann stürzt eine Frau beim Angeln von den Klippen. Ein Unfall oder doch Mord? Fernando will den Fall unbedingt lösen und Raquels Fähigkeiten unter Beweis stellen – denn nur mit einem Ermittlungserfolg darf das Schwein im Polizeidienst bleiben. Zum Glück hat Fernando einige Tricks auf Lager …

1

Zu den Tatsachen, die diese Welt zu einem unerträglichen Ort machen, gehört unbestritten die, dass man Schweine schlachten muss, bevor man sie essen kann. Niemand wusste das besser als Inspektor Fernando Valente, der an jenem Samstag, an dem Raquel sterben sollte, ungewöhnlich früh und ungewöhnlich unglücklich erwachte. Die kaltfeuchte Dezemberluft und der wachsende Widerwille gegen den Lauf der Dinge waren ihm über Wochen in die Knochen gekrochen. Nun knirschten seine Gelenke, und seine Finger waren so steif, dass er daran zweifelte, ob er ihnen guten Gewissens ein Messer anvertrauen konnte.

Einen Moment hoffte er, dass sich der Schmerz ausbreiten, in seine Muskeln und Bronchien wandern und in einer Grippe explodieren würde. So wie es in den alten Häusern in jedem feuchtkalten Winter geschah. Seine Großmutter würde ihn mit einer Suppe zurück ins Bett schicken, wenn er über seiner ersten Bica zitterte, dem Espresso, der fester Bestandteil des portugiesischen Frühstücks war, und salzige Schleimklumpen in den Pyjamaärmel hustete.

Es war gar nicht so, dass der Inspektor nicht schlachten konnte. Wie es die Tradition im Alentejo vom ältesten Sohn verlangte, hatte Fernando Valente schon unzählige Schweine mit einem Stich ins Herz getötet. Und auf den ersten Blick unterschied sich Raquel mit ihren lehmverkrusteten Borsten, ihrer schwarzen Wampe und ihrem unstillbaren Heißhunger auf Eicheln nur wenig von all den Ferkeln, die er in den vergangenen Jahren getroffen, geschlachtet und gegessen hatte.

Aber Raquel hatte er mit der Flasche großgezogen. Er hatte mit ihr Fußball gespielt und erlebt, wie sie sich auf die Seite warf, mit den Beinen in der Luft ruderte, dabei Melodien grunzte und so schlechte Tage ein wenig besser machte. Er wusste, wie es sich anfühlte, wenn Raquel ihre lange Nase in seine Jackentasche steckte, um nach Karamellbonbons zu suchen. In den letzten zwei Jahren war sie zu einem stattlichen schwarzen Schwein, einem Porco preto alentejano, herangewachsen. Mit ihren rund hundertfünfzig Kilogramm brachte sie so viel auf die Waage wie ein ausgewachsener Eber dieser alten Rasse. Die Porco pretos lebten in der Regel halbwild in den weiten Korkeichenwäldern und fraßen dort Unmengen Eicheln, die ihrem Fleisch den typisch würzigen Geschmack verliehen. Raquel fraß zwar auch Unmengen Eicheln, lebte aber im großen Garten der Familie Valente und war alles andere als halbwild. Sie stand nachmittags am Tor und wartete auf Fernandos Heimkehr. Auf gar keinen Fall wollte er sie töten.

Fernando dachte nach. So eine Grippe ließe sich auch simulieren, bis auf den Schleim natürlich. Probeweise hustete er und freute sich, wie echt das klang. Im besten Fall könnte er so einige Wochen Schonfrist herausschlagen. Andererseits traute er seiner Mutter durchaus zu, das Messer an ihren Schwager, Onkel João, weiterzureichen. Der hatte Fernando vor gut zwanzig Jahren, kurz nach seinem achtzehnten Geburtstag, gezeigt, wie man präzise ins Herz sticht, dabei verfehlte er selbst sein Ziel jedoch auffallend häufig um Haaresbreite. Fast jedes Jahr hallten die Schreie seiner an-, aber eben nicht abgestochenen Schweine durchs Tal.

Der Inspektor befand das Risiko für zu groß. Und passieren musste es ja doch irgendwann. Er seufzte, entledigte sich der Decke, die sowieso zu kalt und zu klamm war, um ihn trösten zu können, und stand auf, um die Messer zu schärfen.

In der Küche fiel das erste Tageslicht durch die Ritzen der Fensterläden, und im Fernseher auf der Kommode sprach eine hübsche Frau darüber, dass die Regierung womöglich weitere Sozialabgaben kürzen wolle. Im offenen Kamin glühten ein paar Holzscheite. Gefährlich nah davor baumelten zwei Füße in pinkfarbenen Wollsocken. Sie gehörten zu Mafalda Valente, die in ihrem Lehnsessel thronte. Solange sich Fernando erinnern konnte, hatte seine

Großmutter aus diesem Stuhl über den kleinen Bauernhof, die Quinta, regiert, sommers wie winters, tags wie nachts in mehrere Wolldecken gehüllt, die weißen Haare zum langen Zopf geflochten.

Obwohl er in die Aufklärung des Rätsels schon einiges an Zeit und Mühe investiert hatte, wusste der Inspektor immer noch nicht, ob Mafalda jemals schlief. Die wissenschaftlichen Fakten sprachen dafür, doch ihr Bett war seit Jahren unbenutzt, und auch im Sessel hatte niemand sie je bei einem Nickerchen erwischt. In diesem Moment sah es zwar danach aus, doch gerade als er einen Fuß über die Schwelle setzte, sagte sie mit wacher Stimme, aber ohne die Augen zu öffnen: »Fernando, mein Junge, du kommst gerade richtig. Lass uns doch einmal schauen, wie das Wetter heute wird.«

Der Inspektor rückte den Wäscheständer zur Seite, der in diesen Wochen oft tagelang vom Bad in den Flur auf die Terrasse und nachts auch in die zumindest dürftig beheizte Küche geschoben wurde, bis Hemden und Schlüpfer, Hosen und Laken zwar trocken waren, aber nach nassem Hund mufften. Dann öffnete er das Fenster und stieß die Fensterläden auf. Die Welt lag noch in sanften Grautönen und morgenfrisch da. Nichts verriet, dass sie in wenigen Stunden nach warmem Blut und Fett stinken würde.

Während Fernando auf die Holztür starrte, hinter der Raquel zu dieser Stunde vermutlich noch von offenen Futterkammern und ausgiebigen Streicheleinheiten träumte, zog Mafalda hörbar die Luft ein. Die Senhora hatte ein untrügliches Gespür für das Wetter. Eine Gabe, die sie selber einzig und allein ihrer wunderbaren, überdimensionierten Nase zuschrieb, die laut ihrer Schwiegertochter Teresa aber auch bedeutete, dass sie mit dem Teufel persönlich einen Pakt geschlossen haben musste. Doch anders als die arme Teresa, die der Liebe wegen ihr Dorf im Norden und damit die Region verlassen hatte, in der noch Heiligenbilder jedes Haus schmückten und man sonntags in die Kirche ging, kümmerten sich die Bewohner des Alentejo nicht groß um den Teufel oder seinen Widersacher. Wohl aber um das Wetter. Und so kamen sie, besonders in den Zeiten des Jahres, wenn das Wetter viel unbeständiger war als in den heißen, trockenen Sommern, mit schöner Regelmäßigkeit ins Haus der Valentes. »Dona Mafalda, müssen wir einen Schirm mit in die Stadt nehmen?«, »Können wir jetzt schon die Tomaten raussetzen?«, »Wie wird die Weinernte?«, »Riechen Sie Regen?«, »Wird es bald kalt?«. Und Mafalda wies Schwiegertochter oder Enkelsohn an, einen Kaffee aufzusetzen, einen Likör und Gebäck zu holen und das Fenster zu öffnen. Dann beugte sie den Kopf leicht zur Seite, schnüffelte an der Luft, die von draußen hereinwehte, und traf ihre Vorhersage, mit der sie – anders als der Wetterbericht im Fernsehen – erstaunlicherweise immer richtiglag.

Leider, befand Fernando, der einen Moment lang

auf einen heftigen Gewittersturm biblischen Ausma-
ßes gehofft hatte, als Mafalda nun verkündete: »Nebel, kein Regen.«

»Und in der Küche wird es kalt und feucht, wenn
wir noch länger das Fenster auflassen«, sagte Teresa
im Hereinkommen. Was sie von Mafaldas Regen-
prognose hielt, hörte Fernando an dem Ruck, mit
dem seine Mutter das Fenster schloss.

Wenig später kamen Onkel João und seine drei
erwachsenen Söhne. Sie standen eine Weile in der
Küche herum, klopften Fernando auf die Schulter, tranken mehrere Bicas, die bei jedem, der nicht
von klein auf an übermäßigen Koffeinkonsum gewöhnt war, unweigerlich zu Herzrasen geführt hätten. Dann schnatterten die Frauen herein, in bunten Jogginghosen und Kittelschürzen. Küsschen
links, Küsschen rechts. Der große Küchentisch verschwand unter einer geblümten Plastiktischdecke,
mehreren Tüten voller Gebäck und Kuchenstücken,
noch mehr Espressotassen und gewaltigen Frauen-
armen in billigen Strickjacken aus Acrylwolle. Die
Küche heizte auf. Und gerade als die Frauen die
Männer auf den Hof scheuchen wollten, damit sie
noch vor Mitternacht die Würste aufhängen und die
Koteletts in die Gefriertruhe legen könnten, kam
auch Patricia – Fernandos Zwillingsschwester und
Vorgesetzte. Sie war nicht allein.

»Pedro«, seufzte Fernando. »Schon wieder.« Es
war einige Monate her, dass er den Jungen dabei er-

wischt hatte, wie er ein Fahrrad stehlen wollte. Er hatte ihm ins Gewissen geredet und ihn dann laufen lassen, um ihm die Tracht Prügel zu ersparen, die ihm sein Vater ansonsten sicher verabreicht hätte. Seit diesem Vorfall tauchte der Zwölfjährige in allen passenden und unpassenden Momenten in seiner Nähe auf, verschwand aber meist wieder, ohne etwas zu sagen.

Diesmal war es anders. »Guten Morgen, Inspektor«, sagte Pedro brav und zog die Nase hoch.

»Schaut euch mal an, wen ich vor unserem Schuppen erwischt habe. Auf deinem Rad, Fernando«, sagte Patricia und lächelte. Fernando fand es erstaunlich, dass aus einem so liebreizenden Lächeln so viel Wut ins Zimmer fließen konnte.

»Ich hatte es mir gestern nur ausgeliehen, weil ich heute rechtzeitig wieder hier sein wollte, um beim Schlachten zu helfen«, murmelte der Angeklagte mit einem Augenaufschlag, der zumindest die Großmutter dahinschmelzen ließ.

»Lass das Kind los, Patricia«, sagte Mafalda. »Du bist hier nicht im Dienst. Er soll ein Stück Kuchen essen und sich dann nützlich machen.«

»Kuchen für Fahrraddiebe, ein interessanter Ansatz«, sagte Patricia mit einer Stimme, mit der man Knochen hätte zersägen können. Ihr rechtes Augenlid flatterte verdächtig. Großmutter und Enkelin schauten sich an – ein stummes Gefecht darüber, wer in diesem Haus das letzte Wort hatte. Wie immer gewann Mafalda. Patricia lockerte den Griff um Pedros Arm, und bevor Fernando sich versah, stand der Junge schon neben ihm.

Dann war es so weit. Fernando holte Raquel aus dem Stall, der von außen genauso aussah wie das einstöckige Wohnhaus. Sie waren, typisch für diese Region, weiß gestrichen, die Türen und die kleinen Fenster waren blau umrandet, hölzerne Fensterläden hielten im Sommer die Hitze und im Winter die Kälte ab.

Raquel war bester Dinge. Sie trabte neben Fernando über den Kies, geradewegs auf die Schlachtbank zu. Pedro stellte sich ihnen in den Weg.

»Inspektor«, begann er.

Aber der hatte jetzt wirklich keinen Kopf dafür. Es sollte vorbei sein, möglichst schnell vorbei sein. »Später, Pedro, später.«

Die vier Männer packten Raquels Beine und banden sie am Schlachttisch fest. Derweil zog Fernando am Kopfende den Dolch und wartete auf den Schrei. Diesen verzweifelten hohen Ton, den die Schweine sonst immer schon anstimmten, wenn sie von vier Seiten gepackt wurden, und der in dem Moment, in dem die Seile festgezogen wurden, eine unerträgliche Lautstärke erreichte. Ein Quietschen, das es einem erleichterte, den Schalter im Kopf umzulegen und zu töten, und wenn auch nur, damit es endlich vorbei war.

Aber Raquel, die kluge, schöne Raquel, machte

keinen Mucks und schien ihn aus ihren braunen Augen – oder zumindest aus dem Teil, der unter den Speckwülsten zu sehen war – amüsiert anzuschauen. Hätte der Inspektor nicht gewusst, dass Tiere, vor allem solche, die man isst, keine solchen Emotionen kannten, hätte er genau das Wort verwendet: amüsiert.

»Du bist ein sehr spezielles Schwein«, sagte er stattdessen und kraulte der Sau die Brust, just an der Stelle, an der schon das Messer hätte stecken sollen. Raquels Kopf, der wie bei den Porco pretos üblich, recht schmal und lang gezogen, dafür aber mit überdimensional großen Ohren ausgestattet war, wackelte hin und her, während sie die Behandlung sichtlich genoss.

Pedro stand jetzt wieder neben ihm und zupfte an seinem Ärmel, doch Fernando ging nicht darauf ein, er war viel zu aufgeregt.

»Fernando, sie ist zwei Jahre lang nicht trächtig geworden«, versuchte João ihn zu überzeugen. »Und eine Sau, die nicht ferkelt, muss sterben. Egal, wie gern du sie magst.«

Fernandos Cousins schauten betreten zu Boden. Hinter ihnen öffnete sich knarrend das Küchenfenster. Fernando brauchte sich nicht umzudrehen, um zu sehen, wie seine Mutter dort stand, die Stirn gefurcht, die Arme in die Seite gestemmt, die Knöpfe der Kittelschürze bis zum Zerreißen gespannt, während sie mitverfolgte, wie ihr Sohn endgültig zum

Gespött des Dorfes wurde. Man musste Teresa nicht besonders gut kennen, um zu wissen, dass sie jetzt gerne über den Hof gerannt wäre und ihm eine Ohrfeige verpasst hätte. Doch da dies dank Teresas Leibesfülle und Kurzatmigkeit nur schwer durchführbar gewesen wäre und weil sie vermutete, dass Mütter ihre erwachsenen Söhne in Anwesenheit anderer nicht körperlich züchtigen sollten, blieb sie, wo sie war. Stattdessen zischte sie über den Hof: »Stechen, nicht streicheln, Fernando Valente!« Dann schloss sich das Fenster wieder, wobei Fernando davon überzeugt war, dass sie sich nicht einfach an den Tisch zurücksetzen, sondern das Geschehen weiter beobachten würde.

Etwas flatterte durch Fernandos Brustkorb, panisch wie die Spatzen, die die beiden Katzen der Quinta manchmal zum Spielen ins Haus schleppten und die auf der Suche nach dem Ausgang so oft gegen geschlossene Fenster und Lampen prallten, dass sie schließlich auf den Boden fielen und gefressen wurden.

Inspektor Fernando Valente schaute Raquel an, sie schaute ihn an.

Dann steckte er den Dolch zurück in die Scheide, und ihm ging durch den Kopf, dass dies das Mutigste war, was er je in seinem Leben getan hatte. Ein erwartungsgemäß schlechtes Gefühl.

Weitaus unerwarteter kam ihm der kleine, kriminell veranlagte Pedro zu Hilfe. Er schob sich zwischen Raquel und João, dem durchaus zuzutrauen war, dass er die Tat kurzerhand eigenhändig vollbrachte.

»In Amerika sortieren sie solche Schweine immer für die Polizeischweinestaffel aus«, erklärte der Junge. »Und zwar solche Schweine, die nicht schreien, weil die ja offenbar ziemlich cool sind. Und die aussortierten Tiere kommen dann in die Polizeiausbildung.«

»Was redet der Junge da für einen Unsinn?«, wandte sich João an Fernando.

Pedro antwortete selbst: »Keine Ahnung, ob das so stimmt, aber in der Dokumentation im Fernsehen vor ein paar Wochen haben sie das so gesagt.«

»Im Fernsehen«, wiederholte Tito, der älteste, stärkste und dümmste der Cousins. Fernando wusste offenbar als Einziger in der Runde, dass Pedro aus Angst vor seinem ständig betrunkenen Vater, der wie festgeklebt vor dem Fernseher saß, nie auch nur in die Nähe des Apparates kam.

»Genug mit dem Unsinn!«, rief João. »Lass uns weitermachen, Fernando, bevor der Junge noch mehr Polizeischwein-Geschichten aus dem Hut zaubert.«

Aber Pedro ließ sich nicht beirren. »In Amerika haben sie schon große Polizeischweinestaffeln. Die finden Vermisste und Drogen und Sprengstoff, weil sie ja noch besser riechen können als Hunde«, erklärte er.

»Pedro hat recht, Onkel.« Fernando begann, Raquels Fesseln zu lösen. »Wir sollten ihr wenigstens die Chance geben, das erste Polizeischwein Portugals zu werden. Wenn sie die Ausbildung besteht, natürlich. Wenn nicht, können wir sie ja immer noch verwursten.« Fernando schnitt den letzten Knoten durch. Eigentlich hatte er Raquel mithilfe der anderen wieder vom Tisch heben wollen, aber bevor er die Männer auch nur auffordern konnte, mit anzupacken, war Raquel schon auf dem Bauch nach vorne gerobbt und auf dem Boden gelandet. Er steckte der Sau ein Karamellbonbon zu, und sie trottete kauend zu den Hühnern und Puten auf die Obstbaumwiese.

Fernando machte sich auf den Weg zur Küche, gefolgt von Pedro und Tito, während die anderen zurückblieben und so taten, als wären sie unglaublich beschäftigt. »Die haben Angst vor der Senhora«, flüsterte Pedro, als sie schon auf der Treppe waren.

»Sollten sie auch.« Patricias Stimme wehte wie ein eisiger Wind die Treppe herunter. »Jedenfalls, wenn du mit der Senhora mich meinst. Kann mir mal jemand erklären, warum dieses Schwein, für das ich meinen einzigen freien Tag des Monats geopfert habe, sich nun da draußen im Matsch suhlt, statt am Haken zu hängen?«

»Du solltest dich freuen, Schwesterlein. Raquel wird das erste Polizeischwein Portugals und als solches deine Staffel berühmt machen.« Der Inspektor versuchte ein Grinsen, aber ihm war nicht wohl dabei.

»In Amerika haben die das schon lange. Du musst doch auch davon gehört haben. Als Kommissarin. Ich hab da erst neulich was drüber im Fernsehen gesehen«, entgegnete Tito auf dem Weg in die Küche. Fernando unterdrückte den Impuls, seinen Cousin, von dem es hieß, dass er als Kind zu oft auf den Kopf gefallen sei, zu küssen.

Eine der Nachbarinnen wollte ebenfalls zu den Informierten gehören. »Ich hab das auch gesehen. Schweine sollen ja so intelligent sein. Und sie haaren nicht so stark wie die Schäferhunde, die sie bei der Polizei sonst immer haben.«

»Und warum sollte ausgerechnet diese übergewichtige Sau Polizeischwein werden?«, konterte Patricia. »Obwohl mein Bruder nicht mal einem Deutschen Schäferhund Sitz beibringen könnte?«

»Weil sie auf der Schlachtbank ruhig geblieben ist. Ein Zeichen für extrem hohe Stressresistenz, eine der wichtigsten Voraussetzungen für ein Polizeischwein«, sagte Fernando und schaffte es sogar, seiner Schwester dabei in die Augen zu schauen.

»Das ist doch absurd«, kommentierte Patricia.

Ja, dachte der Inspektor, absurd und wunderbar.

»Und was sollen wir Weihnachten essen? Stockfisch als Vorspeise und Hauptgericht?«, fragte Teresa.

Das war der Moment, in dem Mafalda beschloss, sich einzubringen. »Nun, meine Liebe, jetzt tu mal nicht so, als würdest du so ein ärmliches Weihnachtsessen nicht aus deiner Heimat kennen. Aber wir finden sicher noch einen Truthahn im Stall«, sagte sie mit süßer Stimme. »Tito, kümmere du dich doch bitte darum.«

»In meiner Staffel wird es kein Polizeischwein geben. Und wenn die Männer hier nicht Manns genug sind, ein Schwein ins Jenseits zu befördern, muss ich das wohl selber übernehmen«, beendete Patricia die Unterhaltung und zog ihre Dienstwaffe.

Die Frauen am Tisch wippten mit halb offenen Mündern hin und her – in freudiger Erregung angesichts des Schauspiels, das sich ihnen gerade bot und genug Gesprächsstoff für die nächsten zwei Wochen liefern würde.

Ein beinah orgiastisches Ächzen ging durch die Gruppe, als sich Mafalda erhob und erstaunlich behände zwischen die Tür und ihre Enkelin schob. »Auf meinem Hof werden Schweine weder mit Schusswaffen noch von Frauen getötet.« Es wäre vermutlich nicht nötig gewesen, noch einen draufzusetzen, aber Mafalda tat es trotzdem. »Und in deinem Zustand erst recht nicht. Im Süden sagt man, dass davon das Fleisch verdirbt.«

»Sie hat ihre Tage«, flüsterte Tante Sonya, die mit den ungeschriebenen Schlachtgesetzen offenbar vertrauter war als Fernando.

»Woher willst du wissen, in welchem Zustand ich bin?«, keifte Patricia. Die Großmutter hob nur ihre Nase in die Luft und machte Schnüffelgeräusche.

Während Patricia mit quietschenden Reifen vom

Hof fuhr und der von Tito ausgewählte Truthahn kopflos unter den Feigenbäumen hin und her rannte, fragte sich der Inspektor zum ersten, aber nicht zum letzten Mal, wie er aus dieser Nummer wohl wieder herauskommen würde.

Abends saß er gemeinsam mit Pedro auf der Holzbank vor dem Stall, Raquel lag zu ihren Füßen. Onkel João und die Cousins waren in eine der Dorfkneipen weitergezogen, ein paar Frauen rupften in der Küche den Truthahn und sprachen über den Dokumentarfilm und die spannende Aussicht, dass das Fernsehen vielleicht eines Tages auch hier in Sonega drehen würde.

Die Sonne verschwand hinter den Hügeln, und auf den Nachbarhöfen begann das allnächtliche Gebell der Kettenhunde.

»Polizeischwein«, meinte der Inspektor und schüttelte lachend den Kopf. »Wie bist du nur so schnell darauf gekommen?«

»Ich wollte es Ihnen schon heute Morgen erzählen, aber Sie haben ja nicht zugehört.«

»Ich wollte erst diese Sache hinter mich bringen.«

»Haben Sie wirklich geglaubt, dass Sie sie schlachten könnten?«